Ascensão e queda de
César Birotteau

Livros do autor na Coleção **L&PM** Pocket:

A duquesa de Langeais
A menina dos olhos de ouro
A mulher de trinta anos
Como fazer a guerra – máximas e pensamentos de Napoleão
Estudos de mulher
Eugénie Grandet
Ferragus
O lírio do vale
O coronel Chabert seguido de *A mulher abandonada* (PLUS)
Esplendores e misérias das cortesãs
Ilusões perdidas
O Pai Goriot
Vendeta seguido de *A paz conjugal*

Honoré de Balzac

A COMÉDIA HUMANA
ESTUDOS DE COSTUMES
CENAS DA VIDA PARISIENSE

ASCENSÃO E QUEDA DE CÉSAR BIROTTEAU

Tradução de HERCULANO VILLAS-BOAS

www.lpm.com.br

L&PM POCKET

Coleção **L&PM** Pocket, vol. 536

Título original: *Histoire de la grandeur et de la décadence de César Birotteau, parfumeur, chevalier de la Légion d'honneur, adjoint au maire du onzième arrondissement de Paris*

Primeira edição na Coleção **L&PM** POCKET: maio de 2009

Tradução: Herculano Villas-Boas
Capa: Ivan Pinheiro Machado. Ilustração: Edouard Manet, *Le balcon*, 1868, Museu d'Orsay, Paris
Revisão: Bianca Pasqualini e Jó Saldanha

CIP-Brasil. Catalogação-na-Fonte
Sindicato Nacional dos Editores de Livros, RJ

B158a	Balzac, Honoré de, 1799-1850
	    Ascensão e queda de César Birotteau / Honoré de Balzac; tradução de Herculano Villas-Boas. – Porto Alegre, RS: L&PM, 2009.
	    304p. : 18cm – (L&PM Pocket ; v.536)
	    Tradução de: *Histoire de la grandeur et de la décadence de César Birotteau, parfumeur, chevalier de la Légion d'honneur, adjoint au maire du onzième arrondissement de Paris*
	    "A comédia humana. Estudos de costumes. Cenas da vida parisiense"
	    ISBN 978-85-254-1765-7
	    1. Romance francês. I. Villas-Boas, Herculano. II. Título. III. Série.

08-1337.	CDD: 843 CDU: 821.133.1-3

© da tradução, L&PM Editores, 2006

Todos os direitos desta edição reservados a L&PM Editores
Rua Comendador Coruja 314, loja 9 – Floresta – 90220-180
Porto Alegre – RS – Brasil / Fone: 51.3225.5777 – Fax: 51.3221-5380

PEDIDOS & DEPTO. COMERCIAL: vendas@lpm.com.br
FALE CONOSCO: info@lpm.com.br
www.lpm.com.br

Impresso no Brasil
Outono de 2009

Sumário

Apresentação – A comédia humana 7

Introdução – A história brilhante de um homem sem
   qualidades 11

Ascensão e queda de César Birotteau 15
   Prefácio à primeira edição (1838) 16
   O apogeu de César 17
   César e a luta contra a desgraça 168

Cronologia 301

Apresentação

A comédia humana

A comédia humana é o título geral que dá unidade à obra máxima de Honoré de Balzac e é composta de 89 romances, novelas e histórias curtas.[1] Este enorme painel do século XIX foi ordenado pelo autor em três partes: "Estudos de costumes", "Estudos analíticos" e "Estudos filosóficos". A maior das partes, "Estudos de costumes", com 66 títulos, subdivide-se em seis séries temáticas: *Cenas da vida privada, Cenas da vida provinciana, Cenas da vida parisiense, Cenas da vida política, Cenas da vida militar* e *Cenas da vida rural*.

Trata-se de um monumental conjunto de histórias, considerado de forma unânime uma das mais importantes realizações da literatura mundial em todos os tempos. Cerca de 2,5 mil personagens se movimentam pelos vários livros de *A comédia humana*, ora como protagonistas, ora como coadjuvantes. Genial observador do seu tempo, Balzac soube como ninguém captar o "espírito" do século XIX. A França, os franceses e a Europa no período entre a Revolução Francesa e a Restauração têm nele um pintor magnífico e preciso. Friedrich Engels, numa carta a Karl Marx, disse: "Aprendi mais em Balzac sobre a sociedade francesa da primeira metade do século, inclusive nos seus pormenores econômicos (por exemplo, a redistribuição da propriedade real e pessoal depois da Revolução), do que em todos os livros dos historiadores, economistas e estatísticos da época, todos juntos".

Clássicos absolutos da literatura mundial como *Ilusões perdidas, Eugénie Grandet, O lírio do vale, O pai Goriot,*

---
1. A idéia de Balzac era que *A comédia humana* tivesse 137 títulos, segundo seu *Catálogo do que conterá A comédia humana*, de 1845. Deixou de fora, de sua autoria, apenas *Les cent contes drolatiques*, vários ensaios e artigos, além de muitas peças ficcionais sob pseudônimo e esboços que não foram concluídos.

Ferragus, Beatriz, A vendeta, Um episódio do terror, A pele de onagro, A mulher de trinta anos, A fisiologia do casamento, entre tantos outros, combinam-se com dezenas de histórias nem tão célebres, mas nem por isso menos deliciosas ou reveladoras. Tido como o inventor do romance moderno, Balzac deu tal dimensão aos seus personagens que já no século XIX mereceu do crítico literário e historiador francês Hippolyte Taine a seguinte observação: "Como William Shakespeare, Balzac é o maior repositório de documentos que possuímos sobre a natureza humana".

Balzac nasceu em Tours em 20 de maio de 1799, em uma família pequeno-burguesa que se emancipara economicamente a partir das oportunidades geradas pela sociedade pós Revolução Francesa. Com dezenove anos convenceu seus pais a sustentarem-no em Paris na tentativa de tornar-se um grande escritor. Obcecado pela idéia da glória literária e da fortuna, foi para a capital francesa em busca de periódicos e editoras que se dispusessem a publicar suas histórias – num momento em que Paris se preparava para a época de ouro do romance-folhetim, fervilhando em meio à proliferação de jornais e revistas. Consciente da necessidade do aprendizado e da sua própria falta de experiência e técnica, começou publicando sob pseudônimos exóticos, como Lord R'hoone e Horace de Saint-Aubin. Escrevia histórias de aventuras, romances policialescos, açucarados, folhetins baratos, qualquer coisa que lhe desse o sustento. Obstinado com seu futuro, evitava usar o seu verdadeiro nome para dar autoria a obras que considerava (e de fato eram) menores. Em 1829, lançou o primeiro livro a ostentar seu nome na capa – *A Bretanha em 1800* –, um romance histórico em que tentava seguir o estilo de *Sir* Walter Scott (1771-1832), o grande romancista escocês autor de romances históricos clássicos, como *Ivanhoé*. Nesse momento, Balzac sente que começou um grande projeto literário e lança-se fervorosamente na sua execução. Paralelamente à enorme produção que detona a partir de 1830, seus delírios de grandeza levam-no a bolar negócios que vão desde gráficas e revistas até minas de prata. Mas fracassa como homem de negócios. Falido e endividado, reage criando obras-primas para pagar seus credores numa destrutiva jornada de trabalho de até dezoito horas diárias. "Durmo às seis da tarde e acordo à meia-noite, às vezes passo 48 horas sem dormir...", queixava-se em cartas aos amigos. Nesse ritmo alucinante, ele produziu alguns de seus livros mais conhecidos e despontou para a fama e para a glória. Em 1833, teve a antevisão do conjunto de sua obra e passou a formar uma grande "sociedade", com famílias, cortesãs, nobres, burgueses, notários, personagens de bom ou mau caráter, vigaristas, camponeses, homens honrados, avarentos, enfim, uma enorme galeria de tipos que se cruzariam e voltariam em várias histórias diferentes sob o título geral de *A comédia humana*. Convicto da importância que representava a idéia de unidade para todos os seus romances, escreveu à sua irmã, comemorando: "Saudai-me, pois estou seriamente na iminência de tornar-me um gênio". Vale ressaltar que nessa imensa galeria de tipos, Balzac criou um espetacular conjunto de personagens femininos que – como dizem unanimemente seus biógrafos e críticos – tem uma dimensão muito maior do que o conjunto dos seus personagens masculinos.

Aos 47 anos, massacrado pelo trabalho, pela péssima alimentação e pelo tormento das dívidas que não o abandonaram pela vida inteira, ainda que com projetos e esboços para pelo menos mais vinte romances, já não escrevia mais. Consagrado e reconhecido como um grande escritor, havia construído em frenéticos dezoito anos este monumento com quase uma centena de livros. Morreu em 18 de agosto de 1850, aos 51 anos, pouco depois de ter casado com a condessa polonesa Ève Hanska, o maior amor da sua vida. O grande intelectual Paulo Rónai (1907-1992), escritor, tradutor, crítico e coordenador da publicação de *A comédia humana* no Brasil, nas décadas de 1940 e 1950, escreveu em seu ensaio biográfico "A vida de Balzac": "Acabamos por ter a impressão de haver nele um velho conhecido, quase que um membro da família – e ao mesmo tempo compreendemos cada vez menos seu talento, esta monstruosidade que o diferencia dos outros homens".[2]

---

2. RÓNAI, Paulo. "A vida de Balzac". In: BALZAC, Honoré de. *A comédia humana.* Vol. 1. Porto Alegre: Globo, 1940. Rónai coordenou, prefaciou e executou as notas de todos os volumes publicados pela Editora Globo.

A verdade é que a obra de Balzac sobreviveu ao autor, às suas idiossincrasias, vaidades, aos seus desastres financeiros e amorosos. Sua mente prodigiosa concebeu um mundo muito maior do que os seus contemporâneos alcançavam. E sua obra projetou-se no tempo como um dos momentos mais preciosos da literatura universal. Se Balzac nascesse de novo dois séculos depois, ele veria que o último parágrafo do seu prefácio para *A comédia humana* (publicado nesta edição), longe de ser um exercício de vaidade, era uma profecia:

> "A imensidão de um projeto que abarca a um só tempo a história e a crítica social, a análise de seus males e a discussão de seus princípios autoriza-me, creio, a dar à minha obra o título que ela tem hoje: *A comédia humana*. É ambicioso? É justo? É o que, uma vez terminada a obra, o público decidirá."

Ivan Pinheiro Machado

Introdução
─────────

A história brilhante de um homem sem qualidades

Em *Ascensão e queda de César Birotteau*, Balzac conseguiu a magistral proeza literária de criar um romance inesquecível com personagens inexpressivos. César Birotteau, protagonista de uma saga pessoal e comercial de grandes proporções, é um homem comum, íntegro, mas medíocre; probo, mas às vezes até ridículo.

Esta história, segundo o próprio Balzac, "é o poema das vicissitudes burguesas, a que nenhuma voz deu até agora importância, porque parecem completamente destituídas de grandeza, quando, por isso mesmo, são imensas: não se trata aqui apenas de um homem, mas toda uma multidão de aflições". Essa frase seria arrogante e pretensiosa, se não fosse precisa. Ao ter a convicção de seu gênio e ao empreender a verdadeira cruzada de "pintar a sociedade de seu tempo", Balzac foi o seu principal propagandista. Lançou-se feroz e obstinadamente na promoção de sua obra e no combate aos seus críticos.

César Birotteau seria lembrado pelo próprio Balzac não como a obra-prima que encantou e encanta críticos de várias gerações, mas como o livro que "me inspira o desgosto mais profundo, e não sou capaz senão de amaldiçoá-lo pelas fadigas que me causou". Escrito sob encomenda dos jornais *Figaro* e *Léstafette*, que pretendiam dar o livro aos seus assinantes como brinde de fim de ano, Balzac recebeu um adiantamento de vinte mil francos. Ele compôs, entre os dias 20 de novembro e 15 de dezembro de 1837, a primeira versão de um livro que seria para ele inesquecível devido ao ritmo alucinante com o qual se jogou ao trabalho. Durante quase dez anos, a partir do momento em que vislumbrou a grandiosidade do projeto de *A comédia humana*, Balzac jogou-se à tarefa colossal de trabalhar dezoito

11

horas por dia. Motivado também pelo dinheiro, ele tentava, nesse ritmo febril, pagar dívidas que, de resto, o atormentaram por toda a vida. *César Birotteau* é o magnífico exemplo de que o gênio pode, sim, produzir tangido pelas necessidades. Escrito em menos de um mês, a alegria dos editores durou pouco. Apressado na entrega, Balzac submeteu os originais ao rigor de dezessete revisões de provas durante as quais, para desespero dos tipógrafos, ele praticamente refez o livro várias vezes.

O ano de 1837 é emblemático no transe criativo de Honoré de Balzac. Pode-se considerar esse período como o "miolo" de *A comédia humana*. Já não lhe faltam a celebridade e a admiração pública. Já não tem mais ilusões em adquirir fortuna em negócios paralelos, embora carregue – como carregará pela vida toda – as dívidas que resultaram de suas aventuras capitalistas. E também é um detalhe profundamente balzaquiano o fato de ele reciclar suas tragédias comerciais a seu favor. E o exemplo é justamente este livro. A precisão, o realismo que dão especial encanto às peripécias financeiras de César Birotteau nada mais são do que um rescaldo da própria tragédia financeira de Balzac. Otimista, entusiasmado, Balzac realimentava-se de projetos o tempo todo, mesmo quando o fracasso batia à sua porta. Primeiro como editor, editando clássicos que não se venderam, depois como impressor, oferecendo serviços que poucos quiseram comprar, e finalmente como tipógrafo, sua derradeira falência. Mesmo nesse périplo comercial em que ele envolveu amantes, parentes e amigos, a queda não arrefeceu sua fé, que ressurgiu redobrada quando inventou *A comédia humana*. Suas desventuras gráficas serviram de matéria-prima para os geniais *Ilusões perdidas* e *Esplendores e misérias das cortesãs*, e o conjunto de suas trapalhadas empresariais forneceu a argamassa com que ele ergueu este romance considerado, mesmo pelos críticos da época, um romance quase perfeito na estrutura e na técnica. A exatidão com que é descrito o processo de falência de Birotteau espantou e espanta até hoje estudiosos e leitores. Toda a trama é constituída em torno da escalada social do perfumista Birotteau – um pequeno-burguês que sonhava ascender aos píncaros da escala social – e sua subseqüente queda por articulação infame de seus inimigos.

Ao mesmo tempo em que escrevia um livro brilhante, Balzac tinha a clarividência de seu projeto. Tudo estava na sua mente, e algumas obras essenciais de *A comédia* já haviam sido escritas. Com maestria ele distribuía seus personagens pelos diversos livros, que já se comunicavam uns com outros. Os banqueiros Nucingen, Claparon e o famigerado du Tillet terão aparições recorrentes em seus livros, numa espécie de acerto de contas com essa categoria insuportável para Balzac. Ele escreve: "Birotteau começava a compreender que nos banqueiros o coração não é mais do que uma víscera". E não era difícil para ele esta conclusão, pois sentira na própria carne a insensibilidade desses senhores. A descrição do célebre baile que Birotteau oferece à grande sociedade parisiense no seu melhor momento é uma peça antológica de *A comédia humana*, pois se trata da celebração da sua glória e marca, sem transição, o início da sua própria ruína.

Medíocre, crédulo, ingênuo, enfim, um homem sem qualidade, Birotteau é, mesmo assim, o herói de uma saga comercial que o talento, a ironia, o humor e o desencanto de Balzac descrevem de forma inesquecível. O talento e a trágica experiência levaram o autor à descrição perfeita desta que poderia ter sido uma entre outras de suas tantas falências. Mas ao criador Balzac coube o prodígio da fazer com que Birotteau alcançasse a graça que o grande escritor não conseguiu alcançar no mundo dos negócios; César ressurge das cinzas e sacode Paris ao voltar, com a honra intacta, para o mundo dos negócios.

I.P.M.

Ascensão e queda de César Birotteau

Prefácio à primeira edição
(1838)

Este livro é o primeiro verso da medalha que lançamos a rolar através de todas as sociedades; o reverso da medalha vem a ser A Casa Nucingen. Essas duas histórias nasceram gêmeas. Quem lê este nosso *Perfume de César* pode, portanto, ler *A casa Nucingen,* se vier a desejar conhecer a obra inteira. E toda obra cômica contém, necessariamente, dois lados. O escritor, este grande relator do processo, precisa situar os adversários face a face. Alceste, mesmo luminoso por si mesmo, ganha seu dia de luz através de Filinto:

Si tanta licet componere parvis[1].

A monsieur Alphonse de Lamartine[2],
Seu admirador
De Balzac.

---

[1]. "Se for permitido comparar as coisas imensas às pequeninas" (comparar o universal ao singular), disse-nos Virgílio, o inspirador e personagem da *Divina comédia* de Dante. (N.T.)
[2]. O poeta Alphonse de Lamartine (1790-1869) é o criador da obra-prima *Meditações poéticas.* (N.T.)

I
O APOGEU DE CÉSAR

Nas noites de inverno, os sons não cessam na Rue Saint-Honoré, salvo por um instante; os camponeses, rumo às feiras, continuam o movimento das carruagens que retornam dos espetáculos ou dos bailes. Nessa breve pausa musical, na grande sinfonia dos sons parisienses, à uma da madrugada, a mulher de *monsieur* César Birotteau, perfumista, com estabelecimento próximo à Place Vendôme, foi despertada, em sobressalto, de um sonho terrível.

A perfumista vira seu duplo, vira a si mesma, vestida em trapos, farrapos, a virar, com as mãos secas, enrugadas, o trinco de sua própria loja, onde ela se encontrava, ao mesmo tempo, no limiar da porta e em sua poltrona ao balcão; sim, ela mendigava a si mesma, ouvia-se a falar à porta e, simultaneamente, sentada ao balcão. Desejou agarrar o marido na cama, mas apenas pousou a mão em algum lugar gelado. Seu temor ficou tão intenso que não conseguiu mover o pescoço petrificado, as paredes da garganta colaram-se, nada de voz lhe restava; sim, ela permaneceu pregada em sua cama, os olhos imensos, fixos, os cabelos a doer, os ouvidos plenos de sons estranhos, o coração apertado, mas palpitante, ao mesmo tempo a suar e a gelar, no meio de uma alcova, com ambas as portas plenamente abertas.

Se o amor vem a ser vida, o temor é um sentimento meio mórbido, de vida-morte, a comprimir de forma tão violenta a máquina humana que suas faculdades são levadas, de repente, ao auge de sua potência, ou ao mais elevado grau de caos e desorganização. A fisiologia há tempos surpreende-se ante esse fenômeno humano a subverter os seus sistemas, a turvar as suas conjeturas, mesmo se o fenômeno vem a ser, muito simplesmente, uma ação fulminante a realizar-se em nosso interior, mas, bem como todos os acidentes elétricos, de forma singularmente caprichosa. Essa explicação virá a ser banal quando os sábios vierem a reconhecer o imenso papel representado pela eletricidade no pensamento humano.

Madame Birotteau teve de suportar, portanto, alguns dos sofrimentos, de certa forma luminosos, provocados por essas terríveis descargas da vontade em expansão, ou em contração, por meio de mecanismos desconhecidos. E por um lapso de tempo muito breve, se o apreciarmos à medida de nossos relógios, mas incomensurável, na contagem das suas velozes impressões, a pobre mulher teve o monstruoso poder de emitir mais idéias, de criar mais lembranças do que no estado comum de suas faculdades ela poderia vir a realizar através de longa jornada. A aguda história deste monólogo pode ser dada, em suma, em algumas expressões, em certas palavras, absurdas, contraditórias, sem sentido:

"Não existe razão alguma para Birotteau ter saído de minha cama! Ele comeu tanta carne que talvez esteja fraco? Mas, se estivesse doente, ele teria me chamado. Há dezenove anos deitamo-nos juntos, na mesma cama, nesta mesma casa, jamais lhe aconteceu deixar seu lugar sem falar-me nada, pobrezinho! Só se levantou da cama para passar a noite em serviço militar. Deitou-se esta noite comigo? Mas sim! Meu Deus, como sou tola!"

Ela lançou o olhar à cama e viu a touca de dormir de seu marido que conservava a forma quase cônica da cabeça dele.

"Então está morto! Matou-se? Por quê?" continuou ela. "Há dois anos nomearam-no o adjunto, o vice do prefeito, anda *estranho*. Lançá-lo a trabalhos públicos, não é, pela fé da mulher honesta, de dar piedade? Seu negócio vai bem, deu-me um xale. Vai mal? Talvez? Ah! Eu saberia. Por acaso sabe-se os segredos de um homem? Ou os de uma mulher? Isso não é mal. Mas hoje não vendemos cinco mil francos? E um vice não pode se suicidar, ele conhece muito bem as leis, é proibido. Onde está ele?"

Ela não conseguia virar o pescoço, nem esticar a mão para puxar o cordão da campainha, que poria em movimento uma cozinheira, três empregados e um vendedor. Absorvida pelo pesadelo que continuava em pleno estado de vigília, esquecia a filha, tranqüilamente adormecida em um quarto próximo ao seu, com a porta aos pés de sua cama. Por fim gritou: "Birotteau!" e não ouviu resposta alguma. Sim, ela imaginou gritar a palavra, mas só a pronunciava em sua mente.

"Uma amante, tem ele uma amante? Mas ele é tolo demais", continuou ela, "e, aliás, me ama demais para vir a ter uma amante. E ele não disse à madame Roguin[1] que jamais me foi infiel, mesmo em pensamento? É a moralidade chegada à terra, esse homem. Se alguém merece o paraíso, não vem a ser ele? Do que ele se pode acusar ao seu confessor? Ele lhe fala nove novenas. Para o realista que é, sem saber por que, por exemplo, ele nem se esforça para ser religioso. Coitado, vai às oito da manhã, escondido, à missa, como se fosse à casa de tolerância. Teme a Deus por temer a Deus mesmo: pouco lhe importa o inferno. Como viria a ter uma amante? Sai tão pouco de baixo de minha saia que eu já estou de saia cheia. Ama-me mais do que ama a seus olhos: por mim, viria a ser cego. Ao longo desses dezenove anos, jamais disse palavra mais alta que as demais, em suas falas a mim. Mesmo sua filha lhe vem depois de mim. Mas Césarine está lá... (Césarine! Césarine!) Birotteau jamais pensa algo sem me comunicar. Bem que ele tinha razão, ao voltar do *Petit Matelot*[2], de falar que eu só o conheceria lidando com ele. E agora esta!... É extraordinário."

E ela volveu com dificuldade a cabeça e olhou fugazmente para o quarto, agora cheio desses pitorescos efeitos noturnos que desesperam a linguagem e parecem pertencer exclusivamente ao pincel dos pintores de gênero. Através de que palavras vir a traduzir os aterradores ziguezagues provocados pelas sombras móveis, as fantásticas manifestações das cortinas que o vento leva, certos jogos das luzes incertas que a lamparina projeta na dobra do tecido vermelho, as chamas lançadas pela taça, pelo cálice sagrado de centro brilhante, semelhante ao olho do ladrão, ao revelar-se de um vestido todas as estranhezas a aterrar a imaginação no momento em que ela só encontra potências para perceber a dor e multipli-

---
1. Personagem de *A comédia humana*. (N.T.)
2. *Petit Matelot* ou Pequeno Marinheiro era o nome da loja onde César conheceu Constance, que lá trabalhava. (N.E.)

cá-la? Madame Birotteau imaginou ver intensa luz na peça próxima ao seu quarto e imediatamente pensou em chamas; mas ao perceber um lenço vermelho, que parecia uma poça de sangue em expansão, os ladrões assaltaram seu coração e mente, sobretudo quando ela desejou encontrar os indícios de luta na forma como os móveis situavam-se. À lembrança da soma existente no caixa, um generoso temor aboliu os ardores frios do pesadelo; lançou-se ao medo, de camisola, ao meio de seu quarto, para salvar o marido, que imaginava em luta com os assassinos.

– Birotteau! Birotteau! – gritou ela em voz estreita, plena de angústia.

Encontrou o *marchand* perfumista no meio da peça vizinha, vara na mão, a medir o ar, mas tão mal envolvido em seu roupão verde com bolas cor de chocolate, que o frio lhes enrubescia as pernas, sem que ele o sentisse, tanto se encontrava turvo. Quando César voltou-se para falar à mulher:

– Ah, bem! Que deseja, Constance? – seu aspecto, como o dos homens distraídos por cifras e cálculos, foi tão exorbitantemente tolo, que madame Birotteau lançou-se francamente em pleno riso.

– Meu Deus, César, como você é original! – disse ela. – Por que me deixa só, sem me falar nada? Só me faltou morrer de medo, nem sabia o que imaginar. Que faz aqui, exposto a todos os ventos? Vai ficar rouco, rouco como um lobo. Ouve, Birotteau?

– Sim, mulher, estou aqui! – disse o perfumista, ao entrar no quarto.

– Vamos, venha se aquecer e conte-me todas as suas loucuras, meu biruta – disse madame Birotteau, movendo as cinzas da lareira, em busca das chamas a arder. – Estou gelada. Fui tola de levantar-me só de camisolinha! Mas imaginei, de verdade, que o matavam.

O comerciante pousou o castiçal sobre a lareira, envolveu-se todo em seu roupão e foi, mecanicamente, buscar uma saia de flanela para sua mulher.

– Tome, mimi, cubra-se – disse ele. – Vinte e dois por dezoito – continuou, em seu monólogo –, sim! Podemos ter um salão soberbo.

– O que é isso, Birotteau? Esta ficando louco? Está sonhando?

– Não, mulher, calculando.

– Para fazer suas tolices, você podia, ao menos, esperar até o dia clarear – exclamou ela, atando a saia à camisolinha, a abrir a porta do quarto onde deitava sua filha.

– Césarine dorme – disse ela –, não vai nos ouvir. Vamos, Birotteau, fala. O que é que você tem?

– Podemos dar um baile.

– Dar um baile! Nós? Pela fé de mulher honesta, está sonhando, meu caro.

– Não estou sonhando nada, minha gazela. Ouve? Precisamos sempre fazer o que temos de fazer, relativamente à posição em que nós nos encontramos. O governo me colocou em evidência, eu pertenço ao governo; somos obrigados a estudar o espírito do governo e a favorecer suas intenções, desenvolvendo-as. O duque de Richelieu[3] vem cessar a ocupação da França. Segundo *monsieur* de La Billardière[4], cada funcionário que representa a cidade de Paris deve cumprir o seu dever, cada um nas esferas de suas influências, e celebrar a libertação do território. Testemunhemos um verdadeiro patriotismo a fazer enrubescer, deixar vermelhos os que se chamam liberais, esses danados desses intrigantes, hein? Imagina que eu não amo meu país? Desejo mostrar aos liberais, a meus inimigos, que amar o rei é amar a França!

– Então você imagina ter inimigos, meu pobre Birotteau?

– Mas claro, mulher, nós temos inimigos! E a metade de nossos amigos no bairro é formada por nossos inimigos. Todos eles falam: "Birotteau tem sorte, Birotteau não é de nada; ei-lo, entretanto, adjunto do prefeito, tudo lhe sai bem". Bem! Eles ainda vão ter uma bela surpresa. Bem, vem ser a primeira a saber, eu sou cavaleiro da Legião de Honra: o rei assinou a ordem ontem.

---

3. O duque de Richelieu (1766-1822), célebre político francês, Ministro das Relações Exteriores, celebrou com os aliados, em 1818, um acordo provendo a desocupação do território francês. (N.E.)
4. Personagem fictício, aparece também nos romances *A Bretanha em 1799* (1829) e *Os funcionários* (1837), em *A comédia humana*. (N.T.)

– Oh! Então – disse madame Birotteau, extremamente comovida –, vamos dar um baile, meu caro. Mas o que foi que você fez para ganhar a sua cruz?

– Ontem, quando *monsieur* de La Billardière contou-me esta novidade – disse, embaraçado, Birotteau –, perguntei-me, como você, que títulos, que merecimentos eram os meus. Todavia, voltando para casa, terminei por reconhecer e aprovar o governo. No princípio, sou monarquista, fui ferido em Saint-Roch, em Vendemiário[5], não é alguma coisa ter tocado em armas, naqueles tempos, pela justa causa? A seguir, segundo alguns negociantes, fui juiz do tribunal comercial para a satisfação de todos. E sou vice do prefeito distrital, e o rei concede quatro cruzes ao corpo municipal da cidade de Paris. Desvendando as pessoas que, entre os vices, podiam ser condecoradas, o prefeito me colocou em primeiro lugar na lista. Aliás, o rei deve me conhecer: graças ao velho Ragon[6], forneço-lhe o único pó que ele gosta de usar; só nós possuímos a receita do pó da finada rainha, pobre cara augusta vítima! O prefeito regional apoiou-me violentamente. O que você deseja? Se o rei me dá a cruz sem que eu lhe peça, parece-me que não posso negá-la, sem lhe faltar a todos os respeitos. Eu desejei ser vice? Assim, mulher, já que vamos de vento em pompa, como fala seu tio Pillerault, quando se encontra em suas gaias alegrias, decidi pôr, na nossa casa, tudo conforme nossa imensa fortuna. Se eu posso ser qualquer coisa, vou arriscar-me a devir o que o bom Deus desejar que eu venha a ser, vice-prefeito da cidade de Paris, se essa for a minha sina. Mulher, você comete grave erro imaginando que um cidadão resgatou sua dívida a seu país vendendo, durante vinte anos, perfumes a quem vinha buscá-los. Se o Estado reclama o concurso de nossas luzes, nós lhe devemos, bem como lhe devemos o imposto mobiliário, as portas, as janelas, e assim por diante. Deseja permanecer eternamente em seu balcão? Graças a Deus você já está lá há muito tempo.

---

5. Nos dias 10 a 13 de Vendemiário (2 a 5 de outubro) de 1795 ocorreu em Paris um motim realista contra a Convenção. Napoleão, ainda um desconhecido general de artilharia, venceu, com quarenta canhões bem posicionados, as duas ofensivas dos insurretos, uma das quais saíra da igreja Saint-Roch. (N.T.)
6. Personagem de *A comédia humana*, antigo patrão de Birotteau, presente também em *Um episódio no terror*. (N.T.)

O baile vai ser *a nossa festa*. Adeus ao balcão, para você, bem entendido. Lanço chamas à nossa tabuleta a *Rainha das Rosas*, apago nosso quadro CÉSAR BIROTTEAU, COMERCIANTE DE PERFUMES, SUCESSOR DE RAGON e ponho, muito simplesmente, *Perfume*, em sete grandes letras de ouro. Coloco na sobreloja o escritório, o caixa e um belo gabinete para você. Transformo em loja os atuais fundos da butique, a sala de jantar e a cozinha. Alugo o primeiro andar da casa vizinha, abro uma porta no muro. Mudo a escada, para ir, no mesmo nível plano, de uma casa a outra. Assim, teremos um grande apartamento muito bem mobiliado! Sim, renovo seu quarto, dou-lhe uma alcova, dou um belo quarto a Césarine. A mulher caixa que você tomar, nosso primeiro vendedor e sua camareira (sim, minha querida dama, você vai ter uma!) vão se alojar no segundo andar. No terceiro, teremos a cozinha, a cozinheira e o peão para toda obra. O quarto será nosso armazém geral de garrafas, cristais e porcelanas. O ateliê de nossos trabalhadores, no sótão! Os passantes não mais vão ver colar as etiquetas, fazer as embalagens, escolher os frascos, pôr a rolha nos orifícios. Bom para a Rue Saint-Denis; mas a Rue Saint-Honoré, então! Mau gênero. Nossa loja tem de ser um luxo, como um salão. Fala, somos os únicos perfumistas que se encontram nas nuvens? A glória... Não há os do vinagre, os comerciantes de mostarda, que comandam a Guarda Nacional e são muito bem vistos lá, no Castelo? Vamos imitá-los, expandir nosso comércio, e ao mesmo tempo lancemo-nos na alta sociedade.

– Olha, Birotteau, sabe o que imagino, ouvindo-o? Você me provoca o efeito de um homem que procura o meio-dia às duas horas. Lembre-se de meu conselho quando pensavam nomeá-lo prefeito: acima de tudo, a tranqüilidade! "Você é feito", eu lhe disse, "para estar em evidência como meu braço para transformar-se na asa de um moinho. As grandezas serão a sua perda." Você não ouve, ei-la a chegar, a nossa perda. Para representar um papel político, é preciso dinheiro; nós o temos? Como! Você deseja lançar chamas à sua tabuleta, que custou seiscentos francos, e renunciar à *Rainha das Rosas*, à sua verdadeira glória? Deixa os outros serem ambiciosos. Quem lança a mão ao fogo se queima, não é verdade? E a política está em chamas. Nós temos cem bons mil francos, em dinheiro, colocados além de nosso comércio, de nossa fábrica, de nossas mercadorias! Se você deseja aumentar sua fortuna, age agora como em 1793: as rendas estão em 72 francos: compre as rendas. Você terá dez mil francos de lucros, sem provocar danos a nossos negócios. Aproveita essa reviravolta e casa nossa filha, vende nossa loja, e vamos, vamos de Paris para a terra, para a sua terra. Como! Ao longo destes quinze anos, você só falou em comprar *As Riquezas,* esta pequena beleza tão próxima a Chinon, onde há águas, campos, bosques, vinhas, duas construções a render mil francos, cuja casa amamos tanto e que podemos comprar neste momento por sessenta mil francos, e *monsieur* agora deseja vir a ser alguma coisa lá, no governo? Lembre-se de quem somos nós: perfumistas. Há dezesseis anos, antes que você viesse a inventar a *Dupla Pomada das Sultanas* e as *Águas Carminativas Anticólicas Carmina Burana,* se viessem lhe falar: "Você terá o dinheiro necessário para comprar *As Riquezas*", você não pularia de alegria? Pois bem, você pode comprar esse paraíso que você tinha tanta vontade que só falava nele, e agora fala em gastar em tolices o dinheiro ganho com o suor de nosso rosto, e posso falar *o nosso*, sempre estive sentada ao balcão, como um pobre cão em sua casinha. Não vale mais a pena manter um pé na terra, na casa de sua filha, vindo a ser a mulher de um tabelião de Paris, e viver oito meses por ano em Chinon, em vez de começar aqui a transformar vinte centavos em dez, e dez centavos em nada? Espera a ascensão dos fundos públicos, dá oito mil francos de rendimentos à tua filha, nós guardamos dois mil para nós, e o que temos nos permitirá comprar *As Riquezas.* Lá, em sua terra, meu benzinho, levando os nossos móveis, que valem tanto, seremos príncipes, enquanto aqui, em Paris, precisamos de ao menos um milhão para fazer figura.

– Eis onde eu a esperava, mulher – disse César Birotteau. – Não sou tão tolo ainda (se bem que você me imagina muito tolo, você!) para não ter pensado em tudo. Ouve. Alexandre Crottat[7] cai-nos como uma luva como genro e vai ter o cartório de Roguin; mas imagina que ele se contenta com cem mil

---

7. Personagem fictício de *A comédia humana*, que aparece também em *O primo Pons* e *Uma estréia na vida.* (N.E.)

francos de dote? (supondo-se que déssemos todo o nosso capital líquido para o bem de nossa filha, e essa é minha opinião. Gostaria de ter apenas pão duro pelo resto de minha vida, mas vê-la feliz como uma rainha, mulher de um tabelião parisiense, como você fala). Pois bem! Cem mil francos, ou mesmo oito mil de rendas, não são nada para comprar o cartório de Roguin. Esse pequeno Xandrot, como nós o chamamos, imagina-nos, como todo o mundo, bem mais ricos do que somos. Se seu pai, esse latifundiário avaro como caracol, não vender cem mil francos de terras, Xandrot não vai ser tabelião, pois o cartório de Roguin vale quatrocentos, quinhentos mil francos. Se Crottat não der metade à vista, como vai fechar o negócio? Césarine precisa ter duzentos mil francos de dote; e desejo retirar-nos de Paris como bons burgueses, com quinze mil francos de rendas. Hein! Se eu a fizesse ver tudo isso claro como o dia, você não ficaria de bico calado?

– Bem! Se você é o dono do Peru...

– Sim, eu sou, minha gazela. Sim – disse ele, tomando a mulher pela cintura e dando-lhe tapinhas, movido por uma alegria a animar todos os seus traços. – Não quis falar-lhe desse negócio antes que ele estivesse maduro; mas, creia, amanhã vou terminá-lo, pode ser. Veja só: Roguin fez-me a proposta de uma especulação tão certa que ele nela se lança com Ragon, e teu tio Pillerault[8], e mais dois clientes. Vamos comprar, próximo à Madeleine, terrenos e, segundo os cálculos de Roguin, vamos pagar um quarto do valor que eles vão alcançar em três anos, quando, terminando os arrendamentos, seremos seus senhores para explorá-los. Somos seis, com partes combinadas. Eu dou trezentos mil francos e fico com três oitavos do total. Se algum de nós precisar de dinheiro, Roguin o dará, hipotecando uma parte. Para ficar de olho no fogão e ver como se frita o peixe, quis ser o proprietário nominal da metade pertencente a Pillerault, ao bom Ragon e a mim. Roguin virá a ser, sob o nome de um certo Charles Claparon[9], meu co-proprietário, e dará, como eu, uma contra-escritura a seus sócios. Os atos de

---

8. Claude-Joseph Pillerault, personagem fictício de *A comédia humana*, que aparece também em *O primo Pons*. (N.E.)
9. Personagem ficcional de *A comédia humana*, que aparece também em *A casa Nucingen*, entre outros. (N.E.)

compra realizam-se por meio de promessas de venda, sob firma particular, até virmos a ser os donos de todos os terrenos. Roguin vai verificar que contratos devem ser realizados, pois ele não tem certeza se podemos dispensar-nos do registro e outorgar direitos a quem nós vendermos os lotes... Mas seria muito extenso contar-lhe tudo. Uma vez pagos os terrenos, só teremos de cruzar os braços e, em três anos, seremos ricos, ganharemos um milhão. Então, Césarine terá vinte anos, venderemos nossas terras e iremos, com a graça de Deus, modestamente, rumo às grandezas.

– Ah, muito bem! E onde encontrará os seus trezentos mil francos? – disse madame Birotteau.

– Você não entende nada de negócios, minha amada. Darei os cem mil francos que se encontram com Roguin; farei um empréstimo de quarenta mil francos hipotecando as construções e os jardins onde se encontram nossas fábricas no subúrbio do Temple; temos vinte mil francos em caixa; no total, 160 mil francos. Há outros 140 mil, pelos quais assinarei letras a um certo Charles Claparon, banqueiro; ele dará o dinheiro, menos os juros. Eis nossos cem mil francos pagos: *quem tem tempo não deve nada*. Quando vencerem as letras, nós as pagaremos com os nossos ganhos. Se não pudéssemos pagar, Roguin me emprestaria a cinco por cento, hipotecados de minha parte das terras. Mas os empréstimos serão inúteis: fiz a descoberta de uma essência para fazer crescer os cabelos, um *Óleo Comageno*! Livingston instalou-me uma prensa hidráulica para fabricar o meu óleo com noz que, sob enorme pressão, logo dá todo o seu óleo. Em um ano, segundo minhas probabilidades, ganho cem mil francos, no mínimo. Imagino um cartaz começando assim: Abaixo as perucas! E o efeito será um prodígio. Você nem percebe minhas insônias! Há três meses o sucesso do Óleo de Macassar não me deixa dormir. Quero derrubar a ditadura do Macassar!

– Eis, portanto, os belos projetos a rolar em sua cabeça há dois meses, sem desejar nada me falar. Acabo de me ver mendigando à minha própria porta, que aviso celestial! Em breve, não nos restará nada, nada além de olhos para chorar. Jamais você virá a fazer isso comigo viva, compreende, César? Aí há alguma trapaça que você não percebe! Você é muito honesto e leal para suspeitar da artimanha nos outros. Por que eles vêm ofertar-lhe milhões? Você se livra de todos os seus bens, vai bem além dos seus meios, e se seu *óleo* não pegar, se o dinheiro não aparecer, se o valor dos terrenos não se multiplicar, como você vai pagar as suas dívidas? Com as conchas de noz? Para colocar-se mais alto na sociedade, você não deseja mais negociar em seu nome, deseja tirar a placa *Rainha das Rosas*, e faz questão de fazer cartazes e prospectos mostrando César Birotteau em todas as esquinas, acima de todos os muros, nos andaimes de construção.

– Ah! Você não está entendendo nada. Vou ter uma sucursal, sob o nome de Popinot[10], em alguma casa próxima à Rue des Lombards, onde vou pôr o pequeno Anselmo. Assim, pago minha dívida de reconhecimento ao casal Ragon, estabelecendo o seu sobrinho, que pode vir a fazer fortuna. Esses pobres Ragoninhos me parecem estar bem necessitados, nos últimos tempos.

– Veja, essas pessoas desejam seu dinheiro.

– Mas que pessoas, minha bela? Seu tio Pillerault, que nos ama, de forma tão visceral, que janta conosco todos os domingos? Ou o bom velho do baralho, Ragon, nosso antecessor, que tem quarenta anos de honestidade diante de si, e com quem jogamos cartas? Ou Roguin, tabelião de Paris, 57 anos, 25 anos de tabelionato? Um tabelião de Paris seria a flor, o esplendor na relva, se todos os homens não fossem iguais, salvo as diferenças que possam existir entre eles, como disse Henri Monnier. Se fosse necessário, meus sócios me auxiliariam! Onde está o complô, minha gazela? Veja, preciso lhe falar a verdade. Palavra de honra, são palavras que se encontram em meu coração. Você sempre foi desconfiada como uma gata! Desde que nós temos dez centavos na loja, você passou a imaginar que os fregueses são ladrões a nos roubar! Preciso ajoelhar-me a seus pés para suplicar-lhe deixar-se vir a ser rica! Para uma filha de Paris, mulher, você não tem ambição! Sem seus eternos temores, não haveria homem mais feliz na terra, além de mim! Se eu a

---

10. Anselme Popinot, personagem fictício de Balzac, é sobrinho do juiz Popinot, de *A interdição*. (N.T.)

ouvisse, jamais inventaria a *Pomada das Sultanas* nem a *Água carminativa*. Nossa loja nos dá de viver, sim, mas essas duas descobertas, bem como nossos sabonetes, nós sabemos, nos deram os 160 mil francos que nós temos, claros e líquidos! Sem o meu gênio, pois eu tenho talento como perfumista, seríamos pequenos retalhistas, andaríamos a matar cachorro a grito, e eu não seria um dos notáveis negociantes que concorrem à eleição dos juízes no tribunal comercial, não teria sido juiz, nem vice. Sabe o que eu seria? Um butiqueiro, como foi o pai Ragon, sem desejar ofendê-lo, pois respeito as butiques, o que nós temos veio delas! Depois de vendermos perfumes por quarenta anos, teríamos, como ele, três mil francos de renda e, ao preço em que vão as coisas, pois tudo duplicou, pois, como eles, mal teríamos do que viver. (A cada dia que passa, esse eterno casal me preocupa mais, mais me parte o coração. Preciso saber o que está acontecendo com eles, amanhã saberei, por Popinot!) Seguisse eu os seus conselhos, seguisse a você, a seu humor inquieto, a perguntar, amanhã terei o que tenho hoje? Se a seguisse, eu não teria crédito, não teria a cruz da Legião de Honra e não estaria a ponto de vir a ser um homem político. Sim, mulher, balança, sacode a cabeça à vontade, mas se nosso negócio vier a se realizar, posso vir a ser deputado de Paris. Ah, querida, não me chamo César à toa, não, tudo me cai bem, me sai bem, me vai bem. Vim, vi, vendi. É inimaginável! Lá fora, todos reconhecem as minhas capacidades; mas aqui em casa, a única pessoa a quem tanto desejo dar prazer, a pessoa por quem sou só sangue, suor e lágrimas, para vir a transformá-la em um ser alegre e feliz, é precisamente quem me toma por um tolo.

Essas palavras, mesmo cindidas pelas pausas eloqüentes, lançadas como balas, como fazem todos os que representam papéis de negação a seu interlocutor, exprimiam elos tão profundos, anéis tão extensos, que levaram madame Birotteau a sentir-se, intimamente, tenra e terna; mas, como todas as mulheres, valeu-se do amor que ela inspirava para vir a ganhar a causa.

– Bem, Birotteau – disse ela –, se você me ama, deixe-me ser feliz, mas da forma como gosto de ser. Nem você nem eu tivemos educação; não sabemos falar nem nada, como você deseja que venhamos a vencer nas altas posições governamentais? Eu seria feliz, lá, em *As Riquezas*, sim! Sempre amei os animais, os pássaros, vou passar muito bem minha vida a cuidar das galinhas, das plantações. Vamos vender nossos bens, casar Césarine e esquecer esse teu *Imogênio*. Passaremos os invernos em Paris, na casa de nosso genro, e seremos felizes, nada na política, nada no comércio pode mudar nossa forma de ser. Por que desejar esmagar os demais? Nossa fortuna atual não basta? Quando você for milionário, você vai jantar duas vezes? Você precisa de outra mulher, além de mim? Vê! Vê meu tio Pillerault? Sabiamente, ele se contenta com o que tem e utiliza a sua vida em belas obras. Precisa de belos móveis, ele? E estou certa de que você encomendou novas mobílias: vi Braschon[11] aqui, e com certeza ele não veio para comprar os nossos perfumes.

– Sim, minha bela, seus móveis estão encomendados! Nossos trabalhos começam amanhã, e o maestro é um arquiteto, indicado pelo *monsieur* de La Billardière!

– Meu Deus, piedade! – exclamou ela.

– Mas você não é razoável, minha gazela. Você, aos 37 anos, tenra, jovem e bela como é, deseja enterrar-se em Chinon? Eu, graças a Deus, não tenho mais de 39 anos. O acaso me abre uma bela carreira, lanço-me a caminho. Andando com prudência, posso fazer uma casa honorável, na burguesia de Paris, como se fazia antigamente, e fundar os Birotteau, bem como há os Keller, os Jules Desmarets, os Roguin, os Cochin, os Guillaume, os Lebas, os Nucingen, os Saillard, os Popinot, os Matifat[12], marcantes em seus bairros. Então, vamos! Se este negócio não fosse seguro como ouro em barra...

– Seguro!...

– Sim, seguro! Há dois meses, faço e refaço os cálculos. Sem dar a perceber, tomo informações sobre as construções, na

---

11. Comerciante parisiense de tapetes, personagem fictício de *A comédia humana*. Aparece também em *Esplendores e misérias das cortesãs* e *Pequenas misérias da vida conjugal*. (N.E.)

12. Nomes de distinas famílias de *A comédia humana*, cujos membros estão presentes em *A casa Nucingen*, *Os funcionários*, *Eugénie Grandet*, *Ferragus*, *Ao "Chat-qui-Pelotte"*, *O pai Goriot*, *A interdição* e *Ilusões perdidas*. (N.T.)

prefeitura, entre arquitetos e construtores. Grindot[13], o jovem arquiteto que vai transformar nosso apartamento, está desesperado por não ter dinheiro para lançar-se à nossa especulação.

– Ele terá construções a fazer, estimula-os a esse negócio para aproveitar-se.

– É possível enganar pessoas como Pillerault, Charles Claparon e Roguin? O ganho é certo como o da *Pomada das Sultanas*, percebe?

– Mas, meu caro, que necessidade tem Roguin de especular, se tem o cartório pago e a fortuna feita? Certas vezes, vejo-o passar mais preocupado que um ministro de Estado, com um olhar estranho que me desagrada: ele esconde alguma coisa. Em cinco anos, sua figura veio a ser a de um velho libertino. Quem lhe disse que ele não vai fugir com o dinheiro de vocês? Isso acontece. Nós o conhecemos bem? Mesmo sendo nosso amigo há quinze anos, não ponho a mão no fogo por ele. Vê, seu aroma não é dos melhores e ele não vive com sua mulher, deve ter amantes que paga e o arruínam; não encontro outro motivo para a sua tristeza. Quando me visto, olho através das persianas, vejo-o chegar em casa a pé, de manhã, vindo de onde? Ninguém sabe. Ele me dá a impressão de um homem que tem alcovas na cidade, gasta de um lado, e sua madame, do outro. Isso é vida de tabelião? Se eles ganham cinquenta mil francos e consomem sessenta mil, em vinte anos vemos o fim de suas fortunas, encontram-se nus como pequenos São João; mas estão habituados a brilhar, roubam seus amigos sem piedade: a caridade bem organizada começa por si mesmo. Ele é íntimo desse pequeno monstro du Tillet[14], nosso ex-empregado, não vejo nada de bom nessa amizade. Se ele não sabe avaliar du Tillet, venda-se, é cego; e se sabe quem é ele, por que o mima tanto? Você vai me falar que sua mulher ama du Tillet? Ah, bem, nada espero de bom de um homem que não tem honra em relação à sua mulher. E os atuais donos desses terrenos são assim tão tolos, a ponto de dar, por cinco francos, o que vale cinquenta? Se você encontrasse uma criança que

---

13. Personagem fictício de *A comédia humana*. Aparece em *Uma estréia na vida* e em *Beatriz*. (N.T.)

14. Personagem fictícia de *A comédia humana*, que aparece também em *Uma filha de Eva* e *Os segredos da princesa de Cadignan*. (N.E.)

não soubesse quanto vale um luís, não lhe falaria o valor? Para mim, o negócio de vocês se assemelha a um roubo, assim é que me parece, sem desejar ofendê-lo.

– Meu Deus, como as mulheres, certas vezes, são estranhas, e como elas embaralham todas as idéias! Se Roguin não estivesse no negócio, você me falaria: "Veja só, César, você faz um negócio sem Roguin; logo, logo, não vale nada". Neste momento, ele está presente como uma garantia, e você me fala...

– Não, a garantia é um certo *monsieur* Claparon.

– Mas um tabelião não pode inscrever seu nome em uma especulação.

– E por que ele faz algo que a lei lhe proíbe? Que me responde você, que só conhece a lei?

– Mas deixe-me continuar. Roguin está presente, e você me fala que o negócio nada vale. Isso é razoável? E você me fala: "Ele faz algo contra a lei". Mas ele se lançará ostensivamente, se vier a ser necessário. Agora você me diz: "Ele é rico". Não pode falar o mesmo de mim? Ragon e Pillerault seriam bem-vindos a me falar: "Por que você faz este negócio, se já é rico como um comerciante de porcos?".

– Os comerciantes não se encontram na mesma posição dos tabeliães – disse madame Birotteau.

– Minha consciência encontra-se intata – disse César, continuando. – Quem vende, vende por necessidade; nós não os roubamos, bem como não se rouba a quem compra títulos de renda a 75. Agora, compramos os terrenos ao preço de agora; em dois anos, tudo será diferente, como para as rendas. Sabe, Constance-Barbe-Joséphine Pillerault, você jamais vai flagrar César Birotteau fazendo um ato que atente contra a mais severa honestidade, nem contra a lei, nem contra a consciência, nem contra a delicadeza. Um homem assim estabelecido há dezoito anos ser suspeito de desonestidade em sua própria casa!

– Vamos, calma! César. Uma mulher que vive com você há tanto tempo conhece o fundo de sua alma. Você é o senhor. Esta fortuna, você a ganhou, não? Ela é sua, você pode gastá-la. Se nós chegássemos à maior miséria, nem eu nem sua filha falaríamos nada contra você. Mas ouve: quando você inventava sua *Pomada das Sultanas* e sua *Água carminativa*, o que arriscava? Cinco, seis mil francos. Agora, você lança toda a sua fortuna em um jogo de cartas, e não é o único a jogar, tem sócios, que podem revelar-se mais espertos que você. Dá seu baile, renova sua casa, despende dez mil francos, tudo é inútil, mas não leva à ruína. Quanto a seu negócio em Madeleine, oponho-me formalmente. Você é perfumista, seja perfumista, e não revendedor de terras. Nós temos um instinto que não nos engana, nós as mulheres! Eu o preveni, agora age conforme a sua cabeça. Você foi juiz no tribunal comercial, conhece as leis, comandou muito bem seu navio, eu o seguirei, César! Mas vou tremer até ver nossa fortuna sólida e segura e Césarine bem casada. Deus queira que meu sonho não seja profético!

Essa submissão contrariou Birotteau, que lançou a inocente armadilha a que recorria em semelhante situação.

– Ouve, Constance, ainda não dei minha palavra; mas é como se tivesse dado.

– Ah! César, tudo está dito, não fale mais. A honra vai além da fortuna. Vamos, deite, meu querido, não temos mais lenha. E sempre estaremos muito melhor na cama, para conversar, se isso o diverte. Ah! os maus sonhos! Meu Deus! Ver-se a si mesma! Mas é um terror! Césarine e eu, nós vamos fazer novenas pelo sucesso de suas terras.

– Sem dúvida, a ajuda de Deus não prejudica – disse, gravemente, Birotteau. – Mas a essência de avelãs também é potente, mulher. Fiz essa descoberta da mesma forma que, há tempos, inventei a *Dupla Pomada das Sultanas*, por acaso: a primeira, abrindo um livro, e agora, a mirar a gravura de Hero e Leandro: você sabe, na gravura, uma mulher verte óleo sobre a cabeça de seu amante[15]; isso é gentil? As especulações mais certas e seguras são aquelas que repousam sobre a vaidade, sobre o amor próprio, o desejo de aparecer. Esses sentimentos jamais vêm a morrer.

– Ah! Bem o vejo.

– Em certa idade, os homens fariam o que podem e não podem para ter cabelos quando já não os têm mais. Há tempos os cabeleireiros me falam que vendem não apenas o *Macassar*,

---

15. Hero e Leandro, gravura de Jean Nicolas Laugier (1785-1875), baseada no quadro de Delorme (1783-1859) exposto no Salão de 1814. Na gravura, Hero derrama um óleo perfumado nos cabelos de Leandro. (N.T.)

mas todas as drogas boas para pintar os cabelos, ou que possam fazê-los crescer. Desde a paz, os homens encontram-se bem mais próximos das mulheres, e elas não amam os calvos, eh, eh! A demanda dessa mercadoria explica-se pela situação política. Um produto a manter os cabelos em boa saúde seria comprado e vendido como pão, e essa essência seria, sem dúvida, aprovada pela Academia das Ciências. Meu bom *monsieur* Vauquelin[16] talvez venha a me auxiliar novamente. Amanhã, vou expor-lhe a idéia, ofertando-lhe a gravura que encontrei, ao cabo de dois anos de pesquisas na Alemanha. Ele ocupa-se, precisamente, da análise dos cabelos. Chiffreville[17], seu sócio na fábrica de produtos químicos, me disse. Se minha descoberta concordar com as suas, minha essência será vendida a ambos os sexos. Minha idéia é uma fortuna!, digo e repito. Meu Deus: não durmo! Ah! que felicidade, o pequeno Popinot possui os mais belos cabelos do mundo. Com uma funcionária de cabelos compridos, a cair até o chão, a falar, se possível for, sem ofender a Deus nem ao próximo, que o óleo comageno, e certamente vai ser um óleo, lhe vale a cabeleira, as cabeças grisalhas vão mergulhar sobre o óleo, bem como a pobreza mergulha sobre o mundo. Fale, *mignon*, e seu baile? Eu não sou mau, mas bem que desejava encontrar esse pequeno tolo do du Tillet, que *banca o grande* com sua fortuna e sempre me evita na Bolsa. Ele sabe que sei de um traço seu não lá muito belo. Talvez eu tenha sido bom demais para ele. Que estranho, mulher, sempre sermos punidos pelas nossas boas ações, aqui embaixo, claro! Comportei-me como um pai para ele, você nem imagina tudo o que fiz por ele.

– Fico toda arrepiada, só de você me falar. Se você soubesse o que ele desejava fazer comigo, com você, não teria guardado segredo sobre o roubo dos três mil francos; ora, adivinhei a forma como o negócio se arranjou. Se o tivesse entregue à polícia, talvez tivesse prestado um bom serviço a muita gente.

---

16. Nicholas Vauquelin (1763-1829), químico francês. (N. E.)

17. Personagem de *Em busca do absoluto*, em *A comédia humana*. Já Nicolas Vauquelin (1763-1829) era, na verdade, professor e autor de Análise dos cabelos. A gravura encontrada por César vem a ser *A virgem de Dresden*, de Rafael. (N.T.)

– O que ele pretendia fazer comigo?

– Nada! Se você me escutasse esta noite, eu lhe daria um bom conselho, Birotteau: esqueça seu du Tillet.

– Não viriam a imaginar ser uma história extraordinária excluir de minha casa um funcionário a quem fiei os primeiros vinte mil francos com que ele iniciou seus negócios? Vá, façamos o bem pelo bem. Aliás, du Tillet pode ter se emendado.

– Vai ser o caos isto aqui.

– O que quer dizer com o caos? Tudo vem a se organizar como pauta musical. Esqueceu o que falei sobre a escada e o aluguel da casa vizinha, que combinei com o vendedor de guarda-chuvas, Cayron[18]? Temos de ir juntos, amanhã, ao proprietário, *monsieur* Molineux[19], pois amanhã tenho de trabalhar mais que um ministro...

– Você me virou a cabeça com seus planos – disse-lhe Constance –, estou confusa. Ademais, Birotteau, estou dormindo.

– Bom dia – disse o marido. – Ouve, falo bom dia porque já estamos à manhã, mimi. Ah! ei-la a partir, esta querida criança! Vai, você será muito rica, ou não me chamo mais César.

Logo em seguida, Constance e César roncavam, tranqüilos.

Um olhar rápido, lançado à vida anterior de nosso casal, confirma as idéias sugeridas pela amigável conversa entre os dois personagens principais desta cena inicial. Ao pintar os hábitos dos comerciantes, esse desenho revela por meio de que acasos singulares César Birotteau veio a ser vice e perfumista, ex-oficial da Guarda Nacional e cavaleiro da Legião de Honra. Esclarecendo a profundidade de sua personalidade e seus impulsos de grandeza, podemos vir a compreender como os acidentes comerciais, superados pelas mentes fortes, vêm a ser catástrofes irreparáveis para os espíritos fracos. Os eventos jamais são absolutos; seus efeitos dependem, inteiramente, dos indivíduos: a desgraça é um passo adiante para o gênio, uma piscina para o cristão, um tesouro para o homem hábil; para os fracos, é um abismo.

---

18. Personagem fictício. (N.E.)

19. Jean-Baptiste Molineux, personagem fictício de *A comédia humana*, que aparece também em *Uma dupla família*. (N.E.)

Um camponês, nas proximidades de Chinon, chamado Jacques Birotteau casou-se com a camareira de uma dama em cujas vinhas ele trabalhava; teve três meninos, sua mulher morreu ao dar à luz a última criança, e o pobre homem não lhe sobreviveu muito tempo. A dama afeiçoara-se à sua camareira; mandou educar, junto a seus filhos, o primogênito de seu camponês, chamado François, e colocou-o em um seminário. Ordenado padre, François Birotteau[20] escondeu-se durante a revolução e levou a vida errante dos padres não-juramentados, caçados como feras selvagens e candidatos à guilhotina. No momento em que se inicia esta história, ele era vigário da catedral de Tours, e só deixara a cidade uma vez, para vir ver seu irmão César Birotteau[21]. O movimento de Paris aturdiu tanto o bom padre que ele não ousava sair de seu quarto; chamava os cabriolés de *meias carruagens*; tudo o surpreendia. Após uma semana de Paris, volveu a Tours, com uma promessa: nunca mais voltar à capital.

O segundo filho do vinheiro, Jean Birotteau[22], convocado à milícia, em breve ganhou o grau de capitão, nas primeiras guerras da revolução. Na batalha de Trébia[23], Macdonald pediu homens de boa vontade para tomar uma bateria; o capitão Jean Birotteau avançou com sua companhia e foi morto. O destino dos Birotteau desejava sem dúvida que eles fossem oprimidos pelos homens ou pelos eventos em toda parte onde se encontravam.

A última criança é o herói da cena. Como, aos catorze anos, César Birotteau sabia ler, escrever e contar, ele deixou sua terra e foi a pé para Paris buscar a fortuna, levando um luís no bolso. A recomendação de um boticário de Tours levou-o a trabalhar, como vendedor, para *monsieur* e madame Ragon, comerciantes de perfumes. César possuía então um par de sapatos ferrados, uma calça e meias azuis, seu colete florido, veste de camponês,

---

20. Personagem fictício de *A comédia humana*, que aparece também em *O cura de Tours* e *O lírio do vale*. (N. E.)
21. O irmão de César vem a ser *O cura de Tours*, em *A comédia humana*. (N.T.)
22. Personagem fictício. (N.E.)
23. Nesse rio italiano, os russos venceram os franceses, em junho de 1799. (N.T.)

três grossas camisas em bom tecido e seu bastão de viagem. Se seus cabelos eram cortados como os das crianças de coro, ele tinha o torso sólido do povo de Tours; se às vezes se deixava levar pela preguiça em vigor na sua terra, ela era compensada pelo desejo de fazer fortuna; se lhe faltava espírito e instrução, tinha uma ética instintiva e sentimentos delicados que vieram de sua mãe, criatura que, segundo a expressão em Tours, era *um coração de ouro*. Nos Ragon, César tinha alimentação e recebia seis francos mensais como empregado. Alojou-se em uma cama de improviso, no celeiro, próximo à cozinheira; os outros funcionários, que lhe ensinaram a fazer embalagens e dar recados, a varrer a loja e a rua, zombavam dele, habituando-o ao serviço, segundo os costumes comerciais, em que a brincadeira entra como meio principal de instrução; *monsieur* e madame Ragon falavam-lhe como a um cão. Ninguém percebia a fadiga do aprendiz, e à noite seus pés encontravam-se dilacerados pelo duro solo da cidade, e seus ombros, partidos. Essa rude aplicação do *cada um por si*, o evangelho de todas as capitais, levou César a achar a vida em Paris dura demais. À noite, ele chorava, lembrando sua Tours, onde o camponês trabalha à vontade, onde o pedreiro coloca sua pedra em doze tempos, onde a preguiça mescla-se sabiamente ao trabalho; mas adormecia sem ter tempo livre para pensar em fuga, pois de manhã tinha de correr e obedecia a seu dever com o instinto de um cão de guarda. Se por acaso queixava-se, o primeiro funcionário ria com ar de graça.

– Ah, meu jovem – falava –, nem tudo são rosas na *Rainha das Rosas*, e as cotovias não caem assadas; precisa primeiro correr atrás, a seguir, tomá-las, e, por fim, ter com o que temperá-las.

A grande cozinheira da Picardia tomava as melhores porções para si, e só se dirigia a César para queixar-se de *monsieur* ou madame Ragon, que nada lhe deixavam a roubar. Ao cabo do primeiro mês, a jovem, obrigada a guardar a casa em um domingo, começou a conversar com César. Ursule[24] pareceu encantadora ao pobre trabalhador, que, sem o acaso, ia naufragar no primeiro recife em seu navegar. Como todos os seres despi-

---

24. Personagem fictícia. (N.E.)

dos de proteção, amou a primeira mulher a lançar-lhe um olhar amável. A cozinheira protegeu César, e seguiram-se amores secretos, ironizados impiedosamente pelos demais funcionários. Dois anos depois, a cozinheira, muito felizmente, deixou César por um jovem rebelde de sua terra oculto em Paris, um filho da Picardia de vinte anos, enriquecido com algumas porções de terra, que se deixou casar com Ursule.

Nesses dois anos, a cozinheira bem abastecera seu pequeno César, explicara-lhe diversos mistérios da vida parisiense ao levá-lo a examiná-la por baixo, e transmitira-lhe por ciúme profundo horror aos maus lugares, onde os perigos não lhe pareceriam muito desconhecidos. Em 1792, os pés de César traído habituaram-se aos duros pavimentos, seus ombros, a suportar as caixas, e seu espírito, ao que ele chamava *a falsidade de Paris*. Assim, quando Ursule abandonou-o, consolou-se rapidamente, pois ela não realizara nenhuma de suas idéias instintivas sobre os sentimentos. Lasciva e caprichosa, falsa e ladra, egoísta e ébria, espancava a pureza de Birotteau sem ofertar-lhe perspectiva rica alguma. Às vezes a pobre criança se via dolorosamente atada pelos mais fortes elos dos corações ingênuos a uma criatura por quem não sentia simpatia. Quando veio a ser mestre de seu coração, crescera e completara dezesseis anos. Seu espírito, desenvolvido por Ursule e pelas brincadeiras dos funcionários, levou-o a pesquisar o comércio com um olhar em que a inteligência se escondia sob a simplicidade: observando os clientes, pedindo, nos tempos livres, explicações sobre as mercadorias, compreendeu suas diversidades e situações; um belo dia, conhecia os artigos, preços e cifras melhor que os novatos; *monsieur* e madame Ragon habituaram-se então a utilizá-lo.

Quando o terrível recrutamento militar, no ano II da Revolução Francesa, esvaziou a casa do cidadão Ragon, César Birotteau, promovido a segundo funcionário, aproveitou a circunstância para obter cinqüenta francos mensais de pagamento e sentou-se à mesa dos Ragon, em inefável alegria. O segundo funcionário da *Rainha das Rosas*, já enriquecido em seiscentos francos, ganhou um quarto onde podia encerrar devidamente, nos móveis há muito cobiçados, os objetos que colecionara.

Nos *décadi*[25], vestido como os jovens do tempo, a quem a moda ordenava afetar maneiras brutais, o meigo e modesto camponês assumia ares a torná-lo ao menos igual a eles e dessa forma atravessou as barreiras que, em outros tempos, a condição de trabalhador teria colocado entre ele e a burguesia. Ao final do ano, sua honestidade promoveu-o ao caixa. A imponente cidadã Ragon velava pelas vestes do funcionário, e ambos os comerciantes familiarizaram-se com o jovem.

Em vendemiário de 1794, César, que possuía cem luíses de ouro, trocou-os por seis mil francos de papéis do governo, comprou apólices a trinta francos, pagou-as à véspera do dia em que a escala de desvalorização teve curso na Bolsa e encerrou sua inscrição com inefável alegria. Desde então, seguiu o movimento dos fundos e negócios públicos com secretas ansiedades que o levavam a palpitar ante o relato dos revezes e sucessos que marcaram essa era de nossa história. *Monsieur* Ragon, ex-perfumista de Sua Majestade a rainha Marie-Antoinette, confiou ao jovem, nesses momentos críticos, sua afeição aos tiranos destronados. Essa confidência veio a ser uma das circunstâncias capitais na vida de César. As conversas noturnas, quando a loja fechava, a rua acalmava-se e o caixa estava feito, fanatizaram o filho de Tours que, vindo a ser monarquista, obedecia a sentimentos inatos. A narração das virtuosas ações de Luís XVI, as anedotas pelas quais o casal exaltava os méritos da rainha incendiaram a imaginação cesariana. A terrível sorte dessas duas cabeças coroadas, cortadas a poucos passos da loja, revoltou o jovem coração sensível e desenvolveu-lhe ira a um sistema de governo a quem nada custava derramar sangue inocente. O interesse comercial mostrava-lhe a morte do negócio no tabelamento de preços máximos pelo governo e nos vendavais e tempestades políticas, sempre avessas ao comércio. Como verdadeiro perfumista, ele odiava aliás uma revolução que deixava todo o mundo com os cabelos curtos como os do romano Tito e abolia o uso do pó. Só a tranqüilidade procurada pelo poder absoluto podia dar vida ao dinheiro, e ele veio a ser fanático pela realeza. Quando *monsieur* Ragon viu-o assim bem disposto, promoveu-o a primeiro funcionário

---

25. Dia de descanso no calendário da revolução. (N.T.)

e iniciou-o nos segredos da loja *Rainha das Rosas*, onde alguns clientes eram os mais ativos, os mais devotados emissários dos Bourbon, e onde se realizava a correspondência entre Paris e o Oeste. Levado pelas chamas da juventude, eletrizado por suas relações com os Georges, os La Billardière, os Montauran, os Bauvan, os Longuy, os Mandat, os Bernier, os du Guénic e os Fontaine[26], César lançou-se à conspiração que os monarquistas e terroristas, reunidos, comandaram, em 13 de vendemiário de 1794, contra a Convenção a expirar. César teve a honra de lutar contra Napoleão nas escadarias de Saint-Roch, e logo foi ferido. Todos sabem os resultados da conspiração[27]. Se o auxiliar de campo de Barras saiu de sua obscuridade, vindo a ser o conhecido Napoleão, César foi salvo pela sua. Alguns amigos carregaram o belicoso primeiro-funcionário para *A Rainha das Rosas*, onde ele se escondeu no celeiro, aos cuidados de madame Ragon, e felizmente foi esquecido. César Birotteau tivera apenas uma centelha de coragem militar. No mês de convalescença, fez sólidas reflexões sobre a ridícula aliança entre a política e a perfumaria. Se permaneceu monarquista, escolheu ser pura e simplesmente um perfumista monarquista, sem jamais volver a comprometer-se, e lançou-se de corpo e alma à sua parte.

Em 18 de brumário[28], *monsieur* e madame Ragon, desesperando da causa real, tomaram a decisão de deixar a perfumaria e viver como bons burgueses, sem mais se meterem na política. Para obter o preço de suas posses, precisavam encontrar um homem que fosse mais honesto que ambicioso, tivesse maior bom senso que capacidade, e Ragon propôs o negócio a seu primeiro-funcionário. Birotteau, aos vinte anos dono de mil francos de renda em títulos públicos, hesitou. Sua ambição consistia em viver próximo a Chinon quando chegasse a mil e quinhen-

---

26. Com exceção de Georges Cadoudal (1771-1804), que combateu os exércitos republicanos e conspirou contra a vida de Napoleão e do padre Bernier, que se recusou a prestar juramento cívico e se tornou um dos líderes rebeldes, os outros nomes listados são personagens fictícios que aparecem no romance *A Bretanha de 1799*. Du Guénic aparece também em *Beatriz*, Fontaine aparece em *O baile de Sceaux*. (N.T.)
27. Bonaparte venceu os monarquistas. (N.T.)
28. 9 novembro 1799. (N.T.)

tos francos de renda, e que o primeiro-cônsul consolidasse a dívida pública ao consolidar-se nas Tuileries. Por que lançar sua honesta e simples independência em acasos comerciais?, falava a si mesmo. Jamais imaginara ganhar fortuna tão imensa, nesses acasos a que só se lança na juventude; sonhava então em casar-se em Tours com uma mulher tão rica quanto ele, para poder comprar e cultivar *As Riquezas*, pequeno bem que, desde a idade da razão, ele cobiçava, sonhava ampliar, ganhar mil francos de renda, levar uma vida felizmente obscura. Ia falar não quando o amor transformou, de repente, as suas decisões, decuplicando os números de sua ambição.

Desde a traição de Ursule, César ficara prudente em suas relações, tanto por temer os perigos correntes em Paris, no amor, como por causa de seu trabalho. Quando as paixões se encontram sem alimento, elas se transformam em necessidade; o casamento torna-se então, para as pessoas da classe média, uma idéia fixa, porque elas não têm outra forma de conquistar e apropriar-se de uma mulher. César Birotteau encontrava-se nesse ponto. Tudo rolava sobre o primeiro-funcionário no magazine *Rainha das Rosas*: ele não desfrutava de um momento a conceder ao prazer. Em vida semelhante, as necessidades vêm a ser ainda mais imperiosas: assim, o encontrar uma jovem bela, que um funcionário libertino apenas imaginaria em seus sonhos, viria a provocar o maior efeito no casto César. Em um belo dia de junho, entrando na ponte Marie, na Île de Saint-Louis, ele viu uma jovem de pé, à porta de uma loja, na esquina do cais d'Anjou. Constance Pillerault era a primeira-funcionária de um magazine de novidades chamado *Petit Matelot*, a primeira loja em Paris com placas pintadas, bandeirolas flutuantes, vitrines plenas de xales pendurados, gravatas organizadas como castelos de cartas, e mais outras mil seduções comerciais, preços fixos, serpentinas, cartazes, efeitos visuais e ilusões de ótica levados a tal grau de perfeição que as fachadas das lojas transformaram-se em poemas comerciais. Os baixos preços de todos os objetos chamados Novidades encontrados no *Petit Matelot* deram-lhe uma fama inédita no espaço parisiense menos favorável à fama e ao comércio. Essa primeira-funcionária era citada pela sua beleza, como a seguir o foram Belle Limonadière, do café des Mille Colonnes, e diversas outras pobres criaturas, a atraírem mais jovens e velhos aos modistas, bares e lojas do que as pedras existentes nas calçadas e ruas da cidade de Paris. O primeiro comerciário da *Rainha das Rosas*, alojado entre Saint-Roch e a Rue de la Sourdière, só pensava em perfumaria e nem suspeitava da existência do *Petit Matelot*; os pequenos comércios parisienses desconhecem-se uns aos outros. César foi tão vigorosamente atordoado pela beleza de Constance que entrou em fúria no *Petit Matelot* para comprar seis camisas de linho e debateu os preços por muito tempo, fazendo desdobrarem pilhas de linho, como uma inglesa com disposição de comprar (*shopping*). A primeira-funcionária ocupou-se de César ao perceber, pelos sintomas conhecidos de todas as mulheres, que ele vinha muito mais pela mercadora do que pela mercadoria. Ele ditou nome e endereço à senhorita, que foi muito indiferente à admiração do cliente, depois da compra. O pobre comerciário tivera de fazer muito pouco para ganhar as boas graças de Ursule e permanecia ingênuo como um cordeiro; e o amor o ingenuava[29] ainda mais: não ousou falar palavra e foi-se deslumbrado demais para perceber a indiferença que se seguia ao sorriso daquela sereia comerciante.

Por oito dias, foi todas as noites fazer figura ante o *Petit Matelot*, buscando um olhar como um cão busca um osso à porta da cozinha, sem dar atenção às brincadeiras que se permitiam os funcionários e as moças, afastando-se humildemente à passagem dos clientes ou passantes, atentos às pequenas revoluções na loja. Dias depois, entrou novamente no paraíso onde se encontrava seu anjo, menos para comprar lenços que para comunicar luminosa idéia.

– Se precisar de perfumes, *mademoiselle*, envio-lhe – disse, pagando-a.

Todos os dias, Constance Pillerault recebia brilhantes propostas, que não envolviam casamento; e, mesmo com o coração puro como era branca a sua fronte, levou seis meses de marchas e contramarchas, nas quais César assinalava seu imperturbável amor, para vir a receber as atenções de César, mas sem desejar pronunciar-se: prudência comandada pelo infinito número de

---

29. Palavra criada por Balzac. (N.T.)

seus seguidores, comerciantes de vinho, ricos donos de bar e outros mais, que a olhavam com extrema suavidade. O apaixonado apoiara-se no tutor de Constance, Claude-Joseph Pillerault, então comerciante de ferro e quinquilharias no cais de la Ferraille, que acabou por descobrir ao se lançar à espionagem subterrânea que assinala o verdadeiro amor. A velocidade de nosso relato obriga-nos a passar em silêncio em relação às alegrias do amor parisiense inocente, a calar as singulares prodigalidades dos comerciários: presentes, os primeiros melões do ano, jantares finos *chez* Vénua, espetáculos nos teatros, passeios no campo, em carruagem, no domingo. Sem ser belo, César não possuía nada em sua pessoa que o impedisse de ser amado. A vida em Paris e seu permanecer em um magazine sombrio tinham atenuado a vivacidade de sua pele de camponês. Sua abundante cabeleira negra, seu pescoço de cavalo da Normandia, seus grossos membros, seu ar simples e honesto, tudo contribuía em seu favor. Tio Pillerault, o encarregado de velar pela alegria e felicidade da filha de seu irmão, foi informar-se sobre César: aprovou as intenções do filho de Tours. Em 1800, no belo mês de maio, *mademoiselle* Pillerault concordou em casar-se com César Birotteau, que desmaiou de alegria no momento em que à sombra de uma tília, em Sceaux, Constance-Barbe-Joséphine aceitou-o como seu homem.

– Minha pequena – disse *monsieur* Pillerault –, você vai ter um bom marido. Ele tem o coração ardente e sentimentos de honra: é franco como vime e casto como um Menino Jesus: é o rei dos homens.

Constance esqueceu, francamente, os brilhantes destinos com que, como todas as jovens comerciárias, tinha, algumas vezes, sonhado: desejava ser mulher honesta, boa mãe de família, e seguir a vida cumprindo o religioso programa da classe média. Esse papel, aliás, casava-se bem melhor com suas idéias do que as vaidades perigosas que seduziam tantas jovens imaginações parisienses. Sem brilhar pela inteligência, Constance ofertava o tipo da pequena-burguesa que não trabalha sem um pouco de suor, que começa por negar-se ao que deseja e se aborrece quando é pega pela palavra, cuja atividade inquieta abrange a cozinha e o caixa, os mais graves temas e os invisíveis consertos nas vestes, que ama rosnando, que só compreende as idéias mais simples, as pequenas moedas espirituais, que mede tudo, tem medo de tudo, calcula tudo, sempre a prever, a pensar no porvir. Sua fria mas cândida beleza, seu ar tocante, seu frescor, com efeito, impediram Birotteau de perceber os defeitos da amada, ademais compensados pela delicada sinceridade natural às mulheres, por um excesso de ordem , pelo fanatismo ao trabalho e pelo gênio nas vendas. Constance tinha então dezoito anos e onze mil francos. César, a quem o amor inspirou a mais excessiva das ambições, comprou a *Rainha das Rosas* e levou-a para as proximidades da Place Vendôme, em uma casa bela. Com apenas 21 anos, casado com uma mulher maravilhosa, e adorada, dono de uma loja com três quartos do valor já pagos, César devia ver, e viu, o porvir maravilhoso, sobretudo ao estimar o caminho realizado desde o seu ponto de partida.

Roguin – o tabelião dos Ragon e redator do contrato de casamento – deu sábios conselhos ao novo perfumista, impedindo-o de terminar de pagar a loja com o dote de sua mulher.

– Guarde o dinheiro para realizar bons investimentos, meu jovem – disse-lhe Roguin.

Birotteau mirou o tabelião com admiração, habituou-se a consultá-lo e tomou-o como amigo. Igual a Ragon e Pillerault, tinha tanta fé no tabelionato, que se entregou a Roguin, sem permitir-se a suspeita. Graças a esse conselho, César, armado dos onze mil francos de Constance para começo de negócio, neste momento não trocaria o seu *ter* pelo do primeiro-cônsul, por mais brilhante que lhe parecesse o *ter* de Napoleão Bonaparte. No princípio, César teve apenas uma cozinheira, alojou-se na sobreloja acima de sua butique, em um pequeno quarto bem adornado por um tapeceiro, onde os recém-casados gozaram eterna lua-de-mel. Madame César surgiu, como uma maravilha, ao balcão. Sua beleza célebre influiu imensamente nas vendas: só se falava na belíssima madame Birotteau, entre os elegantes do Império. Se César foi acusado de ser monarquista, o mundo social fez justiça à sua honestidade; se alguns vizinhos comerciantes invejaram a sua felicidade, ele fazia por merecê-la. A bala que o atingira nas escadarias de Saint-Roch deu-lhe fama de homem mesclado aos segredos políticos e de ser corajoso, mesmo sem ter coragem militar alguma no coração nem uma idéia política na mente. Por esses dados, as pessoas honestas da região nomearam-no capitão da Guarda Nacional, mas ele foi cassado por Napoleão que, conforme Birotteau, guardava-lhe rancor pelo encontro de ambos nas escadarias de Saint-Roch, no vendemiário. César obteve então, a baixo custo, uma fama de perseguido que o tornou interessante ao olhar da oposição e o fez adquirir certa importância.

Eis a sorte desse casal sempre feliz pelos sentimentos, perturbado somente pelas ansiedades do comércio.

No primeiro ano, César Birotteau pôs sua mulher a par de como vender e dos detalhes das perfumarias, trabalho que ela compreendeu admiravelmente bem; e ela parecia ter sido criada e lançada ao mundo para cair como uma luva nas mãos dos clientes. Ano finito, o balanço surpreendeu o ambicioso perfumista: menos as despesas, ele ia levar não menos de vinte anos para ganhar o capital modesto de cem mil francos, número em que cifrara sua felicidade. Decidiu chegar à riqueza mais velozmente e resolveu, inicialmente, unir a fabricação ao varejo. Contra a opinião de sua dona, alugou galpão e terrenos no subúrbio do Temple e mandou pintar em imensas letras: FÁBRICA DE CÉSAR BIROTTEAU. Comprou um operário de Grasse[30], com quem começa, como sócio, a fabricar sabonetes, essências e água-de-colônia. Sua sociedade com esse operário não durou mais de seis meses e terminou em perdas com que ele arcou, só. Sem perder a coragem, Birotteau desejava alcançar bons resultados a qualquer preço, apenas para não ouvir as reprimendas de sua mulher, a quem confessou, mais tarde, que naqueles tempos de desespero a cabeça fervia-lhe como marmita, e que diversas vezes, não fossem seus sentimentos religiosos, teria se lançado nas águas do rio Sena.

Desolado pelas experiências infrutíferas, ele flanava um dia pelas alamedas, voltando para casa para jantar, pois o passeador parisiense pode ser tanto um homem desesperado quanto um ocioso. Entre livros a trinta centavos, expostos em um cesto ao chão, seu olhar foi tomado por este título, amarelo de pó: *Abdeker ou A arte de conservar a beleza*. Tomou esse pretenso

---

30. Localidade onde se fazem perfumes, próximo a Nice, na Riviera. (N.T.)

livro árabe, espécie de romance escrito por um médico no século XVIII[31], e caiu em uma página que falava em perfumes. Apoiado à sombra de uma árvore da alameda, para folhear o livro, viu uma nota em que o autor explicava a natureza da derme e da epiderme, demonstrando que aquela pomada ou aquele sabonete provocavam os efeitos contrários aos esperados, se a pomada e o sabonete dessem tom à pele que precisava relaxar, ou relaxassem a pele que clamava por tônicos. Birotteau comprou o livro, no qual viu uma imensa fortuna. Todavia, pouco confiante em suas luzes, foi a um químico célebre, Vauquelin, a quem pediu, muito ingenuamente, os meios de compor um novo, um duplo cosmos feminino, um cosmético a provocar os efeitos apropriados às diversas naturezas da epiderme humana. Os verdadeiros sábios, esses homens realmente grandes, no sentido de jamais virem a desfrutar, em vida, o renome com que os seus imensos trabalhos desconhecidos deviam ser pagos, são, quase todos, solícitos e sorridentes ante os pobres de espírito. Assim, Vauquelin protegeu o perfumista, permitiu-lhe afirmar-se como o inventor de uma pomada para deixar as mãos brancas, indicando-lhe sua composição. Birotteau chamou, a este cosmético, de *Dupla Pomada das Sultanas*. Para completar a sua obra, aplicou os procedimentos da pomada para as mãos a uma água para a pele, e chamou-a *Água carminativa*. Em seu jogo, imita os métodos do *Petit Matelot*, e é o primeiro, entre os perfumistas, a desdobrar esse luxo de cartazes, anúncios e meios de publicidade que chamamos, talvez injustamente, de charlatanismo.

A *Pomada das Sultanas* e a *Água carminativa* disseminaram-se no galante universo comercial por meio de cartazes coloridos; no cimo dos cartazes, estas palavras: *Aprovadas pelo instituto!* Essa fórmula, empregada pela primeira vez, teve efeitos mágicos. Não somente a França, mas a Europa toda foi enfeitada com cartazes amarelos, vermelhos, azuis: o espectro do soberano da *Rainha das Rosas*, que mantinha, fabricava e fornecia, a preços moderados, tudo em seu ramo. Em tempos em que só se falava no Oriente, chamar a algum cosmético *Pomada das Sultanas*, adivinhando a magia latente

---

31. Antoine Le Camus (1722-1772) editou esta obra em Paris, 1748. (N.T.)

nessas palavras em uma terra onde todos os homens desejam ser sultões e todas as mulheres desejam ser sultanas, era uma inspiração que podia acontecer tanto a um homem ordinário como a um homem de espírito; mas o público, sempre a julgar pelos resultados, imaginou Birotteau como um homem superior, comercialmente falando, e ele, em pessoa, criou um folheto no qual a ridícula fraseologia foi mais um elemento de sucesso: na França, só se ri das coisas e dos homens interessantes, e ninguém imagina interessante quem não vem a ser vencedor. Mesmo sem desejar ser tolo, deram a César o talento de saber representar o tolo às mil maravilhas. Encontramos, não sem muito penar, um exemplar desse folheto na casa Popinot e companhia, droguistas, Rue des Lombards. Essa peça curiosa situa-se entre os papéis que, em um círculo mais elevado, os historiadores chamam de *peças justificativas*. Ei-la:

DUPLA POMADA DAS SULTANAS E ÁGUA CARMINATIVA

DE CÉSAR BIROTTEAU

DESCOBERTA MARAVILHOSA

APISDMAEA*
*APROVADA PELO INSTITUTO SUPERIOR
DOS MAIS ALTOS ESTUDOS ALPINOS*

Há muito, muito tempo, uma pomada para as mãos e uma água para a face que apresentassem um resultado superior ao obtido pela água-de-colônia no toalete eram desejadas pelos dois sexos na Europa. Após consagrar as mais longas vigílias às pesquisas da derme e epiderme, em ambos os sexos, que, tanto um – como o outro – dão, e com razão, o mais alto valor à suavidade, à flexibilidade, ao brilho, ao veludo azul da pele, monsieur *Birotteau, perfumista, avantajadamente conhecido na capital e no exterior, chegou à descoberta de uma pomada e uma água apropriadamente consideradas, desde o seu surgimento, maravilhosas pelos homens e mulheres elegantes de*

Paris. Com efeito, essa pomada e essa água possuem surpreendentes propriedades para agir sobre a pele, sem enrugá-la prematuramente, efeito infalível das drogas empregadas até hoje, inventadas pela ignorante cupidez. Esta descoberta repousa sobre a divisão dos mais variados temperamentos, que se agrupam em duas grandes classes, indicadas pela cor da pomada e da água, as quais são rosa para a derme e epiderme das pessoas de constituição linfática, branca para as pessoas que gozam de um temperamento sanguíneo.

Esta pomada chama-se Pomada das Sultanas, *pois esta descoberta já fora feita lá fora para o harém por um médico árabe. Ela foi aprovada pelo Instituto ante o relatório de nosso ilustre químico,* VAUQUELIN, *assim como a água estabelecida sobre os mesmos princípios que ditaram a composição da pomada.*

Esta preciosa pomada, que exala os mais sublimes perfumes, faz desaparecer as sardas mais rebeldes, branqueia as epidermes mais recalcitrantes e dissipa os suores das mãos dos quais se queixam os homens, assim como as mulheres.

A Água carminativa *abole essas levianas espinhas que, em dados momentos, irrompem inopinadamente nas mulheres, contrariando os seus projetos para o próximo baile; ela refresca e reaviva, abrindo os poros, segundo as exigências do temperamento; é tão famosa por fazer cessar os ultrajes do tempo que muitas damas chamam-na de* A AMIGA DA BELEZA.

A Água de Colônia é pura e simplesmente banal perfume, sem efeitos especiais, enquanto a Dupla Pomada das Sultanas *e a* Água carminativa *são duas composições operantes, com uma potência motriz a agir sem riscos nas qualidades internas, e secundando-as; seus aromas essencialmente balsâmicos e espirituosamente divertidíssimos alegram o coração e mente de forma admirável, encantam as idéias e despertam-nas; elas são tão surpreendentes por seus méritos quanto por suas simplicidades; enfim são uma atração a mais para as mulheres, e um meio de sedução que os homens podem comprar.*

O uso cotidiano das Águas *dissipa os cortes causados pelo fogo da navalha na barba; elas preservam identicamente os lábios das freiras e mantêm-nos rubros; elas eclipsam natu-*

ralmente a longo prazo os canais das manchas de sardas e dão novo tom à pele. Esses efeitos efetivamente anunciam sempre no homem um perfeito equilíbrio entre os humores, o que tende a libertar as pessoas sujeitas à enxaqueca desta terrível dor. E a Água carminativa, *podendo ser empregadas por todas as mulheres em todas as suas toaletes, previnem as afecções cutâneas ao facilitar a transpiração dos tecidos, simultaneamente comunicando-lhes um persistente aveludado.*

Dirigir-se, livre de porte, a monsieur César Birotteau, *sucessor de Ragon, antigo perfumista da rainha Marie-Antoinette, no* Rainha das Rosas, *Rue Saint-Honoré, Paris, perto da* place Vendôme.

O preço do pote da pomada é de apenas três francos, e o da garrafa, seis francos.

Monsieur César Birotteau, para evitar todas as imitações, previne o honrado e distinto público: a desenvolta pomada é envolta em um papel com a sua assinatura, e as garrafas desfrutam de seu selo incrustado no vidro.

O sucesso deve-se, sem que César venha a desconfiar, a Constance, que o aconselhou a enviar a *Água carminativa* e a *Pomada das Sultanas* encaixadas em caixas a todos os perfumistas de França e do estrangeiro, ofertando-lhes um lucro de cem por cento, se desejassem esses artigos do ramo em grandes quantidades. As águas e a pomada valiam mais, realmente, que os cosméticos análogos e seduziam os ignorantes pela distinção estabelecida entre os temperamentos: os quinhentos perfumistas de França, seduzidos pelo lucro, compraram anualmente em Birotteau, cada um, mais de trezentos engradados de pomada e de água, consumação a provocar-lhe pouco lucro em relação ao preço do artigo, mas imenso, pela quantidade. César então pôde comprar os casebres e os terrenos do arrabalde do Temple, construiu ampla fábrica e decorou magnificamente seu magazine *Rainha das Rosas*; sua casa e casamento cotidianos experimentaram as pequenas alegrias do luxo, e sua mulher passou a tremer menos.

Já em 1810, madame César previu uma alta nos aluguéis, puxou seu marido e empurrou-o a tornar-se o principal locatário da casa onde ocupavam loja e sobreloja, e passaram seu apartamento para o primeiro andar. Uma feliz circunstância fez Constance decidir fechar constantemente os olhos às loucuras que Birotteau fazia por ela no apartamento. O perfumista acabava de ser eleito juiz no tribunal comercial. Sua honestidade, sua conhecida delicadeza e a já famosa consideração de que gozava valeram-lhe a dignidade que o classifica doravante entre os notáveis comerciantes parisienses. Para incrementar seus conhecimentos, levanta-se às cinco da manhã, lê os repertórios jurisprudenciais e os livros que tratam de litígios comerciais. Seu sentimento do justo, sua retidão, sua boa-vontade, qualidades essenciais na apreciação das dificuldades submetidas às sentenças consulares, levaram-no a vir a ser um dos mais estimados juízes. Seus defeitos igualmente contribuíram à sua reputação. Sentindo sua inferioridade, César subordinava, com prazer, suas luzes às dos demais juízes, lisonjeados por serem assim tão curiosamente ouvidos por ele: uns buscaram a silenciosa aprovação de um homem julgado profundo, em sua qualidade de vir a ser todo ouvidos, outros, encantados com sua modéstia e suavidade, louvaram-no. Os por ele julgados vangloriaram sua benevolência, seu espírito conciliador, e ele sempre era tomado como árbitro nas contestações em que seu bom senso lhe sugeria uma justiça turca. Durante o tempo de suas funções, ele soube compor uma linguagem feita de lugares-comuns, semeada de axiomas e cálculos traduzidos em frases redondas suavemente debitadas a soar aos ouvidos das pessoas superficiais como eloqüência. Assim agradou naturalmente à maioria silenciosa e medíocre, perpetuamente condenada aos trabalhos, às visões de superfícies. César perdia tanto tempo no tribunal que sua mulher o constrangeu a doravante recusar essa honra tão custosa.

Em 1813, graças à constante união de Constance e César, e depois de tanta obscuridade, o casal viu o início de uma era próspera, que nada parecia poder vir a interromper. Vinham a formar o círculo de suas amizades *monsieur* e madame Ragon, seus antecessores, bem como o tio Pillerault, o tabelião Roguin e os Matifat, droguistas da Rue des Lombards, fornecedores da *Rainha das Rosas*, Joseph Lebas[32], mercador de tecidos, sucessor de Guillaume no *Chat-qui-pelote*, uma das luzes da Rue Saint-Denis, e o juiz Popinot, irmão de madame Ragon, além de Chiffreville, da casa Protez & Chiffreville, *monsieur* e madame Cochin, funcionários do Tesouro e sócios dos Matifat, o padre Loraux[33], confessor e diretor dessas pessoas de sociedade, e mais alguns outros.

Em que pesem os sentimentos realistas de Birotteau, a opinião pública era então a seu favor, e ele passava por ser muito rico, embora só tivesse cem mil francos, além de seu comércio. A regularidade de seus negócios, sua exatidão, seu hábito de não dever nada, jamais descontar títulos e aceitar, inversamente, títulos garantidos das pessoas a quem podia ser útil, bem como seu ser solícito, valeram-lhe enorme crédito. Aliás, ele tinha, de fato, ganho muito dinheiro; mas suas fábricas e construções tinham exigido demais. E sua casa custava-lhe cerca de vinte mil francos anuais. E a educação de Césarine, sua filha única, idolatrada por Constance, bem como pelo pai, levava-o a imensas despesas. Nem o marido nem a mulher mediam dinheiro quando se tratava de dar prazer à sua filha, de quem jamais desejavam separar-se.

Imagine as alegrias do pobre camponês, agora rico, ao ouvir sua encantadora Césarine a tocar, ao piano, uma sonata de Steibelt[34] ou a cantar romanças; e ao vê-la escrever a língua francesa de forma certa; e ao admirá-la a ler Racine[35], pai e filho[36], a explicar-lhes as belezas, a desenhar uma paisagem ou a fazer uma sépia! Que felicidade para ele, reviver, em uma flor tão bela, tão pura, que ainda não deixara a haste materna, um anjo em graças nascentes, de primeiros desenvolvimentos tão apaixonadamente seguidos! Uma filha única, incapaz de

---

32. Personagem fictício. (N.E.)
33. Personagem fictício que aparece também em *Uma estréia na vida* e *Ao "Chat-qui-pelote"*. (N.E.)
34. Compositor alemão (1763-1823) citado também em *Béatrix*, em *A escritora* e *O primo Pons*, em *A comédia humana*. (N.T.)
35. Jean Racine (1639-1699), autor de *Alexandre, o grande* (1666), *Fedra* (1677), *Athalie* (1691). (N.T.)
36. Louis Racine (1692-1763), filho de Jean, poeta pouco conhecido, autor de *A graça*. (N.T.)

desprezar o pai ou de zombar-lhe a falta de instrução, tanto ela era *uma moça* de verdade.

Ao vir para Paris, César sabia ler, escrever, contar e nada mais: sua vida de muito trabalho impedira-o de alcançar as idéias e conhecimentos que fossem além do comércio de perfumarias. Sempre mesclado a pessoas a quem as ciências e as letras eram indiferentes, de instrução limitada a especialidades, sem desfrutar de tempo livre para pesquisas elevadas, o perfumista veio a ser um homem prático. Casou-se, obrigado, com a linguagem, os erros, as opiniões do burguês parisiense, a admirar Molière[37], Voltaire[38] e Rousseau[39] de ouvir falar, a comprar as suas obras, sem lê-las; a garantir que devemos falar *ouromário*, pois as mulheres encerravam, nesses móveis, o seu *ouro* e suas roupas, quase sempre em *moire*[40], e que a corrupção da linguagem levou a falar-se *armário*. Potier, Talma, *mademoiselle* Mars[41] eram dez vezes milionários e não viviam como os outros humanos: o grande trágico comia carne crua, *mademoiselle* Mars mandava fazer, às vezes, guisado de pérolas, para imitar uma célebre atriz egípcia. O imperador tinha, nos coletes, bolsos de couro para tomar seu rapé aos punhados e subia a cavalo, em grandes galopes, a escada do laranjal de Versailles. Os escritores, os artistas morriam no hospital em conseqüência de suas invenções; aliás, todos eles eram ateus, era preciso guardar-se e não recebê-los em casa. Joseph Lebas citava, aterrado, a história[42] do casamento de sua cunhada Augustine com o pintor Sommervieux. Os astrônomos viviam de aranhas.

Esses pontos luminosos de seus conhecimentos em língua francesa, arte dramática, política, literatura, ciência assinalam o

---

37. Molière (1622-1763), autor de *As eruditas*, *Don Juan* e *O convidado de pedra*, *Preciosas ridículas*, *Escola de mulheres*, *Tartufo*, *O avarento*, *O burguês fidalgo*, *O enfermo imaginário*. (N.T.)

38. Voltaire (1694-1778), autor de *Cândido, ou o otimismo*. (N.T.)

39. Jean-Jacques Rousseau (1712-1778), autor de *A origem da desigualdade entre os homens* (1755), *Julie, ou A nova Heloísa* (1761), *O contrato social* (1762), *Émile, ou A educação* (1762), *Devaneios de um caminhante solitário* (1782), *As confissões* (1782). (N.T.)

40. *Moire*: tecido de cor não-lisa, com pontilhados. (N.E)

41. Três atores contemporâneos. (N.T.)

42. Balzac conta esta história em *Ao "Chat-qui-pelote"*, em *A comédia humana*. (N.T.)

alcance dessas inteligências burguesas. Um poeta, a passar pela Rue des Lombards, pode, ao aspirar alguns perfumes, sonhar com a Ásia; ao aspirar certas plantas, como o vetiver, ele admira as dançarinas do harém em grande viagem, em caravana. Levado pelo brilho dos grilos e vaga-lumes, neles reencontra os poemas de Brama, as religiões e suas castas. Chocando-se contra o marfim, nu e cru, sobe sobre o dorso dos elefantes a uma jaula de musselina e, como o rei de Lahore, faz amor. Entretanto, o pequeno-burguês, o pequeno comerciante, ignora de onde vêm, crescentes, as mercadorias com que trabalha. Birotteau perfumista não sabia nada de história natural, nada de química. Ao ver Vauquelin como um grande homem, considerava-o como exceção, com a força do comerciante aposentado que assim sintetizava a discussão sobre os modos de trazer o chá:

– O chá só nos vem de duas formas, *pelas caravanas* ou *pelo Havre* – falava com expressão.

Segundo Birotteau, o aloés, a erva e o ópio eram encontrados apenas na Rue des Lombards. A pretensa água de rosa de Constantinopla era criada, como a água-de-colônia, em Paris. Esses nomes de lugares eram fábulas inventadas para agradar aos franceses, que não toleram as coisas de sua terra. Um mercador francês devia afirmar que: sua descoberta era inglesa, para lançá-la na moda, assim como na Inglaterra um droguista atribui sua descoberta à França.

Mas César jamais podia vir a ser totalmente tolo, ou ignorante: a honestidade e a bondade lançavam, sobre os atos de sua vida, um reflexo a revesti-los de respeitáveis, pois uma bela ação leva a aceitar todas as ignorâncias possíveis. O sucesso constante deixou-o seguro. Em Paris, a segurança é aceita pelo poder do qual ela é o sinal. Observando César nos três primeiros anos de casamento, sua mulher foi presa de transes contínuos; ela representava, nessa união, a parte sagaz e previdente, a dúvida, a oposição, o temor; César representava a audácia, a ambição, a ação, a alegria, a felicidade inefável de acaso e fatalidade. Além das aparências, o comerciante era temor e tremor, enquanto sua mulher tinha na verdade paciência e coragem. Assim um homem tímido, medíocre, sem instrução, sem idéias, sem conhecimentos, sem caráter, que não triunfaria no melhor lugar do mundo, chegou – pelo espírito de seu comportamento, pelo sentimento do justo, pela bondade de uma alma cristã de verdade, pelo amor à única mulher que possuiu – a passar por um homem marcante, corajoso e cheio de determinação. O público via apenas os resultados. Além de Pillerault e do juiz Popinot, as pessoas de sua sociedade, vendo César apenas superficialmente, não podiam julgá-lo. Ademais, os vinte ou trinta amigos que se reuniam entre si falavam as mesmas tolices, repetiam os mesmos lugares-comuns, olhavam-se todos como pessoas superiores em suas esferas. As mulheres assaltavam bons jantares e toaletes; cada uma delas havia dito tudo ao exprimir uma palavra de desprezo por seu marido. Madame Birotteau era a única a ter o bom senso de tratar o seu com honra e respeito, publicamente; ela via nele o homem que, apesar de suas secretas incapacidades, tinha ganho a sua fortuna, e ela partilhava a consideração. Apenas se perguntava, algumas vezes, o que vinha a ser o mundo, a sociedade, se todos os homens pretensamente superiores assemelhavam-se a seu marido. Esse comportamento não contribuía pouco para manter a estima respeitosa concedida ao mercador, em um país onde as mulheres são levadas a desconsiderar os seus maridos e a queixar-se deles.

Os primeiros dias de 1814, ano tão fatal à França imperial, assinalaram-se entre os Birotteau por dois eventos pouco marcantes em qualquer outro casal, mas de natureza a impressionar almas simples como as de César e sua mulher, que, ao lançarem o olhar ao passado, só encontravam emoções suaves. Eles tomaram como primeiro-funcionário um jovem de 22 anos, chamado Ferdinand du Tillet. Esse jovem, saído de uma casa de perfumes onde se negaram a interessá-lo nos lucros, passava por um gênio e esforçou-se bastante para ingressar na *Rainha das Rosas*, de seres, forças e hábitos interiores conhecidos por ele. Birotteau acolheu-o e deu-lhe mil francos de salário, com a intenção de torná-lo seu sucessor. Ferdinand teve sobre os destinos dessa família tanta influência que é necessário falar algumas palavras.

No princípio, o jovem chamava-se simplesmente Ferdinand, sem nome de família. Esse anonimato pareceu-lhe ser imensa vantagem, numa época em que Napoleão caçava as famílias em busca de soldados. Entretanto, ele havia nascido em algum lugar, por efeito de alguma cruel fantasia cheia de volúpia. Eis as poucas informações colhidas sobre seu estado civil. Em 1793, uma pobre filha do Tillet, espaço situado próximo a Andelys, veio dar à luz, à noite, no jardim do padre da igreja do Tillet e, depois de bater à porta da igreja, foi afogar-se. O bom padre acolheu a criança, deu-lhe o nome do santo do dia[43], alimentou-o, educou-o como a um filho. O padre morreu em 1804, sem deixar sucessão opulenta o bastante para bastar à educação que havia começado. Ferdinand, lançado em plena Paris, levou uma existência de pirata, e o acaso podia tê-lo levado à guilhotina ou à fortuna, à prisão, ao exército, ao comércio, ao ser empregado. Obrigado a viver como verdadeiro Fígaro[44], Ferdinand veio a ser caixeiro-viajante e, a seguir, vendedor de perfumes em Paris, para onde voltou, depois de percorrer a França, estudar o mundo e tomar seu partido de triunfar a qualquer preço. Em 1813, Ferdinand julgou necessário verificar a sua idade e dar-se um estado civil, pedindo ao tribunal de Andelys um julgamento que levou sua certidão de batismo dos registros do presbitério para os registros municipais, e obteve uma retificação ao pedir a inserção do nome *du Tillet*, como era conhecido, autorizado pelo fato de sua exposição na comuna. Sem pai nem mãe, sem outro tutor além do procurador imperial, só no mundo, não devendo nada a ninguém, tratou a sociedade com a ferocidade empregada pelo conquistador contra os negros, como se fosse a sua madrasta: não conheceu outro guia além de seu interesse, e todos os meios rumo à fortuna pareceram-lhe bons. Esse normando, armado de capacidades perigosas, unia à sua vontade de vitória os ásperos defeitos reprovados, certa ou erroneamente, aos nativos de sua província. Maneiras hipócritas

---

43. 30 de maio de 1793. O personagem Ferdinand vem a ter como modelo "o fundador da imprensa moderna" Émile de Girardin (1806-1881), diretor de jornais a baixo custo, acessíveis a amplo público, no momento do surgimento da publicidade, que viria a controlar boa parte da imprensa, segundo os balzaquianos Lovenjoul e Guise. No presente livro, Ferdinand du Tillet encarna o "seja esperto você também", enquanto Birotteau incorpora o "ser honesto". (N.T.)

44. Empregado alegre, personagem do revolucionário *Casamento de Fígaro* (1784-1786), de Mozart, e *O barbeiro de Sevilha* (1775-1816), de Rossini, óperas baseadas em peças de Beaumarchais. (N.T.)

davam margem à passagem de seu espírito agressivo, pois era o mais rude dos carrascos judiciários; mas, se contestava com audácia o direito de outrem, nada cedia em relação ao seu; vencia o adversário ao longo do tempo, cansava-o por uma inflexível vontade. Seu principal mérito igualava-se ao mérito dos intrigantes da comédia antiga: possuía a fertilidade de suas fontes e recursos, sua habilidade de aproximar-se do injusto, seu apetite de tomar para si o que é bom. E contava aplicar, a seu ser indigente, a expressão que o padre Terray[45] afirmava em nome do Estado e, afinal, vir a ser um homem bom. Dotado de atividade apaixonada, de ânimo militar a demandar a todo o mundo boas como más ações, justificando sua demanda pela teoria do interesse pessoal, desprezava demasiadamente os humanos, imaginando-os todos corruptíveis, era muito pouco delicado na escolha dos meios, achando-os todos bons, e olhava fixamente o sucesso e o dinheiro como a absolvição do mecanismo moral para não vir a triunfar, cedo ou tarde. Semelhante homem, situado entre as prisões e os milhões, tinha de ser vingativo, absoluto, veloz em suas determinações, mas dissimulado como um Cromwell a desejar cortar a cabeça da honestidade. Sua profundidade velava-se em um espírito gozador e leviano. Simples vendedor de perfumes, não lançava limites à sua ambição; abraçara a sociedade inteira em um olhar de ira a falar-se a si mesmo: "Serás minha!", e jurara a si mesmo só casar-se aos quarenta anos. Manteve a palavra. Fisicamente, Ferdinand era um jovem de belas formas, de talhe agradável e maneiras mistas a permitir-lhe dançar conforme a música em todas as sociedades. Sua figura esbelta agradava à primeira vista; mas com o tempo, conhecendo-o, podíamos surpreender nele estranhas expressões que apareciam pintadas na superfície das pessoas que se encontram mal consigo mesmas, ou das pessoas de consciência a gritar, em dados momentos. Sua tez muito ardente sob a pele mole dos normandos tinha uma cor áspera. A expressão de seus olhos de peixe-boi, duplos em uma folha de prata, era fugaz, mas terrível, ao deter-se sobre a sua vítima. Sua voz parecia extinta, como a de um homem que falou por muito

---

45. Fiscal de todas as rendas de Luís XV, Robin Hood às avessas, rouba dos pobres e dá para o rei. (N. T.)

tempo. Seus lábios finos não eram sem graça; mas seu nariz pontudo, sua fronte levemente arqueada, traíam um defeito de raça. E seus cabelos, de cor semelhante a dos cabelos tintos de negro, indicavam uma mescla social a arrancar seu espírito de um grande senhor libertino, seu ser comum, de uma camponesa seduzida, seus conhecimentos, de uma educação incompleta, seus vícios, de sua condição de abandonado. Birotteau soube com profunda surpresa que seu funcionário saía vestido com muita elegância, voltava muito tarde, ia a bailes nas casas dos banqueiros e tabeliães. Esses hábitos não agradaram a César: segundo suas idéias, os funcionários deviam estudar os livros de seu estabelecimento e pensar exclusivamente em seu trabalho. O perfumista chocou-se com ninharias, reprovou suavemente du Tillet por usar linho muito fino, ter cartões pessoais em que seu nome gravava-se assim: F. DU TILLET – hábito que, em seu pensamento comercial, pertencia exclusivamente às pessoas do mundo rico. Ferdinand fora para a casa daquele Orgon com intenções de Tartufo[46], fez a corte à madame César, buscou seduzi-la e julgou seu patrão como ela mesma o julgava, mas em velocidade recorde. Mesmo discreto, reservado, falando apenas o que desejava falar, du Tillet desvendou as suas opiniões sobre os homens e a vida, de forma a espantar uma mulher cheia de temor, a partilhar as religiões do marido e olhar como crime falar o menor mal do próximo. Apesar da habilidade empregada por madame Birotteau, du Tillet adivinhou o desprezo que inspirava a ela. Constance, a quem Ferdinand escrevera algumas cartas de amor, em breve percebeu a metamorfose nas maneiras de seu funcionário, que assumiu junto a ela ares de intimidade, para levar a imaginar que eles se entendiam muito bem. Sem noticiar ao marido as suas razões secretas, ela o aconselhou a despedir Ferdinand. Nesse ponto, Birotteau concordou com sua mulher. A dispensa do funcionário foi decidida. Três dias antes de despedi-lo, em um sábado à noite, Birotteau fez a conta mensal de sua caixa e encontrou três mil francos a menos. Sua consternação foi imensa, menos pela perda que pelas suspeitas que pairavam sobre três funcionários, uma cozinheira, um jovem vendedor e alguns operários qualificados.

---

46. Personagens de *Tartufo* de Molière. (N.T.)

Em que suspeito deter-se? Madame Birotteau jamais deixava o balcão. O caixa era sobrinho de Ragon, chamava-se Popinot, jovem de dezenove anos, alojado na casa dos Birotteau, e vinha a ser a probidade incorporada, a honestidade em pessoa. Seus números, em desacordo com a soma em caixa, acusavam a falta e indicavam: a subtração acontecera após o balanço. Os cônjuges decidiram calar-se e vigiar a casa. No domingo, receberam os seus amigos. As famílias a compor essa espécie de clube ou sociedade revezavam-se, como anfitriãs. Jogando cartas, Roguin, o tabelião, colocou francamente, sobre a mesa, luíses muito antigos, que madame César recebera dias antes, de uma recém-casada, a madame d'Espard[47].

– Você roubou um padre – disse, rindo, o perfumista.

Roguin disse ter ganho o dinheiro na casa de um banqueiro, jogando com du Tillet, que confirmou a afirmação do tabelião, sem enrubescer. Mas o perfumista ficou rosa púrpura. Sarau finito, quando Ferdinand ia deitar-se, Birotteau levou-o à loja, a pretexto de falar sobre negócios.

– Du Tillet – disse-lhe o bravo homem –, faltam três mil francos no meu caixa, e não posso suspeitar de ninguém; a circunstância dos antigos luíses parece pesar demais contra você para que eu não venha a lhe falar nada; assim, não vamos nos deitar até encontrarmos o erro. Ora, afinal de contas, só pode ser erro. Você pode muito bem ter pego alguma coisa por conta de seus salários.

Du Tillet disse ter tomado, efetivamente, os luíses. O perfumista foi abrir seu grande livro, mas o desconto de seu funcionário não estava debitado.

– Eu estava com pressa, devia ter mandado Popinot escrever a soma – disse Ferdinand.

– É justo – disse Birotteau, turvo, perturbado pela frieza do normando, que bem conhecia a brava gente onde viera com a intenção de fazer fortuna.

O perfumista e seu funcionário passaram a noite a verificar, mas o digno mercador sabia ser tudo inútil. Indo e vindo, César deslizou três cédulas bancárias de mil francos no interior do

---

47. Personagem de *Ilusões perdidas* e de *A proibição*, em *A comédia humana*. (N.T.)

caixa, colando-as na gaveta, e, logo a seguir, fingiu estar morto de cansaço, pareceu dormir, roncou. Du Tillet despertou-o triunfalmente e manifestou excessiva alegria por ter esclarecido o erro. No dia seguinte, Birotteau censurou, publicamente, o pequeno Popinot, e a mulher lançou-se à cólera contra a negligência de ambos. Uma quinzena depois, Ferdinand du Tillet foi trabalhar em um banco. A perfumaria não lhe era conveniente, disse ele, e desejava estudar o movimento bancário. Saindo da casa Birotteau, du Tillet falava em madame César de forma a levar a crer que seu patrão o despedira por ciúmes conjugais. Meses depois, du Tillet foi ver o ex-patrão e pediu-lhe uma caução de vinte mil francos para completar as garantias que lhe pediam em um negócio a lançá-lo aos caminhos da fortuna. Ao perceber a surpresa que Birotteau manifestou ante essa franca afronta, du Tillet franziu os supercílios, a perguntar se não confiava nele. Matifat e mais dois negociantes, naquele instante a comerciar com Birotteau, perceberam a indignação do perfumista, que buscou reprimir a cólera em sua presença. Ferdinand du Tillet talvez tivesse vindo a ser honesto, sua falta podia ter sido provocada por uma amante em desespero, ou pelas buscas de lucros nos jogos, e o vir a reprovar publicamente um homem honesto podia lançar a uma via de crimes e desgraça um homem jovem ainda, talvez a atravessar as sendas estreitamente criadas pelo arrependimento e pela angústia. Em breve, esse anjo tomou a pena a valer e avalizou as letras de du Tillet, afirmando dar-lhe com grande prazer esse leve serviço a um jovem que lhe tinha sido imensamente útil. Ao afirmar, a plenos pulmões, essa mentira oficiosa, o sangue subiu-lhe à face. Ferdinand du Tillet não conseguiu sustentar o olhar desse homem bondoso a petrificá-lo e, sem dúvida, naquele momento votou-lhe o ódio sem tréguas que os anjos das trevas devotam aos anjos de luz. E du Tillet manteve tão bem o balanço, a bailar na corda hipertensa das especulações financeiras, que permaneceu eternamente elegante – e rico – em aparência, mesmo antes de vir a sê-lo de verdade. Desde o momento em que conseguiu de ter uma carruagem, não mais separou-se desse seu amado brinquedo. E permaneceu na alta esfera, das pessoas que unem o prazer aos negócios, transformando os bastidores da Ópera em sucursal da Bolsa. Graças à madame Roguin, que conheceu nos Birotteau, Ferdinand disseminou-se velozmente entre as pessoas das finanças mais altamente colocadas. Nesse momento, *monsieur* Ferdinand du Tillet chegara a uma prosperidade que nada tinha de falsidade. Dando-se extremamente bem em suas estreitas relações com a casa Nucingen, onde Roguin havia feito admitirem-no, prontamente ligou-se aos irmãos Keller, ao alto Banco[48]. Ninguém sabia de onde vinham, a este jovem Ferdinand, os imensos capitais que ele movimentava em feroz velocidade, mas atribuíam a sua felicidade à sua inteligência e à sua integridade.

A Restauração monarquista transformou César em um personagem, a quem, naturalmente, os turbilhões de crises políticas vieram a alienar a lembrança desses dois acidentes domésticos. A imobilidade de suas opiniões monarquistas, formas de pensar a quem ele deviera bastante indiferente desde que fora ferido por Napoleão, mas que ele conservara, por decoro e coerência, e a lembrança de sua devoção em vendemiário valeram-lhe as mais altas proteções, precisamente porque ele nada pedia a ninguém. Ele foi nomeado chefe de batalhão na Guarda Nacional, mesmo sendo incapaz de transmitir a menor palavra de ordem, a mínima frase de comando. Mas, em 1815, Napoleão Bonaparte, perpétuo inimigo de César Birotteau, destituiu-o dessa posição. Ao longo dos Cem Dias, Birotteau veio a ser *a ovelha negra* dos Liberais de seu bairro; pois somente nesse ano iniciaram-se as cisões políticas entre os negociantes, até então unânimes em seus votos de tranqüilidade, de que precisavam os negócios. À segunda Restauração, o governo real teve de remanejar o corpo municipal. O governador desejava nomear Birotteau prefeito. Graças à sua mulher, o perfumista aceitou apenas o lugar de vice, a lançá-lo em menor evidência. Essa modéstia aumentou demais a estima que lhe davam geralmente e valeu-lhe a amizade do prefeito, *monsieur* Flamet de La Billardière. Birotteau, que o vira vir à *Rainha das Rosas* nos tempos em que a butique servia de ponto de encontro às conspirações realistas, indicou-o pessoalmente ao governador do Sena, que o

---

48. *La Haute Banque* foi o título provisório de Balzac para o romance *A casa Nucingen*. (N.E.)

consultou sobre a escolha a fazer. *Monsieur* e madame Birotteau jamais foram esquecidos nos convites do prefeito. E madame César fez freqüente filantropia em Saint-Roch, em bela e boa companhia de duquesas, marquesas, da mais alta sociedade. La Billardière serviu calorosamente Birotteau, quando a questão foi distribuir ao corpo municipal as cruzes concedidas, apoiando-se sobre aquele ferimento recebido em Saint-Roch, à sua ligação com os Bourbon e à consideração de que ele gozava. O Ministério, que desejava, prodigalizando a cruz da Legião de Honra, abater a obra napoleônica, fazer as suas criaturas e aliar aos Bourbon os diversos comércios, os homens de arte e ciência, incluiu Birotteau em suas promoções a festejar o 12 de Abril, aniversário da volta do rei. Esses favores, em harmonia com o brilho que irradiava Birotteau em sua região, colocavam-no em uma situação em que deviam incrementar-se as idéias de um homem a quem até então tudo fora bem-sucedido. A notícia do prefeito sobre sua promoção foi o último argumento a decidir o perfumista a lançar-se nas operações que vinha de contar à sua mulher, para deixar velozmente a perfumaria e elevar-se às regiões da mais alta burguesia parisiense.

César tinha então quarenta anos. Os trabalhos a que se livrava em sua fábrica tinham lhe dado algumas rugas prematuras e haviam prateado levemente a longa cabeleira densa, que a pressão do chapéu lustrava circularmente. Sua testa, onde, pela maneira como se plantavam, os seus cabelos desenhavam cinco pontas, anunciava a simplicidade de sua vida. Seus densos supercílios não aterravam, pois seus olhos azuis a luzir harmoniavam-se[49] por seu límpido olhar sempre franco à sua fronte de homem honesto. Seu nariz quebrado ao nascer e grande na ponta dava-lhe o ar surpreso dos papa-moscas parisienses. Seus lábios eram densos demais, seu grande queixo apontava adiante. A figura, muito corada, em contornos nítidos, oferecia pela disposição das rugas, pelo conjunto da fisionomia, o caráter ingenuamente manhoso do camponês. O vigor do corpo, a densidade dos membros, a quadratura das costas, a largura dos pés, tudo denotava, aliás, o aldeão transplantado a Paris. Suas mãos largas, cheias de pêlos, as grandes falanges dos dedos

---

49. Neologismo de Balzac. (N.T.)

enrugados, as grandes unhas quadradas, sozinhas, indicariam a sua origem, se não existissem esses vestígios por toda a sua pessoa. Levava nos lábios o sorriso benevolente dos comerciantes quando entramos em suas lojas; mas esse sorriso comercial era a imagem de seu contentamento interior e pintava o estado de sua alma suave. Sua desconfiança jamais excedia os negócios, sua esperteza abandonava-o no limiar da Bolsa, ou ao fechar seu livro de contas. A suspeita era para ele o que eram suas faturas impressas, uma necessidade da venda em si mesma. Sua figura oferecia-nos uma espécie de segurança cômica, de fatuidade mesclada com bonomia que o tornava original, ao vermos que evitava uma semelhança excessiva com a figura vulgar do burguês parisiense. Sem esse ar de ingênua admiração e de fé em sua pessoa, ele imprimiria respeito demais; assim, aproximava-se dos homens pagando a sua cota de ridículo. Habitualmente, ao falar, cruzava as mãos às costas. Quando imaginava ter dito algo galante ou saliente, levantava-se, imperceptivelmente, na ponta dos pés, por duas vezes, e recaía pesadamente em seus calcanhares, como a desejar apoiar-se sobre a sua frase. No calor de uma discussão, nós o víamos, algumas vezes, rodar ao redor de si mesmo bruscamente, dar alguns passos como a ir buscar respostas e voltar a seu adversário através de movimentos bruscos. Jamais interrompia e sempre vinha a ser vítima desse preciso cumprimento das conveniências, pois o autoritarismo dos outros lhe arrancava as palavras, e o bom homem deixava o lugar sem ter tido o poder de falar o que quer que fosse. Sua grande experiência em negócios deu-lhe hábitos taxados de manias por algumas pessoas. Se alguma dívida não era paga, enviava o comprovante ao oficial da justiça e só voltava a se ocupar dela para receber o capital, os juros e as despesas com a justiça, e o oficial tinha de prosseguir a cobrança até levar o negociante à falência; César interrompia, então, toda a cobrança, não comparecia a assembléia alguma de credores e guardava seus comprovantes de crédito. Herdara esse sistema e seu implacável desprezo pelos falidos de *monsieur* Ragon, que, no curso de sua vida comercial, terminara por perceber a grande perda de tempo nos negócios litigiosos e via o magro e incerto dividendo dado pelas concordatas como amplamente recuperado pelo emprego do tempo perdido em ir e vir e fazer acordos e correr atrás da desonestidade e suas desculpas.

– Se o falido é honesto e se reergue, ele pagará – afirmava Ragon. – Se ele permanece sem recursos e é puramente infeliz, por que atormentá-lo? Se ele é ladrão, você jamais vai receber nada. Sua severidade pública leva você a passar por intratável, e como é impossível transigir com você, o que puderem pagar, é a você que vão pagar.

César chegava a um encontro na hora marcada, mas, dez minutos depois, cansava de esperar e partia, com uma inflexibilidade que nada dobrava; assim, sua pontualidade levava as pessoas que lidavam com ele a ser pontuais.

Seus costumes, ao vestir-se, estavam de acordo com seus hábitos e sua fisionomia. Poder algum o levaria a renunciar às gravatas de musselina branca, com pontas bordadas por sua mulher ou por sua filha, a penderem de seu pescoço. O colete de piquete branco, abotoado em ângulo reto, descia muito baixo em seu abdômen bastante proeminente, pois ele desfrutava de leve obesidade. Vestia calças azuis, meias de seda negra e sapatos com cadarços de nós a desfazer-se eternamente. A casaca verde-oliva sempre muito larga e seu chapéu em grandes abas davam-lhe o ar de um *quaker*. Ao vestir-se para as noites de domingo, usava calças de seda, sapatos com fivelas de ouro e seu infalível colete quadrado, reto, com pontas entreabertas, para mostrar o alto de seu peitilho franzido. Sua casaca de fazenda marrom tinha grandes abas e uma comprida cauda. Conservou, até 1819, duas correntes de relógio que pendiam paralelamente, mas só punha a segunda quando se vestia elegantemente.

Assim era César Birotteau, digno homem a quem os mistérios que presidem o nascimento dos homens recusaram a faculdade de julgar a universalidade da política e da vida e de elevar-se acima do nível social sob o qual vive a classe média, a seguir em tudo a errônea rotina: todas as suas opiniões, ele as tinha ouvido e aplicava-as, sem examiná-las. Cego mas bom, pouco espirituoso mas profundamente religioso, possuía um coração puro. E nesse coração brilhava um único amor, luz e força de sua vida; pois seu desejo de elevar-se, o pouco conhecimento que conquistara, tudo vinha do afeto por sua mulher e por sua filha.

Quanto a madame César, então com 37 anos, ela assemelhava-se tão perfeitamente à Vênus de Milo, que todos os que a conheciam viram o seu retrato nessa bela estátua de Vênus quando o duque de Rivière[50] a trouxe. Em alguns meses, as desgraças passaram tão velozmente suas marcas amarelas sobre sua deslumbrante brancura, cavaram e escurecerem tão cruelmente os círculos azuis onde brincavam seus belos olhos verdes, que ela veio a ser uma velha madona; pois conservava eternamente, em meio às suas ruínas, uma suave candura, um olhar puro, ainda que triste, e era impossível não achá-la ainda uma linda mulher, aparentemente casta, cheia de decência. No grande baile premeditado por César, ela gozaria, aliás, de um último brilho de beleza, que foi amplamente percebido.

Toda existência tem seu apogeu, uma época em que as causas agem em relação direta com os efeitos. Esse meio-dia da vida, em que as forças vivas equilibram-se e criam-se em todo seu brilhar, é comum não apenas aos seres organizados, mas também às cidades, nações, idéias, instituições, comércios, empresas, que, como os povos nobres e as dinastias, nascem, elevam-se e caem. De onde vem o rigor com que esse tema de auge e queda aplica-se a tudo que se organiza no planeta? Mesmo a morte tem, em tempos de flagelo, seus progressos, regressos, recrudescer e sono. Mesmo nosso globo é talvez um fogo um pouco mais durável que os demais. A História, reafirmando as causas da grandeza e decadência de tudo o que existiu no planeta, podia advertir o homem sobre o momento em que deve cessar o pleno jogo de todas as suas faculdades; mas nem os conquistadores, nem os atores, nem as mulheres, nem os autores ouvem a voz salutar.

César Birotteau, que devia considerar-se no auge de sua fortuna, tomava esse ponto final como novo ponto inicial. Ele não sabia, e aliás nem as nações, nem os reis, buscaram gravar eternamente, com caracteres em chamas nas pedras, as causas dessas subversões de que a História está plena, e das quais tantas

---

50. O duque "comprou-a" do camponês grego Yorgos, da ilha de Milo, e deu-a ao rei Luís XVIII. (N.T.)

casas soberanas, tantas casas comerciais são grandes exemplos. Por que novas pirâmides não vêm lembrar-nos incessantemente este princípio dominante na política das nações e dos humanos singulares: *Quando o efeito criado não se encontra mais em relação direta nem em proporção igual à causa, começa a desorganização?* Mas esses monumentos existem em toda parte, são as tradições e as pedras que nos falam do passado, que consagram os caprichos do indomável Destino, cuja mão apaga nossos sonhos e devaneios e prova-nos que os grandes eventos sintetizam-se em uma idéia. Tróia e Napoleão não são senão poemas. Que esta nossa história possa vir a ser o poema das vicissitudes burguesas com que nenhuma voz sonhou, tanto elas parecem despidas de grandeza, enquanto são ao mesmo tempo imensas: aqui, não tratamos de um único homem singular, mas de toda uma multidão em sofrimento.

Ao adormecer, César temia que, no dia seguinte, sua mulher lhe fizesse pesadas objeções, e ordenou a si mesmo levantar-se bem cedo para deixar tudo resolvido. De manhãzinha, saiu sem ruído, deixou a mulher na cama, vestiu-se rapidamente e desceu à loja, no momento em que o empregado retirava os cartazes numerados. Birotteau, vendo-se só, esperou o levantar-se de seus funcionários e foi à soleira da porta, examinando como seu faxineiro, chamado Raguet, desempenhava as suas funções, e Birotteau as conhecia tão bem! Apesar do frio, o tempo era soberbo.

– Popinot, vá buscar seu chapéu, ponha os sapatos, mande *monsieur* Célestin descer[51], e vamos conversar nas Tuileries – disse, ao ver Anselme descer.

Popinot, esse admirável avesso de Ferdinand du Tillet, e que um desses felizes acasos que fazem crer em uma Providência havia colocado junto a César, representa tão grande papel nesta história que vem a ser necessário esboçar seu perfil. Madame Ragon era uma Popinot. E tinha dois irmãos. Um, o caçula, era então juiz suplente no tribunal de primeira instância do Sena[52]. O primogênito comerciava lã, nela consumira sua

---

51. Célestin Crevel, personagem de *A prima Bette*, em *A comédia humana*. (N.T.)
52. Juiz Popinot, personagem de *A interdição*, em *A comédia humana*. (N.T.)

fortuna e morreu deixando aos Ragon e a seu irmão juiz, que não tinha filhos, seu filho único, já privado de uma mãe que morreu ao dar à luz. Para dar um meio de vida a seu sobrinho, madame Ragon colocara-o na perfumaria, esperando vê-lo suceder a Birotteau. Anselme Popinot era pequeno e manco, enfermidade que o acaso deu a Lord Byron, Walter Scott e Talleyrand para não desencorajar suas vítimas. Ele tinha a tez brilhante e plena de sardas que distingue as pessoas de cabelos ruivos; mas sua fronte pura, seus olhos da cor das ágatas cinzas e estriadas, sua bela boca, sua brancura, a graça de uma juventude pudica e a timidez inspirada por seu vício de conformação despertavam, em seu favor, sentimentos protetores: amam-se os fracos. Popinot era interessante. O pequeno Popinot – todo o mundo o chamava assim – vinha de uma família essencialmente religiosa, em que as virtudes eram inteligentes, em que a vida era modesta e plena de belas ações. Assim a criança, educada por seu tio, o juiz, ofertava em si as qualidades que tornam a juventude tão bela: sábio, casto e afetuoso, um tanto envergonhado, mas pleno de ardor, suave como uma ovelha, mas valente no trabalho, devotado, sóbrio, ele era dotado de todas as virtudes de um cristão primitivo.

Ao ouvir falar de um passeio às Tuileries, a mais excêntrica proposta que seu imponente patrão podia lhe fazer àquelas altas horas, Popinot imaginou que ele desejava falar-lhe em casamento; o funcionário pensou subitamente em Césarine, a verdadeira rainha das rosas, o símbolo vivo da casa, por quem se apaixonou no mesmo dia em que, dois anos antes de du Tillet, entrara nos Birotteau. Ao subir a escada, foi então obrigado a deter-se, seu coração se expandia, suas artérias pulsavam violentamente; logo desceu seguido de Célestin, primeiro-funcionário de Birotteau. Anselme e seu patrão caminharam, sem falar palavra, rumo às Tuileries. Popinot estava com 21 anos, nessa idade Birotteau tinha se casado, Anselme não via então impedimento algum a seu casamento com Césarine, se bem que a fortuna do perfumista e a beleza de sua filha fossem imensos obstáculos ao triunfo de votos tão ambiciosos; mas o amor age pelos impulsos da esperança, e mais eles são insensatos, mais enche-se de fé; assim, mais sua patroa encontrava-se distante dele, mais seus desejos vivificavam-se. Feliz criança que, em um tempo em que tudo se nivela, em que todos os chapéus se assemelham, conseguia criar distâncias entre a filha de um perfumista e ele, fruto de uma velha família parisiense! Apesar de suas dúvidas e inquietudes, ele era feliz: jantava todos os dias junto a Césarine! Ademais, aplicando-se aos negócios da casa, lançava tanto zelo, tanto ardor, que despia o trabalho de toda amargura; tudo fazendo em nome de Césarine, jamais se cansava. Em um jovem de vinte anos, o amor alimenta-se de devoção.

– Será um negociante, vencerá – falava dele César a madame Ragon, louvando a atividade de Anselme no meio dos porta-sabonetes da fábrica, vangloriando sua atitude de compreender as finezas da arte, lembrando as dificuldades de seu trabalho nos momentos em que as demandas de mercadorias aumentavam, em que, mangas arregaçadas, braços nus, o manco embalava e pregava, sozinho, mais caixas que os demais funcionários.

As pretensões conhecidas e confessadas de Alexandre Crottat, primeiro-auxiliar de Roguin, a fortuna de seu pai, rico fazendeiro de Brie, formavam imensos obstáculos ao triunfo do órfão; mas essas dificuldades não eram as mais difíceis de vencer: Popinot enterrava, no fundo do coração, tristes segredos que aprofundavam a distância entre ele e Césarine. A fortuna dos Ragon, com que poderia contar, estava comprometida; o órfão desfrutava do prazer de auxiliá-los a viver dando-lhes seus magros salários. Mas imaginava vir a ser vencedor. Diversas vezes agarrara alguns olhares lançados a ele com aparente orgulho, por Césarine; no fundo de seus olhos azuis, ousara ler um pensamento secreto cheio de acariciantes esperanças. E agora seguia, excitado pela sua esperança do momento, trêmulo, em silêncio comovido, como podem ser, em semelhante situação, todos os jovens para quem a vida está a florescer.

– Popinot – disse-lhe o bravo mercante –, sua tia vai bem?

– Sim, senhor.

– Mas ela me parece cheia de cuidados há algum tempo, há alguma coisa a perturbá-la? Ouve, jovem, não precisa ser misterioso comigo, eu sou quase da família, há 25 anos conheço seu tio Ragon. Cheguei à casa dele em grandes sapatões ferrados, vindo de minha aldeia. Embora este lugar se chame *As riquezas*, toda a minha fortuna vinha a ser um luís de ouro que me dera minha madrasta, a finada marquesa de Uxelles[53], parente de *monsieur* duque e madame duquesa de Lenoncourt[54], nossos clientes. Logo rezei todos os domingos por ela e por toda a sua família; envio à sua sobrinha em Touraine, madame de Mortsauf, todos os seus perfumes. Todos os dias chegam-me clientes por meio deles, como, por exemplo, *monsieur* de Vandenesse[55], que gasta mil e duzentos francos por ano. Se não reconhecêssemos pelo bom coração, devíamos reconhecer pelo cálculo: mas desejo-lhe o bem sem mais outros pensamentos, apenas por você mesmo.

– Ah, *monsieur*, o senhor tinha, se me permite dizer, uma cabecinha maravilhosa!

– Não, meu jovem, não, isso não basta. Não digo que minha cabecinha não equivalha a uma outra; mas eu era honesto, efetivamente! Eu me comportava, e jamais amei senão à minha mulher. O amor é famoso *veículo*, uma palavra muito feliz que ontem *monsieur* de Villèle[56] empregou na tribuna.

– O amor! – disse Popinot. – Ah, *monsieur*, é que...

– Veja, veja, veja Roguin, a pé, pelo alto da Place Louis XV, às oito horas. O que é que esse bom homem faz aqui? – disse César, esquecendo Anselme Popinot e o óleo de nozes.

As suposições de sua mulher voltaram-lhe à memória e, em vez de entrar no Jardin des Tuileries, Birotteau avançou ao tabelião, para encontrá-lo. Anselme seguiu o patrão à distância, sem poder explicar-se o súbito interesse que ele demonstrava por uma coisa aparentemente tão despida de importância, mas muito

---

53. Na casa de quem a mãe de César fora camareira. A marquesa de Uxelles é um personagem fictício. (N.T.)

54. Personagem fictício, filha da protagonista de *O lírio do vale*, a condessa de Mortsauf. Aparece também em *Modeste Mignon* e *Memórias de duas jovens esposas*. (N.E.)

55. Personagens de *A comédia humana*. Madame de Mortsauf, filha do duque e da duquesa de Lenoncourt, e *monsieur* de Vendenesse são os protagonistas de *O lírio do vale*. (N.T.)

56. Jean-Baptiste-Séraphin-Joseph Villèle (1773-1854): deputado, secretário de Estado, ministro das Finanças e, finalmente, presidente do Conselho de Estado. É mencionado em vários títulos de *A comédia humana*. (N.E.)

feliz com os encorajamentos que encontrava no falar de César sobre os seus sapatões ferrados, seu luís de ouro e o amor.

A Roguin, homem grande e gordo, cabeça bem descoberta, não faltara, outrora, fisionomia; tinha sido audacioso quando jovem, pois de praticante chegara a tabelião; mas nesse momento sua face ofertava, aos olhos de um hábil observador, os excessos, as fadigas de prazeres ocultos. Quando um homem se lança na armadilha dos excessos, é difícil sua figura não vir a ser excessiva, em algum lugar; assim, os contornos das rugas, o calor da tez eram, em Roguin, sem nobreza. Em vez desse puro clarão a flamejar sob os tecidos dos homens continentes e imprimir-lhes uma flor de saúde, entrevia-se nele a impureza de um sangue fustigado pelos esforços contra os quais se rebela o corpo. Seu nariz traçava-se ignobilmente, como nas pessoas cujos humores, dominando a rota deste órgão, provocam uma enfermidade secreta que uma virtuosa rainha de França imaginava ingenuamente ser um mal comum à espécie, por jamais se ter aproximado bem de perto de outro homem além do rei para vir a reconhecer seu erro. Cheirando muito rapé de Espanha, Roguin imaginara dissimular seu incômodo, mas sublinhara seus inconvenientes, principal causa de suas desgraças.

Não vem a ser uma lisonja social demasiadamente prolongada sempre pintar os homens sob falsas cores e não revelar os verdadeiros princípios de suas vicissitudes, tão freqüentemente causados pela doença? O mal físico, considerado em suas devastações éticas, examinado em suas influências sobre o mecanismo da vida, talvez tenha sido muito negligenciado pelos historiadores de costumes. Madame César bem adivinhara o segredo do casal.

Desde a primeira noite de núpcias, a encantadora filha única do banqueiro Chevrel concebera pelo pobre tabelião insuperável antipatia, e logo quis requerer o divórcio. Muito feliz por ter uma mulher enriquecida em quinhentos mil francos, sem contar as esperanças do que estava por vir, Roguin suplicara a sua mulher não iniciar uma ação de divórcio, deixando-a livre e submetendo-se a todas as conseqüências de tal pacto. Madame Roguin, vindo a ser soberana dona e amante, comportou-se com seu marido como uma cortesã com seu velho amante. Logo

Roguin achou sua mulher muito cara e, como tantos maridos parisienses, construiu um segundo lar na cidade. No princípio, envolta em sábios limites, essa despesa foi medíocre.

Primitivamente, Roguin encontrou, sem muito custo, modistas muito felizes com a sua proteção; mas havia três anos era assolado por uma dessas indomáveis paixões que invadem os homens na casa dos cinqüenta anos, paixão justificada por uma das mais magníficas criaturas desses tempos, conhecida nos faustos da prostituição pelo apelido de a Bela Holandesa, pois ela ia recair nesse abismo onde sua morte ilustrou-a. Fora levada de Bruges a Paris por um dos clientes de Roguin, que, forçado a partir pelos eventos políticos, com ela presenteou o tabelião em 1816. Ele comprou para a sua bela uma pequena casa na Champs-Élysées, mobiliou-a ricamente e deixou-se levar a satisfazer os custosos caprichos dessa mulher, de profusões a absorver a sua fortuna.

O ar sombrio passou a dominar a fisionomia de Roguin e dissipou-se ao ver seu cliente, mas adequava-se a eventos misteriosos nos quais se encontravam os segredos da fortuna tão rapidamente feita por du Tillet. O plano criado por este mudou desde o primeiro domingo em que pôde observar no patrão a situação do casal Roguin. Viera menos para seduzir madame César que para ofertar-se a mão de Césarine, alegando uma paixão recolhida, e teve dificuldades em renunciar a esse casamento tanto quanto em imaginar César rico e encontrá-lo pobre. Espionou o tabelião, insinuou-se em sua confiança, fez-se presentear na casa da bela Holandesa, onde estudou sua situação junto a Roguin e soube que ela ameaçava despedir o amante se ele negasse-lhe o luxo. A bela Holandesa era dessas mulheres loucas que não se inquietam em saber de onde vem o dinheiro nem como é ganho, e dariam uma bela festa com as finanças de um parricida. Ela jamais pensava no porvir. O futuro era depois da janta, o fim do mês, a eternidade, mesmo se tinha contas a pagar. Encantado por encontrar essa primeira vara de instância, du Tillet começou por conseguir que a bela Holandesa amasse Roguin por trinta mil francos ao ano, em vez de cinqüenta mil, serviço que os velhos apaixonados raramente esquecem.

Logo após uma ceia entre cálices de vinho, Roguin abriu-se a du Tillet sobre a crise financeira. Seus imóveis sendo absorvidos pela hipoteca legal da mulher, fora levado por sua paixão a tomar, dos fundos de seus clientes, uma soma já superior à metade de seu valor original. Quando o restante fosse devorado, o infortunado Roguin se queimaria, pois imaginava diminuir o horror da falência recorrendo à piedade pública. Du Tillet percebeu uma fortuna rápida e certa a brilhar como clarão na noite de ebriedade e tranqüilizou Roguin, levando-o a atirar com as pistolas no ar.

– Ao aventurar-se dessa forma – disse-lhe –, um homem de seu porte não deve comportar-se como um tolo e andar apalpando, mas agir com audácia.

Aconselhou-o a tomar, imediatamente, uma forte soma e confiá-la para ser jogada com audácia em um jogo qualquer, na Bolsa, ou em alguma especulação escolhida entre as mil que se realizavam. Em caso de vitória, ambos fundariam um banco, tomariam partido dos depósitos, e os lucros serviriam para contentar sua paixão. Se o acaso se voltasse contra eles, Roguin iria viver no estrangeiro, em vez de matar-se, pois *seu* du Tillet lhe seria fiel até o fim. Era uma corda ao alcance da mão para um homem que se afogava, e Roguin não percebeu que o vendedor de perfumes a passava ao redor do seu pescoço.

Senhor do segredo de Roguin, du Tillet dele se serviu para estabelecer seu poder sobre a mulher, a amante e o marido. Prevenida de um desastre que estava longe de suspeitar, madame Roguin aceitou os cuidados de du Tillet, que saiu do perfumista certo de seu porvir. Não teve dificuldade em convencer a amante a arriscar uma soma para jamais se ver obrigada a recorrer à prostituição, em caso de desgraça. A mulher regulou os seus negócios, reuniu prontamente um pequeno capital e deu-o ao homem em quem seu marido confiava, pois o tabelião ofereceu, no princípio, cem mil francos ao cúmplice. Situado próximo a madame Roguin, de forma a transformar os lucros dessa bela mulher em afeto, du Tillet soube inspirar-lhe a mais violenta paixão. Seus três comanditários constituíram-no naturalmente como uma parte; mas, descontente com essa parte, teve a audácia, levando-os a jogar na Bolsa, de entender-se com um adversário que lhe restituiu o montante das perdas supostas, pois jogou por seus clientes e por si mesmo. Logo que chegou a cinqüenta mil francos, esteve certo de fazer grande fortuna; lançou o olhar de águia que o caracterizou nessas fases em que se encontrava a França: jogou na baixa, durante a campanha da França, e na alta, ao retorno dos Bourbon. Dois meses após a volta de Luís XVIII, madame Roguin possuía duzentos mil francos, e du Tillet, 150 mil. O tabelião, aos olhos de quem esse jovem era um anjo, reequilibrara seus negócios. A bela Holandesa tudo dissipara, era a presa de um câncer infame, chamado Máxime de Trailles[57], ex-pajem do imperador. Du Tillet descobriu o verdadeiro nome dessa jovem em um negócio. Chamava-se Sarah Gobseck[58]. Impressionado com a coincidência entre esse nome e o de um usurário de que ouvira falar, procurou Gobseck, a providência dos filhos de família, para saber até onde podia vir a ele o crédito de sua parenta. O Brutus dos usurários foi implacável em relação à sua sobrinha, mas du Tillet soube agradá-lo, afirmando-se como o banqueiro e dirigente dos fundos de Sarah. A natureza normanda e a natureza usurária convieram-se uma à outra. Gobseck achou ter necessidade de um jovem hábil para supervisionar uma pequena operação no estrangeiro.

Um auditor no Conselho de Estado, surpreso pelo retorno dos Bourbon, tivera a idéia, para bem se lançar na corte, de ir à Alemanha comprar os títulos das dívidas contraídas pelos príncipes durante a emigração. Ofertava os lucros do negócio, para ele puramente político, aos que lhe dessem os fundos necessários. O usurário só desejava gastar as somas à medida que os títulos fossem resgatados e examinados por um esperto representante. Os usurários não confiam em ninguém, desejam garantias; junto a eles, a ocasião é tudo: de gelo quando não precisam de ninguém, são lisonjeiros e divertidos quando sua utilidade se encontra explícita. Du Tillet conhecia o imenso papel surdamente representado na praça de Paris pelos Werbrust e Gigonnet, cambistas do comércio das ruas Saint-Denis e Saint-

---

57. Conde Máxime de Trailles. Personagem fictício. Aparece também em *Gobseck*, *O segredo da princesa de Cadignan* e *Ursule Mirouët*. (N.E.)
58. Personagem fictício. Aparece também em *O deputado de Arcis* e *Gobseck*. (N.E.)

Martin, e por Palma[59], banqueiro do Faubourg Poissonnière, quase sempre em negócios com Gobseck. Ele oferta então uma caução pecuniária, concedendo-se um lucro e exigindo que esses senhores empreguem em seu comércio financeiro os fundos que ele deposita: prepara assim os apoios financeiros. Acompanhou *monsieur* Clément Chardin des Lupeaulx[60] a uma viagem à Alemanha durante os Cem Dias e voltou à segunda Restauração, tendo mais aumentado os elementos de sua fortuna que sua fortuna em si mesma. Entrara nos segredos dos mais hábeis calculadores de Paris, conquistara a amizade do homem que vigiava, pois esse hábil driblador desvendara-lhe o movimento e a jurisprudência da alta política. Du Tillet era um desses espíritos que entendem meias palavras e acabou de formar-se no curso dessa viagem. De volta, encontrou madame Roguin muito fiel. Quanto ao pobre tabelião, esperava Ferdinand com tanta impaciência quanto sua mulher, a bela Holandesa arruinara-o novamente. Du Tillet interrogou a bela Holandesa e não encontrou despesa equivalente às somas dissipadas. Du Tillet descobriu então o segredo que Sarah Gobseck lhe ocultara cuidadosamente, sua louca paixão por Máxime de Trailles, cujo início de carreira em vícios e libertinagem anunciava o que ele veio a ser, uma dessas peças políticas necessárias a todo bom governo, a devir insaciável com o jogo. Com a descoberta, du Tillet compreendeu a insensibilidade de Gobseck em relação à sua sobrinha. Nessa conjuntura, o banqueiro du Tillet, pois ele tornou-se banqueiro, aconselhou calorosamente Roguin a manter uma pêra para matar a sede, embarcando seus mais ricos clientes em um negócio em que podia reservar-se somas imensas, se fosse obrigado a falir e a recomeçar os jogos dos bancos. Depois de *altos* e *baixos*, úteis somente a du Tillet e madame Roguin, o tabelião ouviu enfim soar a hora de sua perda. Sua agonia foi então explorada pelo seu melhor amigo. Du Tillet inventou a especulação relativa aos terrenos situados ao redor de la Madeleine. Naturalmente, os cem mil francos

---

59. Personagens fictícios. Werbrust, Palma e Gigonnet aparecem em *A casa Nucingen*. (N.T.)
60. Les Lupeaulx, personagem de *A comédia humana*, político e diplomata, aparece rapidamente em vários romances: *Eugénie Grandet*, *Ilusões perdidas* etc. (N.E.)

depositados por Birotteau junto a Roguin, esperando futuros negócios, foram enviados a du Tillet, que, desejando perder o perfumista, levou Roguin a compreender correr menos riscos colocando em suas malhas os seus amigos íntimos.

– Um amigo – disse-lhe – considera-nos até em sua cólera.

Poucas pessoas agora sabem como valia pouco nessa época um pedaço de terra próximo à Madeleine, mas essa terra ia necessariamente ser vendida acima de seu valor momentâneo devido à obrigação em que se estaria de encontrar proprietários que aproveitassem a ocasião; ora, du Tillet desejava estar ao alcance para recolher os lucros sem suportar as perdas de uma especulação a longo prazo. Em outras palavras, seu plano consistia em matar o negócio para arrematar um cadáver que ele sabia poder reanimar. Em semelhante ocasião, os Gobseck, os Palma, os Werbrust, os Gigonnet davam-se mutuamente a mão; mas du Tillet não era bastante íntimo para pedir-lhes auxílio; aliás, desejava ocultar seu ato, mesmo conduzindo o negócio, e pôde recolher os lucros do roubo sem passar por vergonha; sentiu pois necessidade de ter junto a si um desses manequins vivos chamados na linguagem comercial *testas-de-ferro*. Seu jogador, supostamente da Bolsa, pareceu-lhe apropriado para vir a ser a sua alma danada, e ele tomou direitos divinos ao criar um homem. De um ex-caixeiro-viajante, sem meios nem capacidade, exceto a de falar indefinidamente sobre toda espécie de tema, não falando absolutamente nada, sem eira nem beira, mas podendo compreender um papel e representá-lo sem comprometer a peça; cheio da mais rara dignidade, isto é, capaz de guardar um segredo e deixar-se desonrar em proveito do segredo de outrem, du Tillet criou um banqueiro que organizava e dirigia as maiores empresas, o chefe da casa Claparon. O destino de Charles Claparon era vir a ser um dia entregue aos judeus e fariseus, se os negócios orquestrados por du Tillet viessem a exigir uma falência, e Claparon bem o sabia. Mas, para um pobre-diabo a passear melancolicamente pelas alamedas, carregando um porvir de quarenta centavos no bolso, quando seu camarada du Tillet o encontrou, as pequenas parcelas que deviam ser-lhe deixadas a cada negócio vieram a ser um Eldorado. Assim, sua amizade, sua devoção por du Tillet, corroboradas por um reconhecimento irrefletido, excitadas pelas necessidades de uma vida libertina e caótica, levavam-no a falar *amém* a tudo. Ademais, depois de ter vendido sua honra, ele o viu arriscá-la com tanta prudência, que terminou por ligar-se a seu velho camarada como um cão a seu dono. Claparon era um cãozinho muito feio, mas sempre pronto a dar o salto de Cúrcio[61]. Nos planos atuais, ele devia representar metade dos compradores de terra, e César Birotteau representava a outra. Os títulos que Claparon recebesse de Birotteau seriam descontados por um dos usurários de quem du Tillet podia emprestar o nome, para lançar Birotteau nos abismos de uma falência, quando Roguin lhe tirasse o dinheiro. Os síndicos da falência agiriam segundo as aspirações de du Tillet, que, em posse dos francos dados pelo perfumista e seu credor sob diversos nomes, licitaria os terrenos e viria a comprá-los pela metade do valor, pagando com o dinheiro de Roguin e o dividendo da falência. O tabelião viera a ser cúmplice do plano imaginando alcançar boa parte dos preciosos despojos do perfumista e de seus co-interessados; mas o discreto homem a quem se entregava devia fazer-se – e fez-se – a parte do leão. Roguin, não podendo processar du Tillet diante de tribunal algum, contentou-se com o osso por roer que lhe foi lançado, mensalmente, nos fundos da Suíça, onde encontrou belezas a baixo preço. As circunstâncias, e não as meditações de um autor trágico inventando uma intriga, engendraram esse plano terrível. O ódio sem desejo de vingança é um grão caído no granito; mas a vingança votada a César por du Tillet era um dos movimentos mais naturais, ou vem a ser preciso negar a querela entre os anjos do mal e os anjos de luz. Du Tillet não podia assassinar, sem grandes inconvenientes, o único homem em Paris a sabê-lo culpado de um roubo doméstico, mas podia caluniá-lo, difamá-lo, lançá-lo na lama, aniquilá-lo, a ponto de tornar seu testemunho impossível. Durante muito tempo, sua vingança germinou em seu coração sem florescer, pois as pessoas mais cheias de ódio

---

61. Segundo Tito Lívio, o salto de Cúrcio salvou Roma do abismo aberto por um tremor de terra. Os sacerdotes disseram que a única maneira de fechar o vão era jogar nele a força de Roma. Marco Cúrcio, entendendo que a força de Roma era a coragem, sacrificou-se e atirou-se no abismo, que desapareceu. (N.T.)

fazem, em Paris, muito poucos planos; a vida parisiense é muito veloz, muito agitada, há muitos acidentes imprevistos; mas, igualmente, essas perpétuas oscilações, se não permitem a premeditação, servem muito bem a um pensamento velado no fundo do político forte o bastante para aguardar as suas chances nas mais altas marés. Quando Roguin confidenciara os planos a du Tillet, o caixeiro entrevira, vagamente, a possibilidade de vir a destruir César, e não se enganara. A ponto de deixar seu ídolo, o tabelião bebia o resto de seu filtro na taça partida, ia todos os dias aos Champs-Élysées e voltava para casa à manhã. Logo a desconfiada madame César tinha razão. Desde que um homem se resolve a representar o papel dado a Roguin por du Tillet, ele conquista os talentos do maior comediante, tem a visão de um lince e a penetração de um vidente, sabe magnetizar a sua vítima; assim, o tabelião percebera Birotteau muito tempo antes que Birotteau o visse e, quando o perfumista olhou-o, e viu-o, já lhe estendia a mão, ao longe.

– Acabo de receber o testamento de um grande personagem que não tem oito dias de vida – disse Roguin com o ar mais natural do mundo. – Mas me trataram como um médico de aldeia, mandaram me buscar de carro, volto à pé.

Essas palavras dissiparam uma leve nuvem de desconfiança que obscurecera a fronte do perfumista, e Roguin o entrevira; assim, o tabelião bem que se guardou de iniciar suas palavras pelos terrenos, já que desejava dar o último golpe em sua vítima.

– Depois dos testamentos, os contratos de casamento – disse Birotteau –, assim é a vida. E a propósito, quando nos casamos com a Madeleine? Eh! Eh! papá Roguin! – acrescentou, dando-lhe pequenos golpes no ventre.

Entre homens, a pretensão dos mais castos burgueses é a de parecer devassos.

– Mas se não for hoje – disse o tabelião em ar diplomático –, não será jamais. – Tememos que o negócio venha à luz, já me encontro vivamente pressionado por dois de meus mais ricos clientes, que desejam lançar-se a essa especulação. Assim, é pegar ou largar. Passado o meio-dia, lavrarei os atos, e você só poderá ficar lá até à uma hora. Adeus. Vou precisamente ler as minutas que Xandrot deve ter me rabiscado no decorrer desta noite.

– Ah, bem, está feito, você tem a minha palavra – disse Birotteau, correndo rumo ao tabelião e tocando-lhe a mão. – Use os cem mil francos que deviam servir ao dote de minha filha.

– Está bem – disse Roguin, distanciando-se.

Durante o instante que Birotteau levou para voltar ao pequeno Popinot, experimentou, em suas entranhas, violento calor, o diafragma contraiu-se, as orelhas zumbiram.

– O que tem, *monsieur*? – perguntou-lhe o funcionário, vendo seu senhor em face pálida.

– Ah, meu jovem, acabo de concluir, por uma só palavra, um grande negócio; ninguém é senhor de suas emoções, em caso semelhante. Aliás, você não lhe é estranho. Assim, trouxe-o aqui para conversar à vontade, ninguém há de nos ouvir. Sua tia está incomodada, como ela perdeu seu dinheiro? Conte-me.

– *Monsieur*, meu tio e minha tia guardavam seu dinheiro na casa bancária de *monsieur* de Nucingen, foram obrigados a tomar como reembolso ações nas minas de Worstchin que ainda não dão dividendos é difícil em sua idade viver de grandes esperanças.

– Mas de que eles vivem?

– Eles me deram o prazer de aceitar meus salários.

– Bem, bem, Anselme – disse o perfumista, deixando ver uma lágrima a rolar em seus olhos –, você é digno da afeição que lhe dedico. Assim, você vai receber uma alta recompensa pela sua aplicação a meus negócios.

Ao falar essas palavras, o negociante crescia tanto a seus próprios olhos quanto ao olhar de Popinot; lançou em sua fala essa burguesa e ingênua ênfase, expressão de sua superioridade postiça.

– O quê! Você adivinhou minha paixão por...

– Por quem? – disse o perfumista.

– Por *mademoiselle* Césarine.

– Ah, jovem, você é bem ousado – exclamou Birotteau. – Mas guarde bem seu segredo, prometo esquecê-lo, e você sairá de minha casa amanhã. Não lhe quero mal; em seu lugar, diabo! Comigo aconteceria o mesmo. Ela é tão bela!

– Ah, *monsieur*! – disse o funcionário a sentir a camisa molhada de suor.

– Meu jovem, este negócio não é negócio de um só dia: Césarine é dona de si, e sua mãe tem as suas idéias. Assim, volte a si, enxugue seus olhos, mantenha seu coração nas rédeas, e não falemos mais nisso. Não me envergonharia de tê-lo por genro: sobrinho de *monsieur* Popinot, juiz no tribunal de primeira instância, sobrinho dos Ragon, você tem o direito de trilhar seu caminho, como os outros; mas há os *mas*, os *pois*, os *se*! Que cão do diabo você me lança em uma conversa de negócios! Veja, sente-se nesta cadeira, e que o apaixonado dê lugar ao funcionário. Popinot, você tem coração? – disse, olhando seu funcionário. – Sente a coragem de lutar com o mais forte que você, de lutar corpo a corpo?

– Sim, senhor.

– De manter um combate longo, perigoso...

– De que se trata?

– De derrubar o óleo de Macassar! – disse Birotteau, elevando-se sobre os pés como um herói de Plutarco. – Não nos iludamos, o inimigo é forte, bem alojado, temível. O óleo de Macassar foi muito bem lançado. Seu projeto é hábil. As garrafas quadradas contam com a originalidade da forma. Para meu projeto, pensei em fazer nossas garrafas triangulares; mas eu preferiria, após vastas reflexões, pequenas garrafas de vidro fino cobertas por cestas de vime; elas teriam ar misterioso, e o consumidor ama tudo o que o intriga.

– É caro – disse Popinot. – Seria preciso estabelecer tudo ao menor preço possível, para dar grande lucro aos revendedores.

– Bem, meu jovem, eis os verdadeiros princípios. Pense bem, o óleo de Macassar vai se defender! É singular, tem um nome sedutor. É apresentado como importado, estrangeiro, e nós temos a infelicidade de sermos de nosso país. Vejamos, Popinot, você sente forças para matar Macassar? Para começar, você tem de ultrapassá-lo nas expedições a ultramar: parece que Macassar vem realmente das Índias, é mais natural, portanto, enviar o produto francês aos indianos do que mandar a eles o que afirmam que nos fornecem. A você os empacotadores! Mas é preciso lutar no estrangeiro, lutar nos departamentos! Ora, o óleo de Macassar foi bem alardeado, não nos iludamos sobre a sua potência, o público o conhece.

– Vou matar Macassar – exclamou Popinot, olhos em chamas.

– Com quê? – disse-lhe Birotteau. – Veja só o ardor dos jovens. Ouça-me portanto até o fim.

Anselme postou-se como soldado apresentando armas ante um marechal de França.

– Inventei, Popinot, um óleo para excitar o crescimento dos cabelos, reanimar o coro cabeludo e manter a cor dos cabelos masculinos e femininos. Essa essência não terá menos êxito que minha pomada e minha água; mas não quero explorar esse segredo pessoalmente, penso em retirar-me do comércio. É você, meu filho, que lançará meu óleo *comageno*, da palavra *coma*, palavra latina que significa cabelos, como me disse *monsieur* Alibert[62], médico do rei. Essa palavra encontra-se na tragédia de *Berenice*, em que Racine coloca um rei de Comagena, amante dessa célebre rainha tão célebre por sua cabeleira, e o amante, sem dúvida em homenagem, deu esse nome a seu reino! Como esses grandes gênios têm espírito! Vão aos detalhes mais singulares.

O pequeno Popinot guardou sua seriedade ao ouvir esse parêntese ridículo, evidentemente dito para ele, que tinha instrução.

– Anselme, lancei os olhos a você para fundar uma casa de comércio de altas drogas, na Rue des Lombards – disse Birotteau. – Serei seu sócio secreto, vou fornecer-lhe os primeiros capitais. Depois do óleo comageno, tentaremos a essência de baunilha, o álcool de hortelã. Enfim, abordaremos a drogaria revolucionando-a, vendendo seus produtos concentrados, em vez de vendê-los *in natura*. Ambicioso jovem, você está contente?

Anselme não podia responder, tanto se encontrava oprimido, mas seus olhos cheios de lágrimas respondiam por ele. Essa oferta parecia-lhe ditada por uma indulgente paternidade a afirmar-lhe: "Mereça Césarine, vindo a ser rico e considerado".

---

62. Jean Louis Alibert (1766-1857), personagem real, médico do rei, autor de *Fisiologia das paixões*. (N.T.)

– *Monsieur* – disse enfim, tomando a emoção de Birotteau por admiração –, eu também hei de vencer!

– Eis como eu era – exclamou o perfumista –, não disse nada além disso. Se você não tiver minha filha, sempre terá uma fortuna. Então, jovem, o que você tem?

– Deixe-me esperar que, obtendo uma, obterei a outra.

– Não posso impedi-lo de esperar, meu amigo – disse Birotteau, tocado pelo tom de Anselme.

– Bem, *monsieur*, posso desde já tomar minhas medidas para encontrar uma loja a fim de começar imediatamente?

– Sim, meu filho. Amanhã iremos ambos encerrar-nos na fábrica. Antes de ir ao bairro da Rue des Lombards, você passará em Livingston, para saber se minha prensa hidráulica pode funcionar amanhã. Esta noite iremos, à hora do jantar, ao ilustre e bom *monsieur* Vauquelin, para consultá-lo. Esse sábio ocupou-se recentemente da composição dos cabelos, pesquisou qual era sua substância colorante, de onde ela provinha, qual era a contextura dos cabelos. Tudo está nisso, Popinot. Você saberá meu segredo e só terá de explorá-lo com inteligência. Antes de ir a Livingston, passe na casa de Pieri Bénard. Meu filho, o ser desinteressado de *monsieur* Vauquelin é uma das grandes dores de minha vida: é impossível levá-lo a aceitar alguma coisa. Felizmente, soube por Chiffreville que ele desejava uma Virgem de Dresden, gravada por um certo Muller, e, depois de dois anos de correspondência com a Alemanha, Bénard terminou por encontrá-la em papel da China, antes de aplicarem as letras: ela custa mil e quinhentos francos, meu jovem. Hoje, nosso benfeitor vai vê-la em seu vestíbulo ao levar-nos à porta, pois ela deve ser emoldurada, esteja certo. Assim nos recomendaremos à sua lembrança, minha mulher e eu, pois, quanto à gratidão, há dezesseis anos rezamos a Deus, todos os dias, por ele. Jamais o esquecerei; mas, Popinot, enterrados na ciência, os sábios esquecem tudo, mulheres, amigos, obrigações. A nós, o pouco de inteligência permite-nos ao menos ter o coração quente. Isso consola de não ser um grande homem. Esses senhores do Instituto, neles tudo é cérebro, você verá, jamais os encontrará em uma igreja. Vauquelin está sempre em seu gabinete, ou em seu laboratório, gosto de pensar que ele

79

pensa em Deus ao analisar suas obras. Eis o que está entendido; eu lhe darei o capital, eu o deixarei em posse de meu segredo, seremos meio a meio, sem necessidade de contrato. Que venha o sucesso! Nós afinaremos nossas flautas. Corre, meu jovem, eu vou a meus negócios. Ouça então, Popinot, darei, em vinte dias, um grande baile, mande fazer uma roupa, apareça como um comerciante já de sucesso...

Esse último traço de bondade comoveu Popinot de tal forma que ele tomou a grande mão de César e beijou-a. O bom homem havia lisonjeado o apaixonado por essa confidência, e os apaixonados são capazes de tudo.

– Pobre jovem – disse Birotteau a si mesmo, vendo-o correr através das Tuileries –, se Césarine o amasse! Mas ele é manco, tem os cabelos da cor de barro, e as jovens são tão singulares, não imagino que Césarine... E sua mãe deseja vê-la como a mulher de um tabelião. Alexandre Crottat vai fazê-la rica: a riqueza torna tudo suportável, e não há felicidade que não desapareça ante a miséria. Enfim, resolvi deixar minha filha senhora de si mesma, salvo em caso de loucura.

O vizinho de Birotteau era um pequeno comerciante de guarda-chuvas, sombrinhas e bengalas e chamava-se Cayron, languedociano, que fazia maus negócios, e Birotteau o socorrera diversas vezes. Cayron não desejava mais que se restringir à sua loja e ceder ao rico perfumista as duas peças do primeiro andar, reduzindo, assim, os seus gastos.

– Bem, vizinho – disse-lhe familiarmente Birotteau, ao entrar na casa do mercador de guarda-chuvas –, minha mulher consente no aumento de nosso espaço! Se você quiser, iremos a *monsieur* Molineux às onze horas.

– Meu caro *monsieur* Birotteau – disse o comerciante de guarda-chuvas –, nunca lhe pedi nada pela cessão deste espaço, mas o senhor sabe, um bom comerciante deve fazer dinheiro de tudo.

– Diabo! Diabo! – disse o perfumista. – Não tenho centenas e milhares. Ignoro se meu arquiteto, que eu estou esperando, achará a coisa praticável. Antes de fechar o negócio, disse-me ele, saibamos se seus assoalhos são nivelados. A seguir, é preciso que *monsieur* Molineux consinta em abrir a parede, e o muro é igual nas duas casas? Enfim, tenho de voltar a escada para minha casa, para mudar o patamar e nivelar. Eis tantas despesas; não quero me arruinar.

– Ah, *monsieur* – disse o meridional –, quando o senhor se arruinar, o sol já terá se deitado com a terra, e terão feito filhos!

Birotteau acariciou o queixo levantando-se na ponta dos pés e recaindo em seus calcanhares.

– Aliás – disse Cayron –, não lhe peço algo mais do que me descontar estes papéis...

E apresentou-lhe uma pequena fatura de cinco mil francos, composta de dezesseis letras de câmbio.

– Ah! – disse o perfumista folheando as letras. – Insignificâncias, a dois meses, três...

– Tome-os a seis por cento somente – disse o mercante em ar humilde.

– E eu pratico a usura? – disse o perfumista em ar de reprovação.

– Meu Deus, *monsieur*, fui a seu ex-funcionário, du Tillet; ele não as quis a preço algum, sem dúvida para saber quanto eu me contentaria em perder.

– Não conheço estas assinaturas – disse o perfumista.

– Mas nós temos tantas graças de nomes estranhos nas bengalas e guarda-chuvas, são camelôs!

– Ah, bem, não vou falar que fico com todas, mas tomo as de prazos menores.

– Por mil francos a vencer em quatro meses... não me deixe correr atrás desses sanguessugas, a arrancar-nos o mais nítido de nossos lucros, fique com tudo, *monsieur*. Tenho tão poucas possibilidades de desconto, não tenho crédito algum, eis o que nos mata, os pequenos comerciantes.

– Vamos, aceito suas letras, Célestin vai fazer as contas. Às onze horas, esteja pronto. Eis meu arquiteto, *monsieur* Grindot – continuou o perfumista, ao ver vir o viril jovem com quem se encontrara na véspera, em casa de *monsieur* de La Billardière. – Contra o hábito das pessoas de talento, você é exato, *monsieur* – disse-lhe o pontual César, desdobrando as suas graças comerciais mais distintas. – Se a pontualidade, segundo a palavra de rei, homem de espírito tanto quanto grande político, é a polidez dos reis, ela é também a riqueza, a fortuna dos negociantes. O tempo, o tempo é de ouro, sobretudo para vocês, artistas. A arquitetura é a unidade de todas as artes, cansei de falar isso, digo e repito. Absolutamente, não passemos pela loja – acrescentou César, a mostrar a falsa porta de sua casa. Quatro anos antes, *monsieur* Grindot ganhara o *grand prix* de arquitetura e agora voltava de Roma, após uma permanência de três anos, às custas do governo. Na Itália, o jovem artista sonhava com a arte; em Paris, sonhava com a fortuna. Só o Estado pode dar os milhões necessários para um arquiteto construir a sua glória; ao voltar de Roma, é tão natural imaginar-se Fontaine ou Percier[63], que todo arquiteto ambicioso inclina-se ao ministerialismo: o bolsista liberal, tornado realista, cuidava portanto de proteger-se pelas pessoas influentes. Quando um *grand prix* se comporta assim, seus camaradas chamam-no um intrigante. O jovem arquiteto tinha dois partidos a tomar: servir o perfumista ou tomar seu dinheiro. Mas Birotteau, o vice, Birotteau, o futuro possuidor de metade dos terrenos da Madeleine, ao redor da qual, cedo ou tarde, viria a se construir um belo bairro, era um homem a bem se tratar. Grindot imolou, portanto, o ganho presente pelos benefícios por vir. Ouviu com paciência os planos, os "digo e repito", as idéias de um desses burgueses, alvo constante das brincadeiras, dos gozos do artista, eterno objeto dos desprezos estéticos, e seguiu o perfumista, balançando a cabeça a aprovar as suas idéias. Quando o perfumista já explicara tudo muito bem, o jovem perfumista buscou resumir o plano a seu autor.

– O senhor tem três janelas de frente para a rua, mais a janela perdida na escada e ocupada pelo patamar. O senhor acrescenta a essas quatro janelas as duas ao nível da casa vizinha e contornando a escada para chegar ao nível de toda a casa, do lado da rua.

– O senhor me compreendeu perfeitamente – disse o admirado perfumista.

– Para realizar seu plano, é preciso iluminar por cima a nova escada e construir um cubículo para o porteiro abaixo do pedestal.

---

63. Pierre-François-Léonard Fontaine e Charles Percier (1764-1838). Arquitetos reais, conservadores dos palácios parisienses. (N.T.)

– Um pedestal...

– Sim, é o local sobre o qual repousará...

– Compreendo, *monsieur*.

– Quanto a seus aposentos, deixe-me carta branca para distribuí-lo e decorá-lo. Quero torná-lo digno...

– Digno! O senhor disse a palavra certa, *monsieur*.

– Que tempo o senhor me dá para realizar esta transformação na decoração?

– Vinte dias.

– Que soma o senhor deseja gastar com os operários? – disse Grindot.

– Mas a que soma podem subir esses reparos?

– Um arquiteto calcula uma construção nova com precisão centesimal – disse o jovem –; mas como não sei o que é tapear um burguês... Perdão!... *monsieur*, a palavra me escapou, devo preveni-lo que é impossível calcular reparos e consertos. Somente em oito dias chegarei a um orçamento aproximado. Conceda-me a sua confiança: o senhor terá um encantamento de escada, iluminada por cima, ornada de um belo vestíbulo para a rua, e abaixo do pedestal...

– Eternamente esse pedestal...

– Não se inquiete, encontrarei o lugar de um pequeno cubículo de porteiro. Seus aposentos serão estudados, restaurados com amor. Sim senhor, eu vejo a arte, e não a fortuna, a riqueza! Antes de tudo, não devo mandar falar de mim, para alcançar o sucesso? Segundo acredito, o melhor meio é não enganar os fornecedores, realizar belíssimos efeitos a bom preço.

– Com semelhantes idéias, jovem – disse Birotteau, em tom protetor –, o senhor vai ter sucesso.

– Assim – continuou Grindot –, trate diretamente com seus pedreiros, pintores, serralheiros, carpinteiros, marceneiros. Eu me encarrego de regularizar os pagamentos. Dê-me apenas dois mil francos de honorários, será dinheiro bem aplicado. Deixe-me senhor destes espaços amanhã ao meio-dia, e indique-me os seus operários.

– A quanto pode subir a despesa, pelo faro? – disse Birotteau.

– De dez a doze mil francos – disse Grindot. – Mas não conto a mobília, pois o senhor vai renová-la, sem dúvida. O senhor vai me dar o endereço de seu tapeceiro, devo me entender com ele para escolher as cores, para chegar a um conjunto de bom gosto.

– *Monsieur* Braschon, Rue Saint-Antoine, a minhas ordens – disse César assumindo um ar ducal.

O arquiteto anotou o endereço em uma dessas pequenas cadernetas que são sempre presentes de uma bela mulher.

– Vamos – disse César –, confio no senhor. Apenas espere que eu consiga a cessão do aluguel dos dois quartos vizinhos e a permissão de abrir a parede.

– Avise-me por um bilhete, esta noite – disse o arquiteto. – Devo passar a noite fazendo meus planos, e ainda preferimos trabalhar para os burgueses a trabalhar para o rei da Prússia, isto é, para nós. Mas vou medir os espaços, as alturas, a dimensão dos quadros, o vão das janelas...

– Estará pronto no dia marcado – continuou Birotteau –, sem o que, tudo está dito, nada feito.

– Sim, é preciso – disse o arquiteto. – Os operários passarão as noites, empregaremos procedimentos para secar as pinturas; mas não se deixe enterrar pelos empreiteiros, peça-lhes sempre o preço antecipadamente e fiscalize as suas convenções!

– Paris é o único lugar do mundo onde podemos dar semelhantes passes de mágica – disse César, deixando-se levar a um gesto asiático digno das *Mil e uma noites*. – Você me dará a honra de vir a meu baile, *monsieur*. Nem todos os homens de talento possuem o desdém que liquida o comércio, e você sem dúvida lá verá um sábio de primeira ordem, *monsieur* Vauquelin do Instituto! E depois *monsieur* de La Billardière, *monsieur* conde de Fontaine[64], *monsieur* Lebas, juiz, e o presidente do tribunal de comércio; e os magistrados: *monsieur* o conde de Grandville[65], da Corte Real, e *monsieur* Popinot, do tribunal de primeira instância, *monsieur* Camusot[66], do Tribunal de Comér-

---

64. Conde de Fontaine (1764-1828). Personagem fictício que aparece também em *O gabinete das antigüidades* e *Uma estréia na vida*, entre outros títulos de *A comédia humana*. (N.E.)

65. Personagem fictício, protagonista de *Uma dupla família*. (N.T.)

66. Barão Camusot. Personagem fictício que aparece também em *O gabinete de antigüidades*, entre outros. (N.E.)

cio, e *monsieur* Cardot[67], seu sogro... Enfim, talvez, *monsieur* o duque de Lenoncourt, primeiro gentil-homem da câmara do rei. Reúno alguns amigos tanto... para celebrar a libertação do território... quanto para festejar minha... promoção na ordem da Legião de Honra...

Grindot fez um gesto singular.

– Talvez... tornei-me digno deste... insigne... e... real... favor sentando no... tribunal consular e combatendo pelos Bourbons nos degraus de Saint-Roch no Treze de Vendemiário, onde fui ferido por Napoleão. Esses títulos...

Constance, vestida matinalmente, saiu do quarto de dormir de Césarine, onde se vestira; seu primeiro lance de olhar deteve velozmente a verve de seu marido, que buscava formular uma frase normal, para ensinar, modestamente, as suas grandezas ao arquiteto.

– Veja, mimi, eis *monsieur* de Grindot, jovem distinto e forasteiro, e possuidor de imenso talento. *Monsieur* é o arquiteto que *monsieur* de La Billardière nos recomendou, para dirigir nossos *pequenos* trabalhos, aqui.

O perfumista escondeu-se de sua mulher para dar um sinal ao arquiteto, levando um dedo aos lábios ao falar a palavra *pequenos*, e o artista compreendeu.

– Constance, *monsieur* vai tomar as medidas, as alturas; deixe-o fazê-lo, minha querida – disse César, a esquivar-se rumo à rua.

– Isto vai sair muito caro? – disse Constance ao arquiteto.

– Não, madame, seis mil francos, por alto...

– Por alto! – exclamou madame Birotteau. – *Monsieur*, por favor, não comece nada sem um orçamento, nem sem listas de preços assinadas. Conheço os modos dos senhores empreiteiros: seis mil significam vinte mil. Não estamos em situação de fazer loucuras. Por favor, *monsieur*, se bem que meu marido seja o senhor em sua casa, deixe-lhe o tempo de refletir.

– Madame, *monsieur* o vice disse-me para entregar-lhe os espaços em vinte dias, e se tardarmos vocês se expõem a pagar a despesa sem obter os resultados.

---

67. Jean-Jérome-Séverin, personagem fictício. Aparece também em *Uma estréia na vida* e *Ilusões perdidas*, entre outros. (N.E.)

– Há despesas e despesas – disse a bela perfumista.

– Ah, madame, imagina que seja muito glorioso para um arquiteto que deseja elevar monumentos decorar um aposento? Só desço a esse detalhe para agradar *monsieur* de La Billardière, e se a aterro...

Ele fez um movimento de retirada.

– Bem, bem, *monsieur* – disse Constance entrando em seu quarto, onde lançou a cabeça ao ombro de Césarine. – Ah, filha minha! Seu pai se arruína! Ele tomou um arquiteto que tem bigodes, barba! E que fala em construir monumentos! Ele vai jogar a casa pelas janelas para construir-nos um Louvre. César jamais se atrasa para cometer uma loucura; ele me falou de seu projeto esta noite, executa-o de manhã.

– Ora, mamãe, deixa o papai agir, o bom Deus sempre o protegeu – disse Césarine, abraçando a mãe e atirando-se ao piano para mostrar ao arquiteto que a filha de um perfumista não era estranha às belas-artes.

Quando o arquiteto entrou no quarto de dormir, surpreendeu-se com a beleza de Césarine e permaneceu quase paralisado. Saindo de seu gabinete em vestes matutinas, Césarine, fresca, rosa como uma jovem é rosa e fresca, aos dezoito anos, loira e escultural, olhar a luzir, a azular, oferecia, ao olhar do artista, essa elasticidade, tão rara em Paris, que faz saltar, realçar as carnes, as peles mais delicadas, a nuançar, em cor adorada pelos pintores, o azul das veias em rede a palpitar através da claridade da tez. Mesmo vivendo na linfática atmosfera de uma loja parisiense onde o ar dificilmente se renova, onde os raios solares pouco penetram, seus hábitos davam-lhe os benefícios da vida em pleno ar livre de uma transtiberina romana. Abundantes cabelos, como os de seu pai, elevados de forma a deixar ver um belo pescoço, caíam em bem cuidados anéis, como os das vendedoras nas lojas, a quem o desejo de serem vistas inspirou as mais inglesas das minúcias em termos de toalete. A beleza da jovem não era a beleza de uma *lady*, nem a das duquesas francesas, mas a simples e ruiva beleza das flamengas de Rubens. Césarine tinha o nariz arrebitado, como o pai, mas espiritual pela delicadeza do modelo, semelhante aos dos narizes essencialmente franceses, tão *bem-sucedidos* nos quadros do pintor Largillière. Sua pele, como tecido pleno e forte, anunciava a vitalidade de uma virgem. Ela possuía a bela fronte de sua mãe, mas iluminada pela serenidade de uma jovem sem preocupações. Seu olhar azul, submerso em ricos fluidos, exprimia a graça terna de uma loira feliz. Se a felicidade extraía de sua cabeça a poesia que os pintores desejam absolutamente dar a suas composições, tornando-as pensativas demais, a vaga melancolia física a atingir as jovens que jamais deixaram as asas maternas imprimia-lhe uma forma de ideal. Apesar da fineza de suas formas, ela se constituía fortemente: seus pés acusavam a origem camponesa de seu pai, pois ela pecava por um defeito de descendência e talvez também pelo vermelho das mãos, assinatura de uma vida puramente burguesa. Cedo ou tarde engordaria. Vendo o ir e vir de algumas jovens elegantes, ela acabou por adquirir interesse pela toalete, alguns meneios de cabeça, uma maneira de falar, mover-se, a representar a mulher como ela deve ser, a rodopiar a cabeça de todos os jovens, comerciários, a quem ela parecia distinta demais. Popinot jurara-se jamais ter outra mulher além de Césarine. Essa fluida loira que um olhar parecia atravessar, pronta a evaporar-se em lágrimas a uma palavra de reprovação, era a única a poder dar-lhe o sentimento da superioridade masculina. Essa encantadora moça inspirava o amor sem deixar tempo para examinar se ela tinha bastante espírito para torná-lo durável; mas a que serve o que se chama em Paris o *espírito*, em uma classe onde o principal elemento da felicidade é o bom senso e a virtude? Moralmente, Césarine era sua mãe, um tanto aperfeiçoada pelas superfluidades da educação: amava a música, desenhava em lápis negro a *Virgem sentada*[68], lia as obras de madames Cottin e Riccoboni, Bernardin de Saint-Pierre, Fénelon[69], Racine. Jamais aparecia junto à sua mãe no balcão da loja, salvo alguns momentos antes da refeição ou para substituí-la em raras ocasiões. Seus pais, como todos esses jovens ricos apressados a cultivar a ingratidão de seus filhos, colocando-os acima deles, gostavam de deificar Césarine, que, felizmente, tinha as virtudes da burguesia e não abusava das fraquezas paternas.

---

68. Quadro de Rafael Sanzio. (N.T.)
69. Madame Cottin (1773-1807). Madame Riccoboni (1714-1792). Bernardin de Saint-Pierre (1737-1814), autor da conhecida novela romântica *Paul et Virginie*. Fénelon (1651-1715), autor de *As aventuras de Telêmaco*. (N.E.)

Madame Birotteau seguia o arquiteto em ar inquieto e suplicante, olhando com terror e mostrando à filha os estranhos movimentos do metro, a bengala dos arquitetos e empreiteiros com que Grindot tomava as suas medidas. Encontrava nesses passes de mágica um ar esconjurador de muito mau agouro, desejaria os muros menos altos, as peças menores e não ousava questionar o jovem homem sobre os efeitos desse fetiche das mercadorias.

– Fique tranqüila, madame, não levarei nada – disse o artista, a sorrir.

Césarine não conseguiu impedir-se de rir.

– *Monsieur*, suplicou Constance, sem notar a ironia do arquiteto –, seja econômico e, mais tarde, poderemos recompensá-lo...

Antes de ir a *monsieur* Molineux, o proprietário da casa vizinha, César quis tomar em Roguin o contrato que Alexandre Crottat devia ter-lhe preparado para a cessão de arrendamento. Ao sair, Birotteau viu du Tillet à janela do gabinete de Roguin. Ainda que a ligação de seu ex-funcionário com a mulher do tabelião tornasse muito natural o encontro com du Tillet à hora em que se faziam os tratados relativos aos terrenos, Birotteau inquietou-se, apesar de sua extrema confiança. O ar animado de du Tillet anunciava uma discussão. "Estaria ele no negócio?", perguntou-se, em conseqüência de sua prudência comercial. A suspeita passou como um clarão através de sua alma. Voltou-se, viu madame Roguin, e a presença do banqueiro du Tillet não lhe pareceu mais suspeita. "Entretanto, e se Constance tiver razão?", disse a si mesmo. "Sou tolo, ouvir idéias de mulher! Falarei sobre isso a meu tio. Da Cour Batave, onde mora esse Molineux, à Rue des Bourdonnais é um salto só." Um observador desconfiado, um comerciante que em sua carreira tivesse encontrado alguns malandros, teria se salvo; mas os antecedentes de Birotteau, a incapacidade de seu espírito pouco próprio para seguir a corrente das induções pelas quais um homem superior chega às causas, tudo o perdia. Ele encontrou o comerciante de guarda-chuvas em grande pose, e ia com ele rumo ao proprietário da casa, quando Virgínia, a sua cozinheira, tomou-o pelo braço.

– *Monsieur*, madame não deseja que o senhor vá mais longe...

– Vamos – exclamou Birotteau –, de novo idéias de mulher!

– ...sem tomar a taça de café que o aguarda.

– Ah, é verdade. Vizinho meu – disse César a Cayron –, tenho tantas coisas na cabeça que não ouço meu estômago. Faça o favor de ir na frente, nós nos encontraremos na porta de *monsieur* Molineux, a não ser que você suba para explicar-lhe o negócio, assim perderemos menos tempo.

Monsieur Molineux era um capitalista grotesco, espécie existente somente em Paris, assim como certo líquen só cresce na Islândia. Essa comparação é tanto mais justa quanto esse homem pertencia a uma natureza mista, a um reino ânimo-vegetal[70], que um novo Mercier[71] poderia compor de criptogramas que nascem, florescem e morrem sobre, nos ou sob os muros de barro das diversas casas estranhas e malsãs para onde esses seres vêm, preferencialmente. À primeira vista, essa planta humana, umbelífera – visto o chapéu azul tubulado que a coroava, a haste envolta em calça esverdeada e as raízes bulbosas envoltas em chinelos – ofertava uma fisionomia esbranquiçada e inexpressiva que certamente não traía nada de venenoso. Nesse produto bizarro, você reconheceria o acionista por excelência, acreditando em todas as notícias que a imprensa periódica batiza com sua tinta, ao dizer: "Leia o jornal!". O burguês essencialmente amigo da ordem e sempre em revolta moral ante o poder ao qual, todavia, sempre obedece, criatura frágil em geral e feroz no detalhe, insensível como um oficial da justiça quando o que importa é seu direito, dando erva fresca às aves ou espinhas de peixe a seu gato, interrompendo um recibo de aluguel para ensinar um canário a cantar, desconfiado como um carcereiro, mas jogando seu dinheiro em um mau negócio, e resgatando-se por meio de sórdida avareza. A maldade dessa flor híbrida só se revelava com o uso; para ser experimentada, sua nauseabunda amargura precisava da cocção de um comércio qualquer onde seus interesses se encontrassem mesclados aos dos homens.

---

70. Ou vegetanimal, humaninal: criação de Balzac. (N.T.)
71. Louis-Sèbastien Mercier (1740-1814), autor de *Tableau de Paris*, análise dos costumes dos parisienses antes da revolução. (N.T.)

Como todos os parisienses, Molineux experimentava uma necessidade de domínio, e desejava essa parcela de soberania mais ou menos considerável exercida por cada um e mesmo por um porteiro, sobre mais ou menos vítimas, mulher, filho, locatário, vendedor, cavalo, cão ou macaco, a quem se entrega por ricochete as mortificações recebidas na espera superior a que se aspira. Esse velhote transbordante de tédio não tinha mulher, nem filho, nem sobrinho, nem sobrinha; tratava mal demais a empregada para transformá-la em um saco de pancadas, pois ela evitava todo contato, realizando rigorosamente o seu serviço. Seus apetites de tirania eram, assim, frustrados; para satisfazê-los, ele estudara pacientemente as leis sobre os contratos de locação e sobre os muros separadores; aprofundara a jurisprudência que rege as casas de Paris nos infinitamente pequenos artigos sobre as entradas e saídas, dependências, taxas, impostos, limpezas, tendas na festa de Corpus Christi, canos de despejo, iluminação, saliências na vida pública, vizinhança de estabelecimentos malsãos ou insalubres. Seus meios e sua atividade, todo o seu espírito da sua condição passavam à manutenção de seu estado de proprietário em perfeito estado de guerra; transformara esse espírito em um divertimento, e seu divertimento se tornava monomania. Amava proteger os cidadãos contra as invasões da ilegalidade; mas os alvos de queixas eram raros, e sua paixão acabou por se transferir para os seus locatários. Um locatário vinha a ser seu inimigo, seu inferior, seu súdito, seu servo feudal; imaginava ter direitos sobre eles e via como um homem grosseiro quem passasse por ele nas escadas sem nada lhe falar. Ele mesmo escrevia seus recibos, e enviava-os ao meio-dia da data de vencimento. O locatário atrasado recebia uma intimação na hora fixa. A seguir vinham a penhora, os custos judiciais, toda a cavalaria judiciária, mobilizada com a velocidade que o carrasco chama *a mecânica*. Molineux não concedia prazo nem prorrogação, seu coração tinha um calo relativo aos aluguéis.

– Eu lhe emprestarei dinheiro se você tiver necessidade – assim falava a um homem rico –, mas pague-me meu aluguel, todo atraso acarreta uma perda de juros que a lei não nos indeniza.

Além de um extenso exame das fantasias capriolantes[72] dos locatários que não ofereciam nada de normal, sucedendo-se a subverter as instituições de seus antecessores, nem mais nem menos que as dinastias, ele outorgara-se uma constituição, mas observava-a religiosamente. Assim, o bom homem não consertava nada, nenhuma chaminé fumava, suas escadas eram limpas, seus tetos, brancos, suas cornijas, *irrepreensíveis*, os assoalhos, inflexíveis sobre seus barrotes, as pinturas, satisfatórias; a serralheira jamais ultrapassava três anos, não faltava vidro algum, as rachaduras eram inexistentes, só apareciam ladrilhos quebrados quando se desocupavam os locais, e ele fazia assistir-se, para recebê-los, por um serralheiro, um pintor-vidraceiro; pessoas, falava ele, muito boas. O inquilino era então livre para melhorar a casa; mas se o imprudente restaurasse seu apartamento, o pequeno Molineux pensava noite e dia na forma de desalojá-lo para reocupar o apartamento recentemente decorado; vigiava-o, esperava-o e desfilava a série de seus maus procedimentos. Todas as finezas da legislação parisiense sobre os aluguéis, ele as conhecia. Demandista, *escrivinhador*, minutava cartas suaves e polidas a seus inquilinos; mas ao fundo de seu estilo, como sob sua expressão cansada e previdente, escondia-se a alma de Shylock[73]. Sempre exigia seis meses de aluguéis adiantados, a descontar ao final do prazo de locação, bem como o cortejo das espinhosas condições que inventava. Verificava se os locais alugados eram guarnecidos por móveis suficientes para responder pelo aluguel. Submetia o novo locatário à polícia de suas informações, pois não desejava certas classes de pessoas, o mais leve martelo o aterrava. Depois, antes de assinar o contrato, guardava os papéis e soletrava-os por uma semana, temendo o que chamava os *et coetera* de tabelião. Além de suas ideologias de proprietário, Jean-Baptiste Molineux parecia bom, prestativo; jogava cartas sem queixar-se do parceiro, ria do que riam os burgueses, falava do que eles falam, da arbitrariedade dos padeiros celerados que vendiam a pesos falsos, da conivência corrupta da polícia, dos heróicos dezessete deputados da Es-

---

72. Palavra criada por Balzac. (N.T.)
73. Shylock é um judeu usurário de *O mercador de Veneza*, de Shakespeare. (N.T.)

querda[74]. Ele lia o *Bom senso* do padre Meslier[75] e ia à missa, por falta de poder escolher entre o deísmo e o cristianismo, mas não contribuía para o pão bento e lutava para subtrair-se às invasoras pretensões do clero. O infatigável reivindicante escrevia sobre isso cartas aos jornais que eles não publicavam e deixavam sem resposta. Enfim ele se assemelhava a um estimável burguês que lança solenemente ao fogo sua lenha de Natal, festeja os reis, inventa primeiros de abril, dia do peixe e da mentira, passeia através de todas as alamedas quando o tempo está belo, vai ver patinarem e apresenta-se às duas horas no terraço da praça Luís XV, nos dias de fogos de artifício, com pão no bolso, para estar *nos primeiros camarotes*.

A Cour Batave, onde morava esse velhote, é o produto de uma dessas especulações bizarras que não se pode mais explicar desde que elas se encontram realizadas. Essa construção em claustro, em arcadas e galerias interiores, feita em pedras de cantaria, ornada por uma fonte ao fundo, uma fonte morta de sede que abre sua boca de leão menos para dar água que para pedir água a todos os passantes, foi, sem dúvida, inventada para dotar o bairro Saint-Denis de uma espécie de Palácio Real. Esse momento, malsão, enterrado em seus quatro lados por casarões, não tem vida e movimento salvo durante o dia, é o centro das passagens obscuras que se encontram e que unem o bairro do mercado ao bairro Saint-Martin através da já famosa Rue Quincampoix, sendas úmidas onde as pessoas apressadas ganham seus reumatismos; mas à noite lugar algum de Paris é mais deserto, e você o chamaria de *as catacumbas do comércio*. Ali há diversas cloacas industriais, poucos batavos e muitos vendedores. Naturalmente os apartamentos desse palácio comercial não têm vista alguma além do pátio interno para onde dão todas as janelas, de forma que os aluguéis são de preço mínimo. Molineux morava em um dos ângulos, no sexto andar, por razões sanitárias: o ar não era puro senão a vinte metros do

---

74. A expressão surge por esses heróis sentarem-se *à esquerda* do parlamento, passando a designar, até o momento, os raríssimos "políticos" realmente incorruptíveis e democráticos. (N.T.)

75. Foi descoberto posteriormente que *O bom senso* é obra do enciclopedista d'Holbach (1723-1789). O padre Meslier (1677-1733) deixou um *Testamento* negando ter crenças religiosas. (N.T.)

solo. Ali, esse bom proprietário gozava do aspecto encantador dos moinhos de Montmartre, a passear nas caleiras, onde cultivava flores, em que pesem as ordens policiais relativas aos jardins suspensos da moderna Babilônia. Seu apartamento tinha quatro peças, sem contar as suas preciosas *inglesas*, substitutas das cadeiras perfuradas, os WCs situados no andar superior: ele tinha as chaves, as inglesas lhe pertenciam, ele as estabelecera, e estava nas regras a esse respeito. Ao entrar, uma indecente nudez revelava em breve a avareza desse homem: na antecâmara, seis cadeiras de palha, uma lareira de louça e, nas paredes, forradas de papel verde-garrafa, quatro gravuras compradas em leilões; na sala de jantar, dois armários, duas gaiolas cheias de pássaros, uma mesa coberta de toalha oleada, um barômetro, uma porta-janela dando para os jardins suspensos da moderna Babilônia, e cadeiras de acaju acolchoadas em crina; o salão tinha pequenas cortinas em velho tecido de seda verde, um móvel em veludo de Utrecht verde, com a madeira pintada de branco. Quanto ao quarto do velho celibatário, oferecia móveis dos tempos de Luís XV, desfigurados por um uso demasiadamente prolongado e sobre os quais uma mulher, vestida de branco, teria medo de se sujar. Sua lareira era ornada de um pêndulo em duas colunas, entre as quais se via o mostrador que servia de pedestal a Palas arremessando sua lança: um mito. O assoalho era forrado de pratos cheios de restos destinados aos gatos e nos quais se temia meter o pé. Acima de uma cômoda em pau rosa, um retrato a pastel (o próprio Molineux, em sua juventude). A seguir, livros, mesas onde se viam nobres e ignóbeis cartões verdes; em um console, seus finados canários empalhados; enfim, uma cama de uma frieza a ensinar pobreza a carmelitas e franciscanos.

César Birotteau ficou encantado com a singular polidez de Molineux, que encontrou de chambre de algodão cinza, vigiando seu leite colocado em uma pequena lata ao canto da lareira e a água a ferver em um pequeno pote de terra negra, que ele vertia em pequenas doses na cafeteira. Para não perturbar seu proprietário, o mercador de guarda-chuvas fora abrir a porta a Birotteau. Molineux venerava os prefeitos e vices da cidade de Paris, a quem ele chamava seus *oficiais municipais*. À vista do magistrado, levantou-se e permaneceu de pé, chapéu na mão, enquanto o grande Birotteau não se sentou.

— Não, *monsieur*, sim, *monsieur*, ah, *monsieur*, se tivesse tido a honra de saber possuir no seio de meus modestos deuses dos lares um membro do Corpo Municipal de Paris, acredite, eu me teria feito um dever de ir à sua casa, apesar de ser seu proprietário ou... a ponto... de me... tornar.

Birotteau fez um gesto a suplicar-lhe para recolocar o chapéu.

— Não farei nada, não vou pôr o chapéu enquanto o senhor não estiver sentado, e de chapéu, se o senhor estiver resfriado; meu quarto é um pouco frio, a modicidade de minhas rendas não me permite... Às suas ordens, *monsieur* vice.

Birotteau espirrara ao buscar seus papéis. Apresentou-os, não sem falar, para evitar todo atraso, que *monsieur* Roguin, tabelião, os redigira às suas custas.

— Não contesto as luzes de *monsieur* Roguin, velho nome muito bem conhecido no tabelionato parisiense; mas tenho os meus pequenos hábitos, eu mesmo faço os meus negócios, mania bem desculpável, e meu tabelião é...

— Mas nosso negócio é tão simples — disse o perfumista, habituado às prontas decisões dos comerciantes.

— Tão simples! — exclamou Molineux. — Nada é simples nem singular em matéria de locação. Ah, o senhor não é proprietário, *monsieur*, e não é senão mais feliz. Se o senhor soubesse até onde os locatários levam a ingratidão e a quantas precauções nós somos obrigados. Veja, *monsieur*, eu tenho um locatário...

Molineux contou, durante um quarto de hora, como *monsieur* Gendrin, desenhista, enganara a vigilância de seu porteiro, na Rue Saint-Honoré. Gendrin fizera infâmias dignas de um Marat[76], desenhos obscenos que a polícia tolerava, vista a conivência da polícia! Esse Gendrin, artista profundamente imoral, chegava com mulheres de má vida e tornava a escada impraticável! Brincadeira muito digna de um homem que desenhava caricaturas contra o governo. E por que essas más ações?... Porque lhe cobravam seu aluguel no dia 15! Gendrin e Molineux iam ao tribunal, pois, mesmo sem pagar, o artista pretendia permanecer em seu apartamento vazio. Molineux

---

76. Jean-Paul Marat (1743-1793), revolucionário francês. (N.T.)

recebia cartas anônimas onde Gendrin sem dúvida ameaçava-o de assassinato, à noite, nas sendas que levam à Cour Batave.

– A tal ponto, *monsieur* – disse o burguês continuando –, que *monsieur,* o prefeito de polícia, a quem confiei meu embaraço... (aproveitei a circunstância para tocar-lhe algumas palavras sobre as modificações a ser introduzidas nas leis que regem a matéria), autorizou-me a portar pistolas, para minha segurança.

O pequeno velho levantou-se para ir buscar as suas pistolas.

– Ei-las, *monsieur*! – exclamou Molineux.

– Mas, cavalheiro, o senhor não tem nada a temer de semelhante, de minha parte – disse Birotteau, olhando para Cayron, a quem sorriu, lançando-lhe um olhar em que se pintava um sentimento de piedade por semelhante homem.

Esse olhar, Molineux surpreendeu-o, e foi ferido por encontrar tal expressão em um oficial municipal, que devia proteger os seus administrados. A qualquer outro ele teria perdoado, mas não perdoou Birotteau.

– *Monsieur* – continuou em ar seco –, um juiz consular dos mais estimados, um vice, um honorável comerciante não desceria a essas baixezas, pois são baixezas! Mas nesse caso há uma perfuração que precisa do consentimento do proprietário, o conde de Grandville, e convenções a estipular para o restabelecimento do muro ao fim do aluguel; enfim, os aluguéis são consideravelmente baixos, eles vão subir, a Place Vendôme vai se valorizar, ela se valoriza! a Rue de Castiglione vai ser construída! Estou preso... estou preso...

– Terminemos com isto – disse Birotteau, surpreso. – Que deseja? Conheço bem os negócios para adivinhar que suas razões se calarão ante a razão suprema, o dinheiro! Bem, do que precisa?

– Nada além do justo, *monsieur* vice. Por quanto tempo deseja alugar?

– Sete anos – disse Birotteau.

– Em sete anos, quanto não valerá meu primeiro andar? – continuou Molineux. – Quem não alugaria dois quartos mobiliados neste bairro? Por mais de duzentos francos por mês, talvez! Estou preso, estou preso por um aluguel. Levaremos portanto o aluguel a mil e quinhentos francos. A esse preço, consinto em transferir estes dois quartos alugados pelo *monsieur* Cayron que aqui está – disse, dando um olhar de viés ao comerciante –, dou-lhes o aluguel por sete anos consecutivos. A perfuração estará a seu cargo, sob a condição de trazer-me a aprovação e a desistência de todos os direitos do conde de Grandville. O senhor terá a responsabilidade pelos eventos dessa pequena perfuração, não será obrigado a restabelecer o muro, no que me concerne, e me dará como indenização quinhentos francos desde já: não se sabe nem quem vive nem quem morre, e eu não quero correr atrás de ninguém para reconstruírem o muro.

– Essas condições parecem-me mais ou menos justas – disse Birotteau.

– E o senhor me dará uma caução – disse Molineux – de 750 francos, *hic et nunc*[77], imputáveis sobre os seis últimos meses do aluguel. Oh! Aceitarei pequenas letras, como *valores em aluguéis*, para não perder minha garantia, ao prazo que o senhor desejar. Sou redondo e breve em negócios. Estipularemos que o senhor fechará a porta que dá para a minha escada, onde o senhor não terá direito algum de entrar... às suas custas..., com tijolos. Tranquilize-se, não pedirei indenização para o restabelecimento ao fim do aluguel; vejo-a como compreendida nos quinhentos francos. *Monsieur*, o senhor sempre me achará justo.

– Nós comerciantes não somos tão meticulosos – disse o perfumista –, não haveria negócio possível com tais formalidades.

– Oh, no comércio é bem diverso, sobretudo na perfumaria, onde tudo cai como uma luva – disse o pequeno velho com um sorriso amargo. – Mas, *monsieur*, em matéria de locação, em Paris, nada é indiferente. Veja só, eu tive um locatário, na Rue Montorgueil, que...

– *Monsieur* – disse Birotteau –, eu ficaria extremamente desesperado se viesse a retardar o seu almoço: eis os papéis, retifique-os, tudo o que pediu está entendido; assinemos amanhã hoje troquemos as nossas palavras, pois amanhã meu arquiteto deve ser o senhor do local.

---

77. Aqui e agora. Em latim no original. (N.T.)

– *Monsieur* – disse Molineux dando um olhar para o comerciante de guarda-chuvas –, há um aluguel vencido. *Monsieur* Cayron não quer pagá-lo, nós o acrescentaremos às letras de câmbio para que o aluguel vá de janeiro a janeiro. Será mais simples.

– Assim seja – disse Birotteau.

– Os cinco centavos por franco ao porteiro...

– Mas – disse Birotteau – o senhor me priva da escada, da entrada, não é justo...

– Oh, o senhor é locatário – disse em voz peremptória o pequeno Molineux a cavalo sobre o código –, o senhor deve as imposições das portas e janelas e sua parte nas taxas. Quando tudo estiver bem entendido, *monsieur*, não haverá mais dificuldade alguma. O senhor cresce muito, *monsieur*, os negócios vão bem?

– Sim – disse Birotteau. – Mas o motivo é outro. Reúno alguns amigos tanto para celebrar a libertação do território quanto para festejar minha promoção na ordem da Legião de Honra...

– Ah! Ah! – disse Molineux. – Uma recompensa bem merecida!

– Sim – disse Birotteau. – Talvez tenha me tornado digno desse insigne e real favor, sentando no tribunal consular e combatendo pelos Bourbons nas escadarias de Saint-Roch, em Treze de Vendemiário, onde fui ferido por Napoleão; esses títulos...

– Valem os de nossos bravos soldados da antiga armada. A fita é vermelha, porque é molhada no sangue espalhado e disseminado.

A essas palavras, tomadas de *O Constitucional*, Birotteau não pôde impedir-se de convidar o pequeno Molineux, que se perdeu em agradecimentos e sentiu-se pronto a perdoar-lhe o desdém. O velho reconduziu seu novo locatário ao patamar, desmanchando-se em delicadezas. Quando Birotteau se encontrou no meio da Cour Batave, com Cayron, mirou seu vizinho em ar divertido.

– Não imaginava que pudesse existir gente tão... doente! – disse César, retendo nos lábios a palavra *idiota!*

– Ah, *monsieur*, nem todo o mundo tem os seus talentos.

Birotteau podia imaginar-se um homem superior na presença de *monsieur* Molineux; a resposta do comerciante de guarda-chuvas o fez sorrir agradavelmente e ele a saudou como à maneira de um rei.

"Estou no mercado", pensou Birotteau, "façamos o negócio das avelãs."

Após uma hora de pesquisas, mandado pelas damas do mercado à Rue des Lombards, onde se vendiam nozes para confeitos, soube, por seus amigos Matifat[78], que a *fruta seca* só era vendida em quantidade por uma certa madame Angélique Madou[79], residente à Rue Perrin-Gasselin, única casa onde se encontrariam a verdadeira avelã de Provença e a legítima noz branca dos Alpes.

A Rue Perrin-Gasselin é uma das sendas do labirinto quadradamente encerrado pelo cais e pelas ruas Saint-Denis, de la Ferronerie e de la Monnaie, que vêm a ser as entranhas da cidade. Ali formiga infinito número de mercadorias heterogêneas e mescladas, horripilantes e atraentes, o arenque e a musselina, a seda e os méis, as manteigas e os filós, sobretudo diversos pequenos comércios que não imaginamos existir em Paris, bem como a maior parte dos homens nem imagina o que se cozinha nas entranhas de seu *pâncreas*, e que tinham então por sanguessuga um certo Bidault, chamado Gigonnet, agiota, residente à Rue Greneta. Aqui, antigas manjedouras são habitadas por tonéis de óleo, as cocheiras contêm miríades de meias de algodão. Aqui se encontra *o grosso* dos gêneros vendidos a varejo nos mercados. Madame Madou, ex-revendedora de peixe, lançada há dez anos no ramo das *frutas secas* por uma ligação com o ex-proprietário de sua loja, o que alimentara por tempos os falatórios do mercado, era de uma beleza viril e provocante, agora escondida sob excessiva gordura. Ela morava ao rés-do-chão, como se falava, isto é, no térreo de uma casa amarela em ruínas, mas sustentada, a cada andar, por cruzes de ferro. O finado conseguira livrar-se de seus concorrentes e converter seu comércio em monopólio; apesar de algumas faltas de educação, sua herdeira podia continuá-lo rotineira-

---

78. Família do droguista Matifat, mencionado também em *A casa Nucingen* e *Uma estréia na vida*. (N.E.)
79. Personagem fictício. (N.E.)

mente, indo e vindo aos armazéns que ocupavam cocheiras, estrebarias e ex-oficinas, onde ela combatia os insetos com sucesso. Sem balcão, nem caixa, nem livros, pois ela não sabia ler nem escrever, ela respondia as cartas a socos, olhando-as como insultos. Mas era uma boa mulher, colorida, levando à cabeça um lenço acima da touca, conciliando-se, com sua fala de flauta ou trombone, com seu verbo de querela e injúria, com a estima dos carroceiros que levavam as suas mercadorias e com os quais as disputas acabavam em pizza e em uma garrafa da *branquinha*. Não tinha dificuldades com os cultivadores que lhe mandavam seus frutos, eles se correspondiam com o dinheiro sonante, única maneira de entendimento entre eles, e a mãe Madou ia vê-los no belo verão. Birotteau percebeu essa selvagem *marchande*, feroz comerciante, no meio dos sacos de avelãs, castanhas e nozes.

– Bom dia, minha cara senhora – disse Birotteau, com ar leve.

– *Tua cara!* – disse ela. – Eh! meu filho, tu me conheces então para termos tido relações assim tão caras? Guardamos reis juntos?

– Eu sou perfumista e ademais vice-prefeito da segunda região de Paris; assim, como magistrado e consumidor, tenho direito a que a senhora tome outro tom comigo.

– Eu faço o que quero – disse a virago –, não consumo nada da prefeitura nem incomodo os vices. Quanto à freguesia, ela me *dora*, e eu *lis* falo como quero. Se não estão contentes, eles que vão encher bem além daquela curva.

– Eis os efeitos do monopólio! – disse Birotteau para si mesmo.

– Popole! É meu afilhado: ele deve ter feito besteiras; o senhor vem devido a ele, meu respeitável magistrado? – disse ela, abrandando a voz.

– Não, tenho a honra de dizer-vos que venho na qualidade de consumidor.

– Ah, bom! Como se chama, meu jovem? Nunca bem te vi por aqui.

– Com esse tom, você deve vender noz a muito bom preço, não? – disse Birotteau, nomeando-se e enumerando as suas qualidades.

— Ah, o senhor é o famoso Birotteau, que tem uma bela mulher! E quanto o senhor deseja destes açúcares de avelãs, meu querido?

— Seis mil pesadas.

— É tudo o que eu tenho – disse a mercadora falando como flauta rouca. – Meu caro, o senhor não cruza os braços para casar as filhas e perfumá-las! Que Deus o abençoe, o senhor tem uma ocupação. Desculpe qualquer coisa! O senhor vai ser um grande freguês e se inscreverá no coração da mulher que eu mais amo no mundo...

— Quem?

— Ah, a cara madame Madou.

— E quanto custam as suas avelãs?

— Para você, meu burguês, 25 francos o cento, se levar tudo.

— Vinte e cinco francos – disse Birotteau –, mil e quinhentos francos! E talvez eu venha a precisar de cem milheiros por ano.

— Mas veja então a bela mercadoria, colhida sem calçados! – disse ela, mergulhando seu braço vermelho em um saco de avelãs. – E sem ocas, meu caro senhor. Imagine só que as mercearias vendem uma mistura de frutas secas a 24 a libra, e que em quatro libras metem mais de uma libra de avelãs que por dentro não tem nada. Tenho de perder minha mercadoria para agradá-lo? O senhor é gentil, mas não me agrada inda o suficiente bastante para me fazer perder! Se o senhor precisa tanto de tanto, podemos pechinchar a vinte francos, pois é preciso não mandar de mão vazia um vice-perfeito, daria azar aos casados! Ademais, passe a mão na bela mercadoria, pesada! Nem é preciso cinqüenta por libra! São cheias, o verme não entrou nelas!

— Vamos, envie seis milheiros por dois mil francos, a noventa dias, na Rue du Faubourg-du-Temple, para a minha fábrica, amanhã de manhã, e não se fala mais nisto.

— Seremos apressados como uma noiva. Bem, adeus, *monsieur* prefeito, sem rancor. Mas se tanto faz – disse ela, seguindo Birotteau pelo pátio –, prefiro quarenta dias, pois estou lhe dando de graça, não, não posso perder o desconto! E, ainda por cima, como tem o coração tão bom, o tio Gigonnet, ele nos suga a alma como uma aranha alegre papa um inseto.

– Está bem, cinqüenta dias, e não se fala mais nisso. Mas nós pesaremos cem libras, a fim de não haver ocas. Sem isso, nada feito.

– Ah, o cão é um bom conhecedor – disse madame Madou. – Não se pode passar a mão em seu pêlo. São essas goelas da Rue des Lombards que disseram isso a ele! Esses lobos maus de lá se entendem todos para devorar os cordeirinhos!

O cordeirinho tinha um metro e meio de altura e um metro de largura, parecia um frade-de-pedra vestido de camisa listrada e sem cintura.

O perfumista, perdido em seus pensamentos, meditava, andando ao longo da Rue Saint-Honoré, em seu duelo de vida e morte com o óleo de Macassar, imaginava as suas etiquetas, os rótulos, as formas de suas garrafas, calculava a contextura das rolhas, a cor dos cartazes publicitários. E fala-se que não há poesia no comércio! Newton não fez mais cálculos para o seu célebre binômio do que Birotteau descobrindo, inventando, criando sua *Essência comagena*, pois o óleo veio a ser essência, ele volvia de uma expressão a outra sem conhecer seus valores. Todas as combinações comprimiam-se em sua cabeça, e ele tomava essa atividade no vazio como se fosse a substancial ação do pensamento e do talento. Em sua preocupação, ultrapassou a Rue des Bourdonnais e viu-se obrigado a retornar seus passos ao lembrar-se de seu tio.

Claude-Joseph Pillerault[80], antes comerciante de ferragens, sob o signo de *O sino de ouro*, era uma dessas belas fisionomias em si mesmas: hábitos e costumes, inteligência e coração, linguagem e pensamento, tudo nele se harmonizava. Só e único parente de madame Birotteau, Pillerault concentrara todos os seus afetos nela e em Césarine, depois de haver perdido, no curso da carreira comercial, a mulher e o filho e a seguir uma criança adotiva, filho de sua cozinheira. Essas cruéis perdas lançaram esse bom homem em um estoicismo cristão, bela doutrina que animava a sua vida e coloria os seus últimos dias com um arco-íris ao mesmo tempo quente e frio, como os

---

80. Personagem fictício, que aparece também em *O primo Pons*. (N.E.)

que douram os crepúsculos no inverno. Sua cabeça magra e encavada, de um tom severo, onde o ocre e o bistre se fundiam harmoniosamente, ofertava surpreendente analogia com a cabeça que os pintores dão ao Tempo, mas vulgarizando-a; pois os hábitos da vida comercial atenuaram nele o caráter monumental e rebarbativo exagerado pelos pintores, os escultores e os fundidores de pêndulo. De talhe médio, Pillerault era antes robusto que gordo, a natureza o talhara para o trabalho e a longevidade, a quadratura do círculo de seus ombros acusava forte constituição, pois ele era de temperamento seco, sem emoções à flor da pele; mas não insensível. Pillerault, pouco expansivo, como o indicavam a sua atitude calma e a sua face fechada, tinha uma sensibilidade muito interior, sem frase nem ênfase. As pupilas do senhor Pillerault eram verdes, mescladas de pontos negros, marcavam por uma inalterável lucidez. Sua fronte, sulcada por linhas retas e amarelada ao peso do tempo, era pequena, cerrada, dura, coberta por cabelos de um cinza prateado, curtos e semelhantes a feltro. Sua fina boca anunciava a prudência, e não a avareza. A vivacidade do olhar revelava uma vida contida. Enfim a honestidade, o sentimento do dever, uma modéstia autêntica formavam-lhe uma auréola, dando à sua face o relevo de uma bela saúde. Por sessenta anos, levara a vida dura e sóbria de um trabalhador obstinado. Sua história assemelhava-se à de César, salvo as felizes circunstâncias. Caixeiro até os trinta anos, seu capital engajava-se em seu comércio, no momento em que César empregava suas economias em rendas. Enfim, suportara o máximo, suas enxadas e ferramentas foram requisitadas. Seu caráter sábio e reservado, sua previdência e sua reflexão matemática agiram em sua *forma de trabalhar*. A parte maior de seus negócios concluíra-se por uma palavra, e raramente ele tivera dificuldades. Observador, como todas as pessoas meditativas, estudava os outros deixando-os conversar; sempre recusava os negócios vantajosos assumidos por seus vizinhos, que mais tarde se arrependiam afirmando que Pillerault farejava os desonestos. Preferia ganhos pequenos e seguros a golpes audaciosos que lançavam em questão imensas somas. Trabalhava com chapas de lareiras, grades, atiçadores de chamas, tachos em ferro e fundidos, enxadas e fornecimentos aos camponeses. Essa parte bastante ingrata exigia trabalhos mecânicos excessivos. O ganho não se encontrava em razão do trabalho, havia pouco lucro nessas matérias pesadas, difíceis de transportar e armazenar. Assim, pregara muitos caixotes, fizera muitas embalagens, desembalara, descarregara muitos carros. Fortuna alguma fora ganha mais nobremente, legitimamente, honradamente que a sua. Jamais roubara nos preços, jamais correra atrás da carreira. Nos últimos dias, era visto fumando sua pipa ante sua porta, olhando os passantes e vendo os seus funcionários a trabalhar. Em 1814, época em que se aposentou, sua fortuna consistia a princípio em setenta mil francos que investiu e que lhe davam cinco mil e tantos francos de renda; a seguir, quarenta mil francos pagáveis em cinco anos e sem juros, o valor de seus fundos, vendido a um de seus funcionários. Por trinta anos, fazendo anualmente cem mil francos de negócios, ganhara sete por cento, sete mil francos, e sua vida absorvia aproximadamente a metade de seus ganhos. Eis seu balanço. Seus vizinhos, pouco invejosos dessa mediocridade, louvavam a sua sabedoria, sem compreendê-la. Na esquina das ruas de la Monnaie e Saint-Honoré encontra-se o café David, onde alguns velhos negociantes iam, como Pillerault, tomar o seu café expresso noturno. No café, por vezes sua adoção do filho da cozinheira tinha sido o tema de algumas brincadeiras, dessas que se lançam a um homem respeitado, pois o homem de ferro inspirava uma estima respeitosa, sem tê-la buscado, a auto-estima já lhe era o bastante. Assim, quando Pillerault perdeu o pobre jovem, mais de duzentas pessoas acompanharam o cortejo até o cemitério. Nessa época, Pillerault foi heróico. Sua dor contida, como a de todos os homens fortes sem fausto, aumentou a simpatia de todo o bairro por esse *bravo homem*, palavra exprimida por Pillerault em um tom a estender-lhe o sentido e a enobrecê-lo.

A sobriedade de Claude Pillerault, que transformou-se em hábito, não pôde dobrar-se aos prazeres de uma vida ociosa, quando, ao sair do comércio, ingressou no repouso que tanto abate o burguês parisiense; continuou em sua forma de vida e animou sua velhice com suas convicções políticas que, digamos, eram as da extrema esquerda. Pillerault pertencia à parte operária anexada pela revolução de 1789 à burguesia. A única nódoa em sua forma de ser era a importância que dava à sua conquista: ele lutava pelos seus direitos, pela liberdade, pelos frutos da revolução; acreditava que sua posição e sua consistência política encontravam-se comprometidas pelos jesuítas, de secreto poder denunciado pelos liberais, e ameaçadas pelas idéias que *O Constitucional* emprestava a *monsieur*[81]. Ele era, aliás, conseqüente com sua vida e suas idéias; nada havia de estreito em sua política, não caluniava os adversários, temia os cortesãos, acreditava nas virtudes da república francesa: imaginava o deputado Manuel incapaz de qualquer excesso, o general Foy, como um grande bonapartista, o banqueiro e político Casimir-Perier, como sem ambição, Lafayette, como um profeta político, o panfletário Courier, como um bom homem.[82] Tinha enfim nobres sonhos e utopias. O bom velho vivia da vida familiar, ia aos Ragon e à sua sobrinha, ao juiz Popinot, a Joseph Lebas e aos Matifat. Pessoalmente, mil e quinhentos francos satisfaziam todas as suas necessidades. E o restante de suas rendas empregava em boas obras, em presentes à sobrinha: oferecia jantares, quatro vezes por ano, a seus amigos, no Roland, Rue du Hasard, e levava-os ao espetáculo. Representava o papel desses jovens velhos solteiros com quem as mulheres casadas descontam as suas letras de câmbio à vista para as suas fantasias: um passeio no campo, a Ópera, as Montagnes-Beaujon[83]. Pillerault era então feliz pelo prazer que ofertava, divertia-se no coração dos outros. Depois de vender seus fundos, não quis deixar o bairro onde se enraizavam os seus hábitos e alugou na Rue des Bourdonnais um pequeno apartamento de três peças, no quarto andar de um antigo prédio.

Da mesma forma como os costumes de Molineux se desenhavam em sua estranha mobília, assim também a vida pura

---

81. O ultraconservador irmão mais velho do rei Luís XVIII. (N.T.)
82. Personagens históricos. Jacques-Antoine Manuel (1775-1827), advogado e deputado da oposição liberal. Conde Foy (1775-1825), general de Napoleão e deputado sob Luís XVIII. Casimir-Perier (1777-1832), banqueiro, deputado de oposição, de 1817 a 1830. Morreu de cólera. Marquês de La Fayette (1757-1834), general e político de oposição à época da restauração. Paul-Louis Courier (1772-1825), escritor republicano e panfletário. (N.E.)
83. Parque de diversões. (N.T.)

e simples de Pillerault se revelava pelas disposições interiores de seu apartamento, composto de uma sala, um salão e um quarto. Além das dimensões, era a célula de uma casinha, de um franciscano. A salinha, em assoalho vermelho e encerado, só tinha uma janela ornada de cortinas de percal em barras vermelhas, cadeiras de acaju guarnecidas de carneira vermelha e pregos dourados; as paredes estendiam-se em papel verde-oliva e decoravam-se com o Juramento dos Americanos, do retrato de Napoleão Bonaparte como primeiro cônsul e da batalha de Austerlitz[84]. O salão – sem dúvida, decorado pelo tapeceiro – tinha um móvel amarelo com rosáceas, um tapete, a guarnição da lareira-chaminé de bronze sem ornamentos dourados, com a frente pintada, um console com um vaso de flores sob uma redoma, uma mesa redonda atapetada com um licoreiro. As novidades dos objetos dessa peça anunciavam um sacrifício concedido aos hábitos sociais pelo velho homem de ferro, que raramente recebia em casa. Em seu quarto, simples como o de um religioso ou de um velho soldado – os dois seres que melhor apreciam a vida –, um bento crucifixo colocado em sua alcova chocava os olhares. Essa profissão de fé, em um republicano estóico, comovia profundamente. Uma velha vinha fazer a limpeza, mas seu respeito pelas mulheres era tão imenso que ele não a deixava engraxar seus sapatos e pagava para um engraxate limpá-los. Suas vestes eram simples e invariáveis. Portava habitualmente casaco e calça azul, colete de algodão, gravata branca e botas; nos feriados, vestia casaca com botões de metal. Seus hábitos ao levantar, almoçar, sair, jantar, seus saraus e retornos eram marcados por extrema pontualidade, pois a regularidade de costumes leva à longa vida e à saúde. Não se falava em política entre César, os Ragon, o abade Loraux e Pillerault, pois as pessoas dessa sociedade conheciam-se demais para atacarem-se no terreno do proselitismo. Como seu sobrinho, como os Ragon, Pillerault tinha grande confiança em Roguin. Para ele, o tabelião de Paris era um ser eternamente venerável, imagem viva da honestidade. No negócio dos terrenos de Madeleine, Pillerault livrara-se a uma investigação que motivava a audácia com que César combatera os pressentimentos de sua mulher.

---

84. Quadro de Gérard. (N.T.)

O perfumista subiu os 78 degraus que levavam à pequena porta negra do apartamento de seu tio, pensando que o velho devia estar muito jovem para sempre subir os 78 degraus sem se queixar. Encontrou o casaco e a calça estendidos no cabide exterior; madame Vaillant[85] batia-os e escovava-os, enquanto este verdadeiro filósofo, envolto em moletom cinza, almoçava em sua lareira, lendo os debates parlamentares em *O Constitucional*[86], ou no *Jornal do Comércio*.

– Meu tio – disse César –, o negócio está fechado, vão lavrar as escrituras. Se você tiver, entretanto, alguns temores ou dúvidas, ainda é tempo de cancelar.

– Por que eu cancelaria? O negócio é bom, mas leva tempo a ser feito, como todos os negócios seguros. Meus cinqüenta mil francos estão no banco, tomei ontem os últimos cinco mil francos de meus imóveis. Quanto aos Ragon, eles lançam no negócio toda a sua fortuna.

– Bem, como eles vivem?

– Enfim, fique tranqüilo, eles vivem.

– Eu compreendo, meu tio – disse Birotteau, vivamente comovido, encerrando as mãos do austero velho.

– Como será feito o negócio? – disse, bruscamente, Pillerault.

– Entro com três oitavos, o senhor e os Ragon, com um oitavo; abrirei crédito para vocês até que se decida a questão da escritura.

– Bom! Meu jovem, você está muito rico, para lançar ali trezentos mil francos? A mim me parece que você arrisca demais, fora de seu comércio, ele não sofrerá com isso? Mas isso é com você. E se você experimentar um fracasso, as apólices estão a oitenta, e eu poderia vender dois mil francos das minhas consolidadas. Preste atenção, meu jovem: se recorresse a mim, seria na fortuna de sua filha que você tocaria.

– Meu tio, como o senhor fala, com tanta simplicidade, as mais belas coisas! O senhor me toca o coração.

– O general Foy me tocava o coração de forma bem diversa, agora mesmo! Enfim, vá, conclua o negócio: os terrenos não vão

---

85. Personagem fictício, que aparece também em *Facino Cane*. (N.E.)
86. Jornal progressista, proibido em 1817-1819, substituído pelo *Jornal do Comércio*. Informou Paulo Rónai. (N.T.)

voar, serão nossos em partes iguais; se tivermos de esperar seis anos, sempre teremos algum lucro, há galpões a serem alugados, não temos nada a perder. Só há um risco, mas é impossível, Roguin não roubará nosso dinheiro...

– Minha mulher me falava isso esta noite; todavia, ela teme.

– Roguin roubar nosso dinheiro? – disse Pillerault, rindo. – E por quê?

– Ele tem, disse ela, muito gosto por mulheres, e, como todos os homens que não podem ter mulheres, vive louco por...

Logo após deixar escapar um sorriso de incredulidade, Pillerault tirou uma folha de uma caderneta, escreveu a quantia e assinou.

– Veja, eis um cheque de cem mil francos, por Ragon e por mim. Essa pobre gente, entretanto, vendeu ao patife do du Tillet suas quinze ações nas minas de Wortschin para completar a soma. Brava gente na penúria, isso aperta o coração. E pessoas tão dignas, tão nobres, a flor da velha burguesia, enfim! Seu irmão Popinot, o juiz, não sabe de nada disso, eles se escondem dele para não impedi-lo de desfrutar de seu bem-estar. Pessoas que trabalharam, como eu, ao longo de trinta anos!

– Deus queira, então, que o óleo comageno triunfe – exclamou Birotteau –, ficarei duplamente feliz. Adeus, meu tio. Venha jantar, domingo, com os Ragon, Roguin e *monsieur* Claparon, pois todos nós assinaremos depois de amanhã, amanhã é sexta-feira, e eu não quero fazer neg...

– Você tem essas superstições?

– Meu tio, jamais acreditarei que o dia em que o filho de Deus foi morto pelos homens é um dia feliz. Também se interrompem todos os negócios no dia 21 de janeiro[87].

– Até domingo – disse Pillerault, bruscamente.

"Sem as suas opiniões políticas", pensou Birotteau, ao descer a escada , "não sei se haveria alguém igual a meu tio. O que lhe faz a política? Ele seria tão bom se fosse apolítico. Seu ser cabeçudo prova que não existe ninguém perfeito".

– Três horas, já – disse César, ao chegar em casa.

– *Monsieur*, vai ficar com estas letras? – perguntou-lhe Célestin, a mostrar os títulos do comerciante de guarda-chuvas.

---

87. Dia da execução do rei Luís XVI, em 1793. (N.T.)

– Sim, a seis, sem comissão. Mulher, apronta tudo para a minha toalete, vou ao *monsieur* Vauquelin, você sabe o motivo. Sobretudo, uma gravata branca.

Birotteau deu algumas ordens a seus funcionários, não viu Popinot, adivinhou que seu futuro sócio se vestia, subiu ao quarto, encontrou a *Virgem de Dresden* magnificamente emoldurada, conforme suas ordens.

– Ah, bem, é gentil – disse à filha.

– Mas, papai, fala então que é belo, senão vão zombar de você.

– Vê esta filha dando ordens ao pai?... Pelo meu gosto, gosto mais de *Hero e Leandro*[88]. A virgem é um tema religioso, a capela lhe cai bem; mas *Hero e Leandro*, ah! Vou comprá-lo: o frasco de óleo me deu idéias...

– Mas, papai, eu não o compreendo.

– Virginie, uma carruagem! – gritou César em voz ecoante depois de fazer a barba, à chegada do tímido Popinot, dissimulando a claudicação por causa de Césarine.

O apaixonado ainda não percebera que sua enfermidade não mais existia para sua patroa. Deliciosa prova de amor que só as pessoas a quem o acaso infligiu um defeito corporal qualquer podem colher.

– *Monsieur* – disse o pequeno Popinot –, a prensa poderá trabalhar amanhã.

– Ora, o que você tem, Popinot? – perguntou César, vendo-o enrubescer.

– *Monsieur*, é a alegria de ter encontrado uma loja, depósito, cozinha e quartos em cima, por mil e duzentos francos por ano, na Rue des Cinq-Diamants.

– É preciso conseguir um arrendamento de dezoito anos – disse Birotteau. – Mas vamos ao *monsieur* Vauquelin, conversaremos no caminho.

César e Popinot subiram na carruagem aos olhos dos funcionários surpresos com as roupas exorbitantes e o carro anormal, ignorantes que se encontravam das grandes coisas meditadas pelo senhor da *Rainha das Rosas*.

"Logo vamos saber a verdade sobre as avelãs", disse a si mesmo o perfumista.

---

88. Quadro de Delorme (1783-1859), gravura de Laugier (1785-1875). (N.T.)

— Avelãs? — disse Popinot.

— Agora você já sabe meu segredo, Popinot — disse o perfumista —, deixei escapar a palavra *avelã*, tudo está nisso. O óleo de avelã é o único que age sobre os cabelos, e nenhuma casa de perfumes pensou nisso. Observando a gravura de *Hero e Leandro*, pensei: "Se os antigos usavam tanto óleo em seus cabelos, deviam ter alguma razão, pois os antigos, ora, os antigos são os antigos!". Apesar das pretensões dos modernos, sou da opinião de Boileau sobre os antigos. Parti daí para chegar ao óleo de avelã, graças ao pequeno Bianchon[89], o estudante de medicina, seu parente; ele me disse que na faculdade seus colegas usavam o óleo de avelã para ativar o crescimento de seus bigodes e costeletas. Só nos falta a sanção do ilustre *monsieur* Vauquelin; esclarecidos por ele, não enganaremos o público. Agora mesmo eu estava no mercado, com uma vendedora de avelãs, para comprar a matéria-prima, em um minuto estarei na casa de um dos maiores sábios da França, para extrair-lhe a quintessência. Os provérbios não são tolos, os extremos se tocam. Veja, meu jovem! O comércio é o intermediário entre as produções vegetais e a ciência. Angélique Madou colhe, *monsieur* Vauquelin extrai, e nós vendemos uma essência. As avelãs valem cinco por libra, *monsieur* Vauquelin vai centuplicar seu valor, e nós prestaremos serviço, talvez, à humanidade, pois se a vaidade provoca grandes tormentos ao homem, um bom cosmético vem a ser, portanto, uma conquista.

A religiosa admiração com que Popinot ouvia o pai de sua Césarine estimulou a eloqüência de Birotteau, que se permitiu as frases mais selvagens que um burguês possa vir a inventar.

— Seja respeitoso, Anselme — disse César ao entrar na rua onde morava Vauquelin —, vamos penetrar no santuário da ciência. Meta a Virgem em evidência, sem afetação, na sala de jantar, sobre uma cadeira. Contanto que eu não me entorte no que desejo dizer! — exclamou ingenuamente Birotteau. — Popinot, este homem me dá uma impressão química, sua voz esquenta-me as entranhas e provoca-me mesmo uma ligeira cólica; ele é meu benfeitor, e dentro de alguns instantes, Anselme, ele será o seu.

---

89. Bianchon aparece, em *A comédia humana*, em *O pai Goriot*, *A missa do ateu*, *Estudo de mulher*. (N.T.)

Essas palavras gelaram Popinot, que pousou os pés como se pisasse em ovos e olhou, em ar inquieto, as muralhas. *Monsieur* Vauquelin encontrava-se em seu gabinete, anunciaram-lhe Birotteau. O acadêmico sabia que o perfumista era vice-prefeito e gozava de prestígio e o recebeu.

– No alto de suas grandezas, o senhor não me esqueceu – disse o cientista –, mas de químico a perfumista não há mais que uma pequena polegada.

– Ai! *Monsieur*, de seu gênio à simplicidade de um bom homem, como eu, há a imensidade. Devo-lhe o que o senhor chamou minhas grandezas, e não o esquecerei nem neste mundo, nem no outro.

– Oh! No outro, dizem, nós seremos todos iguais, os reis e os trabalhadores.

– Isto é, os reis e os trabalhadores que tiverem se comportado de forma santa – disse Birotteau.

– É seu filho? – disse Vauquelin a olhar o pequeno Popinot surpreso de nada ver de extraordinário no gabinete onde imaginava encontrar monstruosidades, máquinas gigantescas, metais voadores, substâncias animadas.

– Não, mas um jovem que amo e que vem implorar uma bondade da dimensão de seu talento; não é infinito? – disse César, em ar astuto. – Viemos consultá-lo uma segunda vez, dezesseis anos depois, sobre uma matéria importante, sobre a qual sou ignorante como um perfumista.

– Vejamos, o que é?

– Sei que os cabelos ocupam as suas vigílias, e que o senhor se entrega à sua análise! Enquanto o senhor pensa nos cabelos para a glória, eu penso para o comércio.

– Caro *monsieur* Birotteau, o que deseja de mim? A análise dos cabelos? – Tomou um pequeno papel. – Vou ler na Academia das Ciências uma memória sobre esse tema. Os cabelos são formados por uma quantidade bastante grande de muco, por uma pequena quantidade de óleo branco, por muito óleo negro esverdeado, por ferro, por alguns átomos de óxido de manganês, por fosfato de cálcio, por pequena quantidade de carbonato de cálcio, por sílica e por muito enxofre. As diversas proporções dessas matérias fazem as diversas cores dos cabelos.

Assim, os ruivos têm muito mais óleo negro-esverdeado que os outros.

César e Popinot abriam os olhos de forma ridícula.

– Nove coisas – exclamou Birotteau. – Como! No cabelo há metais e óleos? É preciso que seja o senhor, um homem que venero, que me diga para que eu acredite. É extraordinário! Deus é grande, *monsieur* Vauquelin.

– O cabelo é produzido por um órgão folicular – continuou o grande químico –, uma espécie de bolsa aberta em suas duas extremidades: por uma, ela se comunica com os nervos e os vasos; por outra, sai o cabelo. Segundo alguns de nossos sábios confrades, entre eles *monsieur* de Blainville[90], o cabelo seria uma parte morta, expulsa dessa bolsa ou cripta, que se enche de uma matéria polposa.

– É como se falassem do suor em bastão – exclamou Popinot, em cujo calcanhar o perfumista deu um pontapé.

Vauquelin sorriu à idéia de Popinot.

– Ele tem talento, não é? – disse então César, olhando Popinot. – Mas, *monsieur*, se os cabelos são natimortos, é impossível fazê-los viver, estamos perdidos! O prospecto é absurdo; o senhor não sabe como o público é estranho, não podemos vir lhe falar...

– Que ele tem estrume na cabeça – disse Popinot, desejando fazer Vauquelin rir.

– Um cemitério Père-Lachaise capilar – respondeu-lhe o químico, continuando a brincadeira.

– E minhas avelãs que estão compradas – exclamou Birotteau, sensível à perda comercial. – Mas por que se vendem os...

– Tranqüilize-se – disse Vauquelin sorrindo –, vejo que se trata de algum segredo para impedir os cabelos de cair ou embranquecer. Ouça, eis minha opinião sobre a matéria, depois de todos os meus trabalhos.

Aqui, Popinot levantou as orelhas como lebre aterrada.

– A descoloração desta substância morta ou viva é, segundo penso, produzida pela interrupção da secreção das matérias colorantes, o que explicaria como, nos climas frios,

---

90. Henry-Marie Ducrotoy de Blainville (1777-1810), professor de Anatomia e Fisiologia na Faculdade de Ciências. (N.T.)

o pêlo dos animais de belas peles empalidece e embranquece durante o inverno.

– Hein? Popinot.

– É evidente – continuou Vauquelin – que a alteração das cabeleiras é devida a súbitas mudanças na temperatura ambiente...

– Ambiente, Popinot! Lembre, lembre – exclamou César.

– Sim – disse Vauquelin –, no frio e no calor alternados, ou em fenômenos interiores que produzem o mesmo efeito. Assim, provavelmente, as enxaquecas e as afecções na cabeça absorvem, dissipam ou deslocam os fluidos geradores. O interior compete aos médicos. Quanto ao exterior, chegam os seus cosméticos.

– Pois bem – disse Birotteau –, o senhor me devolve a vida. Imaginei vender óleo de avelã, pensando que os antigos faziam uso de óleo para seus cabelos, e, ora, os antigos são os antigos, sou da opinião de Boileau. Porque os atletas untavam...

– O óleo de oliva equivale ao óleo de avelã – disse Vauquelin, que não ouvia Birotteau. – Todo óleo é bom para preservar o bulbo das impressões nocivas às substâncias que ele contém em trabalho, diríamos em dissolução, se se tratasse de química. Quem sabe você tem razão? O óleo de avelã possui, disse-me Dupuytren, um estimulante. Buscarei conhecer as diferenças existentes entre os óleos de faia, colza, oliva, noz, etc.

– Então não me enganei! – disse Birotteau em triunfo. – Coincido com um grande homem. Macassar está enterrado! Macassar, *monsieur*, é um cosmético dado, isto é, vendido, e vendido caro, para fazer crescer os cabelos.

– Caro *monsieur* Birotteau – disse Vauquelin –, não vieram à Europa nem duas onças de óleo de Macassar. O óleo de Macassar não tem a menor ação nos cabelos, mas os malásios compram-no a peso de ouro devido à sua influência conservadora sobre os cabelos, sem saber que o óleo de baleia é tão bom quanto ele. Nenhuma potência química nem divina...

– Oh! Divina... não fale isso, *monsieur* Vauquelin.

– Mas, caro *monsieur*, a primeira lei que Deus segue é a de ser conseqüente consigo mesmo: sem unidade não há potência...

– Ah, visto assim...

– Nenhuma onipotência pode, portanto, fazer crescer cabelos em calvos, bem como o senhor jamais tingirá os cabelos ruivos ou brancos sem perigo; mas, vangloriando o emprego do óleo, não se comete erro algum, mentira alguma, e penso que os que dele se servirem poderão conservar seus cabelos.

– Acredita que a Academia Real das Ciências desejaria aprovar...?

– Oh! Não há aqui a mínima descoberta – disse Vauquelin. – Aliás, os charlatães usam e abusam tanto do nome da Academia que não lhe seria útil. Minha consciência recusa-se a olhar o óleo de avelã como um prodígio.

– Qual seria a melhor maneira de extraí-lo? Pela decocção ou pela pressão? – disse Birotteau.

– Pela pressão entre duas placas quentes, o óleo será mais abundante; mas obtido pela pressão entre duas placas frias, ele será de melhor qualidade; é preciso aplicá-lo – disse Vauquelin, com bondade – no couro cabeludo, e não massagear os cabelos, ou o efeito seria falho.

– Lembre-se bem disso, Popinot – disse Birotteau em um entusiasmo a inflamar-lhe a face. – Eis, *monsieur*, um jovem que contará este dia entre os mais belos de sua vida. Ele o conhecia, venerava-o, sem jamais tê-lo visto. Ah! Sempre se fala do senhor em minha casa, o nome que sempre se encontra nos corações sempre chega aos lábios. Rezamos, minha mulher, minha filha e eu, pelo senhor, todos os dias, como se deve fazer pelo seu benfeitor.

– É muito por tão pouco – disse Vauquelin, incomodado pelo verboso reconhecimento do perfumista.

– Ta, ta, ta! – fez Birotteau. – O senhor não pode impedir-nos de amá-lo, o senhor que nada aceita de mim. O senhor é como o sol, o senhor lança a luz, e os que o senhor esclarece não podem nada dar-lhe.

O sábio sorriu e levantou-se, o perfumista e Popinot levantaram-se igualmente.

– Veja, Anselme, veja bem este gabinete. O senhor permite, *monsieur*? Seus momentos são tão preciosos, talvez ele jamais volte aqui.

– Eh, bem, está contente com os negócios? – disse Vauquelin a Birotteau. – Afinal nós somos duas pessoas de comércio...

– Muito, *monsieur* – disse Birotteau retirando-se à sala de jantar, seguido por Vauquelin. – Mas, para lançar este óleo sob o nome de *Essência Comagena*, é preciso muito dinheiro...

– Essência e comagena são duas palavras que se chocam. Chame seu cosmético de *Óleo de Birotteau*. Se não quiser pôr seu nome em evidência, use um outro. Mas eis a *Virgem de Dresden*. Ah! *Monsieur* Birotteau, o senhor quer que nos deixemos brigados.

– *Monsieur* Vauquelin – disse o perfumista tomando as mãos do químico –, esta raridade só tem preço pela persistência que coloquei em buscá-la; foi preciso revolver toda a Alemanha para encontrá-la em papel da China, e antes da aplicação das letras; eu sabia que o senhor a desejava, suas ocupações não lhe permitem procurá-la, e transformei-me em seu caixeiro-viajante. Aceite, portanto, não uma má gravura, mas os cuidados, solicitudes, passos e pesquisas que provam uma devoção absoluta. Eu gostaria que o senhor desejasse algumas substâncias que seria necessário ir buscar ao fundo dos penhascos, e viria falar-lhe: ei-las. Não me recuse não. Temos tantas chances de ser esquecidos, deixe-me meter a mim, minha filha, minha mulher, meu futuro genro, todos sob seus olhos. O senhor se dirá vendo a Virgem: há boas pessoas que pensam em mim.

– Aceito – disse Vauquelin.

Popinot e Birotteau enxugaram os olhos, movidos pelo tom de bondade que o acadêmico colocou nesta palavra.

– Deseja completar sua bondade? – disse o perfumista.

– O quê? – disse Vauquelin.

– Vou reunir alguns amigos... – Levantou-se sobre os seus calcanhares, tomando, todavia, um ar humilde... – Tanto para celebrar a libertação do território, quanto para festejar minha nomeação na ordem da Legião de Honra...

– Ah! – disse Vauquelin, surpreso.

– Talvez tenha me tornado digno deste insigne e real favor sentando no tribunal consular e combatendo pelos Bourbon nas escadarias de Saint-Roch, no Treze de Vendemiário, onde fui ferido por Napoleão. Minha mulher dá um baile em um domingo, dentro de vinte dias. Dê-nos a honra de jantar conosco nesse dia. Para mim, será receber duas vezes a Cruz. Eu lhe escreverei antes.

– Ah, sim – disse Vauquelin.

– Meu coração se enche de prazer – exclamou o perfumista, já na rua. – Ele virá à minha casa. Temo ter esquecido o que ele disse sobre os cabelos, você se lembra?

– Sim, senhor, e em vinte anos ainda me lembrarei.

– Esse grande homem! Que olhar, que penetração! – disse Birotteau. – Ah! Ele não deu uma nem duas, ao primeiro lance já adivinhou nossos pensamentos, e deu-nos o meio de abater o óleo de Macassar. Ah! Nada pode fazer crescer os cabelos, Macassar, você mente! Popinot, nós temos uma fortuna. Assim, amanhã, às sete horas, estejamos na fábrica, as avelãs virão e nós faremos óleo, pois em vão se fala que todo óleo é bom, estaríamos perdidos se o público soubesse. Se não entrasse em nosso óleo um pouco de avelã e de perfume, sob que pretexto nós poderíamos vendê-lo a três ou quatro francos por quatro onças!

– O senhor vai ser condecorado, *monsieur* – disse Popinot. – Que glória para...

– Para o comércio, não é, meu filho?

O ar triunfante de César Birotteau, certo de uma fortuna, foi percebido pelos funcionários, que fizeram sinais entre eles, pois a viagem em carruagem, a pose de Popinot e do patrão haviam-nos lançado nos romances mais graciosos.

O contentamento mútuo de César e de Anselme, traído por olhares trocados diplomaticamente, o olhar cheio de esperança que Popinot lançou por duas vezes a Césarine anunciavam algum grave evento e confirmavam as conjeturas dos funcionários. Naquela vida ocupada, quase em claustro, os menores acidentes ganhavam um interesse que dá um prisioneiro aos incidentes da prisão. A atitude de madame César, que respondia aos olímpicos olhares de seu marido com ares de dúvida, acusava um novo empreendimento, pois em tempos comuns madame César estaria contente, ela que se alegrava com os mínimos detalhes. Extraordinariamente, a receita da jornada subia a seis mil francos: tinham vindo pagar dívidas atrasadas.

A sala de jantar e a cozinha, iluminada pela luz solar de um pequeno pátio e separada da sala de jantar por um corredor onde desembocava a escada construída em um canto do escritório, encontravam-se na sobreloja, onde em outros tempos ficava o apartamento de César e Constance; assim, a sala de jantar onde acontecera a lua-de-mel tinha o ar de um pequeno salão. No jantar, Raguet, o jovem de confiança, guardava a loja; mas à sobremesa os funcionários voltavam à loja e deixavam César, a mulher e a filha acabar o jantar ao canto da lareira. Esse hábito vinha dos Ragon, casa onde os antigos usos e costumes do comércio, sempre em vigor, mantinham entre eles e os funcionários a enorme distância outrora existente entre os *oficiais* e os *aprendizes*. Césarine, ou Constance, preparava, então, para o perfumista, a taça de café que ele tomava sentado em uma poltrona, junto ao fogo. Nessa hora, César punha sua mulher ao corrente dos pequenos eventos da jornada, contava o que tinha visto na cidade de Paris, o que se passava no Faubourg du Temple, as dificuldades de suas fabricações.

– Minha mulher – disse César, quando os funcionários desceram –, eis certamente um dos mais importantes dias de nossas vidas! As avelãs compradas, a prensa hidráulica pronta para trabalhar amanhã, o negócio dos terrenos concluído. Tome, guarde este cheque – disse ele, entregando-lhe a folha de Pillerault. – A reforma do apartamento decidida, nossa casa aumenta. Meu Deus, eu vi, na Cour Batave, um homem tão singular! – E contou sobre *monsieur* Molineux.

– Vejo – respondeu-lhe a mulher, interrompendo-o bem no meio de uma tirada – que você se endividou em duzentos mil francos.

– É verdade, minha mulher – disse o perfumista, com uma falsa humildade. – Como pagaremos isto, meu Deus? Pois é preciso contar como zero os terrenos de la Madeleine, destinados a devir, um dia, o mais belo bairro de Paris.

– Um dia, César.

– Ai! – disse Birotteau, continuando a brincar. – Meus três oitavos só vão valer um milhão em seis anos. E como pagar duzentos mil francos? – continuou César, fazendo um gesto de temor. – Bem, nós os pagaremos com isto – disse ele, tirando do bolso uma avelã tomada de madame Madou e guardada preciosamente.

César mostrou a avelã entre seus dedos a Césarine e a Constance. Sua mulher nada comentou, mas Césarine, intrigada, disse a seu pai, servindo-lhe o café:

– Ah! Isto, papai, e você ri?

O perfumista – tanto quanto os funcionários – surpreendera, durante o jantar, os olhares lançados por Popinot a Césarine e desejou esclarecer as suas suspeitas.

– Olhe, filhinha, esta avelã é a causa de uma revolução em casa. Desde esta noite, haverá um a menos debaixo de nosso teto.

Césarine olhou seu pai como a falar: *Que me importa!*

– Popinot vai embora.

Embora César fosse um pobre observador e tivesse preparado a última frase tanto para armar uma armadilha à sua filha quanto para dar as notícias de sua criação da casa A. POPINOT E COMPANHIA, sua ternura paterna levou-o a adivinhar os confusos sentimentos que saiam do coração de sua filha, a florescer em rosas rubras em suas faces, em sua fronte, colorindo seus olhos, que ela baixou. César imaginou então algumas palavras trocadas entre Césarine e Popinot. Não havia nada: as duas crianças entendiam-se, como todos os amantes tímidos, sem se falar palavra.

Alguns moralistas imaginam que o amor é a paixão mais involuntária, a mais desinteressada, a menos calculista de todas, excetuado o amor materno. Essa opinião comporta grosseiro erro. Se a maior parte dos homens ignora as razões que levam a amar, toda simpatia física ou moral não é menos baseada em cálculos feitos pelo espírito, pelo sentimento ou pela brutalidade. O amor é uma paixão essencialmente egoísta. Quem fala egoísmo, fala cálculo profundo. Assim, para todo espírito concentrado somente nos resultados, pode parecer, à primeira abordagem, inverossímil ou singular ver uma bela jovem como Césarine apaixonada por uma pobre criança manca de cabelos ruivos. Todavia, esse fenômeno encontra-se em harmonia com a aritmética dos sentimentos burgueses. Explicá-lo será dar conta dos casamentos sempre observados com uma constante surpresa e que acontecem entre grandes, belas mulheres e pequenos homens, entre pequenas, feias criaturas e belos jovens. Todo homem atingido por uma falha de conformação qualquer, os pés tortos, o claudicar, as diversas gibosidades, a fealdade excessiva, as manchas na face, a enfermidade de Roguin e outras deformidades independentes da vontade, só tem dois partidos a tomar: tornar-se temível ou devir de extrema bondade; não lhe é permitido flutuar entre os meios-termos habituais à maioria dos homens. No primeiro caso, ele tem talento, gênio ou força: um homem só inspira terror pelo poder do mal, o respeito pelo gênio, o medo por muita presença de espírito. No segundo caso, ele se faz adorar, empresta-se admiravelmente às tiranias femininas e ama melhor do que as pessoas de corpo irretocável.

Educado pelas pessoas virtuosas, pelos Ragon, modelos da mais honrável burguesia, e por seu tio, o juiz Popinot, Anselme deixara-se conduzir e por seu ser cândido e por seus sentimentos religiosos em busca do resgate de seu leve vício corporal pela perfeição de seu caráter. Surpresos com essa tendência que torna a juventude tão atraente, Constance e César tinham, muitas vezes, feito o elogio de Anselme perante Césarine. Mesquinhos em geral, o casal de lojistas era grande em relação à alma e bem compreendia as coisas do coração. Esses elogios encontraram eco em uma jovem que, apesar de sua inocência, leu, nos olhos tão puros de Anselme, violento sentimento, sempre a lisonjeá-la, independentemente da idade, da posição e da composição do amante. O pequeno Popinot devia ter muito mais razões do que um belo homem para amar uma mulher. Se sua mulher fosse bela, ele seria louco até o último de seus dias, seu amor lhe daria ambição, matar-se-ia para tornar sua mulher feliz, a deixaria como a dona da casa, iria atrás do domínio e do poder. Assim pensava Césarine involuntariamente, e não tão nitidamente, talvez, e ela entrevia de longe, como ave a voar, as florestas e frutos do amor, e pensava por comparação: a felicidade de sua mãe encontrava-se diante de seus olhos, ela não desejava outra vida, seu instinto mostrava-lhe, em Anselme, outro César, aperfeiçoado pela educação, como ela. Ela sonhava com Popinot como prefeito de uma região e gostava de auto-retratar-se fazendo, um dia, filantropia em sua paróquia, como sua mãe em

Saint-Roch. Ela terminara por não mais distinguir a diferença existente entre a perna esquerda e a perna direita de Popinot, ela seria capaz de indagar: "Mas ele manca?". Ela amava aquelas pupilas tão límpidas e gostava de ver o efeito que produzia seu olhar naqueles olhos que logo brilhavam em chamas pudicas e baixavam-se melancolicamente. O primeiro-escrevente de Roguin, dotado dessa precoce experiência devida ao hábito dos negócios, Alexandre Crottat, tinha um ar meio cínico, meio bonachão, que revoltava Césarine, já revoltada pelas frases feitas e lugares-comuns da fala de Alexandre. O silêncio de Popinot traía um espírito suave, ela amava o sorriso meio melancólico que inspiravam a Anselme as mais insignificantes vulgaridades; as ninharias que o levavam a sorrir sempre excitavam alguma repulsa nela, e eles sorriam, ou se entristeciam, juntos. Essa superioridade não impedia Anselme de lançar-se ao trabalho, e seu infatigável ardor agradava a Césarine, pois ela adivinhava que, se os outros funcionários falavam: "Césarine vai se casar com o primeiro-escrevente de *monsieur* Roguin", Anselme, pobre, manco, ruivo, não desesperava jamais de conseguir a sua mão. Uma grande esperança comprova um grande amor. Próxima às chamas da lareira, Césarine então perguntou ao pai, buscando tomar um ar de indiferença:

– Para onde vai ele?

– Para a Rue des Cinq-Diamants, onde se estabelece, e, juro, com a graça de Deus! – disse Birotteau, e seu exclamar não foi compreendido por sua mulher nem por sua filha.

Quando Birotteau se via diante de uma dificuldade ética, agia como os insetos: lançava-se à esquerda, à direita; logo, mudou de tema, prometendo a si mesmo conversar sobre Césarine com sua mulher.

– Contei seus temores, suas idéias sobre Roguin a seu tio Pillerault, ele se pôs a rir – disse à sua mulher.

– Você jamais deve falar o que nós conversamos entre nós – exclamou Constance. – Esse pobre Roguin pode ser o mais honesto homem do mundo, ele tem 58 anos e sem dúvida não pensa mais...

Deteve-se veloz como um relâmpago ao ver Césarine atenta e mostrou-a, através do viés de um olhar, a César.

– Então fiz bem em concluir o negócio – disse Birotteau.

– Você é quem manda – disse ela.

César tomou as mãos de sua mulher e beijou-a na fronte. Essa frase, na boca da esposa, era sempre um tácito consentimento aos projetos do marido.

– Vamos – exclamou o perfumista, descendo à sua loja e falando aos funcionários –, a butique vai fechar às dez horas. Senhores, mãos à obra! Vamos transportar, nesta noite, todos os móveis do primeiro para o segundo andar! É preciso meter, como se fala, os pequenos vasos nos grandes, a fim de deixar amanhã, a meu arquiteto, os espaços livres.

– Popinot saiu sem permissão – pensou e disse o perfumista, ao não vê-lo. – Ah! Mas ele não mora mais aqui, eu tinha esquecido. Ele foi – pensou César – escrever as idéias de *monsieur* Vauquelin, ou alugar uma butique.

– Nós sabemos o motivo da mudança – disse Célestin, falando em nome de dois outros funcionários e de Raguet, agrupados por trás dele. – Será que nos é permitido felicitar *monsieur* por uma honra que cai sobre toda a loja... Popinot nos falou que *monsieur*...

– Ora, meus meninos, que desejam! Condecoraram-me. Também não somente devido à libertação do território, mas ainda para festejar minha promoção na Legião de Honra, reuniremos os nossos amigos. Talvez eu tenha vindo a ser digno desse insigne e real favor sentando no tribunal consular e combatendo pela causa real que defendi... na idade de vocês, nas escadarias de Saint-Roch, no Treze de Vendemiário; e, juro, Napoleão, o chamado imperador, me feriu! Ainda tenho o ferimento na coxa, e foi madame Ragon quem pensou o ferimento. Coragem, rapazes, vocês serão recompensados! Eis, minhas crianças, como desgraça alguma jamais vem a ser perdida.

– Mas não se lutará mais nas ruas – disse Célestin.

– É preciso esperar para saber – disse César, que partiu rumo a um discurso a seus funcionários, terminando-o pelo convite.

A perspectiva do baile animou os três funcionários, bem como Raguet e Virginie, com um ardor que lhes deu a agilidade de equilibristas na mudança dos móveis. Todos iam e vinham carregados pelas escadas sem nada quebrar, nada derramar. Às duas da manhã, a mudança estava pronta. César e a mulher dormiram no segundo andar. O quarto de Popinot veio a ser o de Célestin e do segundo funcionário. E o terceiro andar transformou-se em depósito provisório.

Possuído pelo magnético ardor que provoca a afluência do fluido nervoso e transforma o diafragma em chamas nas pessoas ambiciosas ou apaixonadas, agitadas a mirar imensos desígnios, Popinot, tão meigo, tão tranqüilo, cavara o chão como touro, como cavalo de raça antes da corrida, na loja, ao sair da mesa.

– O que você tem? – disse-lhe Célestin.

– Que dia! Meu caro, vou me estabelecer – disse-lhe ao pé do ouvido. – E *monsieur* César vai ser condecorado.

– Você é muito feliz, o patrão o auxilia – exclamou Célestin.

Popinot não respondeu, mas desapareceu, possuído como por um vendaval em fúria, o vendaval do sucesso!

– Oh! Feliz – disse a seu vizinho que verificava as etiquetas um funcionário ocupado em meter luvas às dúzias. – O patrão percebeu os olhares de Popinot a *mademoiselle* César, e como é muito esperto, o patrão livrou-se de Anselme; seria difícil despedi-lo, devido às relações com seus parentes. Célestin toma essa astúcia por generosidade.

Anselme Popinot descia a Rue Saint-Honoré e corria rumo à Rue des Deux-Écus, em busca de um jovem que sua *segunda visão* comercial lhe designava como o principal instrumento de sua futura fortuna. O juiz Popinot servira ao mais hábil caixeiro-viajante de Paris, a quem sua triunfante e louca loquacidade e atividade levaram ao apelido de *Ilustre*[91]. Votado especialmente à chapelaria e aos artigos de Paris, esse rei dos viajantes ainda se chamava pura e simplesmente Gaudissart. Aos 22 anos, já se marcava pela potência de seu magnetismo comercial. Nessa idade, era magro, tinha olho vivo, rosto expressivo, memória infatigável, olhar sábio para intuir e agarrar no ar os gostos de cada um e merecia vir a ser o que deveio, o rei dos caixeiros-viajantes, o *francês* por excelência. Dias antes, Popinot encontrara

---

91. Veja, em *A comédia humana*, *O ilustre Gaudissart*. (N.T.)

Gaudissart, que dissera estar a ponto de partir; a esperança de ainda vir a encontrá-lo em Paris lançava o apaixonado rumo à Rue des Deux-Écus, onde soube que o grande viajante reservara lugar na diligência. Para dar adeus à sua querida capital, o futuro ilustre, Gaudissart, fora assistir a uma nova peça no Vaudeville: Popinot decidiu esperá-lo. Confiar a distribuição do óleo de avelãs a esse precioso lançador das invenções de mercadorias, já mimado pelas mais ricas casas, não era lançar uma letra de câmbio à fortuna? Popinot possuía Gaudissart. O caixeiro-viajante, tão sábio na arte de enredar as pessoas mais rebeldes, os pequenos comerciantes provincianos, deixara-se enredar na primeira conspiração tramada contra os Bourbon depois dos Cem Dias[92]. Gaudissart, a quem a liberdade era indispensável, viu-se na prisão, ao peso de uma acusação capital. O juiz Popinot, encarregado da instrução do processo, absolvera Gaudissart, reconhecendo que apenas sua imprudente tolice o comprometera nesse caso. Se encontrasse um juiz ansioso para agradar aos poderosos, ou com um exaltado realismo, o caixeiro infeliz iria direto ao cadafalso. Gaudissart, que imaginava dever a vida ao juiz Popinot, alimentava profundo desespero por nada poder dar a seu salvador, salvo um estéril reconhecimento. Não podendo agradecer a um juiz por ter feito justiça, fora à casa dos Ragon declarar-se aliado dos Popinot.

Esperando Gaudissart, Popinot foi naturalmente rever sua butique da Rue des Cinq-Diamants, demandar o endereço do proprietário, a fim de tratar de arrendar. A errar no labirinto obscuro do grande mercado e pensando nos meios de organizar um sucesso veloz, Popinot agarrou, na Rue Aubry-le-Boucher, uma ocasião única e de boa sorte com que contava regalar César no amanhã. À porta do Hotel do Comércio, ao final da Rue des Deux-Écus, por volta da meia-noite, Popinot ouviu, perdido na distância da Rue de Grenelle, um vaudeville final cantado por Gaudissart, com acompanhamento de bengala significativamente arrastada no chão.

– *Monsieur* – disse Anselme, distanciando-se da porta e mostrando-se de repente –, duas palavras?

---

92. "O complô dos patriotas de 1816." Episódio relatado em *Esplendores e misérias das cortesãs*, em *A comédia humana*. (N.T.)

– Onze, se você o desejar – disse o caixeiro-viajante, levantando sua bengala em chumbo rumo ao agressor.

– Eu sou Popinot – disse o pobre Anselme.

– Certo – disse Gaudissart, reconhecendo o sobrinho de seu benfeitor. – De que você precisa? Dinheiro? Ausente, de licença, mas vamos encontrá-lo. Meu braço, para um duelo? É todo seu, tudo seu, dos pés ao occipício.

E Gaudissart cantou:

Eis, eis
O verdadeiro cavaleiro francês!

E Popinot falou:

– Venha conversar comigo dez minutos, não em seu quarto, poderiam ouvir-nos, mas no cais de l'Horloge, a esta hora não há ninguém, é algo da maior importância.

– Está quente, então; vamos!

Em dez minutos, Gaudissart, senhor dos segredos de Popinot, reconheceu a importância.

"Aparecei os perfumistas, cabeleireiros, varejistas!"

exclamou Gaudissart, a macaquear Lafon[93] no papel do Cid. E disse:

– Vou empalmar todos os butiqueiros de França e Navarra. Ah! Uma idéia! Eu ia partir, diga a Birotteau que fico, e vou tomar as comissões da perfumaria parisiense.

– Por quê?

– Para estrangular seus rivais, inocente! Com suas comissões, posso fazer seus pérfidos cosméticos beber óleo, só falando e só me ocupando do óleo de vocês. Um famoso truque de viajante! Ah! Ah! Nós somos os diplomatas do comércio. Fama! E seu prospecto, eu me encarrego dele. Tenho, como amigo de infância, Andoche Finot[94], o filho do chapeleiro da Rue du Coq, o velho, que me lançou à viagem no ramo da chapelaria. Andoche, que tem muita inteligência (tomou-a de todas

---

93. Ator trágico e cômico; atuou em *Le Cid*, de Corneille. (N.T.)
94. Andoche Finot é personagem fictício de *A comédia humana*. Aparece em *Uma estréia na vida* e *Ilusões perdidas*. (N.E.)

as cabeças que usavam chapéus de seu pai), está na literatura, faz pequenas crônicas teatrais no *Courrier des Spectacles*. Seu pai, velho cão cheio de razões para não amar a inteligência, não acredita na inteligência: impossível provar-lhe que a inteligência é algo que se vende, que se faz fortuna com a inteligência. Em termos de coisas do espírito, ele só conhece o da garrafa e do álcool[95]. O velho Finot prende o pequeno Finot pela fome. Andoche, homem capaz, meu amigo, aliás (só convivo com os tolos comercialmente), Finot faz anúncios para *O Fiel Pastor*, que paga, enquanto os jornais onde ele se mata de trabalhar alimentam-no de quimeras. Nossa, como esse pessoal é ciumento! É como nos artigos de Paris. Finot tinha uma soberba comédia em um ato para *mademoiselle* Mars, a mais famosa das famosas. Ah, eis uma que amo! Bem, para vê-la representar, foi obrigado a levá-la à Gaîté[96]. Andoche entende de prospecto, de propaganda, ele entra nas idéias do *marchand*, não é orgulhoso, imaginará nosso prospecto de graça. Meu Deus, com uma taça de ponche e presentes nós o regalaremos, pois, Popinot, sem farsas: viajarei sem comissão e sem despesas pagas, seus concorrentes pagarão, vou enganá-los. Entendamo-nos bem. Para mim, este sucesso é questão de honra. Minha recompensa será ser garçom em seu casamento! Irei à Itália, à Alemanha, à Inglaterra! Levo comigo cartazes em todas as línguas, mesmo em dialetos; coloco-os por toda parte, nas aldeias, na porta das igrejas, em todos os bons lugares que conheço nas cidades provincianas! Ele vai brilhar, ele vai se incendiar, este óleo, ele estará, ele andará em todas as cabeças. Ah! Seu casamento não vai ser um casamento de cachorro magro não, mas um casamento muito gordo! Você vai ter a sua Césarine, ou não me chamo mais O ILUSTRE! Nome que o pai Finot me deu, por ter feito triunfar seus chapéus cinzas. Vendendo seu óleo, continuo na minha parte, a cabeça humana! O óleo e o chapéu são conhecidos por conservar a cabeleira pública.

Popinot foi à sua tia, onde devia dormir, com tanta febre, provocada pela previsão do sucesso, que as ruas lhe pareceram ser rios de óleo. Dormiu pouco, sonhou que seus cabelos

---

95. Em francês, *spiriteuse*, como é chamada a aguardente. (N.E.)
96. Teatro de terceira, recusou o jovem Balzac. (N. T.)

cresciam loucamente, viu dois anjos que lhe desenrolavam, como nos melodramas, uma faixa onde se lia: *Óleo Cesariano*. Despertou lembrando-se desse sonho e resolveu utilizar este nome para o óleo de avelã, imaginando ser essa fantasia do sono uma ordem celeste.

César e Popinot chegaram a seu ateliê no Faubourg do Temple bem antes das avelãs; esperando os entregadores de madame Madou, Popinot contou triunfalmente seu tratado de aliança com Gaudissart.

– Temos o ilustre Gaudissart, estamos milionários! – exclamou o perfumista, estendendo a mão a seu caixeiro com o ar que Luís XIV deve ter tido ao acolher o marechal de Villars ao retornar de Denain[97].

– Temos mais alguma coisa! – disse o feliz funcionário, tirando do bolso uma garrafa em forma chata, em facetas, a lembrar abóboras. – Encontrei dez mil frascos semelhantes a este modelo, todos fabricados, prontos para usar, a vinte centavos e seis meses de prazo.

– Anselme – disse Birotteau, contemplando a forma em miríade do frasco –, ontem (assumiu um tom grave), nas Tuileries, sim, mais ou menos à mesma hora que agora, você falava: "Vou triunfar". E eu digo agora: você vai triunfar! Vinte centavos! Seis meses de prazo! E a forma original! Macassar treme, esperneia, cai! Que golpe no óleo de Macassar! Fiz bem de me apossar de todas as avelãs existentes em Paris! E onde você encontrou estes frascos?

– Eu esperava a hora de falar com Gaudissart e flanava...

– Como eu, em meus tempos – exclamou Birotteau.

– Descendo a Rue Aubry-le-Boucher, percebi, em um grande vidraceiro, um vendedor de vidros convexos e redomas, que tem uma loja imensa, e percebi este frasco... Ah! A garrafa deslizou a meus olhos como súbita luz, uma voz me gritou: eis seu negócio!

– Nasceu comerciante! Vai ter minha filha – disse César, murmurando.

– Entro e vejo milhares destes frascos nas caixas.

– Informou-se?

---

97. Batalha em que terminou a guerra espanhola de sucessão, em 1712. (N.T.)

— O senhor não me imagina tolo – exclamou Anselme dolorosamente.

— Nasceu comerciante!... – repetiu Birotteau.

— Perguntei sobre as redomas para colocar pequenos Jesus de cera. Negociando as redomas, falei mal da forma dos frascos. Levado a uma confissão generalizada, meu comerciante admite, de cabo a rabo, que Faille e Bouchot, recém-falidos, iam lançar um cosmético e desejavam frascos de forma estranha; ele desconfiava deles, exigiu metade à vista; Faille e Bouchot, na esperança de triunfar, dão o dinheiro e, no meio da fabricação dos frascos, explode a falência; os síndicos, intimados a pagar, concordaram em deixar-lhe os frascos e a metade paga como indenização por uma fabricação pretensamente ridícula e sem venda possível. Os frascos custam quarenta centavos, ele ficaria feliz em dá-los por quatro, Deus sabe quanto tempo ele ficaria na loja com uma forma invendável. "Quer vender dez mil a vinte centavos? Posso desembaraçá-lo de seus frascos, sou caixeiro de *monsieur* Birotteau." E eu o convenço, eu o levo, eu domino o homem, e eu o cozinho, e ele é nosso – concluiu Anselme.

— Vinte centavos – disse Birotteau. – Sabe que podemos vender o óleo a três francos e ganhar um franco e meio, deixando um franco aos varejistas?

— O óleo cesariano! – exclamou Popinot.

— O óleo cesariano?... Ah! *Monsieur* apaixonado, deseja lisonjear o pai e a filha. Pois bem, seja, vá pelo óleo cesariano! Os César eram donos do mundo, deviam ter cabelos famosos.

— César era careca – disse Popinot.

— Porque ele não usava o nosso óleo, vão falar! Óleo cesariano a três francos: o óleo de Macassar é o dobro do preço. Gaudissart está nesta, nós teremos cem mil francos em um ano, pois imporemos a todas as cabeças respeitáveis doze frascos por ano, dezoito francos! Ou seja, dezoito mil cabeças, 180 mil francos. Estamos milionários.

Entregues as avelãs, Raguet, os operários, Popinot, César separaram uma quantidade suficiente, e antes das quatro horas já jorravam algumas libras de óleo. Popinot foi mostrar o produto a Vauquelin, que presenteou a Popinot uma fórmula para mesclar a essência de avelã a corpos oleaginosos menos caros e perfumá-la. Popinot lançou-se à obtenção da patente de invenção e aperfeiçoamento. O devotado Gaudissart emprestou dinheiro para o direito fiscal a Popinot, que ambicionava pagar sua metade nas despesas de estabelecimento.

A prosperidade traz consigo uma ebriedade do sucesso a que jamais resistem os homens inferiores. Essa exaltação teve um resultado fácil de prever. O arquiteto Grindot veio, apresentou o esboço colorido de uma deliciosa vista interna do futuro apartamento, ornado com móveis. Birotteau, seduzido, consentiu em tudo. Logo, os pedreiros deram os golpes de picareta que fizeram gemer a casa e Constance. O pintor de construções, *monsieur* Lourdois, empreiteiro muito rico empenhado em nada negligenciar, falava em dourar o salão. Ouvindo essa palavra, Constance interveio.

– *Monsieur* Lourdois – disse ela –, o senhor tem trinta mil francos de renda, mora em casa própria e nela pode fazer o que vier a desejar; mas, nós...

– Madame, o comércio precisa brilhar, e não deixar-se esmagar pela aristocracia. Eis, aliás, *monsieur* Birotteau no governo, ele encontra-se em evidência...

– Sim, mas ainda está no comércio – disse Constance ante os funcionários e as cinco pessoas que a ouviam. – Nem ele, nem eu, nem seus amigos, nem seus inimigos vão esquecê-lo.

Birotteau ergueu-se na ponta dos pés, recaindo em seus calcanhares diversas vezes, as mãos cruzadas atrás de si.

– Minha mulher tem razão – disse César. – Seremos modestos na prosperidade. Aliás, enquanto um homem se encontra no comércio, tem de ser sábio em suas despesas, reservado em seu luxo, a lei o obriga a tanto, ele não deve entregar-se a *despesas excessivas*. Se o crescimento de meu local e sua decoração ultrapassassem os limites, seria imprudente para mim excedê-los, o senhor mesmo me censuraria, Lourdois. O bairro tem os olhos em mim, as pessoas que triunfam provocam ciúmes, invejas, o sucesso é ofensa pessoal! Ah! Você logo saberia, jovem -- disse a Grindot, o arquiteto. – Se eles nos caluniam, não lhes dê nem sequer espaço de maldizer.

– Nem a calúnia nem a maledicência podem atingi-lo – disse Lourdois –, o senhor está numa posição além da linha e tem tanto hábito comercial que sabe raciocinar seus empreendimentos, o senhor é *um demônio*!

– É verdade, tenho alguma experiência nos negócios; o senhor sabe por que nosso crescimento? Se tenho em alto preço a pontualidade, é que...

– Não.

– Bem, minha mulher e eu vamos reunir alguns amigos tanto para celebrar a libertação do território quanto para festejar minha promoção na ordem da Legião de Honra.

– Como, como! – falou Lourdois. – Eles lhe deram a Cruz?

– Sim; talvez eu tenha me tornado digno desse insigne e real favor sentando no tribunal consular e combatendo pela causa real no Treze de Vendemiário, em Saint-Roch, onde fui ferido por Napoleão. Venha com sua mulher e sua filha...

– Encantado com a honra que me faz – disse o liberal Lourdois. – Mas o senhor é um farsante, papá Birotteau; deseja estar seguro de que não faltarei à minha palavra, eis por que me convida. Pois, bem, tomarei meus mais hábeis operários, faremos um fogo infernal para secar as pinturas; nós temos processos dessecantes, pois não se deve dançar em meio à névoa exalada pelas paredes úmidas de pintura. Envernizaremos, para extrair todo odor.

Três dias depois, o comércio do bairro comovia-se ante o anúncio do baile preparado por Birotteau. Aliás, todos podiam ver as escoras externas necessárias para a veloz mudança da escada, os tubos quadrados de madeira por onde caíam os escombros nas carroças que estacionavam. Os operários apressados, que trabalhavam com tochas, pois havia as turmas diurnas e noturnas, detinham os ociosos, os curiosos, na rua, e as fofocas apoiavam-se nesses preparativos para anunciar enormes luxos.

No domingo marcado para a conclusão do negócio, *monsieur* e madame Ragon e tio Pillerault vieram às quatro horas, depois da missa. Com as demolições, falava César, ele só pôde convidar, nesse dia, Charles Claparon, Crottat e Roguin. O tabelião trouxe o *Jornal de Debates*, no qual *monsieur* de La Billardière mandara inserir este artigo:

Sabemos que a libertação do território será festejada com entusiasmo em toda a França, mas em Paris os membros do corpo municipal sentiram que era chegado o momento de dar à capital esse esplendor que, por um sentimento de conveniência, cessara durante a ocupação estrangeira. Cada um dos prefeitos e vices propõe-se a dar um baile: o inverno promete, portanto, ser brilhante; esse movimento nacional terá continuidade. Entre todas as festas que se preparam, destaca-se o baile de monsieur *Birotteau, nomeado cavaleiro da Legião de Honra e tão conhecido por sua devoção à causa real.* Monsieur *Birotteau, ferido no caso Saint-Roch, no Treze de Vendemiário, e um dos juízes consulares mais estimados, mereceu duplamente essa distinção.*

– Como se escreve bem hoje em dia – exclamou César.
– Falam de nós no jornal – disse a Pillerault.
– Muito bem, e daí? – respondeu o tio, a quem o *Jornal de Debates* era particularmente antipático.
– Este artigo talvez nos faça vender *Pomada das sultanas* e *Água carminativa* – disse baixinho madame César a madame Ragon, sem partilhar a embriaguez do sucesso do marido.

Madame Ragon, grande mulher seca e enrugada, nariz adunco, lábios finos, tinha um falso ar de marquesa da antiga corte. O contorno de seus olhos era obscurecido em uma imensa circunferência, como os das velhas senhoras que experimentaram desgraças. Sua atitude severa e digna, mesmo afável, impunha respeito. Aliás, ela tinha em si um quê de estranho que surpreende sem provocar o riso e que suas vestes, seus modos, explicavam: ela usava mitenes, andava a qualquer tempo com uma sombrinha curva, semelhante à de que se servia a rainha Marie-Antoinette no Trianon[98]; em seus vestidos, a cor preferida era um marrom pálido chamado folha morta, e desdobrava-se nas cadeiras através de dobras inimitáveis, mas as velhas rendeiras levaram com elas seu segredo. Conservava a manta negra guarnecida de rendas negras em grandes malhas quadradas; suas toucas, de forma antiga, possuíam adornos a

---
98. Nome de dois castelos em Versailles. (N.T.)

lembrar os entalhes de velhas molduras esculpidas à luz do dia. Usava rapé com um estranho asseio, fazendo os gestos que os jovens podem se lembrar se tiveram a felicidade de ver suas avós guardando solenemente caixas de ouro em uma mesa, a sacudir os grãos de rapé caídos em seus fichus.

O senhor Ragon era um homenzinho de um metro e meio no máximo, com figura de pica-pau, onde só se viam os olhos, duas maçãs agudas, um nariz e um queixo; seus dentes, devorando a metade de suas palavras, de uma conversação torrencial, galante, pretensiosa e sorridente, com o eterno sorriso de que ele se armava para receber as belas damas que diversos acasos levavam outrora à porta de sua loja. O pó-de-arroz desenhava em seu crânio uma meia-lua mais que branca, flanqueada por duas asas de cabelos separadas por um pequeno rabo encerrado em uma fita. Usava casaca azul-clara, colete branco, calças e meias de seda, sapatos em fivelas de ouro, luvas de seda negra. O traço mais saliente de seu caráter era andar pelas ruas segurando o seu chapéu nas mãos. Tinha o ar de um mensageiro da Câmara dos Pares, de um oficial do gabinete do rei, de uma dessas pessoas colocadas junto a um potentado qualquer, de forma a receber seu reflexo, mesmo permanecendo muito pouca coisa.

– Muito bem, Birotteau – disse em ar magistral –, arrepende-se, meu jovem, de nos haver ouvido naqueles tempos? Alguma vez duvidamos do reconhecimento de nossos bem-amados soberanos?

– Você deve estar muito feliz, minha querida – disse madame Ragon a madame Birotteau.

– É claro – disse a bela perfumista, sempre sob o charme da sombrinha em curva, das toucas à *papillon*, das mangas justas e do grande fichu *à la Julie* que madame Ragon portava.

– Césarine está sedutora. Venha aqui, minha bela criança – disse madame Ragon com sua voz cabeçuda e ar protetor.

– Cuidaremos dos negócios antes do jantar? – disse tio Pillerault.

– Esperamos *monsieur* Claparon – disse Roguin –, deixei-o vestindo-se.

– *Monsieur* Roguin – disse César –, o senhor o preveniu bem de que jantaríamos em uma malvada e pequena sobreloja...

– Ele a achava soberba, há dezesseis anos – disse Constance, murmurando.

– No meio das ruínas, entre os operários.

– Ora! Vocês vão ver uma boa criança que não é nada difícil – disse Roguin.

– Coloquei Raguet à espera, na loja dele, não se passa mais por nossa porta; vocês viram tudo demolido – disse César ao tabelião.

– Por que não trouxe o seu sobrinho? – disse Pillerault a madame Ragon.

– Nós o veremos? – perguntou Césarine.

– Não, meu coração – disse madame Ragon. – Anselme trabalha, pobre criança, até se matar. Essa rua, sem ar e sem sol, essa Rue des Cinq-Diamants, de mau cheiro, me aterra; a sarjeta é sempre azul, verde ou negra. Temo que ele ali pereça. Mas quando os jovens têm algo na cabeça! – disse ela a Césarine, fazendo um gesto que transformava a palavra *cabeça* em *coração*.

– Então ele assinou o arrendamento da loja? – perguntou César.

– Ontem, no cartório – disse Ragon. – Conseguiu dezoito anos, mas exigem seis meses de adiantamento.

– Muito bem, *monsieur* Ragon, está contente comigo? – disse o perfumista. – Dei-lhe o segredo de uma descoberta... enfim!

– Nós o conhecemos de cor, César – disse o pequeno Ragon, tomando as mãos de César e apertando-as com amizade religiosa.

Roguin não deixava de estar inquieto com a entrada em cena de Claparon, de costumes e tom a poder chocar virtuosos burgueses: portanto, julgou necessário preparar os espíritos.

– Vocês vão ver só – disse a Ragon, a Pillerault e às madames –, um tipo exótico que esconde seus modos sob um mau tom chocante; pois ele veio de uma posição muito inferior e iluminou-se pelas suas idéias. Sem dúvida ele alcançará as boas maneiras à força de conviver com os banqueiros. Vocês encontrarão o malandro talvez no bulevar ou em um café, ébrio, mal-vestido, jogando bilhar: ele tem o ar do maior vagabundo...

Mas, não; ele estuda, e pensa agora em revolucionar a indústria com suas novas concepções...

– Compreendo tudo isso – disse Birotteau –; encontrei minhas melhores idéias flanando, não é, minha querida?

– Claparon – continuou Roguin – recupera então durante a noite o tempo empregado em buscar, em combinar negócios durante o dia. Todas as pessoas de muito talento levam uma vida estranha, inexplicável. E, bem, através desse caos, eu sou testemunha, ele alcança os seus fins: terminou por fazer ceder todos os nossos proprietários; eles não queriam, desconfiavam de alguma coisa, ele mistificou-os, cansou-os, foi vê-los todos os dias, e nós somos, finalmente, os donos do terreno.

Um singular *brum! brum!* particular aos bebedores de pequenos cálices de aguardente e de licores fortes anunciou o personagem mais estranho desta história e o árbitro visível dos futuros destinos de César. O perfumista precipitou-se na pequena escada obscura, tanto para falar a Raguet para fechar a loja quanto para apresentar a Claparon as suas desculpas por recebê-lo na sala de jantar.

– Como, então! Mas aqui está muito bom para *chifrar* os comes e bebes... para cifrar, digo, os negócios.

Malgrado as hábeis preparações de Roguin, *monsieur* e madame Ragon, estes burgueses de bom senso e bom-tom, o observador Pillerault, Césarine e sua mãe foram inicialmente muito desagradavelmente afetados por esse pretenso banqueiro de alto vôo, de alta classe.

Aos 28 anos aproximadamente, esse ex-caixeiro-viajante não tinha um cabelo na cabeça e usava uma peruca frisada em saca-rolhas. Esse penteado exige um frescor de virgem, uma transparência láctea, as mais encantadoras graças femininas; no entanto, ele sublinhava, ignobilmente uma face devastada, cheia de espinhas, rubro-negra, em chamas como a de um condutor de diligências, na qual rugas prematuras exprimiam nas suas dobras profundas e fixas, as desgraças da libertinagem, devidamente atestadas pelo mau estado dos dentes e pelos pontos negros semeados em uma pele áspera. Claparon tinha o ar de um comediante de província que representa todos os papéis, que se exibe, com caras onde o ruge não permanece, abatido por suas fadigas, os lábios pastosos, a língua sempre alerta, mesmo quando ébrio, o olhar sem pudor, a comprometer os seus gestos. Essa figura, em chamas pelo alegre ardor do ponche, desmentia a gravidade dos negócios. Assim, deveio necessário a Claparon longas pesquisas mímicas antes de chegar a compor uma *persona* em harmonia com sua postiça importância. Du Tillet assistira à toalete de Claparon como um diretor de espetáculo inquieto com o debutar de seu principal ator, pois tremia ante a vasta possibilidade dos hábitos grosseiros dessa vida inquieta virem a explodir na superfície do banqueiro.

– Fale o menos possível – disse du Tillet a Claparon. – Jamais um banqueiro tagarela: ele age, pensa, medita, ouve, mede, pesa. Assim, para ter o ar de um banqueiro, não fale nada, ou fale coisas insignificantes. Eclipse seu olhar esperto e torne-o grave, sob o risco de torná-lo tolo. Em política, esteja sempre com o governo e mergulhe em generalidades, como: *O orçamento é pesado. Não há transações possíveis entre os partidos. Os liberais são perigosos. Os Bourbon devem evitar todo conflito. O liberalismo é o fundamento, é o alicerce dos interesses coligados. Os Bourbon nos levam a uma era de prosperidade, apoiemo-los, mesmo se não os amamos. A França fez experiências políticas demais*, etc. Não chafurde em todas as mesas, imagine que deve conservar a dignidade de um milionário. Não fungue o rapé como se fosse um inválido; brinque com a sua tabaqueira, mantenha o olhar em seus pés ou no teto antes de responder, enfim, dê-se um ar de profundidade. Sobretudo, livre-se de seu hábito infeliz de tocar em tudo. Em sociedade, um banqueiro deve parecer cansado de tocar. Ah, isto! Você atravessa as noites, as cifras o tornam bruto, é preciso reunir tantos elementos para lançar um negócio! Tantas pesquisas! Sobretudo, fale muito mal dos negócios. Eles são pesados, duros, difíceis, espinhosos. Não saia disso, e não especifique nada. Não vá à mesa cantar suas farsas de Béranger[99] e não beba muito. Se você ficar ébrio, perde seu futuro. Roguin vai vigiá-lo; você vai se encontrar com pessoas moralistas, com virtuosos burgueses, não vá aterrá-los com a sua filosofia de botequim.

Essa reprimenda provocara, no espírito de Claparon, efeito semelhante ao que provocavam em sua pessoa as roupas novas. Aquele pândego descuidado, amigo de todos, habituado

---

99. Cancionista de grande popularidade (1780-1857). (N.T.)

a vestes soltas, cômodas, e nas quais não se limitava mais que seu espírito em sua linguagem, vestido em roupas novas que o alfaiate havia feito esperar e que ele experimentava teso como pau, inquieto com os seus próprios movimentos e frases, recolhendo a mão imprudentemente lançada a um copo ou garrafa, bem como se detinha ao meio de uma frase, assinalou-se então por um desacordo risível à fina observação de Pillerault. Sua figura vermelha, sua peruca à saca-rolha desmentiam sua pose assim como seus pensamentos combatiam as suas falas. Mas os bons burgueses terminaram por tomar essas dissonâncias contínuas por preocupação.

– Ele tem tantos negócios! – falava Roguin.

– Os negócios então dão pouca educação hoje em dia – disse madame Ragon a Césarine.

Monsieur Roguin ouviu a fala e colocou um dedo nos lábios.

– Ele é rico, hábil e de uma honestidade excessiva – disse Roguin, inclinando-se para madame Ragon.

– Podemos perdoar-lhe qualquer coisa em favor dessas qualidades – disse Pillerault a Ragon.

– Leiamos os papéis antes de jantar – disse Roguin –, estamos sós.

Madame Ragon, Césarine, Constance deixaram os negociantes, Pillerault, Ragon, César, Roguin e Claparon, ouvir a leitura feita por Alexandre Crottat. César assinou, em favor de um cliente de Roguin, uma obrigação de quarenta mil francos, hipotecados sobre os terrenos e as fábricas situadas no bairro du Temple; deu a Roguin o cheque de Pillerault contra o banco, entregou sem recibo os vinte mil francos em dinheiro e os 140 mil francos em títulos à ordem de Claparon.

– Não tenho recibo para lhe dar – disse Claparon –, você age ao lado de *monsieur* Roguin, como nós de nosso lado. Nossos vendedores receberão em seu cartório seu valor em dinheiro, só me engajo a fazê-lo encontrar o complemento de sua parte com seus 140 mil francos em títulos.

– É justo – disse Pillerault.

– Muito bem, senhores, chamemos as damas, pois o tempo está frígido sem elas – disse Claparon, olhando Roguin como para saber se a brincadeira não era forte demais.

– *Mesdames*! Oh! *Mademoiselle* é sem dúvida sua *demoiselle* – disse Claparon, mantendo-se ereto e olhando Birotteau.
– Bem, o senhor não é sem jeito. Nenhuma das rosas que o senhor destilou pode ser comparada a ela, e talvez seja por ter destilado rosas que...
– Juro – disse Roguin, interrompendo –, nossa, confesso que estou com fome.
– Muito bem, jantemos – disse Birotteau.
– Vamos jantar perante o tabelião – disse Claparon, erigindo-se.
– O senhor faz muitos negócios? – disse Pillerault, metendo-se à mesa junto a Claparon, intencionalmente.
– Em excesso, por atacado – disse o banqueiro. – Mas eles são pesados, espinhosos, há os trâmites! Ah! Os trâmites! O senhor não imagina quanto os trâmites nos ocupam! E isso é compreensível. O governo quer trâmites. O trâmite é uma necessidade que se faz sentir geralmente nos departamentos, nas províncias, e concerne todos os comércios, o senhor sabe! Os rios, disse Pascal, são caminhos que mercadeiam. Precisamos então de mercados. Os mercados dependem do terraço, pois há terríveis aterros, o aterro olha para a classe pobre, daí os empréstimos que definitivamente são dados aos pobres! Voltaire disse: *Canais, canários, canalha*. Mas o governo tem os seus engenheiros, que o esclarecem; é difícil colocá-lo a par, a não ser entendendo-se com eles, pois a Câmara!... Oh!... *monsieur*, a Câmara nos faz um mal!... Ela não quer compreender a questão política oculta sob a questão financeira. Há má-fé de uma parte e de outra. Acreditam? Os Keller, bem, François Keller é um orador, ele ataca o governo pelos fundos, pelos trâmites. Chegado à sua casa, meu funcionário encontra-nos em nossas conversas, elas são favoráveis, é preciso arranjar-se com este governo, agora mesmo insolentemente atacado. O interesse do orador e o do banqueiro se chocam, estamos entre dois fogos! Compreendem agora como os negócios se tornam espinhosos, é preciso satisfazer tanta gente: os funcionários, as câmaras, as antecâmaras, os ministros...
– Os ministros?... – disse Pillerault, que desejava absolutamente entender aquele sócio.

– Sim, senhor, os ministros.

– Muito bem, os jornais então têm razão – disse Pillerault.

– Eis meu tio na política – disse Birotteau –, Claparon o faz ferver o leite.

– São farsistas do diabo – disse Claparon –, esses jornais. *Monsieur*, os jornais embrulham tudo: algumas vezes nos servem bem, mas me fazem passar noites cruéis; preferia passá-las de outra forma; enfim, perdi os olhos à força de ler e calcular.

– Voltemos aos ministros – disse Pillerault, esperando revelações.

– Os ministros têm exigências puramente governamentais. Mas o que é que eu estou comendo, ambrosia? – disse Claparon, interrompendo-se. – Eis molhos que só se comem nas casas burguesas, jamais as cafetinas...

A esta palavra, as flores da touca da madame Ragon saltaram como cabritos. Claparon compreendeu que a palavra era ignóbil e desejou emendar-se.

– No alto banco, chamamos cafetinas as chefes de cabaré elegantes, Véry[100], o *Les Frères Provençaux*[101]. Bem, nem essas infames cafetinas nem nossos sábios cozinheiros nos dão molhos substanciosos; uns fazem água clara acidulada com limão, outros fazem químicas.

O jantar passou-se inteiramente em ataques de Pillerault, que buscava sondar esse homem e só encontrava o vazio; olhou-o como um homem perigoso.

– Tudo vai bem – disse Roguin, ao pé do ouvido de Charles Claparon.

– Ah! Sem dúvida esta noite vou tirar esta roupa – disse Claparon, que sufocava.

– *Monsieur* – disse-lhe Birotteau –, se nos vemos obrigados a transformar este salão em sala de jantar, é que, dentro de dezoito dias, reunimos alguns amigos tanto para celebrar a libertação do território...

---

100. Café e restaurante fundado em 1805, ponto de encontro dos *gourmets* da época. (N.E.)
101. "Os irmãos provençais", restaurante de luxo no Palais Royal. (N.E.)

– Bem, *monsieur*; eu também sou homem do governo. Pertenço, por minhas opiniões, ao *status quo* do grande homem que dirige os destinos da causa, da casa de Áustria, um sujeito corajoso! Conservar para conquistar e, sobretudo, conquistar para conservar... Vejam, eis, no fundo, as minhas opiniões, que tanto se honram em ser as mesmas do príncipe de Metternich.

– ... quanto festejam minha promoção na ordem da Legião de Honra – continuou César.

– Sim, eu sei. Quem me contou mesmo? Os Keller ou Nucingen?

Roguin, surpreso com tanta fineza, fez um gesto de admiração.

– Oh! não, foi na Câmara.

– Na Câmara, por meio de *monsieur* de La Billardière? – perguntou César.

– Precisamente.

– Ele é encantador – disse César a seu tio.

E Pillerault disse:

– Ele lança frases, frases, frases em que a gente se afoga.

– Talvez eu tenha me tornado digno desse favor... – continuou César.

– Por seus trabalhos em perfumaria, os Bourbon sabem recompensar todos os méritos. Ah! Sustentemos esses generosos príncipes legítimos, a quem deveremos prosperidades inéditas... Pois, pense bem, a Restauração sente que deve lutar com o império napoleônico; ela fará conquistas em plena paz. Sim, você verá as conquistas!...

– *Monsieur* nos dará sem dúvida a honra de assistir a nosso baile? – disse madame César.

– Para passar uma noite com a senhora, madame, eu deixaria de ganhar milhões.

– Ele é, decididamente, muito loquaz – disse César a tio Pillerault.

Enquanto a glória da perfumaria, em declínio, ia lançar os seus últimos fogos, um astro levantava-se fragilmente no horizonte comercial. O pequeno Popinot pousava, na mesma hora, os fundamentos de sua fortuna, na Rue des Cinq-Diamants. Essa rua, beco estreito onde os carros carregados dificilmente passam, dá para a Rue des Lombards, em um extremo, e, no outro, para a Rue Aubry-le-Boucher, diante da Rue Quincampoix, rua ilustre, na antiga Paris, onde a história da França tanto se ilustra. Malgrado essa desvantagem, a reunião dos comerciantes de produtos farmacêuticos torna essa rua favorável e, nesse aspecto, Popinot não havia escolhido mal. A casa, a segunda do lado da Rue des Lombards, era tão escura que, em certos dias, era necessário iluminá-la em pleno dia. O debutante tomara posse, na noite anterior, dos lugares mais sombrios e desagradáveis. Seu antecessor, comerciante de melaço e açúcar bruto, deixara os estigmas de seu comércio nas paredes, no pátio e nos depósitos. Imagine uma grande e espaçosa loja com grandes portas de ferro pintadas em verde-dragão, com longas vigas de ferro aparentes, ornadas de pregos com cabeças semelhantes a cogumelos, guarnecida de grades de arame e reforçadas na parte inferior como as das padarias antigas e pavimentada de grandes pedras brancas, a maior parte partidas, as paredes amarelas e nuas como as de uma guarita militar. A seguir vinham um escritório e uma cozinha, esclarecidos pelo pátio; e um segundo depósito no ângulo, que outrora devia ser uma estrebaria. Subia-se, através de uma escada interior feita no escritório, a dois quartos esclarecidos pela rua, onde Popinot contava meter o caixa, o gabinete e seus livros. Acima dos armazéns havia três quartos estreitos colados à parede do vizinho, com vista para o pátio, onde Popinot planejava morar. Três quartos inutilizados, sem outra vista além do pátio irregular, sombrio, cercado de muralhas, em que a umidade, mesmo no tempo mais seco, dava-lhe o ar de ser recém-pintado; um pátio, e entre os pavimentos uma crosta escura e fétida, deixada pela permanência do melaço e açúcar bruto. Só um dos quartos tinha lareira e chaminé, todos estavam sem papel nas paredes e eram pavimentados de tijolos. Desde a manhã, Gaudissart e Popinot, auxiliados por um operário forrador descoberto pelo caixeiro-viajante, estendiam um papel de setenta centavos nas paredes do quarto terrível, que o operário pintava de cola. Uma cama de colegial de madeira vermelha, um criado-mudo velho, uma cômoda antiga, uma mesa, duas poltronas e seis cadeiras, dadas pelo juiz Popinot ao sobrinho, formavam a mobília. Gaudissart metera sobre a lareira um tremó com um velho espelho, comprado a preço de ocasião.

Às oito da noite, sentados diante da lareira onde brilhava um feixe de lenha, os dois amigos iam desfrutar do resto do almoço.

– Abaixo o carneiro frio! Isto não convém à inauguração da casa – gritou Gaudissart.

– Mas – disse Popinot, mostrando a única moeda de vinte francos que guardava para pagar o anúncio – eu...

– Eu... – disse Gaudissart, mostrando uma moeda de quarenta francos.

Uma martelada retiniu nesse momento no pátio naturalmente solitário e sonoro do domingo, dia em que os industriais expandem-se e abandonam seus laboratórios.

– Eis o fiel da Rue de la Poterie. Eu – continuou Gaudissart –, *eu tenho*, e não simplesmente *eu*!

Efetivamente, um jovem seguido de dois cozinheiros trouxe a seis mãos, em cestos, um jantar ornado de seis garrafas de vinho escolhidas a dedo.

– Mas como faremos para comer tanto? – demandou Popinot.

– E o homem de letras – exclamou Gaudissart. – Finot conhece as *pompas* e as vaidades, e ele virá, criança ingênua, munido de um prospecto arrasador. A palavra é bela, hein? Os prospectos sempre têm sede. É preciso regar os grãos se desejamos flores. Vamos, escravos – disse ele aos entregadores –, eis o dinheiro.

Deu-lhes um franco com um gesto digno de Napoleão, seu ídolo.

– Obrigado, *monsieur* Gaudissart – disseram os entregadores mais alegres com a brincadeira do que com o dinheiro.

– E você, meu filho – disse ao jovem que permanecia para servir o jantar –, há uma porteira, ela jaz nas profundezas de um antro onde às vezes ela cozinha, como outrora Nausicaa fazia os comes, por pura distração desentediar-se; vá até ela, implore seu calor, interesse-a, jovem, em esquentar estes pratos; diga-lhe que ela será bendita e sobretudo respeitada, muito respeitada por Félix Gaudissart, filho de Jean-François Gaudissart, neto dos Gaudissart, vis proletários muito antigos, seus avós. Ande, e faça com que tudo esteja bem, senão meto-lhe um *dó* maior no meio da cara!

Outra martelada ressoou.

– Eis o espirituoso Andoche – disse Gaudissart.

Um jovem gordo até as bochechas, de porte mediano e que, da cabeça aos pés, parecia-se com um filho de chapeleiro, de traços redondos, cuja fineza se enterrava sob um ar afetado, surge de repente. Sua figura, entristecida como a de um homem farto da miséria, tomou uma expressão hilária quando viu a mesa posta e as garrafas reveladoras. Ao grito de Gaudissart, seu pálido olhar cintilou, sua imensa cabeça, marcada por sua figura calmuca, oscilou da direita à esquerda, e ele cumprimenta Popinot de forma estranha, sem servilismo nem respeito, como um homem que não se sente em seu lugar e não faz concessão alguma. No momento, ele começava a reconhecer não possuir talento algum para a criação literária; pensava em permanecer na literatura como explorador, em subir sobre o ombro das pessoas espirituosas e aí fazer negócios, em lugar de criar obras mal pagas. Nesse momento, depois de ter esgotado a humildade das pesquisas e a humilhação das tentativas, ele ia, como as pessoas de alta visão financeira, transformar-se e devir impertinente por decisão; mas faltava-lhe o capital primitivo, e Gaudissart mostrara-o, ao tocar na direção do óleo Popinot.

– Você tratará por sua conta com os jornais, mas não o enrole, ou nós teremos um duelo de morte; retribua-lhe por seu dinheiro!

Popinot olhou o *autor* com ar inquieto. As pessoas verdadeiramente comerciantes consideram um autor com um sentimento em que entra terror, compaixão e curiosidade. Embora Popinot tivesse sido bem educado, os hábitos de seus parentes, as suas idéias, os cuidados bestificantes de uma loja e de um caixa haviam transformado a sua inteligência, moldando-a aos usos e costumes de sua profissão – fenômeno que podemos constatar ao observarmos as metamorfoses sofridas em dez anos por cem colegas saídos, de certa forma semelhantes, de um colégio interno ou de um pensionato. Andoche aceitou essa surpresa como profunda admiração.

– Muito bem, antes de jantar, vamos ao fundo do prospecto, podemos beber sem pensar – disse Gaudissart. – Depois do jantar, mal se lê, e lê-se mal. A linguagem também faz a digestão.

– *Monsieur* – disse Popinot –, muitas vezes um prospecto vale toda uma fortuna.

E disse Andoche:

– E para um plebeu como eu, a fortuna é apenas um prospecto.

– Ah! Muito belo! – disse Gaudissart. – Este farsante de Andoche, só na galocha, tem mais espírito que os quarenta da Academia.

– Mais que cem – disse Popinot, surpreso com essa idéia.

O impaciente Gaudissart tomou o manuscrito e leu a plena voz, a plena ênfase:

– "ÓLEO CEFÁLICO"!

– Eu preferiria *Óleo cesariano* – disse Popinot.

– Meu amigo – disse Gaudissart –, você não conhece os provincianos: há uma operação cirúrgica com esse nome, e eles são tão tolos que imaginariam seu óleo próprio para facilitar os partos; daí para levá-lo aos cabelos, a distância seria muito grande.

– Sem querer defender a minha palavra – disse o autor –, levo você a observar que *Óleo cefálico* quer dizer óleo para a cabeça, e sintetiza as suas idéias.

– Vamos ver? – disse Popinot, impaciente.

Eis o prospecto, tal qual o comércio o recebe aos milhares, até hoje. *(Outra peça justificativa.)*

MEDALHA DE OURO NA EXPOSIÇÃO DE 1824

ÓLEO

CEFÁLICO

PATENTES DE INVENÇÃO E APERFEIÇOAMENTO

Cosmético algum pode fazer crescer os cabelos, da mesma forma que nenhum preparado químico pode tingi-los sem perigo para a sede da inteligência. A ciência declarou recentemente que os cabelos são uma substância morta e que agente algum pode impedi-los de cair ou de embranquecer. Para prevenir a xerasia e a calvície, basta preservar o bulbo, de onde eles saem, de toda influência atmosférica exterior e manter na cabeça o calor que lhe é próprio. O ÓLEO CEFÁLICO, *baseado nos princípios estabelecidos pela Academia das Ciências, produz esse importante resultado, buscado pelos antigos romanos, gregos e pelas nações do Norte para os quais a cabeleira era preciosa. Sábias pesquisas demonstraram que os nobres, que outrora se distinguiam pelo vasto comprimento dos cabelos, não empregavam outro meio; apenas seu procedimento, habilmente redescoberto por A. Popinot, inventor do* ÓLEO CEFÁLICO, *tinha sido perdido.*

Conservar, em lugar de buscar provocar um estímulo impossível ou nocivo sobre a derme que contém os bulbos, tal é, portanto, a finalidade do ÓLEO CEFÁLICO. *Efetivamente, este óleo, que se opõe à esfoliação das películas, exala um aroma suave e, pelas substâncias de que se compõe, entre as quais está, como elemento principal, a essência de avelã, impede toda a ação do ar exterior sobre as cabeças e previne também os reumatismos, a coriza e todas as afecções dolorosas do encéfalo, conservando-lhe a temperatura interior. Dessa forma, os bulbos, que contêm os líquidos geradores dos cabelos, jamais são tomados nem pela frieza nem pelo calor. A cabeleira, esse magnífico produto, a que os senhores e as senhoras dão tanto valor, conserva, portanto, até à idade avançada da pessoa que se serve do* ÓLEO CEFÁLICO, *o brilho, a suavidade e a maciez que tornam tão encantadoras as cabecinhas das crianças.*

O MODO DE USAR *encontra-se em cada frasco e serve-lhe de invólucro.*

MODO DE USAR O ÓLEO CEFÁLICO

É totalmente inútil untar os cabelos; este não é apenas um preconceito ridículo, mas também um hábito incômodo, no sentido de que o cosmético deixa, por toda parte, os seus traços. Basta todas as manhãs umedecer uma pequena esponja fina no óleo, separar os cabelos com o pente, embeber os cabelos em sua raiz, de risca em risca, de forma a que a pele receba uma leve camada, depois de previamente limpar a cabeça com a escova e o pente.

O óleo é vendido em frascos que levam a assinatura do inventor, para impedir todas as formas de imitações, ao preço de apenas TRÊS FRANCOS, na casa A. POPINOT, Rue des Cinq-Diamants, Quartier des Lombards, Paris.

PEDE-SE QUE ESCREVAM GRÁTIS.

Nota: A casa A. Popinot mantém igualmente os óleos da drogaria, como essência de flor de laranjeira, óleo de amêndoa suave, óleo de cacau, óleo de café, óleo de rícino, entre outros.

– Meu caro amigo – disse o ilustre Gaudissart a Finot –, está escrito de forma perfeita. Maravilhosa a forma como abordamos a alta ciência! Não nos desviamos, vamos direto ao tema. Ah! Dou-lhe os meus sinceros cumprimentos, eis o que é a literatura útil.

– Um belo prospecto! – disse Popinot, entusiasmado.

– Um prospecto em que já na primeira palavra mata Macassar – disse Gaudissart, levantando-se em ar magistral, para pronunciar as seguintes palavras, que escandiu com gestos parlamentares: – Não–se–faz–crescer os cabelos! Não–podemos–tingi-los–sem perigo! Ah! Ah! Eis o sucesso. A ciência moderna concorda com os hábitos dos antigos. Podemos entender-nos com os velhos e os jovens. No caso de um velho: "Ah! Ah! *Monsieur*, os antigos, os gregos, os romanos tinham razão e não são assim tão tolos como se deseja fazer acreditar!". No caso de um jovem: "Caro jovem, mais uma descoberta devida aos progressos das Luzes, nós avançamos. O que não podemos esperar do vapor, dos telégrafos, e outros! Este óleo é o resultado de um relatório de *monsieur* Vauquelin!". Se nós imprimíssemos uma passagem da memória de *monsieur* Vauquelin à Academia das Ciências, confirmando as nossas afirmações, hein! Fama! Vamos, Finot, à mesa! Comamos os legumes! Suguemos o champanhe, ao sucesso de nosso jovem amigo!

– Pensei – disse o autor modestamente – que a era do prospecto leve e alegre já tinha passado; entramos na era da ciência, é preciso um ar doutoral, um tom de autoridade, entre mestre e escravo, para impô-lo ao público.

– Ferveremos esse óleo, os pés me devoram e a língua também. Tenho as comissões de todos os que trabalham nos ramos dos cabelos, nenhum dá mais de vinte, trinta por cento; é preciso deixar quarenta por cento de lucro, garanto cem mil garrafas em seis meses. Atacarei os farmacêuticos, os comerciantes, os cabeleireiros! E dando-lhes quarenta por cento, eles vão convencer seu público.

Os três jovens comiam como leões, bebiam como suíços, e se embriagavam com o sucesso futuro do *Óleo cefálico*.

– Esse óleo sobe à cabeça – disse Finot, sorrindo.

Gaudissart esgotou as diversas séries de jogos com as palavras óleo, cabelos, cabeças, etc. Em meio aos risos homéricos dos três amigos, à sobremesa, malgrado os brindes e os recíprocos desejos de felicidades, um martelo retiniu e foi ouvido.

– É meu tio! É bem possível que tenha vindo me ver – exclamou Popinot.

– Um tio? – disse Finot. – E nós não temos copos!

– O tio de meu amigo Popinot é um juiz de instrução – disse Gaudissart a Finot –, não vamos mistificá-lo, ele salvou-me a vida. Ah! Quando a gente se vê na situação em que eu estava, face a face com o cadafalso, onde *zás!*, e adeus aos cabelos! – disse Gaudissart, imitando o efeito do fatal machado por um gesto –, a gente se lembra do virtuoso magistrado a quem se deve conservar o canal por onde passa o vinho de Champagne! A gente se lembra até morto de bêbado. Você nunca sabe, Finot, se não vai precisar de *monsieur* Popinot. Nossa! Ele merece uma saudação.

O virtuoso juiz de instrução chamava, efetivamente, seu sobrinho à porta. Ao reconhecer a voz, Anselme desceu com um candelabro a iluminar à mão.

– Minhas saudações, senhores – disse o magistrado.

O ilustre Gaudissart inclinou-se, profundamente. Finot examinou o juiz a olho ébrio e achou-o passavelmente tolo.

– Não há luxo – disse gravemente o juiz, a olhar o quarto –, mas, meu filho, para ser algo grande, é preciso saber começar por não ser nada.

– Que homem profundo! – disse Gaudissart a Finot.

– Tem idéias de jornal – disse o jornalista.

– Ah! Ei-lo aqui, *monsieur* – disse o juiz, reconhecendo o caixeiro-viajante. – E o que faz aqui?

– *Monsieur*: quero contribuir com todos os meus pequenos meios à fortuna de seu sobrinho. Acabamos de meditar sobre o prospecto de seu óleo, e o senhor vê em *monsieur* o autor deste prospecto, que a nós nos parece uma das mais belas obras-primas da literatura sobre as perucas.

O juiz olhou para Finot.

– Este – disse Gaudissart – é o *monsieur* Andoche Finot, um dos mais distintos jovens da literatura, que faz, nos jornais do governo, a grande política e o pequeno teatro, um ministro a caminho de ser autor.

Finot puxava Gaudissart pela aba do casaco.

– Bem, meus filhos – disse o juiz, a quem aquelas palavras explicaram o aspecto da mesa onde se viam os restos de uma ceia bastante perdoável. – Meu amigo – disse o juiz a Popinot –, vista-se, iremos, esta noite, a *monsieur* Birotteau, a quem devo uma visita. Você assinará seu contrato de sociedade, que examinei cuidadosamente. Como você terá a fábrica de seu óleo nos terrenos do bairro du Temple, penso que ele deve arrendar o ateliê, ele pode ter representantes, as coisas bem regradas evitam discussões. Estas paredes me parecem úmidas, Anselme, ponha esteiras de palha no lugar de sua cama.

– Permita-me, *monsieur* juiz de instrução – disse Gaudissart com a lábia de um cortesão –, nós mesmos colamos os papéis de parede hoje, e... eles... não estão... secos.

– Economia! Bom – disse o juiz.

– Ouve – disse Gaudissart ao pé do ouvido de Finot –, meu amigo Popinot é um jovem virtuoso, ele vai para casa com seu tio, vamos terminar a noite nos bons lugares...

O jornalista mostrou seus bolsos vazios. Popinot viu o gesto, deslizou vinte francos às mãos do autor de seu prospecto. O juiz tinha uma carruagem na esquina e levou seu sobrinho a Birotteau. Pillerault, *monsieur* e madame Ragon e Roguin jogavam cartas, e Césarine bordava um fichu, quando surgiram o juiz Popinot e Anselme. Roguin, face a face com madame Ragon, que se encontrava ao lado de Césarine, percebeu o prazer da jovem ao ver entrar Anselme; e, por meio de um sinal, mostrou-a, vermelha como uma romã, a seu primeiro-escrevente.

– Hoje é dia, então, de assinar contratos? – disse o perfumista quando, além das saudações, o juiz disse o motivo de sua visita.

César, Anselme e o juiz foram ao segundo andar, ao quarto provisório do perfumista, debater o arrendamento e o contrato de sociedade redigido pelo magistrado. Combinaram o arrendamento em dezoito anos, conforme o da Rue des Cinq-Diamants, circunstância mínima, aparentemente, mas que mais tarde serviria aos interesses de Birotteau. Quando César e o juiz voltaram à sobreloja, o magistrado, surpreso com o caos generalizado e a presença dos operários em um domingo na casa de um homem tão religioso quanto o perfumista, perguntou os motivos, e César já o esperava.

– Mesmo não sendo mundano, *monsieur*, não vai achar mal celebrarmos a libertação do território. E não é tudo. Se reúno alguns amigos, é também para festejar minha promoção na ordem da Legião de Honra.

– Ah! – disse o juiz, que não tinha sido condecorado.

– Talvez eu tenha me tornado digno desse insigne e real favor sentando no tribunal... Oh! Consular. E combatendo pelos Bourbon, nas escadarias...

– Sim – disse o juiz.

– ... de Saint-Roch, no Treze de Vendemiário, onde fui ferido por Napoleão.

– Mas que prazer – disse o juiz. – Se minha mulher não estiver doente, eu a trarei.

– Xandrot – disse Roguin no limiar da porta a seu escrevente –, não pense de forma alguma em casar-se com Césarine e em seis semanas você vai ver que lhe dei um bom conselho.

– Por quê? – disse Crottat.

– Birotteau, meu caro, vai gastar cem mil francos com seu baile, e engaja a sua fortuna nesse negócio de terrenos, apesar de meus conselhos. Em seis semanas, essas pessoas não terão pão. Case-se com *mademoiselle* Lourdois, a filha do pintor de construções, seu dote chega a trezentos mil francos, e eu organizei esse negócio! Se você me der cem mil francos, eu lhe dou meu cartório.

As magnificências do baile que o perfumista preparava, anunciadas pelos jornais a toda a Europa, eram muito diversamente anunciadas no comércio pelos rumores a que davam lugar os trabalhos dia e noite. Aqui se falava que César alugara três casas; ali, que ele mandara dourar os salões; acolá, que o banquete iria ofertar pratos inventados pelas circunstâncias; além, que os negociantes não seriam convidados, a festa era dada para as pessoas do governo; mais além, o perfumista era severamente censurado por sua ambição, zombavam de suas pretensões políticas e negavam seu ferimento! O baile engendrava mais de uma intriga na segunda região de Paris; os amigos estavam tranqüilos, mas as exigências dos simples conhecidos eram imensas. Todo favor traz consigo cortesãos. A bom número de pessoas, o convite custou mais de uma súplica. Os Birotteau aterraram-se sob o número de pessoas e de amigos íntimos que absolutamente não conheciam. Esse empurra-empurra assustava madame Birotteau, seu aspecto ficava cada dia mais sombrio, à medida que se aproximava a solenidade. No princípio, confessava a César: jamais viria a saber o que fazer; aterrava-se ante o número de detalhes de festa semelhante: onde buscar a prataria, os cristais, os refrescos, a baixela, o serviço? E quem cuidaria de tudo? Implorava a Birotteau ficar na porta e só deixar entrar os convidados, ela ouvira falar de coisas estranhas sobre as pessoas que iam a bailes burgueses, afirmando-se amigos de amigos que não tinham. Quando, dez dias antes do baile, Braschon, Grindot, Lourdois[102] e Chaffaroux[103], o empreiteiro de construções, afirmaram que a casa estaria pronta para o famoso domingo, 17 de dezembro, houve uma conferência risível, à noite, logo após o jantar, no modesto pequeno salão da entreloja, entre César, sua mulher e sua filha, para inscrever a lista de convidados e remeter os convites, que, de manhã, um impressor enviara, impressos em

---

102. Personagem fictício. Pintor de casas. Mencionado também em *Ao "chat-qui-Pelotte"*. (N.E.)
103. Personagem fictício. Construtor. Mencionado também em *Um príncipe da Boêmia*. (N.E.)

belas letras inglesas, em papel rosa, mediante a fórmula do código de civilidade pueril e sensata.

– Ah! Não esqueçamos ninguém – disse Birotteau.

– Se nós esquecermos alguém – disse Constance –, alguém não esquecerá. Madame Derville[104], que nunca nos visitou, apareceu ontem à noite, muito solícita.

– Ela era bem bela – disse Césarine –, ela me agradou.

– Entretanto, antes de seu casamento, ela era menos do que eu – disse Constance –, ela trabalhava em roupas de baixo, na Rue Montmartre, e fez camisas a seu pai.

– Bem, comecemos a lista – disse Birotteau – pelas pessoas mais elevadas. Escreve, Césarine: *monsieur* duque e madame duquesa de Lenoncourt...

– Meu Deus, César – disse Constance –, não envie convite algum a pessoas que você só conhece na qualidade de vendedor. Você vai convidar a princesa de Blamont-Chauvry[105], mais parente de sua finada madrinha, a marquesa d'Uxelles, que o duque de Lenoncourt? Vai convidar os dois *messieurs* de Vandenesse[106], *monsieur* de Marsay[107], *monsieur* de Ronquerolles[108], *monsieur* d'Aiglemont[109], enfim, os seus fregueses? Você é louco, a grandeza lhe subiu à cabeça.

– Sim, mas *monsieur* o conde de Fontaine e sua família. Hein! Ele viria sob o nome de GRAND-JACQUES, com O JOVEM, que era *monsieur* marquês de Montauran, e *monsieur* de La Billardière[110], que se chamava LE NANTAIS, na *Rainha das Rosas*, antes do caso do Treze de Vendemiário. Então eles me apertavam a mão!

---

104. Personagem fictício, cujo nome de solteira é Fanny Malvaut. Aparece também em *Gobseck*. (N.E.)
105. Personagem fictício de *A comédia humana*, que aparece também em *César Birotteau* e *A duquesa de Langeais*. (N.E.)
106. Os Vandenesse são personagens fictícios. Félix é um dos personagens principais de *O lírio do vale*, e Charles, de *A mulher de trinta anos*. (N.E.)
107. Henri de Marsay é personagem fictício e um dos principais de *A comédia humana*. Aparece em *A menina dos olhos de ouro*, entre outros. (N.E.)
108. Personagem fictício. Aparece em *Ferragus*, entre outros. (N.E.)
109. Personagem fictício. É um dos principais personagens de *A mulher de trinta anos*. (N.E.)
110. Conde de Fontaine, marquês de Montauran, La Billardière: personagens fictícios e conspiradores monarquistas; aparecem em *A Bretanha em 1799*. (N.E.)

Meu caro, Birotteau, coragem! Morra, como nós, pela boa causa! Nós somos velhos camaradas de conspirações.

– Inclua-os – disse Constance. – Se *monsieur* de La Billardière e seu filho vierem, precisam encontrar com quem falar.

– Escreva, Césarine – disse Birotteau. – *Primo, monsieur* o prefeito do Sena: ele virá ou não, mas ele comanda o corpo municipal: *a todo senhor, todo favor! Monsieur* de La Billardière e seu filho, prefeito. Vamos fazer a lista de convidados até o fim. Meu colega, *monsieur* Granet, o vice, e sua mulher. Ela é muito feia, mas tanto faz, não podemos dispensá-la! *Monsieur* Curel, o ourives, coronel da Guarda nacional, sua mulher e suas duas filhas. Eis o que eu chamo de autoridades. Agora, as pessoas muito importantes! *Monsieur* o conde e madame a condessa de Fontaine e sua filha, *mademoiselle* Émilie de Fontaine[111].

– Uma impertinente que me faz sair de minha loja para lhe falar na porta de sua carruagem, a qualquer tempo – disse madame César. – Se ela vier, será para zombar de nós.

– Então pode ser que ela venha – disse César, que desejava absolutamente toda a sociedade de Paris. – Continue, Césarine. *Monsieur* o conde e madame a condessa de Grandville, meu proprietário, a mais famosa cabeça da Corte Real, segundo Derville. Ah! Sim, *monsieur* de La Billardière me faz receber como cavaleiro amanhã pelo conde de Lacépède[112] em pessoa. É conveniente enviar um convite para o baile e o jantar ao Grande Chanceler, *monsieur* Vauquelin. Ponha baile e jantar, Césarine. E, para não esquecê-los, todos os Chiffreville e os Protez[113]. *Monsieur* e madame Popinot, juiz no tribunal do Sena. *Monsieur* e madame Thirion, oficial do gabinete do Rei, os amigos de Ragon e sua filha, que vai, dizem, casar-se com um dos filhos do primeiro casamento de *monsieur* Camusot.

---

111. Émilie de Fontaine, personagem fictício, protagonista de *O baile de Sceaux*. (N.E.)
112. Conde de Lacépède (1756-1825): naturalista e chanceler da Legião de Honra sob o Diretório, no Império e durante os Cem Dias. (N.E.)
113. Protez et Chiffreville: companhia parisiense fabricante e comerciante de produtos químicos. As famílias proprietárias, os Protez e os Chiffreville, são fictícias. Mencionadas também em *A musa do departamento* e *A busca do absoluto*. (N.E.)

— César, não esqueça o pequeno Horace Bianchon, o sobrinho de *monsieur* Popinot e primo de Anselme – disse Constance.

— Ah, claro! Césarine já botou um quatro ao lado dos Popinot. *Monsieur* e madame Rabourdin, o chefe do escritório de *monsieur* de La Billardière. *Monsieur* Cochin, do mesmo ministério, sua mulher e seus filhos, os comanditários dos Matifat, e *monsieur*, madame e *mademoiselle* Matifat, por falar nisso.

— Os Matifat – disse Césarine – pediram convites para *monsieur* e madame Colleville[114], *monsieur* e madame Thuillier[115], seus amigos, e os Saillard[116].

— Veremos – disse César. — Nosso corretor de câmbio, *monsieur* e madame Jules Desmarets.

— Ela vai ser a mais bela do baile! – disse Césarine. – Ela me agrada mais que qualquer outra.

— Derville e sua mulher.

— Bote então *monsieur* e madame Coquelin, os sucessores de meu tio Pillerault – disse Constance. – Eles esperam tanto ser convidados que a pobre mulher já mandou fazer em minha costureira uma soberba roupa de baile: abrigo de cetim branco, vestido de tule bordado com flores de chicória. Mais um pouco e ela mandaria fazer um vestido de prata, como se fosse à corte. Se não os convidarmos, teremos neles inimigos empedernidos.

— Bote, Césarine; nós temos de honrar o comércio, vamos honrá-lo. *Monsieur* e madame Roguin.

— Mamãe, madame Roguin vai botar seu colar de brilhantes, todos os seus diamantes e seu vestido de Malines.

— *Monsieur* e madame Lebas – disse César. – E o presidente do Tribunal de Comércio, sua mulher e suas duas filhas. Eu os esqueci no lugar das autoridades. *Monsieur* e madame Lourdois e sua filha. *Monsieur* Claparon, banqueiro, *monsieur*

---

114. Personagem fictício. Financista, funcionário do ministério das Finanças. (N.E.)

115. Louis-Gerôme Thuillier. Personagem fictício, que aparece também em *Os pequenos burgueses* e *Os funcionários*. (N.E.)

116. Personagem fictício, funcionário do ministério das Finanças. Aparece também em *Os funcionários*. (N.E.)

du Tillet, *monsieur* Grindot, *monsieur* Molineux, Pillerault e seu proprietário, *monsieur* e madame Camusot[117], os ricos *marchands* de seda, com todos os seus filhos, o da Escola Politécnica e o advogado.

– Ele vai ser nomeado juiz devido a seu casamento com *mademoiselle* Thirion[118], mas na província – disse Césarine.

– *Monsieur* Cardot, o sogro de Camusot, e todos os pequenos Cardot. Veja! E os Guillaume, da Rue du Colombier, o sogro de Lebas, dois velhos que vão ficar fazendo crochê. – Alexandre Crottat, Célestin...

– Papai, não esqueça *monsieur* Andoche Finot e *monsieur* Gaudissart, dois jovens muito úteis a *monsieur* Anselme.

– Gaudissart? Ele é um caso de polícia. Mas tudo bem; em alguns dias ele parte em viagem por nosso óleo, bote! Quanto a Andoche Finot, o que ele é nosso?

– *Monsieur* Anselme fala que ele devirá uma personagem, ele tem tanto espírito quanto Voltaire.

– Um escritor?! Todos ateus.

– Bote, papai, bote; precisamos de homens que dançam. Aliás, o belo prospecto de seu óleo é dele.

– Ele acredita em nosso óleo – disse César –, então bote, querida criança.

– Boto também meus protegidos – disse Césarine.

– Bote *monsieur* Mitral[119], meu oficial; *monsieur* Haudry[120], nosso médico, pró-forma, ele não vem.

– Ele vem jogar cartas – disse Césarine.

– Ah, sim! Espero, César, que você convide para o jantar o abade Loraux.

– Já lhe escrevi – disse César.

– Oh! Não esqueçamos a cunhada de Lebas, madame Augustine de Sommervieux – disse Césarine. – Pobrezinha! Ela está sofrendo muito, ela morre de tristeza segundo nos disse Lebas.

---

117. Personagens fictícios. (N.E.)
118. Personagem fictício, que depois de casada se chamará madame Camusot de Marville. Aparece também em *O gabinete das antiguidades* e *O primo Pons*. (N.E.)
119. Personagem fictício que aparece também em *Os funcionários*. (N.E.)
120. Personagem fictício. Médico parisiense. Aparece em *Os funcionários* e em *O avesso da história contemporânea*. (N.E.)

– Eis no que dá casar-se com artistas – exclamou o perfumista. – Veja, sua mãe dorme – disse muito baixo à sua filha. – Boa noite, madame César.

– Bem – disse César a Césarine –, e o vestido de sua mãe?

– Sim, papai, tudo estará pronto. Mamãe imagina só ter um vestido de crepe chinês, como o meu; a costureira está certa de não haver necessidade de prová-lo.

– Quantas pessoas? – disse César em voz alta, ao ver sua mulher reabrir as pálpebras.

– Cento e nove, contando os funcionários – disse Césarine.

– Onde vamos botar toda essa gente? – disse madame Birotteau. – Mas enfim, depois desse domingo – continuou, ingenuamente –, haverá uma segunda-feira.

Nada se pode fazer de forma simples com as pessoas que sobem de um estágio social a outro. Nem madame Birotteau, nem César, nem ninguém podia introduzir-se, sem pretexto algum, no primeiro andar. César prometera a Raguet, seu pau para toda obra, uma nova roupa para o dia do baile, se ele fosse um bom guarda e executasse bem as suas ordens. Birotteau, como o imperador Napoleão em Compiègne quando da restauração do castelo para seu casamento com Marie-Louise de Áustria, não desejava nada ver da obra em progresso, ele desejava gozar a *surpresa*. Esses dois velhos adversários encontraram-se mais uma vez, no avesso de suas vontades, não em um campo de batalha, mas no terreno da vaidade burguesa. *Monsieur* Grindot devia portanto agarrar César pela mão e mostrar-lhe o apartamento, da mesma forma como um cicerone mostra uma galeria a um curioso. Cada um, na casa, tinha, aliás, inventado *a sua surpresa*. Césarine, a querida criança, empregara todo o seu pequeno tesouro, cem luíses, na compra de livros para seu pai. *Monsieur* Grindot, certa manhã, confiara-lhe que haveria duas estantes de biblioteca, no quarto de seu pai, que viria a ter, segundo Grindot, aspecto de escritório: surpresa de arquiteto. Césarine lançara todas as suas economias de moça e de filha no balcão de um livreiro, para ofertar a seu pai: Bossuet, Racine, Voltaire, Jean-Jacques Rousseau, Montesquieu, Molière, Buffon,

Fénelon, Delille, Bernardin de Saint-Pierre, La Fontaine, Corneille, Pascal, La Harpe, enfim, essa biblioteca vulgar que se encontra em toda parte e que seu pai nunca leria. Aqui devia haver uma terrível despesa nas encadernações. O impontual e célebre encadernador Thouvenin[121], um artista, prometera entregar-lhe os livros no dia 16, ao meio-dia. Césarine confiara seu embaraço a tio Pillerault, e titio encarregara-se da despesa com as encadernações. A surpresa de César a sua mulher era um vestido de veludo cereja guarnecido de rendas, de que falara à sua filha e cúmplice. A surpresa de madame Birotteau para o novo cavaleiro consistia em um par de fivelas de ouro e em um solitário para prender a gravata. Por fim, havia, para toda a família, a surpresa da reforma, que devia seguir-se, na quinzena seguinte, pela imensa surpresa das contas a pagar.

César pesou refletidamente que convites deviam ser feitos pessoalmente e quais deviam ser levados por Raguet, à noite. Tomou uma carruagem, botou nela sua mulher desencantada por um chapéu de plumas e pelo último xale que lhe dera, de casimira, que ela desejara durante quinze anos. O casal de perfumistas, em grande pose, deu conta de 22 visitas em uma manhã.

César poupara à sua mulher as dificuldades que apresentava em casa a confecção burguesa dos diversos comestíveis exigidos pelo esplendor da festa. Um tratado diplomático fora feito entre o ilustre Chevet[122], vendedor de alimentos, e Birotteau. Chevet fornecia uma soberba prataria, de aluguel tão caro quanto o de uma fazenda pastoral; fornecia o jantar, os vinhos, as pessoas do serviço, comandadas por um *maître* de hotel de conveniente aspecto, todos responsáveis por suas ações e gestos. Chevet demandava a cozinha e a sala de jantar da sobreloja para ali estabelecer seu quartel-general, pois não podia servir um jantar a vinte pessoas às seis horas e à uma da manhã uma magnífica ceia. Birotteau entendera-se com o café de Foy em relação aos gelados de frutas, servidos em belas taças, colheres douradas, bandejas de prata. A confeitaria Tanrade, na moda, forneceria os refrescos.

---

121. Joseph Thouvenin (1790-1834), encadernador famoso. (N.E.)
122. Germain-Charles Chevet (?-1832), jardineiro e, posteriormente, proprietário de lojas de gêneros alimentícios de luxo. (N.E.)

– Fique tranqüila – disse César à sua mulher, ao vê-la um pouco inquieta, na antevéspera –, Chevet, Tanrade e o café de Foy vão ocupar a sobreloja, Virginie cuidará do segundo andar, a loja estará bem fechada. Só teremos de posar no primeiro andar.

No dia 16, às duas horas, *monsieur* de La Billardière veio pegar César para levá-lo à chancelaria da Legião de Honra, onde seria recebido como cavaleiro pelo *monsieur* conde de Lacépède e uma dezena de outros cavaleiros. O prefeito encontrou o perfumista com lágrimas nos olhos: Constance acabava de fazer-lhe a surpresa das fivelas de ouro e do solitário.

– É bem suave ser amado assim – disse ele, subindo à carruagem, na presença dos funcionários reunidos, de Césarine e de Constance.

Todos eles olhavam César em calça de seda negra, meias de seda e o novo casaco azul-claro onde ia brilhar a condecoração que, segundo Molineux, era umedecida em sangue. Quando César voltou para casa, para jantar, estava pálido de alegria, olhava a sua cruz em todos os espelhos, pois em sua primeira embriaguez não se contentou com a condecoração, encheu-se de glória, sem falsa modéstia.

– Minha mulher – disse César –, *monsieur* o Grande Chanceler é um homem encantador; a uma palavra de La Billardière, ele aceitou meu convite. Ele vem com *monsieur* Vauquelin. *Monsieur* de Lacépède é um grande homem, sim, tanto quanto *monsieur* Vauquelin; ele escreveu quarenta volumes! Mas também é um escritor par de França. Não esqueçamos de lhe falar: Vossa Senhoria, ou *monsieur* o conde.

– Mas então coma – disse-lhe sua mulher. – Ele é pior que uma criança, seu pai – disse Constance a Césarine.

– Como isso fica bem em sua lapela – disse Césarine. – Vão apresentar-lhe as armas, nós sairemos juntos.

– Vão apresentar-me armas em toda parte onde houver soldados.

Nesse momento, Grindot desceu com Braschon. Depois de jantar, *monsieur*, madame e *mademoiselle* podiam gozar do primeiro olhar aos apartamentos reformados, o primeiro funcionário de Braschon acabava de pregar alguns cabides, e três homens acendiam as velas.

– São necessárias 120 velas – disse Braschon.

– Uma conta de duzentos francos na casa de Trudon – disse madame César –, cujas queixas foram suspensas por um olhar do cavaleiro Birotteau.

– Sua festa será magnífica, *monsieur* – disse Braschon.

Birotteau disse a si mesmo:

"Já os lisonjeadores! O abade Loraux bem que me comprometeu a não cair em suas armadilhas e a permanecer modesto. Eu me lembrarei de minha origem".

César não compreendeu o que desejava falar o rico tapeceiro da Rue Saint-Antoine. Braschon fez onze tentativas inúteis para convidar-se a si mesmo, à mulher, à filha, à sogra e à tia. E veio a ser inimigo de Birotteau. Ao limiar da porta, não o chamava mais de *monsieur*.

Começou o ensaio geral. César, Constance e Césarine saíram da loja e entraram em casa através da rua. A porta da casa tinha sido refeita em grande estilo, com dois batentes, divididos em partes iguais e quadradas, e no centro um adorno arquitetural de ferro fundido e pintado. Essa porta, que veio a ser tão comum em Paris, era então grande novidade. Ao fundo do vestíbulo, via-se a escadaria dividida em duas rampas retas, entre as quais se encontrava aquele pedestal a inquietar Birotteau, a formar uma espécie de balcão onde se podia alojar uma velha. Esse vestíbulo pavimentado em mármore branco e negro iluminava-se por uma lâmpada antiga a quatro bicos. O arquiteto unira a riqueza à simplicidade. Estreito tapete vermelho relevava a brancura dos degraus em lioz polido com pedra-pome. Um primeiro patamar dava entrada à sobreloja. A porta dos apartamentos era do gênero da porta para a rua, mas em marcenaria.

– Que graça! – disse Césarine. – E, entretanto, não há nada a surpreender o olhar.

– Precisamente, *mademoiselle*, a graça vem da simetria exata entre os estilobatos, os plintos, as cornijas e os adornos; depois, eu nada dourei, as cores são sóbrias e não ofertam tons surpreendentes.

– É uma ciência – disse Césarine.

Todos entraram então em uma antecâmara de bom gosto, parquetada, espaçosa, decorada com simplicidade. A seguir vinha um salão com três janelas para a rua, vermelho e branco, com cornijas igualmente perfiladas, de pinturas finas, onde nada feria o olhar. Sobre uma lareira em mármore branco e colunas havia um adorno escolhido com gosto, a nada ofertar de ridículo e a combinar com os demais detalhes. Ali reinava a suave harmonia que só os artistas sabem criar ao elaborar um sistema de decoração a englobar até os acessórios singulares e que os burgueses ignoram, mas que os surpreende. Um lustre de 24 velas fazia resplandecer as cortinas de seda vermelha, o assoalho tinha um ar excitante que levou Césarine a dançar. Uma alcova alva e verde dava passagem para o gabinete de César.

– Coloquei aqui uma cama – disse Grindot, abrindo as portas de uma alcova habilmente oculta entre as duas bibliotecas. – O senhor ou madame podem ficar doentes, e então cada um em seu quarto.

– Mas esta biblioteca guarnecida de livros encadernados. Oh! Minha mulher! Minha mulher! – disse César.

– Não, esta é a surpresa de Césarine.

– Perdoe a emoção de um pai – disse César ao arquiteto, beijando sua filha.

– Esteja à vontade, à vontade, *monsieur* – disse Grindot. – O senhor está em sua casa.

Nesse gabinete dominavam as cores sombrias, relevadas por adornos verdes, pois as mais hábeis transições da harmonia ligavam, uma à outra, todas as peças da casa. Assim, a cor dominante em uma peça servia de adorno à outra, e vice-versa. A gravura de *Hero e Leandro* brilhava sobre uma almofada no gabinete de César.

– Você, você vai pagar por tudo isto – disse alegremente Birotteau.

– Esta bela gravura lhe é dada por *monsieur* Anselme – disse Césarine.

Anselme também se permitira uma surpresa.

– Pobre criança, ele fez o que fiz para *monsieur* Vauquelin.

O quarto de madame Birotteau vinha a seguir. Nele o arquiteto desdobrara as magnificências de natureza a agradar a brava gente que ele desejava dominar, pois ele mantivera a sua palavra, estudando essa *restauração*. O quarto estendia-se em seda azul, com adornos brancos, a cama era forrada de casimira branca, com adornos azuis. Na lareira em mármore branco, o pêndulo representava Vênus sentada em belo bloco de mármore; um belo tapete de lã, com desenho turco, unia esta peça ao quarto de Césarine, que se estendia em estampas e era muito insinuante: um piano, um belo armário espelhado, uma pequena cama casta com cortinas simples e todos os pequenos móveis amados pelas jovens. A sala de jantar era atrás do quarto de Birotteau e do quarto de sua mulher, e nela se entrava pelas escadas. Era do gênero chamado Luís XIV, com o pêndulo de Boulle, os armários de cobre e madrepérola, as paredes estendidas em estofo com pregos dourados. Impossível descrever a alegria do trio, sobretudo quando, voltando a seu quarto, madame Birotteau encontrou sobre sua cama seu vestido de veludo cereja ornado de rendas que lhe ofertava seu marido e que Virginie trouxera voltando na ponta dos pés.

– *Monsieur*, esta casa o honrará muito – disse Constance a Grindot. – Receberemos cento e tantas pessoas amanhã à noite, e o senhor colherá os elogios de todo o mundo.

– Eu o recomendarei – disse César. – O senhor verá a nata do comércio, e em uma só noite será mais conhecido do que se tivesse construído cem casas.

Constance, comovida, não pensava mais nas despesas, nem em criticar seu marido. Eis por quê. De manhã, ao trazer *Hero e Leandro*, Anselme Popinot, a quem Constance concedia alta inteligência e grande capacidade, afirmara-lhe o sucesso do *Óleo cefálico*, no qual trabalhava com uma dedicação sem exemplo. O apaixonado prometera que, apesar da altura das cifras a que se elevariam as loucuras de Birotteau, em seis meses essas despesas estariam cobertas pelos lucros dados pelo óleo. Depois de tremer por dezenove anos, era tão suave livrar-se a um só dia de alegria, que Constance prometeu à filha não envenenar a felicidade do marido através de alguma reflexão e que se deixaria levar inteiramente. Quando, às onze horas, *monsieur* Grindot deixou seus clientes, ela se lançou ao pescoço de seu marido e verteu algumas lágrimas de contentamento, afirmando:

– César! Ah! Você me deixa muito louca e muito feliz.

– Contanto que isso dure, não é? – disse César, sorrindo.

– Isto vai durar, não tenho mais temores – disse madame Birotteau.

– Em tempo – disse o perfumista –, enfim você me aprecia.

As pessoas grandes o bastante para reconhecer suas fraquezas vão confessar que uma pobre órfã que, dezoito anos antes, era a principal vendedora no *Petit Matelot*, na Île de Saint-Louis, e que um pobre camponês, vindo de Touraine a Paris, com um bastão na mão, a pé, em sapatos ferrados, eram dois seres que deviam estar lisonjeados e felizes por dar semelhante festa com tão louváveis motivos.

– Meu Deus, eu bem que perderia cem francos – disse César – para que chegasse uma visita.

– Eis o abade Loraux – disse Virginie.

O abade Loraux mostrou-se. Esse padre era então vigário de Saint-Sulpice. Jamais a onipotência da alma se revelou melhor que nesse santo padre, cujo comércio deixou profundas marcas na memória de todos os que o conheceram. Sua face carrancuda, feia a ponto de desfazer a confiança, tornara-se sublime pelo exercício das virtudes católicas: nela brilhava antecipadamente um esplendor celeste. Uma candura disseminada no sangue harmonizava seus traços desgraciosos, e o fogo da caridade purificava suas linhas incorretas por meio de um fenômeno contrário ao que, em Claparon, havia tudo animalizado, degradado. Em suas rugas representavam-se as graças das três belas virtudes humanas: a esperança, a fé, a caridade. Sua fala era suave, lenta e penetrante. Sua roupa era a dos padres de Paris, ele se permitia uma sobrecasaca sombria. Ambição alguma deslizara naquele coração puro, que os anjos devem ter levado a Deus em sua primitiva inocência. Foi necessária a suave violência da filha de Luís XVI para levar o abade Loraux a aceitar um cargo em Paris, e ainda um dos mais modestos. Ele lançou um olhar inquieto a todas essas magnificências, sorriu a esses três comerciantes encantados e oscilou a cabeça embranquecida.

– Meus filhos – disse-lhes –, meu papel não é o de assistir a festas, mas o de consolar aos aflitos. Venho agradecer a *monsieur* César, felicitá-los. Só desejo vir aqui para uma única festa, o casamento desta bela criança.

Quinze minutos depois, o abade retirou-se, sem que o perfumista ou sua mulher ousassem mostrar-lhe os apartamentos reformados. Essa aparição grave lançou algumas frias gotas na fervilhante alegria de César. Cada um deitou-se em seu luxo, tomando posse dos bons e belos móveis que tanto desejara. Césarine despiu sua mãe ante uma toalete em espelhos e mármore branco. César dera-se alguns supérfluos que desejava usar imediatamente. Todos adormeceram representando-se antecipadamente as alegrias do amanhã. Depois de terem ido à missa e lido suas vésperas, Césarine e Constance vestiram-se às quatro horas, depois de entregar a sobreloja ao braço secular da gente de Chevet. Jamais toalete caiu melhor em madame César que o vestido de veludo cereja, adornado em rendas, de mangas curtas ornadas de cavalos: seus belos braços, ainda jovens e frescos, seu peito brilhante de brancura, seu pescoço, seus ombros, suas espáduas de tão belo desenho realçavam-se nesse rico vestido e nessa magnífica cor. O ingênuo contentamento que toda mulher experimenta ao ver-se em toda a sua potência deu não sei que suavidade ao perfil grego da perfumista, de beleza a aparecer em toda a sua fineza de camafeu. Césarine, vestida em crepe branco, tinha uma coroa de rosas brancas na cabeça, uma rosa ao lado; uma echarpe cobria-lhe castamente as espáduas e os seios; ela deixou Popinot louco.

– Estas pessoas nos esmagam – disse madame Roguin a seu marido, percorrendo a casa.

A tabeliã estava furiosa por não ser tão bela quanto madame César, pois toda mulher sempre sabe por si mesma se a rival lhe é superior ou inferior.

– Ora! Isto não durará muito tempo, e em breve você jogará lama nesta pobre mulher, ao vê-la a pé, nas ruas, e arruinada! – disse Roguin, baixo, à sua mulher.

Vauquelin foi de uma perfeita graça, veio com *monsieur* de Lacépède, seu colega no Instituto, que foi buscá-lo de carruagem. Ao ver a resplandecente perfumista, os dois sábios caíram nos elogios científicos.

– A senhora tem, madame, um segredo que a ciência ignora, para permanecer assim tão jovem e tão bela – disse o químico Vauquelin.

– O senhor está aqui como em sua casa, *monsieur* acadêmico – disse Birotteau. – Sim, *monsieur* conde – continuou, voltando-se ao Grande Chanceler da Legião de Honra –, devo minha fortuna a *monsieur* Vauquelin. Tenho a honra de apresentar, a Vossa Senhoria, *monsieur* presidente do Tribunal de Comércio. É *monsieur* conde de Lacépède, um homem ímpar e par de França, um dos grandes homens de nossa pátria; ele escreveu quarenta volumes – disse César a Joseph Lebas, que acompanhava o presidente do tribunal.

Os convivas foram pontuais. O jantar foi o que são os jantares de comerciantes, extremamente alegre, cheio de bonomia, historiado por grandes cadeiras, brincadeiras que sempre fazem rir. A excelência dos pratos e a qualidade dos vinhos foram muito apreciadas. Quando a sociedade entrou nos salões para tomar o café eram nove e meia. Algumas carruagens haviam trazido impacientes dançarinas. Uma hora depois, o salão estava cheio, e o baile tomou um ar de animação. *Monsieur* de Lacépède e *monsieur* Vauquelin foram-se, para grande desespero de Birotteau, que os seguiu até às escadarias suplicando-lhes para ficar, mas em vão. Conseguiu manter *monsieur* Popinot, o juiz, e *monsieur* de La Billardière. À exceção de três mulheres que representavam a Aristocracia, a Finança e a Administração – *mademoiselle* de Fontaine, madame Jules, madame Rabourdin[123] –, de brilhante beleza, gestos e maneiras a roubar a reunião, as outras mulheres ofertavam ao olhar toaletes pesadas, sólidas, um quê demasiadamente novo-rico que dá às massas burguesas um aspecto comum, que a leveza, a graça daquelas três mulheres ressaltava cruelmente.

A burguesia da Rue Saint-Denis ostentava-se majestosamente mostrando, em toda a sua plenitude, seus direitos de palhaços burgueses. E era bem essa burguesia que vestia seus filhos como lanceiros, ou como guardas nacionais, que comprava *Vitórias e conquistas*[124], *O soldado trabalhador*[125], admirava

---

123. Personagem fictício. Aparece também em *Os pequenos burgueses*. (N.E.)
124. Livro de autoria dos generais Beauvais, Thiébaut e Parisot, publicado em 1817. (N.E.)
125. Temática muito em voga na época e quadro de Horace Vernet. (N.E.)

O enterro do pobre[126], rejubilava-se nos dias de guarda, ia no domingo à casa própria no campo, inquietava-se em ter um ar distinto, sonhava com as honras municipais; essa burguesia ciumenta de tudo, e todavia boa, prestativa, devotada, sensível, complacente, a escrever abaixo-assinados em favor dos filhos do general Foy e em favor dos gregos cujas piratarias desconhecia, em favor do Campo de Asilo quando este não existe mais, enganada por suas virtudes e ridicularizada por seus defeitos por uma sociedade que nem a vale, pois ela tem coração precisamente porque ignora as conveniências; essa virtuosa burguesia que cria as filhas cândidas inimigas do trabalho, cheias de qualidades que o contato com as classes superiores diminui logo que elas nelas se lançam, essas filhas sem espírito entre as quais o bom homem Crisaldo[127] teria tomado a sua mulher; enfim, uma burguesia admiravelmente representada pelos Matifat, os droguistas da Rue des Lombards, cuja casa fornecia a *Rainha das Rosas* há sessenta anos.

Madame Matifat, que desejava dar-se um ar de dignidade, dançava com um turbante e vestida em uma pesada roupa de tecido lamê dourado, toalete em harmonia com um ar altivo, um nariz romano e os esplendores de uma cútis carmesim. *Monsieur* Matifat, tão soberbo em uma revista na Guarda Nacional, onde se percebia a cinqüenta passos sobre o seu ventre saliente brilhavam a corrente de seu relógio e sua porção de berloques, era dominado por essa Catarina II de balcão. Gordo e baixo, adornado de óculos, colarinho da camisa à altura do cerebelo, fazia-se notar por sua voz de baixo e pela riqueza de seu vocabulário. Jamais falava *Corneille*, mas *o sublime Corneille!* Racine era o suave Racine. Voltaire! Oh! Voltaire, o segundo em todos os gêneros, mais espírito que gênio, mas, todavia, homem de gênio! Rousseau, espírito obscuro, homem dotado de orgulho que terminou por enforcar-se. Ele contava pesadamente as anedotas vulgares sobre Piron, o licencioso, que passa por um homem prodigioso nos meios burgueses. Matifat, apaixonado pelos atores, tinha uma leve tendência à obsceni-

---

126. Quadro do pintor Vigneron, que Balzac torna a citar em *Os funcionários*. (N.E.)
127. Personagem de *As eruditas*. (N. T.)

dade, pois, a exemplo do bom Cardot, antecessor de Camusot, e do rico Camusot, mantinha uma amante. Às vezes, madame Matifat, vendo-o pronto a contar uma anedota, falava-lhe:

– Meu gordo, presta atenção no que vai falar.

Ela o chamava familiarmente de seu gordo. Essa volumosa rainha das drogas fez *mademoiselle* de Fontaine perder sua continência aristocrática: a orgulhosa jovem não pôde impedir-se de sorrir ao ouvi-la falar a Matifat:

– Não se lance aos gelados, meu gordo! Não é fino.

É mais difícil explicar a diferença que distingue a sociedade da burguesia do que à burguesia transcendê-la. Essas mulheres, incomodadas por suas roupas, sabiam-se endomingadas e deixavam ver ingenuamente uma alegria a provar que o baile era uma raridade em sua vida ocupada; enquanto as três belas exprimiam, cada uma, uma esfera do mundo e apresentavam-se como deviam apresentar-se no dia seguinte, sem o ar de terem se vestido expressamente para o baile, e não se contemplavam nas maravilhas inabituais de seus enfeites, e comportavam-se naturalmente, sem a artificialidade burguesa, e não se inquietavam com seus efeitos, tudo estava pronto desde que, diante de seus espelhos, elas tinham lançado a última mão à obra de sua toalete de baile; suas figuras não revelavam nada de excessivo, elas dançavam com a graça e a desenvoltura que gênios desconhecidos deram a algumas estátuas antigas. As demais, ao contrário, marcadas pelo estigma do trabalho, mantinham suas poses vulgares e divertiam-se muito; seus olhares eram inconsideradamente curiosos, suas vozes não conservavam esse leve murmúrio que dá às conversas do baile um picante inimitável; elas não tinham, sobretudo, a séria impertinência que contém o epigrama em germe, nem essa tranquila atitude com que se reconheciam as pessoas habituadas a conservar um grande domínio sobre si mesmas. Assim, madame Rabourdin, madame Jules e *mademoiselle* de Fontaine, que se prometeram uma alegria infinita nesse baile de perfumista, destacavam-se de toda burguesia por suas graças suaves e despreocupadas, pelo gosto requintado de suas toaletes e pelos seus jogos e gestos desembaraçados, como os três principais atores da Ópera destacam-se sobre a pesada cavalaria dos comparsas. Elas eram observadas por olhares surpresos, ciumentos. Madame Roguin,

Constance e Césarine formavam como um elo a ligar as figuras comerciais a esses três tipos da aristocracia feminina. Como em todos os bailes, chegou um momento de animação em que as torrentes de luz, a alegria, a música e o ritmo da dança causaram uma ebriedade que eclipsou essas nuances no *crescendo* do *tutti*. O baile ia tornar-se ruidoso, *mademoiselle* de Fontaine desejou se retirar; mas, quando ela buscou o braço do venerável vendeano, Birotteau, sua mulher e sua filha acorreram para impedir a deserção de toda a aristocracia de sua assembléia.

– Há nesta casa um perfume de bom gosto que verdadeiramente me surpreende – disse a impertinente jovem ao perfumista –, e eu o cumprimento por isso.

Birotteau estava tão embriagado pelas felicitações públicas que não compreendeu; mas sua mulher enrubesceu e não soube o que responder.

– Eis uma festa nacional que o honra – falava-lhe Camusot.

– Raramente vi um baile tão belo – falava *monsieur* de La Billardière, a quem uma mentira oficiosa nada custava.

Birotteau levava todos os cumprimentos a sério.

– Que maravilhoso conjunto! E a boa orquestra! Sempre nos dará bailes? – falava-lhe madame Lebas.

– Que casa encantadora! É de seu gosto? – falava-lhe madame Desmarets.

Birotteau ousou mentir, deixando-a acreditar que ele era o organizador das reformas.

Césarine, que devia ser convidada para todas as contradanças, viu como havia delicadeza em Anselme.

– Se eu só ouvisse meu desejo – disse-lhe ao ouvido, ao sair da mesa –, eu lhe pediria o favor de me conceder uma contradança; mas minha felicidade custaria muito caro a nosso mútuo amor-próprio.

Césarine, que achava que os homens andavam sem graça quando se mantinham eretos em suas duas pernas, desejou abrir o baile com Popinot. Popinot, encorajado por sua tia, que o mandara ousar, ousou falar de seu amor a essa encantadora jovem durante a contradança, mas servindo-se de volteios a que aderem os amantes tímidos.

– Minha fortuna depende de vós, *mademoiselle*.
– E como?
– Só há uma esperança que possa me levar a fazê-la.
– Espere.
– Sabe bem tudo o que acaba de falar em uma única palavra? – disse Popinot.
– Espere a fortuna – disse Césarine, em um sorriso de malícia.
– Gaudissart! Gaudissart! – disse, depois da contradança, Anselme a seu amigo, pressionando-lhe o braço com uma força de Hércules. – Triunfa, ou estouro os miolos. Triunfar é casar com Césarine, ela me disse, e veja como ela é bela!
– Sim, ela está belamente vestida – disse Gaudissart – e rica. Vamos fritá-la no óleo.

O bom entendimento entre *mademoiselle* Lourdois e Alexandre Crottat, sucessor designado de Roguin, foi percebido por madame Birotteau, que não renunciou sem vivas penas a fazer de sua filha a mulher de um tabelião de Paris. Tio Pillerault, que trocara uma saudação com o pequeno Molineux, foi estabelecer-se em uma poltrona junto à biblioteca: olhou os atores, ouviu as conversas, veio de tempos em tempos ver, à porta, os arranjos de flores agitadas formados pelas cabeças dos dançarinos de molinete. Sua continência era a de um verdadeiro filósofo. Os homens eram terríveis, à exceção de du Tillet, que já tinha as maneiras mundanas; do jovem La Billardière, pequeno em voga, elegante; de *monsieur* Jules Desmarets e dos personagens oficiais. Mas, entre todas as figuras mais ou menos cômicas a quem essa assembléia devia seu caráter, encontrava-se uma particularmente apagada como uma moeda republicana de cinco francos, mas que as vestes tornavam curiosa. Adivinhem, o tirano da Cour Batave, adornado em roupa branca amarelada no armário, exibindo aos olhares um peitilho de renda herdado, preso por um camafeu azulado, com calças curtas de seda negra que traíam as pernas, palitos onde ele tinha a audácia de repousar. César mostrou-lhe triunfalmente as quatro peças criadas pelo arquiteto no primeiro andar de sua casa.

– Eh, eh! Isso é consigo, *monsieur* – disse-lhe Molineux.
– Meu primeiro andar assim adornado valerá mais de mil escudos.

Birotteau respondeu por uma brincadeira, mas foi atingido como por uma agulha pela forma de falar com que o velhote pronunciara a frase.

"Logo voltarei a meu primeiro andar, este homem se arruína!" – tal era o sentido da palavra *valerá* que Molineux lançou em garras afiadas.

A figura pálida e o olhar assassino do proprietário chocaram du Tillet, cuja atenção havia sido a princípio excitada por uma corrente de relógio que sustentava uma libra de diversos berloques sonoros, e por um traje verde mesclado de branco, com colete bizarramente decotado, que davam ao velho o ar de uma serpente sonora. O banqueiro foi, portanto, interrogar o pequeno usurário para saber por que acaso tanto se alegrava.

– Aqui, *monsieur* – disse Molineux, pondo um pé na alcova –, eu me encontro na propriedade do conde de Grandville; mas aqui – disse, mostrando o outro pé – encontro-me na minha; pois eu sou o proprietário desta casa.

Molineux mostrava-se tão complacente a quem o ouvia que, encantado com o ar atento de du Tillet, esboçou-se, contou seus hábitos, as insolências de *monsieur* Gendrin e seus acordos com o perfumista, sem os quais o baile não teria lugar.

– Ah! *Monsieur* César pagou-lhe os aluguéis – disse du Tillet –, nada é mais contrário a seus hábitos.

– Oh! Eu lhe pedi, eu sou tão bom com meus locatários!

"Se o pai Birotteau falir", pensou du Tillet, "este pequeno ridículo será certamente um excelente síndico. Sua mesquinhez é preciosa; ele deve, como Domiciano, o imperador romano, divertir-se a matar moscas quando está sozinho em casa."

Du Tillet foi lançar-se ao jogo, onde já se encontrava Claparon, por ordem sua: pensara que, sob o anteparo das cartas, seu semblante de banqueiro se furtaria a todo exame. A continência de um em face de outro foi tanto a de dois estranhos que o homem mais desconfiado nada poderia descobrir que desvelasse o acordo entre ambos. Gaudissart, que conhecia a fortuna de Claparon, não ousou abordá-lo, ao receber do rico caixeiro-viajante o olhar solenemente frio de um novo-rico que não deseja ser saudado por um camarada. O baile, como fogos de artifício, extinguiu-se às cinco da manhã. Por essa hora, das cento e tantas carruagens que enchiam a Rue Saint-Honoré, restavam cerca de quarenta. A essa hora, dançava-se a *boulangère* e os cotilhões, que mais tarde foram destronados pelo galope inglês. Du Tillet, Roguin, Cardot filho, o conde de Grandville e Jules Desmarets jogavam cartas. Du Tillet ganhava três mil francos. Os raios da aurora chegaram, empalideceram as velas, e os jogadores assistiram à última contradança. Nessas casas burguesas, a alegria suprema não acontece sem alguns excessos. As personagens imponentes já partiram; a ebriedade do movimento, o calor comunicante do ar, os espíritos ocultos nas bebidas mais inocentes abrandaram as calosidades das velhas que, por complacência, entram nas quadrilhas e prestam-se à loucura de um momento; os homens estão quentes, os cabelos caem sobre suas faces e lhes dão grotescas expressões que provocam o riso; as jovens devêm leves, levianas, algumas flores caíram de seus cabelos. O Momo burguês aparece, seguido de suas farsas! Os risos explodem, todos entregam-se à brincadeira, pensando que amanhã o trabalho retomará os seus direitos. Matifat dançava com um chapéu de mulher na cabeça; Célestin entregava-se a caricaturas. Algumas damas batiam as mãos exageradamente quando o ordenava a figura dessa interminável dança.

– Como eles se divertem! – falava o feliz Birotteau.

– Contanto que eles não quebrem nada – disse Constance a seu tio.

– O senhor deu o mais magnífico baile que já vi, e eu já vi muitos – disse du Tillet a seu ex-patrão, a saudá-lo.

Entre as nove sinfonias de Beethoven, há uma fantasia, grande como um poema, que domina o final da sinfonia em dó menor[128]. Quando, depois das lentas preparações do sublime mágico, tão bem compreendido pelo maestro Habeneck, um gesto do maestro entusiasta levanta a rica tela desta decoração, chamando de seu arco o encantador motivo rumo ao qual todas as potências musicais convergiram, os poetas de coração palpitante então compreenderão que o baile de Birotteau, *gran finale* de sua bela época, provocava em sua vida o efeito que provoca

---

128. A quinta sinfonia de Beethoven. Mas Balzac também tem em mente a sexta sinfonia, a Pastoral, que o escritor bem compreende em carta à sua nobre amada. (N.T.)

em suas almas esse fecundo motivo, ao qual a sinfonia em dó deve talvez sua supremacia sobre suas brilhantes irmãs. Uma fada radiante lança-se com sua varinha mágica. Ouve-se o rumor das cortinas de seda púrpura que anjos levantam. Portas de ouro esculpidas como as do batistério florentino giram em seus gonzos de diamante. O olhar abisma-se em visões esplêndidas, abarca filas de palácios maravilhosos de onde deslizam seres de natureza superior. O incenso das prosperidades fumega, o altar da alegria flameja, um ar perfumado circula! Seres em sorrisos divinos, vestidos em túnicas brancas bordadas de azul, passam levemente sob os seus olhos, mostrando-lhe figuras de beleza superumana, formas de delicadeza infinita. Os amores voam expandindo as chamas de suas tochas! Você se sente amado, você é feliz, de uma alegria que você aspira sem compreendê-la, você se banha nos fluxos dessa harmonia que jorra e verte em cada um a ambrosia que escolheu. Você é atingido em seu coração em suas secretas esperanças que se realizam por um momento. Depois de você passear nos céus, o encantador, pela profunda e misteriosa transição dos baixos, mergulha-o na areia movediça das realidades frias, para tirá-lo quando lhe deu sede de suas divinas melodias, e sua alma grita: Mais! A história psíquica do mais brilhante ponto desse belo final é a das emoções prodigalizadas por essa festa a Constance e a César. O flautista Collinet compôs com sua flauta o final de sua sinfonia comercial.

Fatigados mas felizes, os três Birotteau adormeceram pela manhã com os ecos da festa que, em construções, reparos, mobílias, consumações, toaletes e biblioteca reembolsada a Césarine elevava-se, sem que César desconfiasse, a sessenta mil francos. Eis o preço da fatal condecoração vermelha colocada pelo rei na lapela de um perfumista. Se acontecesse uma desgraça a César Birotteau, esta louca despesa bastaria para condená-lo à justiça da polícia correcional. Um negociante encontra-se no caso de simples bancarrota, se faz despesas consideradas excessivas. É talvez mais terrível ir em sexto tribunal por ninharias, bagatelas inocentes ou inabilidades que em outro tribunal por fraude imensa. Aos olhos de certas pessoas, mais vale ser criminoso do que tolo.

II
César e a luta contra a desgraça

Oito dias depois dessa festa, última chama do fogo de palha de uma prosperidade de dezoito anos próxima a extinguir-se, César olhava os passantes, através das vidraças de sua butique, imaginando a extensão de seus negócios, que ele já achava tão pesados! Até então, tudo havia sido simples em sua vida: ele fabricava e vendia ou comprava para revender. Agora, o negócio dos terrenos, sua participação na casa A. POPINOT E COMPANHIA, o reembolso de 160 mil francos de dívidas na praça – que iriam precisar ou de negociações de títulos que desagradariam à sua mulher ou de sucessos inéditos na casa Popinot – aterravam esse pobre homem pela multiplicidade das idéias; ele sentia na mão mais novelos de lã do que podia segurar. Como Anselme comandaria seu barco? Birotteau tratava Popinot como um professor de retórica traça um aluno, desconfiava de seus meios, lamentava não estar por trás dele. O pontapé que lhe havia dado para fazê-lo calar-se na casa de Vauquelin explica os temores que o jovem negociante inspirava ao perfumista. Birotteau guardava-se para não deixar-se adivinhar por sua mulher, sua filha ou seus funcionários; mas sentia-se então como simples barqueiro do rio Sena a quem, por acaso, um ministro teria dado o comando de uma esquadra. Esses pensamentos formavam-se como nevoeiro em sua inteligência pouco acostumada à meditação, e ele permanecia de pé, buscando ver entre a névoa. Nesse momento, apareceu na rua uma figura pela qual ele experimentava violenta antipatia, a de seu segundo senhorio, o pequeno Molineux. Todo mundo já teve sonhos plenos de eventos que representam uma vida inteira, em que retorna um ser fantástico cheio de más ações, o traidor da peça. Molineux parecia, a Birotteau, encarregado pelo acaso de um papel análogo em sua vida. Essa figura tinha feito caras feias no meio da festa, espiando as suntuosidades com olhar de ódio. Revendo-o, César lembrou-se fortemente das impressões provocadas por este pequeno *pão-duro* (uma palavra de seu vocabulário), e Molineux o fez experimentar nova repulsa, mostrando-se, súbito, no meio de seu devaneio.

– *Monsieur* – disse o pequeno homem com sua voz atrozmente anódina –, fechamos o negócio tão velozmente que o senhor esqueceu de aprovar a escritura em nosso pequeno contrato.

Birotteau tomou o contrato para reparar o esquecimento. O arquiteto entrou, saudou o perfumista, rodou diplomaticamente ao redor dele.

– *Monsieur* – disse-lhe finalmente ao pé do ouvido –, sabe como é difícil o começo em uma profissão; o senhor está contente comigo, me faria um grande favor pagando-me meus honorários.

Birotteau, que se desguarnecera gastando os cheques e o dinheiro, disse a Célestin para fazer uma letra de dois mil francos a três meses de prazo e preparar um recibo.

– Eu ficaria muito feliz se o senhor ficasse com a parte alugada ao vizinho – disse Molineux, em ar veladamente alegre. – Meu porteiro veio prevenir-me esta manhã que o juiz de paz selou a casa, em virtude do desaparecimento do senhor Cayron.

"Contanto que não me tomem meus cinco mil francos", pensou Birotteau.

– Ele passava por estar muito bem de negócios – disse Lourdois, que acabava de entrar para entregar sua conta ao perfumista.

– Um comerciante só se encontra ao abrigo dos revezes quando se aposenta – disse o pequeno Molineux, dobrando seu contrato com minuciosa regularidade.

O arquiteto examinou esse pequeno velho com o prazer que todo artista experimenta ao ver uma caricatura que confirma suas opiniões sobre os burgueses.

– Quando se tem a cabeça sob um guarda-chuva, pensa-se geralmente que ela está coberta, se chove – disse o arquiteto.

Molineux estudou muito mais o bigode e a pêra do que a figura do arquiteto, ao olhá-lo, e desprezou-o tanto quanto *monsieur* Grindot o desprezava; e permaneceu para arranhá-lo ao sair. À força de viver com seus gatos, Molineux tinha em suas maneiras e em seus olhos algo da raça felina.

Nesse momento, Ragon e Pillerault entraram.

– Falamos de nosso negócio ao juiz – disse Ragon ao ouvido de César –, e ele acha que, em uma especulação desse gênero, precisamos de uma quitação dos vendedores e completar os atos, a fim de sermos todos realmente proprietários indivisos.

– Ah! o senhor está no negócio da Madeleine – disse Lourdois –, fala-se nele, haverá casas a construir!

O pintor, que viera para receber rapidamente, achou de seu interesse não apressar o perfumista.

– Trouxe a conta por ser final de ano – disse, ao pé do ouvido de César –, não estou precisando de nada.

– Pois bem, que tem você, César? – disse Pillerault, notando a surpresa do sobrinho que, aterrado à vista da conta, não respondia nem a Ragon, nem a Lourdois.

– Ah! Uma ninharia, descontei cinco mil francos em letras do comerciante de guarda-chuvas meu vizinho, que faliu. Se ele me deu títulos que não compensam, fui enganado como um tolo.

– Entrementes, há muito tempo lhe disse – exclamou Ragon: – quem se afoga se agarraria à perna de seu pai para salvar-se e o afoga consigo. Observei tantas falências! Não se é precisamente canalha, no princípio do desastre, mas vem-se a ser canalha por necessidade.

– É verdade – disse Pillerault.

– Ah! Se alguma vez eu chegar à Câmara dos Deputados, ou se eu tiver alguma influência no governo... – disse Birotteau, elevando-se na ponta dos pés e recaindo sobre seus calcanhares.

– O que o senhor faria? – disse Lourdois. – Pois o senhor é um sábio.

Molineux, a quem interessava toda discussão sobre o direito, permaneceu na loja; e, como a atenção dos outros nos torna atentos, Pillerault e Ragon, que conheciam as opiniões de César, ouviram-no, todavia, com tanta gravidade quanto os três estranhos.

– Eu desejaria – disse o perfumista – um tribunal de juízes inamovíveis e um ministério público a julgar o criminoso.

Depois de uma instrução, durante a qual um juiz preencheria imediatamente as atuais funções dos agentes, síndicos e juiz comissário, o negociante seria declarado *falido reabilitável* ou *fraudulento*. O falido reabilitável seria obrigado a pagar tudo; ele seria então o guardião de seus bens e dos bens de sua mulher; pois seus direitos, heranças, tudo pertenceria a seus credores; administraria por sua conta e sob vigilância; enfim, ele continuaria os negócios, assinando, todavia: *fulano, falido*, até o perfeito reembolso. O fraudulento seria condenado, como outrora, ao pelourinho na sala da Bolsa e seria exposto durante duas horas, coberto por um gorro verde; seus bens, os de sua mulher e seus direitos pertenceriam aos credores e ele seria banido do reino.

– O comércio seria um pouco mais seguro – disse Lourdois –, e se pensaria duas vezes antes de fechar os negócios.

– A lei atual não é obedecida – disse César, exasperado. – Em cem negociantes, há mais de cinqüenta que estão 75 por cento abaixo de seus negócios ou que vendem suas mercadorias a 25 por cento abaixo do preço de inventário e, assim, arruínam o comércio.

– *Monsieur* fala a verdade – disse Molineux. – A lei atual deixa muita latitude. É preciso ou o abandono total, ou a infâmia.

– Eh! Diabos – disse César –, pela forma como as coisas vão, o comerciante vai devir um ladrão patenteado. Com sua assinatura, pode tirar dinheiro do cofre de todo o mundo.

– O senhor não está sendo gentil, *monsieur* Birotteau – disse Lourdois.

– Ele tem razão – disse o velho Ragon.

– Todos os falidos são suspeitos – disse César, exasperado por essa pequena perda, que lhe soava aos ouvidos como o primeiro grito do halali às orelhas de um cervo.

Nesse momento, o *maître* de hotel trouxe a fatura de Chevet. A seguir, um aprendiz de Félix, um garçom do café de Foy, o clarinete de Collinet chegaram com as contas de suas casas.

– O quarto de hora de Rabelais[1] – disse Ragon, sorrindo.

---

1. Momento em que se deve acertar as contas; alusão a um episódio na vida de Rabelais em que ele usou de um estratagema para fugir de uma estalagem sem pagar. (N.E.)

– Nossa, o senhor deu uma bela festa – disse Lourdois.

– Estou ocupado – disse ele a todos os cobradores, que deixaram as contas.

– *Monsieur* Grindot – disse Lourdois, vendo o arquiteto dobrando uma letra que Birotteau assinara –, verifique e regularize minha conta, é só medir, o senhor concordou com todos os preços, em nome de *monsieur* Birotteau.

Pillerault olhou para Lourdois e Grindot.

– Preços combinados entre o arquiteto e o empreiteiro – disse o tio ao ouvido do sobrinho –, você está roubado.

Grindot saiu; Molineux seguiu-o e abordou-o com ar misterioso.

– *Monsieur* – disse-lhe –, o senhor me ouviu, mas não me entendeu: desejo-lhe um guarda-chuva.

O temor tomou Grindot. Quanto mais um lucro é ilegal, mais o homem lança-se a ele. Assim é o coração humano. O artista havia efetivamente estudado a casa com amor, nela lançara toda a sua ciência e o seu tempo, passara mal por dez mil francos e agora se via vítima de seu amor-próprio, os empreiteiros tiveram pouco trabalho em seduzi-lo. O argumento irresistível e a ameaça bem compreendida de fazer-lhe mal o caluniando foram ainda menos potentes que a observação de Lourdois sobre o negócio dos terrenos da Madeleine: Birotteau não contava construir uma única casa, apenas especulava sobre o valor dos terrenos. Os arquitetos e os empreiteiros são entre eles como um autor com os atores, dependem uns dos outros. Grindot, encarregado por Birotteau de estipular os preços, foi pelos arquitetos contra o burguês. Assim, três grandes empreiteiros, Lourdois, Chaffaroux e Thorein, o carpinteiro, proclamaram-no *um desses bons meninos com quem há prazer em trabalhar*. Grindot adivinhou que as contas sobre as quais ele tinha uma parte seriam pagas, como seus honorários, em títulos, e o velhote acabava de lançar-lhe dúvidas sobre seu pagamento. Grindot ia ser impiedoso, à maneira dos artistas, as pessoas mais cruéis contra os burgueses.

No fim de dezembro, César tinha sessenta mil francos a pagar. Félix, o café de Foy, Tanrade e os pequenos credores que se deve pagar à vista tinham enviado cobradores três vezes ao perfumista. No comércio, essas ninharias prejudicam mais que uma desgraça, pois a anunciam. As perdas conhecidas se definem; mas o pânico não conhece fronteiras. Birotteau viu seu caixa vazio. O terror tomou então o perfumista, a quem jamais coisa igual acontecera em sua vida comercial. Como a todas as pessoas que jamais tiveram de lutar por muito tempo contra a miséria e que são frágeis, essa circunstância vulgar na vida da maior parte dos pequenos comerciantes de Paris levou a perturbação ao cérebro de César.

O perfumista deu ordem a Célestin de enviar as contas aos fregueses; mas antes de lançar-se à execução, o primeiro funcionário pediu para repetir essa ordem inaudita. Os *clientes*, nobre termo então aplicado pelos varejistas a seus fregueses, de que se servia César, apesar de sua mulher, que terminara por falar-lhe: "Chame-os como quiser, contanto que paguem!", esses clientes então eram pessoas ricas entre as quais não havia jamais risco de perdas, que pagavam segundo suas fantasias, e entre elas César sempre tinha cinqüenta ou sessenta mil francos. O segundo funcionário tomou o livro das contas e lançou-se a copiar as mais elevadas. César temia sua mulher; para não deixá-la ver o abatimento que lhe provocava o *simum* da desgraça, desejou sair.

– Bom dia, *monsieur* – disse Grindot, entrando com o ar sem compromisso que tomam os artistas para falar dos interesses a que se pretendem absolutamente estranhos. – Não encontrei espécie alguma de dinheiro com seus títulos, sou obrigado a pedir-lhe para trocá-los por moeda sonante, sou o homem mais infeliz deste negócio, mas não sei falar aos usurários, não desejaria leiloar a sua assinatura, entendo bastante de negócios para compreender que isso seria aviltá-la; é então de seu interesse o...

– *Monsieur* – disse Birotteau, estupefato –, mais baixo, por favor, o senhor me surpreende bizarramente.

Entrou Lourdois.

– Lourdois – disse Birotteau, sorrindo –, você compreende?

Birotteau deteve-se. O pobre homem ia pedir a Lourdois para descontar a letra de Grindot, zombando do arquiteto com a boa-fé do negociante seguro de si mesmo; mas percebeu uma nuvem na fronte de Lourdois e aterrou-se com a própria imprudência. Essa inocente brincadeira seria a morte a crédito, a morte de um crédito suspeito. Em caso semelhante, um rico negociante retoma sua letra e não a oferece mais. Birotteau sentia a cabeça agitada como se olhasse o fundo de um abismo talhado a pique.

— Meu caro *monsieur* Birotteau – disse Lourdois levando-o ao fundo da loja –, minha conta está conferida, regulada, verificada, peço-lhe para me dar o dinheiro amanhã. Estou casando minha filha, é preciso dinheiro, os tabeliães não negociam; aliás, jamais viram minha assinatura.

— Envie depois de amanhã – disse altivamente Birotteau, contando com os pagamentos de suas contas. – E o senhor também, *monsieur* – disse ao arquiteto.

— E por que não imediatamente? – disse o arquiteto.

— Tenho o pagamento dos meus operários na fábrica – disse César, que jamais mentira.

Tomou seu chapéu para sair com eles; mas o pedreiro, Thorein e Chaffaroux detiveram-no no momento em que fechava a porta.

— *Monsieur* – disse-lhe Chaffaroux –, precisamos de dinheiro.

— Eh! Não tenho minas no Peru – disse César impaciente e brusco, a cem passos deles. – Há algo no meio disso. Maldito baile! Todo mundo o imagina milionário. Mas o ar de Lourdois não é natural – pensou César –, há algo sob a pedra.

Ele andava na Rue Saint-Honoré sem direção, sentindo-se dissolvido, e chocou-se contra Alexandre na esquina de uma rua, como uma ovelha em rebanho, como um matemático absorto pela solução de um problema se chocaria com outro.

— Ah! *Monsieur* – disse o futuro tabelião –, uma questão! Roguin deu seus quatrocentos mil francos a *monsieur* Claparon?

— O negócio se fez diante do senhor, *monsieur* Claparon não deu nenhum recibo... meus títulos eram a... negociar... Roguin deve ter-lhe dado... meus 240 mil francos em dinheiro... foi dito que se realizaria definitivamente os atos de venda... Mas... Por que essa pergunta?

– Por que posso fazer semelhante pergunta? Para saber se seus 240 mil francos estão com Claparon ou com Roguin. Roguin era ligado há muito tempo com o senhor, poderia, por delicadeza, tê-los dado a Claparon, e o senhor escaparia muito bem. Mas eu sou tolo! Ele os leva com o dinheiro de *monsieur* Claparon, que felizmente só tinha dado cem mil francos. Roguin fugiu, recebeu de mim cem mil francos pelo tabelionato, e eu não tenho recibo, dei-lhe como lhe confiaria minha bolsa. Seus vendedores não receberam um centavo, acabam de sair de minha casa. O dinheiro de seu empréstimo sobre os terrenos não existia nem para o senhor nem para seu emprestador, Roguin o tinha devorado como os seus cem mil francos... que ele... não tinha há muito tempo... Assim seus últimos cem mil francos foram tomados, lembro-me de ir buscá-los no Banco.

As pupilas de César dilataram-se tão desmesuradamente que ele não viu mais que uma chama vermelha.

– Seus cem mil francos do cheque, meus cem mil francos do cartório, cem mil francos de *monsieur* Claparon, eis trezentos mil francos desaparecidos, sem contar os roubos que vão ser descobertos – continuou o jovem tabelião. – A senhora Roguin desespera, *monsieur* du Tillet passou a noite junto a ela. Du Tillet escapou bem! Roguin atormentou-o um mês para incluí-lo nesse negócio dos terrenos, e felizmente ele tinha todo o seu dinheiro em uma especulação com a casa Nucingen. Roguin escreveu à sua mulher uma carta espantosa! Acabo de ler. Ele usava o dinheiro de seus clientes há cinco anos, e por quê? Por uma amante, a bela Holandesa; deixou-a quinze dias antes de dar seu golpe. Essa gastadora não tinha um centavo, venderam seus móveis, ela tinha assinado letras de câmbio. A fim de escapar às perseguições, ela tinha se refugiado em um bordel do Palais-Royal, onde foi assassinada ontem à noite, por um capitão. Ela logo foi punida por Deus, ela que certamente devorou a fortuna de Roguin. Há mulheres para quem nada é sagrado, devorar um cartório! Madame Roguin só terá fortuna se usar sua hipoteca legal, todos os bens do safado estão gravados além de seu valor. O cartório foi vendido por trezentos mil francos! Eu, que acreditava fazer um bom negócio e que começo por pagar cem mil francos a mais, não tenho recibo, há cartas que vão absorver cartório e caução, os credores vão pensar que eu sou comparsa, se eu falar nos meus cem mil francos, e quando se começa é preciso tomar cuidado com a reputação. O senhor terá apenas trinta por cento. Em minha idade, ter de engolir uma dessas! Um homem de 59 anos pagar por uma mulher!... O velho safado! Há vinte dias ele me disse para não me casar com Césarine, que o senhor logo ficaria sem pão, o monstro!

Alexandre poderia falar por muito tempo, Birotteau permanecia de pé, petrificado. Tantas frases, tantas marteladas. César só ouvia um som de sinos de finados, um dobrar de sinos por si mesmo, da mesma forma que, no princípio, sua visão era só as chamas de seu incêndio. Alexandre Crottat, que imaginava o digno perfumista como muito forte e capaz, ficou chocado com sua palidez e imobilidade. O sucessor de Roguin não sabia que o tabelião levava mais que a fortuna de César. A idéia de suicídio imediato passou pela cabeça desse comerciante tão profundamente religioso. O suicídio é um meio de fugir a mil mortes, parece lógico escolher apenas uma. Alexandre Crottat deu o braço a César e queria levá-lo a andar, mas foi impossível: suas pernas furtavam-se sob ele, como se estivesse ébrio.

– O que tem o senhor então? – disse Crottat. – Meu bravo *monsieur* César, um pouco de coragem! Não se trata da morte de um homem! Aliás, pode recuperar quarenta mil francos, o homem que ia lhe emprestar dinheiro não tinha esta soma, ela não lhe foi entregue, há espaço para pleitear pela rescisão do contrato.

– Meu baile, minha cruz, duzentos mil francos de títulos na praça, nada em caixa. Os Ragon, Pillerault... E minha mulher que via tão claro!

Um caos, uma chuva de palavras confusas que despertavam massas de idéias aniquiladoras caiu como saraivada, cortando todas as flores, todos os canteiros da *Rainha das rosas*.

– Queria que me cortassem a cabeça – disse enfim Birotteau –, ela me incomoda por sua massa, não me serve de nada...

– Pobre pai Birotteau – disse Alexandre –, mas então o senhor está em perigo?

– Perigo!

– Bem, coragem, lute.

– Lute! – repetiu o perfumista.

– Du Tillet foi seu funcionário, ele tem uma cabeça altiva, ele o auxiliará.

– Du Tillet?

– Vamos, venha!

– Meu Deus! Eu não queria voltar para casa do jeito que estou – disse Birotteau. – Você que é meu amigo, se é que existem amigos, você que me inspirou interesse e jantou em minha casa, em nome de minha mulher, vamos passear de carruagem, Xandrot, acompanhe-me! – O tabelião designado colocou, com muito esforço, em uma carruagem, a máquina inerte chamada César. – Xandrot – disse o perfumista em voz turvada pelas lágrimas, pois nesse momento as lágrimas caíram de seus olhos e abriram um pouco o círculo de ferro a apertar-lhe o cérebro –, passemos em minha casa, fale por mim a Célestin. Meu amigo, diga que está em jogo a minha vida e a vida de minha mulher. Que sob pretexto algum ninguém espalhe o desaparecimento de Roguin. Peça para Césarine descer e rogue-lhe que impeça que se fale desse caso à sua mãe. Devemos desconfiar de nossos melhores amigos, Pillerault, os Ragon, todo o mundo.

A mudança de voz de Birotteau chocou vivamente Crottat, que compreendeu a importância da recomendação. A Rue Saint-Honoré levava à casa do magistrado; Crottat cumpriu as ordens do perfumista, que Célestin e Césarine viram, aterradas, sem voz, pálido, aturdido, no fundo da carruagem.

– Guardem o segredo sobre o caso – disse o perfumista.

"Ah!", pensou Xandrot, "ele volta a si! já o imaginava perdido."

A conferência entre Alexandre Crottat e o magistrado durou muito tempo: mandaram buscar o presidente da Câmara dos Tabeliães; transportaram César por toda parte como um pacote, ele não se movia, não falava nada. Às sete da noite, Alexandre Crottat levou o perfumista para casa. A idéia de comparecer ante Constance devolveu as faculdades a César. O jovem tabelião teve a caridade de precedê-lo, para prevenir madame Birotteau de que seu marido acabava de ter uma espécie de congestão.

– Suas idéias estão confusas – disse Alexandre, fazendo um gesto empregado para pintar o caos do cérebro –, talvez seja preciso sangrá-lo ou aplicar-lhe sanguessugas.

– Isso tinha de acontecer – disse Constance, a mil léguas de imaginar um desastre –, ele não fez seu tratamento preventivo na entrada do inverno, e ele se dá, há dois meses, um trabalho de forçado, como se não tivesse seu pão ganho.

César foi levado por sua mulher e filha à cama, e mandaram buscar o velho doutor Haudry, médico de Birotteau. O velho Haudry era um médico da escola de Molière, grande prático e amigo das antigas fórmulas de apoticário, drogando seus enfermos nem mais nem menos que um medicastro, mesmo sendo um clínico. Ele veio, observou a fácies de César, ordenou a aplicação imediata de sinapismos na planta dos pés: ele via sintomas de uma congestão cerebral.

– Quem pode ter causado isso – disse Constance.

– O tempo úmido – respondeu o doutor, a quem Césarine veio falar uma palavra.

Os médicos sempre têm a obrigação de falar cientemente asneiras para salvar a honra ou a vida das pessoas sãs que se encontram ao redor do enfermo. O velho doutor tinha visto tantas coisas que compreendeu a meia palavra. Césarine seguiu-o nas escadarias, pedindo-lhe regras de conduta.

– Calma e silêncio, e depois arriscaremos fortificantes, quando a cabeça estiver bem.

Madame César passou dois dias à cabeceira da cama de seu marido, que lhe pareceu delirar freqüentemente. Colocado no belo quarto azul de sua mulher, César falava coisas incompreensíveis para Constance, sobre o aspecto das cortinas, móveis e custosas magnificências.

– Ele está louco – disse ela a Césarine em um momento em que César recostara-se na cama e citava em voz solene os artigos do código de comércio em fragmentos.

– Se as despesas são julgadas excessivas... tirem as cortinas!

Depois de três terríveis dias, durante os quais a razão de César esteve em perigo, a natureza forte do camponês de Tours triunfou; sua cabeça melhorou; o médico obrigou-o a tomar cordiais, um alimento energético, e, depois de uma taça de café dada aos poucos, o negociante levantou-se. Constance, fatigada, tomou o lugar de seu marido.

– Pobre mulher – disse César, quando a viu adormecida.

– Vamos, papai, coragem! O senhor é um homem tão superior que triunfará. Não há de ser nada. *Monsieur* Anselme o auxiliará.

Césarine disse em voz suave essas vagas palavras que a ternura suaviza ainda mais e que devolvem a coragem aos mais abatidos, como os cantos de uma mãe adormecem as dores de uma criança atormentada pela dentição.

– Sim, minha criança, eu vou lutar; mas nem uma palavra a ninguém no mundo, nem a Popinot, que nos ama, nem a seu tio Pillerault. Primeiro vou escrever a meu irmão: ele é, imagino eu, cônego, vigário de uma catedral; não gasta nada, deve ter dinheiro. A mil escudos de economia por ano, vinte anos depois, ele deve ter cem mil francos. Na província, os padres têm crédito.

Césarine, apressada a levar a seu pai uma pequena mesa e tudo o que é necessário para escrever, deu-lhe o resto dos convites para o baile impressos em papel rosa.

– Queime tudo isso! – gritou o negociante. – Só o diabo pôde me inspirar a dar esse baile. Se eu sucumbir, terei o ar de um cafajeste. Vamos, nada de frases.

CARTA DE CÉSAR A FRANÇOIS BIROTTEAU

"Meu caro irmão,

"Encontro-me em uma crise comercial tão difícil, que lhe suplico enviar-me todo o dinheiro de que puder dispor, mesmo se for necessário pedir emprestado.

"Sempre seu,

"CÉSAR,

"Sua sobrinha Césarine, que me vê escrever esta carta enquanto minha pobre mulher dorme, recomenda-se a você e manda-lhe as suas lembranças."

Esse pós-escrito foi acrescentado a pedido de Césarine, que levou a carta a Raguet.

– Meu pai – disse ela ao voltar –, eis *monsieur* Lebas, que deseja lhe falar.

– *Monsieur* Lebas – exclamou César, aterrado como se seu desastre o tornasse criminoso –, um juiz!

– Meu caro *monsieur* Birotteau, tenho tanto interesse no senhor – disse o gordo comerciante de tecidos ao entrar –, nós nos conhecemos há tanto tempo, fomos eleitos juízes pela primeira vez juntos, e não posso deixar-lhe de falar que um chamado Bidault, segundo Gigonnet, um usurário, tem títulos seus emitidos à ordem dele, *sem garantia*, pela casa Claparon. Essas duas palavras são não somente uma afronta, mas também a morte de seu crédito.

– *Monsieur* Claparon deseja lhe falar – disse Célestin, mostrando-se –, devo fazê-lo subir?

– Vamos saber a causa desse insulto – disse Lebas.

– Senhor – disse o perfumista a Claparon, vendo-o entrar –, eis *monsieur* Lebas, juiz no Tribunal de Comércio e meu amigo...

– Ah! Então é *monsieur* Lebas – disse Claparon, interrompendo –, estou encantado, *monsieur* Lebas do tribunal, há tantos Lebas, sem contar os altos e baixos[2]...

– Ele viu – continuou Birotteau, interrompendo o falador – os títulos que lhe enviei e que, disse o senhor, não circulariam. Ele os viu com estas palavras: *sem garantia*.

– Bem – disse Claparon –, eles não circularão, efetivamente, eles estão entre as mãos de um homem com quem faço muitos negócios, o pai Bidault. Eis por que escrevi sem garantia. Se os títulos tivessem de circular, o senhor os teria feito diretamente à ordem dele. O senhor juiz compreenderá minha situação. Que representam esses títulos? O valor de um imóvel, pago por quem? Por Birotteau. Por que querem que eu garanta Birotteau por minha assinatura? Nós devemos pagar, cada um de seu lado, nossa parte nesse valor. Ora, já não é suficiente ser solidário com nossos vendedores? Em minha casa,

---

2. Trocadilho intraduzível. Em francês, Lebas e le bas ("o baixo") são homônimos. (N.E.)

a regra comercial é inflexível: não dou mais inutilmente minha garantia, bem como não dou recibo por uma soma a receber. Eu suponho tudo. Quem assina, paga. Não quero ficar exposto a pagar três vezes.

– Três vezes! – disse César.

– Sim, *monsieur* – continuou Claparon. – Já garanti Birotteau a nossos vendedores, por que o garantiria também o banqueiro? As circunstâncias em que nos encontramos são duras, Roguin levou-me cem mil francos. Assim, já minha metade de terrenos custa-me quinhentos mil, em vez de quatrocentos mil francos. Roguin levou 240 mil francos a Birotteau. Que faria em meu lugar, *monsieur* Lebas? Ponha-se na minha pele. Não tenho a honra de ser conhecido pelo senhor, nem conheço *monsieur* Birotteau. Ouça bem. Nós fazemos um negócio meio a meio. O senhor entra com sua parte em dinheiro sonante, eu dou a minha em títulos; ofereço-os ao senhor, que se encarrega, por grande condescendência, de convertê-los em dinheiro. O senhor vem a saber que Claparon, banqueiro, rico, considerado, eu aceito todas as virtudes sociais, que o virtuoso Claparon se encontra em uma falência e deve seis milhões; iria o senhor, nesse momento, assinar para garantir a minha assinatura? O senhor seria louco! Pois bem, *monsieur* Lebas, Birotteau encontra-se no caso onde supus Claparon. O senhor não vê que eu posso pagar aos compradores como solidário, ser obrigado a reembolsar ainda a parte de Birotteau até a concorrência de seus títulos, se eu os garantisse, e sem ter...

– A quem? – perguntou o perfumista, interrompendo.

– E sem ter a sua metade dos terrenos – disse Claparon, sem dar ouvidos à interrupção –, pois eu não teria nenhum privilégio; seria necessário então comprar ainda essa parte. Então, posso pagar três vezes.

– Reembolsar a quem? – perguntou novamente Birotteau.

– Ao terceiro portador, se eu endossasse e lhe acontecesse uma desgraça.

– Eu não deixaria de pagar, *monsieur* – disse Birotteau.

– Bem – disse Claparon. – O senhor foi juiz, é hábil comerciante, sabe que se deve tudo prever, não se surpreenda então se eu faço o meu trabalho.

– *Monsieur* Claparon tem razão – disse Joseph Lebas.

– Eu tenho razão – disse Claparon –, comercialmente razão. Mas esse negócio é territorial. Ora, que devo receber, eu?... dinheiro, pois há que dar dinheiro a nossos vendedores. Deixemos de lado os 240 mil francos que *monsieur* Birotteau arranjará, estou certo – disse Claparon, olhando Lebas. – Eu vinha lhe pedir a bagatela de 25 mil francos – disse, olhando Birotteau.

– Vinte e cinco mil francos – exclamou César, sentindo gelo em vez de sangue nas veias. Mas, *monsieur*, a título de que?

– Ah! Meu caro *monsieur*, somos obrigados a realizar as vendas diante do tabelião. Ora, relativamente ao preço, podemos entender-nos; mas com o fisco, seu servidor! O fisco não se diverte a falar conversa fiada, não dá crédito a ninguém, e temos de dar-lhe 44 mil francos de impostos esta semana. Eu estava longe de esperar reprovações vindo aqui, pois, pensando que esses 25 mil francos podiam incomodá-lo, tenho a anunciar que, pelo maior dos acasos, eu o salvei.

– Quê? – disse Birotteau, dando a ouvir esse grito de angústia com que ninguém se engana.

– Uma miséria! Os 25 mil francos de *títulos sobre diversos*, que Roguin me dera para negociar, eu lhe creditei na conta do registro e das despesas e lhe enviarei a nota; há a pequena comissão a deduzir, e o senhor me deve seis ou sete mil francos.

– Tudo isso me parece perfeitamente justo – disse Lebas. – Em lugar do senhor, que me parece entender de negócios muito bem, eu agiria da mesma forma em relação a um desconhecido.

– *Monsieur* Birotteau não morrerá disso – disse Claparon –, é preciso mais de um golpe para matar um velho lobo; vi lobos com balas na cabeça correrem como... ah, nossa, como lobos.

– Quem pode prever uma loucura semelhante a essa de Roguin? – disse Lebas, aterrado tanto pelo silêncio de César quanto por uma tão vasta especulação estranha à perfumaria.

– Pouco faltou para que eu desse quitação de quatrocentos mil francos a *monsieur* – disse Claparon –, e eu estaria em liquidação. Dera cem mil francos a Roguin na véspera. Nossa confiança mútua me salvou. Que o dinheiro estivesse no cartório ou em minha casa bancária, até o dia dos contratos definitivos, parecia-nos indiferente.

– Mais valeria se cada um guardasse seu dinheiro no banco até o momento de pagar – disse Lebas.

– Roguin era um banco para mim – disse César. – Mas ele está no negócio – continuou, olhando Claparon.

– Sim, por um quarto, sob palavra – disse Claparon. – Depois da tolice de deixá-lo levar meu dinheiro, haveria uma maior ainda, seria dar-lhe dinheiro. Se ele não me enviar meus cem mil francos, e os duzentos mil de sua parte, então nós veremos! Mas ele se guardará de me enviá-los por um negócio que demanda cinco anos de panela no fogo antes de dar um primeiro caldo. Se ele não levou, como se fala, senão trezentos mil francos, vai precisar de quinze mil francos de renda para viver comodamente no estrangeiro.

– O bandido!

– Ah! Meu Deus, uma paixão levou Roguin até aí – disse Claparon. – Que velho pode garantir não se deixar dominar, levar, por sua última fantasia? Ninguém de nós, que somos sábios, sabe como ele terminará. Um último amor, ah! É o mais violento. Veja os Cardot, os Camusot, os Matifat! Todos têm amantes! E se nós somos enganados, não é nossa culpa? Como não desconfiamos de um tabelião que se lançava a uma especulação? Todo tabelião, todo agente de câmbio, todo corretor, ao fazer um negócio, é suspeito. A falência é, para eles, uma bancarrota fraudulenta, eles iriam ao tribunal criminal, preferem ir, então, a uma corte estrangeira. Não mais farei semelhante estupidez. Pois bem, somos bastante frágeis para não fazer condenar pessoas em casa de quem jantamos, que nos deram belos bailes, pessoas do mundo social, enfim! Ninguém se queixa, erramos.

– Grande erro – disse Birotteau. – A lei sobre as falências e bancarrotas está por refazer.

– Se o senhor precisar de mim – disse Lebas a Birotteau –, estou à sua disposição.

– *Monsieur* não precisa de ninguém – disse o infatigável papagaio, na casa de quem du Tillet abrira as comportas do dique depois de inundá-lo (Claparon repetia uma lição que lhe havia sido muito habilmente soprada por du Tillet). – O seu caso é claro: a falência de Roguin dará cinqüenta por cento de dividendo, pelo que o pequeno Crottat me disse. Além desse dividendo, *monsieur* Birotteau recuperará quarenta mil francos, que seu emprestador não tinha; depois, ele pode emprestar, pelas suas propriedades. Ora, só temos de pagar duzentos mil francos a nossos vendedores em quatro meses. Daqui até lá, *monsieur* Birotteau pagará seus títulos, pois *monsieur* não devia contar com o que levou Roguin, para pagá-los. E mesmo que *monsieur* Birotteau estivesse um pouco apertado... bem, com algumas circulações de títulos, ele vencerá.

O perfumista retomara coragem ouvindo Claparon analisar seu caso e resumi-lo traçando-lhe, por assim dizer, seu plano de conduta. Assim, sua atitude deveio firme e decidida, e ele concebeu uma grande idéia dos poderes desse antigo viajante. Du Tillet julgara a propósito passar-se por vítima de Roguin, aos olhos de Claparon. Dera cem mil francos a Claparon para este entregá-los a Roguin, que os devolvera. Claparon, inquieto, representava seu papel naturalmente, falava a quem quisesse ouvir que Roguin lhe custara cem mil francos. Du Tillet não julgara Claparon muito forte, imaginava-o cheio de princípios de honra e delicadeza para confiar-lhe seus planos em toda sua extensão; ele o sabia, aliás, incapaz de adivinhá-los.

– Se nosso primeiro amigo não for nossa primeira vítima, não encontraríamos uma segunda – disse ele a Claparon no dia em que, recebendo reprovações de seu proxeneta comercial, partiu-as como instrumento muito gasto.

Monsieur Lebas e Claparon foram embora juntos.

"Posso sair desta", pensou Birotteau. "Meu passivo em títulos a pagar eleva-se a 235 mil francos, a saber, 75 mil francos pela casa e 175 mil francos pelos terrenos. Ora, para realizar esses pagamentos, tenho o dividendo Roguin, que será talvez cem mil francos, no total 140. O que importa é ganhar cem mil francos com o *Óleo cefálico* e atingir, com alguns títulos de favor, ou por um crédito com um banqueiro, o momento em que terei reparado a perda, em que os terrenos chegarão a seu maior valor."

Uma vez que, na desgraça, um homem pode criar-se um romance de esperança por uma continuidade de raciocínios mais ou menos justos, com os quais preenche seu travesseiro, para nele descansar a cabeça, freqüentemente ele está salvo. Muitas pessoas confundem a confiança que dá a ilusão com a energia. Talvez a esperança seja a metade da coragem; assim, a religião católica fez dela uma virtude. A esperança não amparou muitos fracos, dando-lhes o tempo de esperar pelos acasos da vida? Decidido a ir à casa do tio de sua mulher e expor a situação, antes de buscar socorro em outra parte, Birotteau desceu a Rue Saint-Honoré cheio de angústias até então desconhecidas e que o perturbavam a tal ponto que ele imaginou estar sua saúde abalada. Sentia fogo nas entranhas. De fato, as pessoas que sentem através do diafragma têm dor nessa parte do corpo, assim como aqueles que percebem pela cabeça sentem dores no cérebro. Nas grandes crises, o físico é atingido onde o temperamento do indivíduo colocou a sede da vida: os fracos sofrem cólicas, Napoleão sente sono. Antes de confiar em alguém, ultrapassando todas as barreiras do orgulho, as pessoas honradas têm de sentir mais de uma vez, no coração, o aguilhão da Necessidade, essa rude cavaleira! Birotteau também experimentou esse aguilhão, durante dois dias, antes de se dirigir à casa do tio, e apenas se decidiu por razões de família: por todos os motivos, devia explicar a situação ao severo homem do ferro. Contudo, ao chegar à porta, ele sentiu certo desfalecimento, semelhante àquele que as crianças experimentam ao entrar no dentista; porém esse desencorajamento implicava a própria vida, em lugar de uma dor passageira. Birotteau subiu lentamente. Encontrou o ancião lendo *O Constitucional* ao lado da lareira, diante da pequena mesa redonda onde estava sua frugal refeição: um pãozinho, manteiga, queijo *brie* e uma xícara de café.

"Eis um verdadeiro sábio", pensou Birotteau com inveja da vida do tio.

– Ah, sim – disse Pillerault, tirando as lentes. – Fiquei sabendo ontem, no café David, do caso Roguin e do assassinato da bela Holandesa, sua amante! Espero que, conforme prevenimos nós que pretendemos ser os verdadeiros proprietários, você tenha ido buscar o recibo de Claparon.

– Ai de mim, meu tio, aí está, o senhor pôs o dedo na ferida. Não.

— Ah! Diabos, você está perdido – disse Pillerault, deixando cair o jornal, que Birotteau pegou, embora se tratasse de *O Constitucional.*

Pillerault foi sacudido tão violentamente por suas reflexões que sua figura de efígie e estilo severo escureceu como o metal golpeado pela forja: ficou imóvel, olhando, sem ver, a muralha através da vidraça à sua frente, enquanto ouvia a longa fala de Birotteau. Evidentemente, ele ouvia e julgava, pesando os prós e os contras com a inflexibilidade de um Minos que tivesse passado o Estige, o rio dos infernos do comércio, trocando o cais dos Aterrados por seu pequeno apartamento de terceiro andar.

— E então, meu tio? – perguntou Birotteau, esperando uma resposta, depois de ter apresentado um pedido de venda de títulos de renda por sessenta mil francos.

— Ah, meu pobre sobrinho, não posso fazer isso, você está comprometido demais. Os Ragon e eu vamos perder, cada um, nossos cinqüenta mil francos. Essa brava gente vendeu, a meu conselho, suas ações nas minas de Wortschin; em caso de perda, eu não me sinto obrigado a lhes devolver o capital, mas a socorrê-los, a socorrer minha sobrinha e Césarine. Talvez falte o pão a todos, e vocês o encontrarão em minha casa...

— O pão, meu tio?

— Sim, o pão. Veja então as coisas como são: *você não tem saída.* De meus cinco mil e seiscentos francos de renda, eu poderia destinar quatro mil para dividir entre vocês e os Ragon. Diante da adversidade, eu conheço bem Constance, ela trabalhará como uma condenada, vai se privar de tudo, e você também, César!

— A situação não é tão desesperada, meu tio.

— Não a vejo como você...

— Eu lhe provarei o contrário.

— Nada me daria mais prazer.

Birotteau saiu sem nada responder. Ele tinha ido até lá em busca de consolo e coragem e recebia um segundo golpe, menos forte, é verdade, do que o primeiro; mas em vez da cabeça, dessa vez o golpe atingia o coração: e o coração era toda a vida desse pobre homem. Depois de ter descido alguns degraus, ele voltou.

– Senhor – disse com frieza –, Constance não sabe de nada, mantenha o segredo, pelo menos. E peça aos Ragon para não irem tirar a minha tranqüilidade em casa, pois preciso dela para lutar contra o infortúnio.

Pillerault fez um sinal de assentimento.

– Coragem, César -- acrescentou –, vejo que se zanga comigo, porém mais tarde você me fará justiça, pensando em sua mulher e sua filha.

Desencorajado pela opinião do tio, no qual reconhecia uma particular lucidez, César desabou do alto de sua esperança em direção à areia movediça da incerteza. Quando, numa dessas terríveis crises financeiras, um homem não tem a alma aguerrida de Pillerault, ele se torna joguete dos acontecimentos: oscila entre as idéias alheias e as suas, como um viajante corre atrás de fogos-fátuos. Deixa-se levar pelo turbilhão, em lugar de se abaixar, evitando assistir à sua passagem, ou se levantar para seguir seu rumo, escapando assim. Em meio a sua dor, Birotteau se lembrou do processo relacionado ao seu empréstimo. Foi à casa de Derville, seu procurador, na Rue Vivienne, para dar início o quanto antes ao processo, na esperança de ele ver alguma chance de anulação do contrato. O perfumista encontrou Derville envolto em seu roupão de malha branca, ao lado da lareira, calmo e composto, como aqueles que estão habituados às mais terríveis confidências. Pela primeira vez, Birotteau deu conta dessa frieza necessária, que enregela o homem apaixonado, ferido, abalado pela febre do interesse em risco e dolorosamente atingido em sua vida, em sua honra, em sua família, como era o caso de Birotteau ao narrar a sua ruína.

– Se for provado – disse-lhe Derville, depois de ouvi-lo – que o autor do empréstimo já não possuía mais, no cartório de Roguin, a soma que este se dispunha a lhe emprestar, uma vez que não houve entrega de valores, existe a possibilidade de uma rescisão: o autor do empréstimo poderá recorrer à caução, e da mesma forma o senhor, em relação aos seus cem mil francos. Encaminho então o processo, tanto quanto for possível fazê-lo, já que não há processo ganho por antecedência.

A avaliação de um tão experimentado jurista devolveu um pouco de coragem ao perfumista, que solicitou a Derville marcar o julgamento para aquela mesma quinzena. O procurador respondeu que, em até três meses, talvez fosse possível obter uma sentença que anulasse o contrato.

– Em três meses! – disse o perfumista, como a encontrar alento.

– Mas, mesmo se obtivermos um rápido despacho no caso, não se pode esperar que seu adversário ande no mesmo passo: ele recorrerá aos prazos do processo, os advogados nem sempre compareçam; quem garante que a parte adversária não se deixará condenar à revelia? Não andamos como queremos, meu caro chefe! – disse Derville, sorrindo.

– Mas também no Tribunal Comercial? – disse Birotteau.

– Oh – disse o procurador –, os juízes dos tribunais comerciais e os juízes de primeira instância são duas categorias distintas. Os senhores avaliam mal esses assuntos! No tribunal existem normas. A norma é a proteção do Direito. O senhor gostaria de um julgamento fulminante, que levasse à perda de seus quarenta mil francos? Ora, ao ver essa quantia em risco, seu adversário vai se defender. Os prazos são os cavalos de batalha nos assuntos judiciários.

– O senhor tem razão – disse Birotteau, despedindo-se de Derville e saindo, com a morte na alma.

"Todos têm razão. Dinheiro! Dinheiro!", gritava, para si mesmo, o perfumista pelas ruas, como fazem todas as pessoas engolfadas nessa turbulenta e fervilhante Paris, que um poeta moderno chamou de cuba.

Vendo-o entrar, seu empregado incumbido das cobranças disse-lhe que, diante da proximidade do final do ano, os fregueses estavam devolvendo os recibos e conservando consigo as faturas.

– Então não há dinheiro em parte alguma – disse o perfumista em voz alta, na loja. E mordeu os lábios, enquanto todos os empregados voltavam o olhar para ele.

Cinco dias assim se passaram, cinco dias durante os quais Braschon, Lourdois, Thorein, Grindot, Chaffaroux, todos os credores que não receberam passaram pelas fases camaleônicas suscetíveis ao credor, antes de chegar ao estado de serenidade que leva a confiança às cores sanguinolentas da Belona comercial. Em Paris, o período contrito da desconfiança é tão rápido para chegar quanto é demorada a se decidir o movimento expansivo da confiança. Uma vez atirado ao sistema restritivo dos temores e das precauções comerciais, o credor é capaz de sinistras infâmias, que o situam abaixo do devedor. Da polidez edulcorada, os credores passam ao vermelho da impaciência, às cintilações obscuras das impertinências, às explosões de desapontamento, ao pálido azul da parcialidade e à negra insolência da ordem de pagamento preconcebida. Braschon, o rico tapecceiro do Faubourg Saint-Antoine que não tinha sido convidado ao baile, assumiu o papel de credor ferido em seu amor-próprio: reivindicava o pagamento em 24 horas; exigia garantias, não em penhora de móveis, mas numa hipoteca de quarenta mil francos sobre os terrenos do bairro.

Apesar da violência de suas reivindicações, essa gente ainda concedeu alguns intervalos de sossego a Birotteau, durante os quais ele podia respirar. Em lugar de enfrentar esses primeiros assaltos de sua situação difícil com uma resolução firme, César aplicou sua inteligência para impedir que sua mulher, a única pessoa que podia aconselhá-lo, viesse a saber deles. Ficava de sentinela na soleira de sua porta, em torno de sua loja. Contara a Célestin o segredo de seu apuro momentâneo, e Célestin observava seu patrão com um olhar tão curioso quanto assombrado: a seus olhos, César se diminuía, como se diminuem nos desastres os homens habituados ao sucesso, e cuja única força consiste na experiência concedida pela rotina às inteligências medianas. Desprovido da capacidade enérgica, necessária para se defender de tantos focos simultâneos de ameaça, César teve, entretanto, a coragem de encarar sua situação.

Entre o fim do mês de dezembro e o dia 15 de janeiro, ele precisava, tanto para as despesas da casa quanto para os títulos a vencer, os aluguéis e os pagamentos à vista, de uma importância de sessenta mil francos, dos quais, trinta mil até 30 de dezembro; e todos os seus recursos mal chegavam a vinte mil; faltavam-lhe, portanto, dez mil francos. A ele, nem tudo parecia desesperador, pois enxergava então apenas o momento presente, como os aventureiros que vivem o dia-a-dia. Antes que o rumor de seus apuros se tornasse público, ele resolveu assim tentar o que lhe parecia um grande golpe, dirigindo-se ao famoso François Keller, banqueiro, orador e filantropo, célebre por sua benevolência e pela disposição de ser útil ao comércio parisiense, com o intuito de manter-se sempre na Câmara como um dos deputados de Paris. O banqueiro era liberal, Birotteau era monarquista; porém, o perfumista julgou-o segundo o coração e viu na diferença de opiniões um motivo a mais para obter um crédito. Caso tivesse necessidade de dinheiro corrente, não duvidava da abnegação de Popinot, a quem pensava pedir cerca de trinta mil francos em fundos, os quais o ajudariam a aguardar o ganho de causa de seu processo, oferecendo-os como garantia aos credores mais ansiosos.

O perfumista expansivo que, com a cabeça sobre o travesseiro, relatava à sua querida Constance as menores emoções de sua existência, nisso encontrando coragem e nisso buscando as luzes da contradição, não podia conversar sobre sua situação nem com seu mais próximo empregado, nem com seu tio, nem com sua mulher. Suas idéias pesavam-lhe em dobro. Mas esse generoso mártir preferia sofrer a lançar o braseiro na alma de sua mulher; pensava em lhe contar o perigo depois que este tivesse passado. Talvez recuasse diante dessa horrível confidência. O medo que sua mulher lhe inspirava dava-lhe coragem. Todas as manhãs, ele ia ouvir uma missa rezada em Saint-Roch e fazia de Deus seu confidente.

"Se, ao voltar de Saint-Roch, eu não encontrar nenhum soldado, é porque meu pedido será ouvido. Esta será a resposta de Deus", dizia a si mesmo, depois de ter rogado a Deus que o socorresse.

E ficava feliz ao não encontrar nenhum soldado. No entanto, sentia o coração por demais oprimido, precisava de um outro coração ao qual pudesse gemer. Césarine, em quem havia confiado por ocasião da notícia fatal, conhecia todo o seu segredo. Houve entre ambos, disfarçadamente, uma troca furtiva de olhares de desespero e de esperança, invocações lançadas com mútuo ardor, perguntas e respostas de simpatia, vislumbres fugazes entre suas almas. Birotteau se fazia alegre e jovial para sua esposa. Constance lhe dirigia uma pergunta... Ora! Tudo ia bem, Popinot, com quem César nem se preocupava, estava endo êxito! O óleo ia bem. Os títulos Claparon seriam pagos, não havia nada a temer. Essa falsa alegria era desconcertante. Quando sua mulher adormecia naquele leito suntuoso, Birotteau sentava-se ao seu lado e afundava na contemplação de seu infortúnio. Por vezes, Césarine aparecia, de camisola, um xale sobre os ombros brancos, pés descalços.

– Papai, eu ouvi, você está chorando – dizia, chorando ela mesma.

Birotteau ficou num tal estado de torpor depois de ter escrito a carta solicitando o encontro com o poderoso François Keller, que sua filha o acompanhou à cidade. Só então ele percebeu nas ruas os enormes cartazes vermelhos, e seu olhar foi ferido por estas palavras: ÓLEO CEFÁLICO.

Durante as catástrofes ocidentais da *Rainha das rosas,* a casa A. Popinot se erguia, radiante nas chamas orientais do sucesso. A conselho de Gaudissart e de Finot, Anselme tinha lançado seu óleo com audácia. Dois mil cartazes tinham sido colocados, no último mês, nos lugares de maior visibilidade em Paris. Ninguém podia evitar deparar com o *Óleo cefálico* ou se furtar a ler uma frase concisa, inventada por Finot, sobre a impossibilidade de fazer crescer os cabelos, ou o risco de tingi-los, acompanhada da citação do memorial apresentado na Academia de Ciências por Vauquelin: um verdadeiro certificado de vida dos cabelos mortos prometido aos que usassem o *Óleo cefálico*. Todos os cabeleireiros, os peruqueiros, os perfumistas de Paris haviam enfeitado suas portas com molduras douradas contendo um belo impresso em pergaminho fino sobre o qual brilhava a estampa em miniatura de *Hero e Leandro*, com esta frase em epígrafe: *Os antigos povos da Antiguidade conservavam suas cabeleiras com o uso do* Óleo cefálico.

– Ele inventou as molduras permanentes, o anúncio eterno! – disse Birotteau para si mesmo, estupefato ao ver a fachada de *O sino de prata*.

– Então você não viu em casa – disse-lhe a filha – um quadro que *monsieur* Anselme levou ele próprio, quando entregou a Célestin trezentas garrafas de óleo?

– Não – disse ele.

– Célestin já vendeu cinqüenta delas aos passantes e sessenta a profissionais!

– Ah! – disse César.

Aturdido pelos mil sinos que a miséria faz soar no ouvido de suas vítimas, o perfumista vivia num ritmo vertiginoso; na véspera, Popinot o havia esperado por uma hora e fora embora depois de conversar com Constance e Césarine, que lhe disseram que César andava ocupado com seus grandes negócios.

– Ah! Sim, o negócio dos terrenos.

Afortunadamente, Popinot, que há um mês não saía da Rue des Cinq-Diamants, passando a noite e trabalhando aos domingos na fábrica, não vira nem Ragon, nem Pillerault, nem seu tio juiz. Dormia apenas duas horas, o pobre rapaz! Contava com apenas dois empregados, e pelo andamento das coisas, precisaria pelo menos de quatro. Em assuntos de comércio, a ocasião é tudo. Quem não se aferra ao êxito, segurando-se às suas crinas, perde a fortuna. Popinot acreditava que seria bem recebido quando, dali a seis meses, fosse dizer a seus tios: "Estou salvo, minha fortuna está feita!". E bem recebido por Birotteau quando fosse lhe levar trinta ou quarenta mil francos, seis meses depois, correspondentes a sua parte. Ignorava então a fuga de Roguin, os desastres e o infortúnio de César, e assim não poderia fazer nenhuma indiscrição à madame Birotteau. Popinot prometera a Finot quinhentos francos a cada grande jornal, e eles eram dez! E trezentos francos aos jornais secundários, e havia outros dez! Caso, três vezes por mês, eles falassem do *Óleo cefálico*. Finot calculou três mil francos para si mesmo nesses oito mil francos, era a primeira peça que lançava no grande tapete verde da especulação! Atirou-se, portanto, como um leão sobre seus amigos e conhecidos; morava, então, nos escritórios da redação e se insinuava na cabeceira de todos os redatores pela manhã; e à noite percorria os bastidores de todos os teatros.

– Leve em conta o meu óleo, caro amigo, não tenho nada com isso, é um assunto de camaradagem, você sabe! Gaudissart é um sabichão.

Assim era a primeira e a última frase de todos os seus discursos. Tomou de assalto o pé de todas as colunas finais dos jornais, nas quais publicava artigos em troca de dinheiro aos redatores. Astucioso como um figurante que quer passar por ator, alerta como um funcionário de cartório que ganha sessenta francos por mês, escreveu cartas capciosas, lisonjeou o amor-próprio de cada um, prestou serviços imundos a redatores-chefes a fim de conseguir publicar seus artigos. Dinheiro, convites, jantares, vulgaridades, tudo servia a sua atividade apaixonada. Corrompeu com ingressos para o teatro os operários que, em torno da meia-noite, completam as colunas dos jornais aproveitando textos prontos sobre pequenos fatos, fechando a paginação. Finot ia, assim, às oficinas, ocupado como se tivesse que revisar um artigo. Amigo de todo mundo, ele fez triunfar o *Óleo cefálico* sobre a *Pomada de Regnault*, sobre a *Mistura brasileira* e todas as invenções pioneiras, graças à clarividência de ter percebido a influência do jornalismo e o efeito de pistão produzido sobre o público por um artigo reiterado[3]. Nesses tempos de inocência, muitos jornalistas eram como bois que ignoravam a própria força, ocupando-se de atrizes, de Florine, de Tullia, de Mariette, entre outras[4]. Eles tudo comandavam e nada colhiam. As pretensões de Andoche não concerniam nem a uma atriz a ser aplaudida, nem a uma peça a ser representada, nem aos musicais a serem comentados, nem a matérias pagas; ao contrário, ele oferecia dinheiro na hora certa, almoços oportunos. Não houve, assim, um único jornal que não falasse do *Óleo cefálico*, de sua afinidade com as análises de Vauquelin, que não zombasse dos que acreditavam ser possível fazer crescer os cabelos, que não proclamasse o risco de tingi-los.

Esses artigos regozijavam a alma de Gaudissart, que se armava com os jornais para destruir os preconceitos e fazia na província aquilo que, segundo ele, os especuladores passaram a chamar de *uma carga a toda velocidade*. Naquele tempo, os jornais de Paris dominavam os departamentos de província, os estados do interior, *ainda sem imprensa,* os coitados! Os jornais então eram ali seriamente estudados, desde o título até o nome do editor, linha onde podiam se ocultar as ironias da opinião perseguida. Com o apoio da imprensa, Gaudissart obteve estrondosos sucessos desde as primeiras cidades às quais se dirigiu. Todos os lojistas do interior desejavam

---

3. Balzac cita aqui dois compostos que tiveram, de fato, muitos anúncios em jornais franceses na primeira metade do século XIX. (N.E.)
4. Personagens de *A comédia humana*, atrizes de vida liberal. (N.E.)

molduras e impressos da gravura de *Hero e Leandro*. Finot arremessou contra o óleo de Macassar esse encantador gracejo que tanto fazia rir aos Funâmbulos, em que Pierrô pega uma velha vassoura de crina na qual só é possível ver os buracos e nela derrama o óleo de Macassar, tornando assim a vassoura espessa como uma floresta. Essa cena irônica provocava um riso universal. Mais tarde, Finot contou alegremente que, sem aqueles mil escudos, teria morrido de miséria e de dor. Afinal, para ele mil escudos eram uma fortuna. Nessa cruzada, ele foi o primeiro a adivinhar o poder do anúncio, do qual fez um tão grande e sábio uso. Três meses depois, era redator-chefe de um pequeno jornal, que acabou por comprar e que consistiria na base de sua fortuna.

Assim como a carga a toda velocidade implementada nos departamentos e nas fronteiras pelo ilustre Gaudissart (o Murat dos caixeiros-viajantes) levou ao triunfo comercial a empresa A. Popinot, ela também triunfou junto à opinião pública, graças ao voraz assalto aos jornais, o qual produziu a viva publicidade obtida pela *Mistura brasileira* e pela *Pomada de Regnault*. Inicialmente, esse assalto à opinião pública engendrou três êxitos, três fortunas, e representou a disparada de incontáveis ambições que desde então partiram em batalhões maciços em direção à arena dos jornais, onde criaram a enorme revolução dos anúncios pagos! Já então, a empresa A. Popinot e companhia se vangloriava pelas paredes e por todas as fachadas.

Incapaz de calcular a dimensão de uma tal publicidade, Birotteau contentou-se em dizer a Césarine:

– Esse pequeno Popinot segue meu rastro! – sem compreender a diferença de tempo, sem avaliar o poder dos novos recursos de execução, cuja rapidez e extensão alcançavam o mundo comercial com presteza muito maior que antigamente. Birotteau não tinha posto os pés na fábrica desde o baile: assim, ignorava o movimento e a atividade que Popinot ali vinha desenvolvendo. Anselme recrutara todos os operários de Birotteau, ali dormindo; ele enxergava Césarine sentada em todas as caixas, deitada em todas as expedições, impressa em todas as faturas; e se dizia: "Ela será minha mulher!", enquanto, com as mangas arregaçadas até o cotovelo, hábito vulgar, batia com ímpeto os pregos numa caixa, na ausência dos empregados, deslocados em serviço externo.

No dia seguinte, depois de haver estudado durante toda a noite tudo o que devia ou não devia dizer a um dos expoentes das altas finanças, César chegou à Rue du Houssaye e, não sem horríveis palpitações, entrou no edifício do banqueiro liberal que pertencia à corrente de opinião acusada, com justiça, de pretender a derrubada dos Bourbon. Como todas as pessoas do pequeno comércio parisiense, o perfumista ignorava os costumes e os homens das altas finanças.

Em Paris, entre os altos círculos financeiros e o comércio, existem estabelecimentos secundários, intermediários úteis aos bancos, que neles encontram uma garantia a mais. Constance e Birotteau, que jamais tinham ido além dos próprios recursos, cujas finanças nunca foram deficitárias e que mantinham títulos no cofre, nunca recorreram a esses estabelecimentos de segunda classe; com toda razão, eram desconhecidos nas altas esferas bancárias. Talvez fosse um erro não recorrer a um crédito, mesmo inútil: as opiniões se dividem a esse respeito. Seja como for, Birotteau agora lamentava nunca ter emitido a sua assinatura. Mas, conhecido como vice e como político, acreditou que seria suficiente apresentar-se e entrar; ignorava a afluência quase monárquica que caracterizava a audiência daquele banqueiro.

Introduzido na ante-sala do gabinete daquele homem por tantos títulos célebre, Birotteau se viu no meio de um grupo numeroso formado por deputados, escritores, jornalistas, corretores de câmbio, altos comerciantes, homens de negócios, engenheiros e, sobretudo, por pessoas íntimas que cruzavam o salão e batiam de maneira especial à porta do gabinete no qual tinham o privilégio de entrar.

"Quem sou eu no meio desta máquina?", perguntou-se Birotteau, inteiramente aturdido pelo movimento daquela usina intelectual na qual se preparava o pão de cada dia da oposição, na qual se ensaiavam os papéis da grande tragico-média representada pela esquerda. Ele ouvia, à sua direita, discutir-se a questão do empréstimo para a conclusão das principais linhas de canais, proposta pela administração das pontes e calçadas, um negócio que implicava milhões! À sua esquerda, jornalistas sustentados pelo amor-próprio do banqueiro conversavam sobre a sessão da véspera e o improviso feito pelo patrão. Durante duas horas de espera, Birotteau avistou por três vezes o banqueiro político, quando ele acompanhava homens importantes por alguns passos além da porta de seu gabinete. François Keller chegou até a antecâmara ao se despedir do último, o general Foy.

"Estou perdido!", pensou Birotteau, com um aperto no coração.

Quando o banqueiro voltou a seu gabinete, a trupe de cortesãos, amigos e interessados precipitou-se a ele como cães atrás de uma linda cadela. Alguns ousados vira-latas se introduziram, apesar de tudo, em seu santuário. As audiências duravam cinco, dez minutos, um quarto de hora. Uns saíam contritos, outros, com ar satisfeito ou assumindo ares importantes. O tempo corria, Birotteau olhava com ansiedade o relógio. Ninguém dava a mínima atenção a essa dor oculta que gemia sobre uma poltrona dourada junto à lareira, à entrada daquele gabinete onde morava a panacéia universal, o crédito! César pensou dolorosamente que em uma certa época ele fora rei, como esse homem era rei todas as manhãs, e avaliava a profundidade do abismo em que caíra. Pensamento amargo! Quantas lágrimas contidas durante aquela hora que permaneceu ali! Quantas vezes Birotteau suplicou a Deus que aquele homem lhe fosse favorável, pois descobria nele, sob uma grossa camada de bonomia popular, uma certa insolência, certa tirania colérica, uma vontade brutal de dominar, que assustava sua alma delicada. Enfim, quando havia apenas umas dez ou doze pessoas, Birotteau resolveu, quando a porta externa do gabinete entreabrisse, erguer-se e, se colocando no mesmo nível do grande orador, dizer-lhe:

– Eu sou Birotteau!

O primeiro a lançar uma granada contra o reduto do rio Moscova não empregou mais coragem que o perfumista ao realizar essa manobra.

"Afinal, sou seu vizinho de distrito", disse a si mesmo ao se levantar para declinar seu nome.

A fisionomia de François Keller tornou-se afável, ele procurou evidentemente ser amável, olhou para a condecoração vermelha do perfumista, voltou-se, abriu a porta de seu gabinete, indicando-lhe o caminho, e ficou por algum tempo conversando com duas pessoas que se arrojaram pela escada com a violência de um ciclone.

— Decazes[5] quer lhe falar – disse uma delas.

— Trata-se de derrubar o pavilhão Marsan! O rei vê claro, ele vem até nós! – exclamou a outra.

— Iremos juntos à Câmara – disse o banqueiro, voltando-se com a atitude da rã que procura imitar o boi.

"Como ele pode cuidar de seus negócios?", perguntou-se Birotteau, completamente aturdido.

O sol da superioridade cintilava, ofuscando o perfumista como a luz cega os insetos que precisam de luz suave ou da semi-obscuridade de uma bela noite. Sobre uma mesa enorme, ele via o orçamento, os incontáveis impressos da Câmara, os volumes de *Le Moniteur* abertos, consultados e assinalados, a fim de poder atirar no rosto de um ministro suas palavras anteriores já esquecidas e lhe fazer cantar a palinódia sob aplausos de uma multidão simplória, incapaz de compreender que os acontecimentos modificam tudo. Sobre outra mesa, cartões empilhados, contas, projetos, as inúmeras informações confiadas a um homem em cujo guichê todas as indústrias nascentes tentavam sacar. O luxo aristocrático desse gabinete repleto de quadros, estátuas, obras de arte; o atulhamento da lareira, a pilha de interesses nacionais ou estrangeiros amontoados como fardos, tudo surpreendia Birotteau, diminuindo-o e aumentando o terror que lhe enregelava o sangue. Sobre a mesa de trabalho de François Keller jaziam maços de títulos, letras de câmbio, informações comerciais. Keller sentou-se e se pôs a assinar rapidamente as cartas que não requeriam exame.

— Senhor, a que devo a honra de sua visita? – perguntou.

A essas palavras, pronunciadas diretamente a ele por essa voz que falava à Europa, enquanto a mão ávida corria sobre o papel, o pobre perfumista sentiu como que um ferro escaldante no ventre. Assumiu um ar agradável, que o banqueiro testemu-

---

5. Duque Decazes (178?-1860): advogado, magistrado, chefe de polícia, ministro do Interior, presidente do Conselho e embaixador em Londres, favorito de Luís XVIII. (N.E.)

nhava há dez anos naqueles que almejavam envolvê-lo em um negócio importante apenas para eles, o que já consistia num indício. François Keller então lançou a César um olhar que lhe atravessou a cabeça, um olhar napoleônico. A imitação do olhar de Napoleão era de um leve ridículo a que se permitiam na época alguns novos-ricos que sequer chegaram aos pés de seu imperador. Esse olhar caiu sobre Birotteau, homem da Direita, fanático do poder, membro de eleição monárquica, como um lacre de chumbo alfandegário que marca uma mercadoria.

– Senhor, não quero abusar de seu tempo, serei breve. Por um assunto puramente comercial, venho lhe perguntar se posso obter um crédito em seu banco. Antigo juiz no Tribunal de Comércio e conhecedor dos meios financeiros, o senhor compreende que, se eu tivesse uma carteira cheia de títulos, bastaria dirigir-me ao banco que o senhor dirige. Tive a honra de encontrar-me no tribunal com o senhor barão Thibon, chefe do departamento de descontos, e por certo ele não me negaria. Porém nunca usei de meu crédito nem de minha assinatura; minha assinatura é virgem, e o senhor sabe o quanto, nesse caso, uma negociação apresenta dificuldades...

Keller balançou a cabeça, e Birotteau interpretou esse gesto como um sinal de impaciência.

– Senhor, este é o fato – prosseguiu. – Envolvi-me num negócio territorial, alheio ao meu ramo de comércio...

François Keller, que continuava a assinar e a ler, sem aparentar ouvir César, voltou a cabeça e lhe fez um sinal de concordância, encorajando-o. Birotteau acreditou que seu negócio estava bem encaminhado e respirou.

– Continue, estou ouvindo – disse-lhe Keller com bonomia.

– Sou comprador de metade dos terrenos situados em torno da Madeleine.

– Sim, já ouvi falar em casa de Nucingen desse enorme negócio promovido pela casa Claparon.

– Pois bem – prosseguiu o perfumista –, um crédito de cem mil francos, garantido por minha metade nesse negócio, ou por minhas propriedades comerciais, bastaria para eu me manter até o recebimento dos lucros que deverão resultar, dentro em breve, de uma invenção de pura perfumaria. Caso necessário, eu darei por garantia títulos de uma nova casa, a casa Popinot, uma nova empresa que...

Keller pareceu importar-se muito pouco com a casa Popinot, e Birotteau compreendeu que estava tomando um mau caminho; deteve-se, temeroso com aquele silêncio, e em seguida prosseguiu.

– Quanto aos juros, nós...

– Sim, sim – disse o banqueiro –, a coisa pode se arranjar, não duvide de minha disposição de lhe ser agradável. Ocupado como sou, tenho as finanças européias em meus ombros, e a Câmara absorve todo o meu tempo, portanto o senhor não se espantará em saber que confio aos meus escritórios a análise de uma infinidade de negócios. Procure, embaixo, meu irmão Adolphe, explique a ele a natureza de suas garantias; se ele aprovar a operação, o senhor voltará com ele amanhã ou depois de amanhã no horário em que examino a fundo os assuntos, às cinco horas da manhã. Ficamos felizes e orgulhosos de ter conseguido a sua confiança, o senhor é um desses monarquistas conseqüentes de quem se pode ser adversário político, mas cuja estima constitui uma lisonja...

– Senhor – disse o perfumista, exaltado por essa frase de tribuno –, sou tão digno da honra que me concede quanto do insigne e real favor... Eu o mereci ao servir no tribunal consular e combatendo...

– Sim – replicou o banqueiro –, a reputação da qual o senhor goza é um passaporte, senhor Birotteau. O senhor deve propor apenas negócios factíveis e pode contar com nossa cooperação.

Uma mulher, madame Keller, uma das duas filhas do conde de Gondreville[6], membro da Câmara Alta da França, entreabriu uma porta que Birotteau não tinha visto.

– Meu amigo, espero vê-lo antes da Câmara – disse ela.

– São duas horas – exclamou o banqueiro –, a batalha já começou. Desculpe-me, senhor, trata-se de derrubar um ministério... Procure meu irmão.

---

6. Personagem fictício, que aparece em várias outras obras de *A comédia humana*, entre as quais *Um caso tenebroso* e *O deputado de Arcis*. (N.E.)

Acompanhou o perfumista até a porta do salão e disse a um de seus empregados:

– Leve este senhor até *monsieur* Adolphe.

Através do labirinto da escadaria pelo qual o levava um homem de libré até um gabinete menos suntuoso do que o do chefe do estabelecimento, porém mais útil, o perfumista, montado sobre um *se,* a mais suave montaria da esperança, coçava o queixo, achando de muito bom augúrio as lisonjas recebidas do homem célebre. Ele lamentava que um adversário dos Bourbon fosse tão gentil, tão capaz, tão bom orador.

Cheio dessas ilusões, entrou num gabinete frio, mobiliado com duas escrivaninhas cilíndricas, rudes poltronas, ornado com cortinas descuidadas e um tapete ralo. Em comparação com o outro, esse gabinete era o que é a cozinha em relação à sala de jantar, a fábrica em relação à loja. Ali se estripavam os negócios de finanças e de comércio, analisavam-se as empresas e arrancavam-se os adiantamentos bancários sobre quaisquer lucros das indústrias consideradas rentáveis. Ali se combinavam aqueles golpes audaciosos pelos quais os Keller se projetaram no alto comércio e pelos quais criaram um monopólio rapidamente ampliado. Ali se estudavam as falhas da legislação e se estipulava sem pudor o que a Bolsa denomina *a parte do leão,* comissões exigidas pelos menores serviços, como o de apoiar uma empresa com seu nome e a concessão de crédito. Ali se urdiam essas tapeações guarnecidas de legalidade, que consistem em comanditar sem compromisso empresas duvidosas, a fim de se aguardar seu sucesso, e destruí-las, para se apossar delas, ao se exigir o capital num momento crítico: terrível manobra na qual foram embrulhados tantos acionistas.

Os dois irmãos partilhavam os papéis. No alto, François, homem brilhante e político, comportava-se como rei, distribuindo as graças e as promessas, tornando-se agradável a todos. Com ele, tudo era fácil: iniciava nobremente os negócios, embriagava os recém-chegados e os especuladores neófitos com o vinho de seus favores e sua palavra inebriante, desenvolvendo-lhes as próprias idéias. Embaixo, Adolphe desculpava o irmão por suas preocupações políticas e passava habilmente o ancinho sobre o tapete; era o irmão responsável, o homem difícil. Era preciso, assim, obter duas palavras para fechar um negócio com aquele pérfido estabelecimento. Muitas vezes, o "sim" gentil do gabinete suntuoso tornava-se um seco "não" no gabinete de Adolphe. Essa reticente manobra suscitava a reflexão, e com freqüência servia para entreter inábeis concorrentes.

O irmão do banqueiro conversava então com o famoso Palma, o conselheiro íntimo da casa Keller, que se retirou com a chegada do perfumista. Quando Birottcau terminou de expor, Adolphe, o mais astucioso dos dois irmãos, um verdadeiro lince, de olhar agudo, lábios finos, semblante azedo, lançou a Birotteau, por cima dos óculos e reclinando a cabeça, um olhar que se deve denominar o olhar de banqueiro e que tem algo do olhar dos abutres e dos advogados: ávido e indiferente, claro e escuro, brilhante e sombrio.

– Queira enviar-me os documentos referentes ao negócio da Madeleine – disse ele –, eles contêm a garantia do crédito, é preciso examiná-los antes de abri-lo e de se discutir os juros. Se o negócio for bom, poderemos, para não prejudicá-lo, nos contentar com uma parte dos lucros, em lugar de um desconto.

"Vamos", disse Birotteau a si mesmo ao voltar para casa, "vejo do que se trata. Como o esquilo perseguido, deverei ceder uma parte de minha pele. Mais vale se deixar tosar do que morrer."

Voltou nesse dia muito sorridente, e sua alegria era de bom alvitre.

– Estou salvo – disse a Césarine –, terei um crédito no banco dos Keller.

Apenas em 29 de dezembro, Birotteau pôde ser recebido no gabinete de Adolphe Keller. Na primeira vez que ali voltou, Adolphe tinha ido visitar umas terras a seis léguas, as quais o grande orador pretendia comprar. Na segunda vez, os dois Keller encontravam-se ocupados durante toda a manhã: tratava-se de apresentar um empréstimo proposto às Câmaras, e assim pediram a *monsieur* Birotteau para voltar na sexta-feira seguinte. Esses adiamentos aniquilavam o perfumista. Mas, enfim, aquela sexta-feira chegou. Birotteau se encontrava no gabinete, sentado ao lado da lareira, diante da janela, e Adolphe Keller, do outro lado.

– Está bem, senhor – disse-lhe o banqueiro, mostrando-lhe os documentos. – Mas quanto pagou sobre o valor dos terrenos?

– Cento e quarenta mil francos.

– Em dinheiro?

– Em títulos.

– Estão pagos?

– Não, ainda não venceram.

– Mas se o senhor tiver pago pelos terrenos mais do que seu valor atual, onde estará nossa garantia? Ela estaria apenas na boa reputação que o senhor inspira e na consideração de que desfruta. Os negócios não se baseiam em sentimentos. Se o senhor tivesse pago duzentos mil francos, supondo que tivesse dado cem mil francos a mais pelos terrenos, teríamos então uma garantia de cem mil francos para responder por cem mil francos de adiantamento. O resultado, para nós, seria nos tornarmos proprietários de sua parte, pagando em seu lugar, portanto será necessário saber se este é um bom negócio. Esperar cinco anos para dobrar o capital, vale mais fazê-lo render no banco. Há tantos imprevistos! O senhor pretende emitir títulos para pagar títulos a vencer, essa é uma manobra perigosa! Recua-se para melhor saltar. O negócio não nos convém.

Essa frase atingiu Birotteau como se o carrasco lhe tivesse tocado o ombro com o ferro de marcar, e ele perdeu a cabeça.

– Vejamos – disse Adolphe –, meu irmão tem grande interesse pelo senhor, ele me falou a seu respeito. Analisemos seus negócios – afirmou, atirando ao perfumista um olhar de cortesã pressionada a pagar a casa.

Birotteau tornou-se um Molineux, de quem tinha zombado com tanta superioridade. Embrulhado pelo banqueiro, que se comprazia em enovelar a bobina dos pensamentos do pobre homem e se empenhava em interrogar um negociante como o juiz Popinot em fazer falar um criminoso, César relatou os próprios empreendimentos: introduziu a *Pomada dupla das sultanas,* a *Água carminativa,* o caso Roguin, o processo acerca de seu empréstimo hipotecário pelo qual nada recebera. Vendo o ar sorridente e pensativo de Keller, seus movimentos de cabeça, Birotteau dizia-se: "Ele me ouve! Está interessado!

Eu terei o crédito!". Adolphe Keller ria de Birotteau como o perfumista tinha rido de Molineux. Levado pela loquacidade daqueles que se deixam embriagar pelo infortúnio, César revelou o verdadeiro Birotteau: mostrava a própria envergadura ao propor como garantia o *Óleo cefálico* e a casa Popinot, seu último capital. O simplório, iludido por uma falsa esperança, deixou-se sondar, examinar por Adolphe Keller, que reconheceu no perfumista um tolo monarquista próximo da falência. Encantado com a falência de um vice-prefeito de seu distrito, um homem havia pouco condecorado, um homem do poder, Adolphe disse então claramente a Birotteau que não podia lhe abrir um crédito nem dizer nada em seu favor a seu irmão François, o grande orador. Se François se deixasse levar por tolas generosidades, socorrendo gente de opinião contrária à sua e adversários políticos, ele, Adolphe, se oporia com todo o empenho a que ele fizesse esse papel de tolo e o impediria de estender a mão a um velho adversário de Napoleão, a uma vítima de Saint-Roch. Exasperado, Birotteau quis dizer algo sobre a avidez do alto mundo das finanças, sua dureza, sua falsa filantropia; foi, no entanto, tomado por uma dor tão violenta que mal pôde balbuciar algumas frases sobre a instituição do Banco da França, ao qual os Keller recorriam.

– Mas – disse Adolphe Keller – o Banco nunca fará um empréstimo recusado por um simples banqueiro.

– O Banco – disse Birotteau – sempre me pareceu falhar em sua finalidade quando, ao apresentar o balanço de seus lucros, gaba-se de não haver perdido senão cem ou duzentos mil francos com o comércio parisiense, do qual é patrono.

Adolphe pôs-se a sorrir, levantando-se com um gesto de homem entediado.

– Se o Banco se pusesse a comanditar as pessoas em dificuldades na praça mais maliciosa e mais escorregadia do mundo financeiro, ele pediria falência um ano depois. Ele já encontra muita dificuldade em se defender contra as emissões e os títulos falsos, então o que seria se ele se pusesse a analisar os negócios dos que pretendem a sua ajuda!

"Onde encontrar os dez mil francos que me faltam para amanhã, sábado, dia 30?", perguntava-se Birotteau ao cruzar o pátio.

Conforme a regra, se paga no dia 30 quando o dia 31 é um feriado.

Já no portão, com os olhos marejados de lágrimas, o perfumista entreviu um belo cavalo inglês, coberto de suor, que estacionou bem ali uma das mais belas carruagens que então rodavam sobre o calçamento de Paris. Bem que desejou ser esmagado por essa carruagem; morreria por acidente, e o desarranjo de seus negócios seria atribuído a isso. Sequer reconheceu du Tillet, que, esbelto e num elegante traje matinal, atirou as rédeas a seu criado e uma capa sobre o lombo do suarento puro-sangue.

– Que acaso o traz aqui? – perguntou du Tillet a seu antigo patrão.

Du Tillet sabia bem que os Keller tinham pedido informações a Claparon que, se reportando a du Tillet, demolira a antiga reputação do perfumista. Embora subitamente contidas, as lágrimas do pobre comerciante falavam com energia.

– Teria vindo pedir algum favor a esses árabes? – perguntou du Tillet –, esses degoladores do comércio, que praticaram uma série de infâmias, como aumentar o preço do anil depois de dele terem se apropriado, baixar o preço do arroz para forçar os que o estocavam a vendê-lo barato e assim controlar o mercado, gente que não tem nem honra, nem lei, nem alma? Não sabe então do que eles são capazes? Eles lhe dão um crédito quando o senhor tem um bom negócio e o retiram quando ele já está encaminhado, forçando-o a vendê-lo por preço vil. O Havre, Bordeaux e Marseille poderão dizer disparates a respeito deles. A política lhes serve para esconder inúmeras sujeiras. Vamos, vale explorá-los sem escrúpulos! Vamos dar um passeio, meu caro Birotteau. Joseph! Leve meu cavalo, faz muito calor, e esse é um investimento de mil escudos.

E tomou o caminho do bulevar.

– Vejamos, meu caro patrão, afinal o senhor foi meu patrão, está precisando de dinheiro? Eles lhe pediriam garantias, os miseráveis. Conheço o senhor e lhe ofereço dinheiro em troca apenas de seus títulos. Fiz minha fortuna honradamente, com dificuldades inacreditáveis. Fui buscar a fortuna na Alemanha! Hoje, posso lhe dizer: adquiri créditos do rei com um desconto de sessenta por cento, então sua fiança me foi muito útil, sou reconhecido por isso! Se o senhor precisar de dez mil francos, pode dispor deles.

— Como, du Tillet! — exclamou César. — Isso é verdade? Não está brincando? Sim, estou com problemas, mas são passageiros.

— Sei disso, o caso Roguin — respondeu du Tillet. — Ah, também eu entrei com dez mil francos que o velho patife me pediu emprestados e depois fugiu; mas madame Roguin vai devolvê-los com seus recursos. Aconselhei à pobre mulher não fazer a tolice de pagar as dívidas feitas por uma rapariga; seria bom se ela pagasse tudo, mas como favorecer alguns credores em detrimento de outros? O senhor não é um Roguin, eu o conheço — disse du Tillet —, o senhor queimaria os miolos antes de me fazer perder um centavo. Venha, eis a Rue de la Chaussée-d'Antin, suba à minha casa.

O novo-rico sentiu prazer em introduzir o antigo patrão em seus aposentos, em lugar de levá-lo a seu escritório, e o acompanhou lentamente a fim de que ele pudesse admirar a bela e suntuosa sala de jantar, decorada com quadros comprados na Alemanha, dois salões elegantes e luxuosos como os que Birotteau pudera ver apenas em casa do duque de Lenoncourt. Os olhos do burguês ficaram ofuscados pelos dourados, pelas obras de arte, pelos fantásticos bibelôs, pelos preciosos vasos, por uma infinidade de detalhes que faziam empalidecer o luxo do apartamento de Constance; e conhecendo o preço dessa loucura, dizia a si mesmo: "Onde, afinal, ele conseguiu tantos milhões!". Entrou num dormitório perto do qual o quarto de sua mulher parecia o que é o terceiro andar de uma figurante em comparação aos aposentos do protagonista de uma ópera. O teto, todo forrado de cetim lilás, destacava-se com pregas de cetim branco. O acolchoado da cama em arminho se sobressaía sobre as cores violáceas de um tapete oriental. Os móveis e acessórios apresentavam formas novas e de um rebuscamento extravagante. O perfumista deteve-se diante de um deslumbrante relógio com as figuras de Eros e de Psiquê, feito sob encomenda para um famoso banqueiro, e do qual du Tillet havia conseguido a única réplica. Enfim, o antigo patrão e seu antigo empregado chegaram a um gabinete de janota elegante, galante, que recendia mais ao amor do que às finanças. Fora sem dúvida madame Roguin quem, em reconhecimento aos cuidados dispensados à sua fortuna, lhe presenteara com uma peça esculpida em ouro, um cortador de papel guarnecido de malaquita cinzelada, com as lâminas enfeitadas, de um luxo sem limites. O tapete, um dos mais ricos exemplares da Bélgica, tanto encantava os olhos quanto surpreendia os pés pela macia espessura de sua grossa lã, uma peça dotada de espantosa riqueza. Du Tillet fez sentar junto à lareira o pobre perfumista deslumbrado, aturdido.

– Quer almoçar comigo?

Tocou o sino e apareceu um camareiro mais bem vestido do que Birotteau.

– Diga a *monsieur* Legras que suba, depois vá dizer a Joseph para voltar aqui, você o encontrará na porta da casa Keller. Entre e diga a Adolphe Keller que, em lugar de ir vê-lo, eu o esperarei aqui até o horário da Bolsa. E mande servir logo o almoço!

Essas frases deixaram o perfumista estupefato.

"Ele manda chamar aquele terrível Adolphe Keller, assobia para ele como a um cão! Ele, du Tillet!"

Um serviçal minúsculo veio estender uma mesa que Birotteau não tinha visto, de tão pequena, e ali colocou um patê de *foie gras,* uma garrafa de vinho Bordeaux, todas aquelas coisas requintadas que eram servidas em casa de Birotteau apenas duas vezes a cada trimestre, em ocasiões especiais. Du Tillet sentia prazer. Seu ódio contra o único homem que teve o direito de desprezá-lo desabrochava com tanto ardor que Birotteau lhe fez experimentar a sensação profunda que suscitaria o espetáculo de um carneiro defendendo-se de um tigre. Mas uma idéia generosa lhe atravessou o coração: indagou-se se sua vingança já não se tinha cumprido, oscilando entre os apelos da clemência despertada e os do ódio abrandado.

"Posso anular comercialmente este homem", pensava, "tenho direito de vida e de morte sobre ele, sobre sua mulher que me enxotou, sobre sua filha, cuja mão me pareceu por algum tempo toda a fortuna. Tenho o dinheiro de que ele precisa, contentemo-nos, assim, a deixar esse pobre simplório nadar na ponta da corda que lhe estenderei."

As pessoas honestas são desprovidas de tato, elas não medem o bem que fazem, uma vez que para elas tudo é sem rodeios ou segundas intenções. Birotteau consumou seu infortúnio ao irritar o tigre, perpassar-lhe o coração sem o saber, tornando-o implacável por uma só palavra, um elogio, uma expressão virtuosa, pela própria bonomia da probidade. Quando o caixa chegou, du Tillet apontou-lhe César.

– *Monsieur* Legras, traga-me dez mil francos e um recibo em meu nome com prazo de noventa dias a este senhor, que é *monsieur* Birotteau, como você sabe!

Du Tillet serviu o patê, estendeu um copo de vinho ao perfumista, que, ao se ver a salvo, entregava-se a risadas convulsivas, acariciando a corrente de seu relógio, e apenas levando um bocado à boca quando seu antigo empregado lhe perguntou:

– O senhor não se serve?

Birotteau demonstrava assim a profundidade do abismo em que a mão de du Tillet o tinha mergulhado, de onde ela o retiraria e onde podia voltar a mergulhá-lo. Quando o caixa voltou, já tendo assinado a promissória, sentiu as dez notas em seu bolso e não se conteve mais. Havia pouco, seu bairro e o Banco estavam prestes a saber que ele estava insolvente, e teria de confessar sua ruína à sua mulher; agora, tudo tinha se arranjado! A felicidade da libertação igualava em intensidade as torturas de sua derrota. Os olhos do pobre homem se umedeceram, contra sua vontade.

– Que tem o senhor, meu caro patrão? – perguntou-lhe du Tillet. – O senhor não faria amanhã por mim o que eu lhe faço hoje? Isso não é simples como um bom-dia?

– Du Tillet – disse com ênfase e gravidade o ingênuo, levantando-se e tomando a mão de seu antigo funcionário –, eu lhe restituo toda a minha estima.

– Como, eu a tinha perdido? – perguntou du Tillet, sentindo-se fortemente atingido no seio de sua prosperidade.

– Perdido... não exatamente – disse o perfumista, fulminado pela tolice que dissera. – Contaram-me certas coisas sobre sua ligação com madame Roguin. Diabo! Tomar a mulher de outro...

"Você delira, meu velho", pensou du Tillet, usando o linguajar de seu antigo emprego.

Ao formular essa frase para si mesmo, ele retomava o projeto de abater aquela virtude, de pisoteá-la, de tornar desprezível na praça de Paris o homem virtuoso e honrado pelo qual fora desmascarado. Todos os ódios, políticos ou privados, de mulher para mulher, de homem para homem, não têm outra origem que uma tal surpresa. Não se odeia por interesses contrariados, por uma ofensa, sequer por uma bofetada; tudo se arranja. Mas ter sido pego em flagrante delito de infâmia!... o duelo que se sucede entre o criminoso e a testemunha do crime só pode terminar com a morte de um deles.

– Oh! Madame Roguin – disse du Tillet em tom zombeteiro. – Mas isso não representa, ao contrário, uma pluma no boné de um rapaz? Eu o compreendo, meu caro patrão: alguém deve lhe ter dito que ela me emprestou dinheiro. Pois bem, ao contrário disso, fui eu quem lhe restabeleceu a fortuna, estranhamente comprometida nos negócios de seu marido. A origem de minha fortuna é limpa, há pouco lhe contei sobre isso. Eu não tinha nada, o senhor sabe! Por vezes os jovens enfrentam terríveis necessidades. Pode-se continuar vivendo na mais completa miséria. Mas se fizemos, como a República, empréstimos forçados, se eles foram pagos, agora se é mais íntegro do que a França.

– É isso mesmo – disse Birotteau. – Meu filho... Deus... Não foi Voltaire quem disse:

Ele fez do arrependimento a virtude dos mortais.

– Desde que – replicou du Tillet, outra vez mortificado com essa nova citação –, desde que não se aposse da fortuna do próximo, covardemente, de maneira baixa, como, por exemplo, se o senhor fosse à falência antes de três meses e meus dez mil francos fossem postos na fogueira...

– Eu, ir à falência? – disse Birotteau, depois de ter bebido três copos de vinho, embriagando-se pelo prazer. – Todos conhecem minha opinião sobre a falência! A falência é a morte de um comerciante, e eu morreria!

– À sua saúde – disse du Tillet.

– À sua prosperidade – replicou o perfumista. – Por que não foi mais à minha casa?

– Palavra de honra – disse du Tillet –, eu confesso, tenho medo de madame César, ela sempre me causa uma impressão! E se o senhor não tivesse sido meu patrão, palavra de honra! Eu...

– Ah, você não é o primeiro a achá-la bela, muitos a desejaram, porém ela me ama! Pois bem, du Tillet, meu amigo, não deixemos as coisas pela metade.

– Como?

Birotteau explicou o negócio dos terrenos a du Tillet, que arregalou os olhos e cumprimentou o perfumista por sua clarividência e visão, elogiando o negócio.

– Pois bem, fico feliz com a sua aprovação, o senhor é considerado uma das melhores cabeças do mundo bancário, du Tillet! Caro filho, você poderia me conseguir um crédito no Banco da França, enquanto aguardo os resultados do *Óleo cefálico*.

– Posso indicá-lo à casa Nucingen – respondeu du Tillet, prometendo a si mesmo fazer sua vítima dançar todos os papéis da contradança dos falidos.

Ferdinand sentou-se em sua mesa para escrever a seguinte carta:

Ao *Monsieur* Barão de Nucingen

Em Paris

"Meu caro barão,

O portador desta carta é monsieur Birotteau, vice-prefeito do segundo distrito e um dos industriais mais renomados da perfumaria parisiense; ele desejaria entrar em contato com o senhor. Conceda-lhe tudo o que ele lhe pedir; obsequiosamente,

"Seu amigo,

"F. Du Tillet"

Du Tillet não pôs o pingo sobre o "i" de seu nome. Para aqueles com quem mantinha negócio, esse erro voluntário era um sinal convencional. As mais eloqüentes recomendações, as calorosas e favoráveis instâncias de sua carta nada significavam, nesse caso. Uma tal carta, em que os pontos de exclamação suplicavam, em que du Tillet punha-se de joelhos, era então arrancada por considerações poderosas; ele não podia recusá-la; ela devia ser olhada como não-existente. Ao observar o "i" sem o pingo, seu amigo oferecia então a água benta da casa ao solicitante. Muitas pessoas, mesmo as de alta posição, são manipuladas assim como crianças por homens de negócios, por banqueiros, advogados, todos detentores de uma dupla assinatura, uma sem valor, outra com valor. Mesmo os mais perspicazes caem nessa armadilha. Para descobrir essa astúcia, seria preciso ter experimentado o duplo efeito de uma carta válida e de uma carta não-válida.

– O senhor me salvou, du Tillet! – disse César ao ler a carta.

– Meu Deus! – disse du Tillet. – Vá buscar o dinheiro; ao ler este bilhete, Nucingen lhe dará quanto o senhor quiser. Infelizmente, meus capitais estão comprometidos por alguns dias; não fosse isso, eu não o enviaria ao príncipe das altas finanças, pois os Keller são apenas pigmeus perto do barão de Nucingen. É Law reaparecido em Nucingen. Com minha carta, o senhor estará garantido até o dia 15 de janeiro, e depois veremos. Nucingen e eu somos grandes amigos, ele não desejaria me desagradar por um milhão.

"Isto é como um aval", pensou Birotteau, retirando-se cheio de reconhecimento por du Tillet. "Pois bem", dizia-se, "um benefício nunca é perdido!" E filosofava sem cessar. Contudo, um pensamento amargava sua felicidade. Tinha conseguido, por alguns dias, impedir sua mulher de meter o nariz nos livros da empresa, entregando o caixa sobre as costas de Célestin, e assim pudera fazer com que a esposa e a filha desfrutassem tranqüilamente do belo apartamento que ele tinha arrumado e mobiliado; mas, esgotados esses primeiros sucessos, madame Birotteau morreria antes de renunciar a ver pelos próprios olhos os detalhes de sua empresa, a deixar de ter, conforme sua expressão, *a faca e o queijo nas mãos*. Birotteau estava esgotando o seu latim; tinha recorrido a todos os artifícios para esconder da mulher os sintomas de seu infortúnio. Constance estranhara muito a suspensão do envio das atas, repreendendo os empregados e acusando Célestin de pretender arruinar seu negócio, supondo que a idéia tivesse partido dele. Por ordem de Birotteau, Célestin deixava-se repreender. Aos olhos dos empregados, madame César dominava o perfumista, pois é possível enganar o público mas não o pessoal da casa sobre quem tem a verdadeira superioridade num casal. Birotteau via-se obrigado a confessar a situação a sua mulher, pois o crédito obtido de du Tillet requeria uma explicação. De volta, Birotteau estremeceu ao encontrar Constance examinando a contabilidade, verificando o livro de vencimentos e fazendo, sem dúvida, o cálculo do caixa.

– Com que você irá pagar os credores amanhã? – sussurrou ela em seu ouvido, quando ele se sentou a seu lado.

– Com dinheiro – ele respondeu, tirando as notas do bolso e fazendo um gesto para que Célestin as guardasse.

– Mas de onde vem isto?

– Eu lhe explicarei à noite. Célestin, anote para fim de março o vencimento de um título de dez mil francos em nome de du Tillet.

– Du Tillet – repetiu Constance aterrorizada.

– Vou visitar Popinot – disse César. – Não fica bem não tê-lo ainda visitado em sua casa. Está se vendendo o óleo?

– As trezentas garrafas que o senhor nos mandou já partiram!

– Birotteau, não saia, preciso lhe falar – disse-lhe Constance, tomando César pelo braço e o conduzindo ao quarto com uma precipitação que, em outra circunstância, teria provocado o riso. – Du Tillet – disse ela, quando estava a sós com o marido e depois de ter verificado que apenas Césarine se encontrava presente –, du Tillet que nos roubou cem escudos?... Você faz negócio com du Tillet, um monstro... que tentou me seduzir – disse ao ouvido dele.

– Loucura de juventude – disse Birotteau, subitamente firme.

— Escute, Birotteau, você se atrapalha, você não vai mais à fábrica. Há alguma coisa, eu percebo! Você precisa me dizer, quero saber de tudo.

— Pois bem – disse Birotteau –, até esta manhã estávamos ameaçados pela ruína, mas tudo se arranjou.

E ele lhe contou a terrível história dos últimos quinze dias.

— Esta, então, é a causa de sua doença! - exclamou Constance.

— Sim, mamãe – exclamou Césarine. – Veja como meu pai foi corajoso. Tudo o que desejo é ser amada como ele a ama. Ele pensou somente em evitar que você sofresse.

— Meu sonho se concretizou – disse a pobre mulher, deixando-se cair em sua poltrona junto à lareira, pálida, lívida, assombrada. – Eu adivinhei tudo. Eu lhe disse naquela noite fatal em nosso antigo quarto que você demoliu, não nos restará senão os olhos para chorar. Minha pobre Césarine! Eu...

— Ora, vamos! – exclamou Birotteau. – Não me vá tirar a coragem de que preciso.

— Perdão, meu amigo – disse Constance, tomando a mão de César e a apertando com uma ternura que atravessou o coração do pobre homem. – Não tenho razão. Já que o infortúnio chegou, ficarei muda, resignada e cheia de coragem. Não, você nunca ouvirá uma queixa.

Atirou-se nos braços de César e então disse chorando:

— Coragem, meu bem, coragem. Eu a terei por dois, se necessário.

— Meu óleo, mulher, o meu óleo vai nos salvar.

— Que Deus nos proteja – disse Constance.

— Então Anselme não ajudará meu pai? – perguntou Césarine.

— Eu irei vê-lo – disse César, muito comovido pelo tom dilacerante de sua mulher, como ele nunca tinha ouvido naqueles dezenove anos. – Constance, não tenha medo algum. Olhe, leia a carta de du Tillet a *monsieur* Nucingen, com certeza obteremos um crédito. Até lá, terei ganho o processo. Aliás – acrescentou, cometendo uma mentira necessária –, temos ainda nosso tio Pillerault, trata-se apenas de mantermos o espírito forte.

– Se fosse apenas isso – disse Constance, sorrindo.

Aliviado de um grande fardo, Birotteau pôs-se a andar como um homem que conquistou a liberdade, embora experimentasse em seu íntimo o indefinível esgotamento que se sucede às lutas morais intensas, nas quais se dispende mais fluido nervoso e mais vontade do que comumente e nas quais se atinge, por assim dizer, o capital da existência. Birotteau tinha envelhecido.

A casa Λ. Popinot, na Rue des Cinq-Diamants, mudara muito naqueles dois meses. O prédio tinha sido pintado. Ao fundo, as prateleiras repletas de garrafas alegrariam os olhos de qualquer comerciante capaz de reconhecer os sintomas da prosperidade. O assoalho da loja estava todo coberto de papel de embalagem. O depósito guardava pequenos tonéis com diferentes óleos, cuja representação tinha sido conseguida por Popinot graças ao devotado Gaudissart. As atas e a contabilidade, bem como o caixa, ficavam na parte de cima da loja. Uma velha cozinheira fazia o serviço da casa para três empregados, além de Popinot. Afastado a um canto da loja, num escritório envidraçado, Popinot vestia um avental de sarja, com duas mangas de tecido verde, a caneta sobre a orelha, quando não se encontrava mergulhado numa pilha de papéis, como no momento em que entrou Birotteau, que o encontrou abrindo a correspondência, cheia de contratos e encomendas. A estas palavras:

– E então, meu rapaz? – pronunciadas por seu antigo patrão, ele levantou a cabeça, fechou seu cubículo a chave e aproximou-se com um ar satisfeito, tendo a ponta do nariz vermelha. Não havia lareira na loja, cuja porta ficava aberta.

– Eu temia que o senhor não viesse mais – respondeu Popinot com ar respeitoso.

Os empregados acorreram ao ver o grande homem da perfumaria, o vice condecorado, o sócio de seu patrão. Essas silenciosas homenagens lisonjearam o perfumista. Birotteau, ainda há pouco tão pequeno no estabelecimento dos Keller, sentiu necessidade de imitá-los: acariciou o queixo, girou nos calcanhares, dizendo suas banalidades.

– E então, meu amigo, costuma-se madrugar por aqui? – perguntou.

— Não, nem sempre se dorme – disse Popinot –, é preciso se aferrar ao sucesso...

— Certo, o que eu dizia? Meu óleo representa uma fortuna.

— Sim, senhor, mas os meios de execução também valem alguma coisa: valorizei bem esse seu diamante.

— Afinal – perguntou o perfumista –, como vamos? Temos lucros?

— Apenas um mês depois – exclamou Popinot – já pensa nisso? O amigo Gaudissart saiu em viagem há apenas 25 dias, tomou uma diligência sem nada me dizer. Ah! Ele é muito dedicado. Devemos muito ao meu tio! Os jornais – disse no ouvido de Birotteau – vão nos custar doze mil francos.

— Os jornais? – indagou o vice.

— Então o senhor não os leu?

— Não.

— Então não sabe de nada – disse Popinot. – Vinte mil francos em cartazes, quadros e impressos!... Cem mil garrafas compradas. Ah! Tudo é sacrifício por enquanto. A produção está sendo feita em grande escala. Se o senhor tivesse vindo até aqui, onde muitas vezes passei a noite, teria visto um pequeno quebra-nozes que inventei, bastante útil. Pelos meus cálculos, nestes últimos cinco dias eu fiz três mil francos somente em comissões sobre os óleos de drogaria.

— Que boa cabeça – disse Birotteau passando a mão sobre os cabelos do pequeno Popinot, remexendo-os como se Popinot fosse um menino –, eu adivinhei.

Várias pessoas entraram.

— Domingo, vamos jantar em casa de sua tia Ragon – disse Birotteau, deixando Popinot e percebendo que a carne fresca que acabara de cheirar ainda não estava madura.

"Que coisa extraordinária! Um empregado que se torna comerciante em 24 horas", pensava Birotteau, tão surpreso com a tranqüilidade e o equilíbrio de Popinot quanto com o luxo de du Tillet. "Anselme assumiu um certo ar de incômodo quando lhe pus a mão na cabeça, como se já fosse François Keller."

Birotteau não percebera que os empregados o estavam observando, que um proprietário tem uma dignidade a preservar em seus domínios. Ali, como em casa de du Tillet, o ingênuo tinha cometido tolices devido ao coração bondoso e, sem conseguir conter um sentimento, expressava-o burguesamente. César teria se ofendido com qualquer outro homem que não Anselme.

O jantar de domingo em casa dos Ragon seria a última alegria dos dezenove anos felizes do lar de Birotteau, uma alegria completa, aliás. Ragon morava na Ruc du Petit-Bourbon-Saint Sulpice, no segundo andar de um imóvel antigo de aparência digna. Era um velho apartamento com vitrais, nos quais dançavam pastoras com cestos e pastavam os carneiros daquele século XVIII do qual os Ragon representavam tão bem a burguesia, grave e austera, com hábitos cômicos e idéias respeitosas em relação à nobreza, dedicada ao rei e à igreja. Os móveis, os relógios, as toalhas, a louça, tudo parecia patriarcal, a própria velhice em formas novas. O salão, forrado com velhos adamascados, ornado com cortinas em brocado, ostentava velhas poltronas confortáveis, pequenas escrivaninhas femininas e um soberbo Popinot, inspetor de pesos e medidas de Sancerre, pintado por Latour; era o pai de madame Ragon, um homem excelente no quadro, sorrindo como quem tivesse alcançado a glória. Em casa, madame Ragon se completava com um cachorrinho inglês da raça dos de Charles II, que fazia belo efeito sobre o pequeno sofá rígido, em estilo rococó, que, naturalmente, nunca exerceu o papel do sofá libertino de Crébillon. Entre todas as suas virtudes, os Ragon se destacavam pela conservação de velhos vinhos que tinham alcançado a perfeita depuração e pela posse de alguns licores de madame Amphoux[7], trazidos das ilhas coloniais por pessoas obstinadas o suficiente para amar (sem esperança, diga-se de passagem) a bela madame Ragon. Assim, seus pequenos jantares eram muito apreciados! Uma velha cozinheira, Jeannette, servia aos dois velhos com devoção cega; seria capaz de roubar frutas para lhes fazer geléias! Em lugar de poupar seu dinheiro, ela o jogava sabiamente na Loteria, esperando um dia poder levar o grande prêmio a seus patrões. Nos domingos em que eles recebiam, apesar de seus sessenta anos, ela ficava na cozinha

---

7. Famosa fabricante de licores afrodisíacos. (N.E.)

para supervisionar os pratos e servia a mesa com uma agilidade que faria inveja a *mademoiselle* Mars em seu papel de Suzanne, em *As bodas de Fígaro*.

Os convidados eram o juiz Popinot, o tio Pillerault, Anselme, os três Birotteau, os três Matifat e o abade Loraux. Madame Matifat, que no passado usava turbante nos bailes, estava com um vestido de veludo azul, com barra de algodão, e sapatos de pele de cabra, luvas de camurça bordadas com pelúcia verde e um chapéu de tecido rosa, ornado com orelhas de urso. Essas dez pessoas reuniram-se às cinco horas. Os velhos Ragon suplicavam a seus convivas que fossem pontuais. Quando se convidava esse casal tão digno, as pessoas preocupavam-se em servir o jantar em tal hora, pois seus estômagos de setenta anos não se adaptavam bem aos novos horários consagrados pela nova moda.

Césarine sabia que madame Ragon a faria sentar ao lado de Anselme: todas as mulheres, mesmo as devotas e ingênuas, entendem-se em assuntos de amor. A filha do perfumista vestiu-se, assim, de maneira a perturbar a cabeça de Popinot. Constance, que, não sem pesar, tinha renunciado ao tabelião, o qual representava em sua imaginação o papel de um príncipe hereditário, ajudou, embora com amargas reflexões, a arrumar sua toalete. A mãe previdente abaixou o pudico lenço de gaze de modo a descobrir um pouquinho os ombros de Césarine e deixar à mostra o colo atraente, de uma elegância notável. O corpete à moda grega, trespassado da esquerda para a direita por cinco pregas, podia se entreabrir e mostrar deliciosas curvas. O vestido de lã cinza muito fina com tiras franzidas recortava aquela cintura que nunca pareceu tão fina e delicada. As orelhas estavam ornadas com pingentes em ouro lavrado. Os cabelos, repuxados à chinesa, permitiam aos olhares envolver o suave frescor de uma pele matizada por veias, nas quais pulsava a vida mais pura. Enfim, Césarine estava tão sedutoramente bela que nem madame Matifat pôde evitar confessá-lo, sem perceber que mãe e filha tinham como desafio a necessidade de enfeitiçar o jovem Popinot.

Nem Birotteau, nem sua mulher, nem madame Matifat, ninguém ousou perturbar a doce conversa que os dois jovens, inflamados pelo amor, mantinham em voz baixa junto a uma janela entreaberta em que o frio depositava seus beijos invernais. Aliás, a conversa dos adultos se animou quando o juiz Popinot deixou escapar uma palavra sobre a fuga de Roguin, observando que ele era o segundo tabelião a cometer uma falta, e que um tal crime não ocorria no passado. À menção de Roguin, madame Ragon tocou o pé de seu irmão, Pillerault abafou a voz do juiz e ambos lhe apontaram madame Birotteau.

– Sei de tudo – disse Constance a seus amigos, com uma voz ao mesmo tempo suave e sofrida.

– Pois bem! – afirmou madame Matifat a Birotteau, que abaixou humildemente a cabeça –, quanto isso lhes custou? A julgar pelos comentários, o senhor estaria arruinado.

– Ele estava com duzentos mil francos que me pertenciam. Quanto aos quarenta mil que imaginariamente me conseguiu de empréstimo com um de seus clientes, cujo dinheiro ele dissipou, entramos com um processo.

– Ele será julgado nesta semana – disse Popinot. – Pensei que não aborreceria ao senhor se eu explicasse sua situação ao senhor presidente; e ele ordenou a remessa dos papéis de Roguin à Câmara do Conselho, a fim de examinar desde aquela época os fundos do empréstimo que foram desviados e as provas do fato alegado por Derville, o que ele mesmo pleiteou para lhe evitar as custas.

– Poderemos ganhar? – perguntou madame Birotteau.

– Não sei – respondeu Popinot. – Embora eu pertença à Câmara onde corre o processo, eu me absteria de deliberar, mesmo que me chamassem.

– Mas pode pairar dúvida sobre um processo tão simples? – indagou Pillerault. – O auto não deve fazer menção à liberação do dinheiro e os tabeliães não precisam declarar que testemunharam essa entrega ao tomador por quem concedeu o empréstimo? Se caísse nas mãos da Justiça, Roguin seria condenado.

– Segundo penso – respondeu o juiz –, o autor do empréstimo deverá recorrer contra Roguin acerca dos encargos e da caução; porém, mesmo em casos mais claros, na Corte Real, os conselheiros por vezes chegam a um empate.

– Como, senhorita, então *monsieur* Roguin fugiu? – perguntou Popinot, ouvindo enfim a conversa. – *Monsieur* César não me disse nada, a mim, que daria o meu sangue por ele...

Césarine compreendeu que toda a família estava incluída nesse *por ele*, pois, mesmo que não tivesse percebido o tom da voz, não podia se enganar com o olhar que a envolveu numa chama ardente.

– Eu bem sabia e teria lhe contado, mas ele escondeu tudo de minha mãe, confiando tudo apenas a mim.

– Você lhe falaria de mim numa tal circunstância – disse Popinot. – Você lê em meu coração, mas será que lê tudo?

– Talvez.

– Fico feliz em ouvi-lo – disse Popinot. – Você pode perder todo receio, saiba que daqui a um ano estarei tão rico que seu pai não me receberá mais tão mal quando eu lhe pedir em casamento. Não vou dormir mais de cinco horas por noite...

– Não vá ficar doente – disse Césarine com um tom inimitável, lançando a Popinot um olhar no qual se podia ler todo o seu pensamento.

– Minha mulher – disse César ao sair da mesa –, creio que estes dois jovens se amam.

– Tanto melhor assim – disse Constance com voz grave –, minha filha será a esposa de um homem de talento e cheio de energia. O talento é o mais belo dote de um pretendente.

E se apressou em deixar o salão, dirigindo-se ao quarto de madame Ragon. Durante o jantar, César dissera certas frases que fizeram sorrir Pillerault e o juiz, tal a ignorância que demonstravam e que fizeram lembrar à infeliz mulher o quanto seu pobre marido era fraco para enfrentar o infortúnio. Constance tinha lágrimas no coração, ela desconfiava instintivamente de du Tillet, pois todas as mães conhecem o *Timeo Danaos et dona ferentes*[8], ainda que não saibam latim. Chorou nos braços de sua filha e de madame Ragon, sem revelar a causa de seu sofrimento.

– São os nervos – disse ela.

O restante da noite foi dedicado ao jogo de cartas pelos mais velhos, e pelos jovens, a esses deliciosos joguinhos dos

---

8. Temo os gregos, mesmo quando trazem presentes. Virgílio, Eneida. (N.E.)

ditos inocentes, que encobrem as inocentes malícias dos amores burgueses. Os Matifat se misturaram aos joguinhos.

– César – disse Constance, quando já voltavam para casa –, vá no dia três à casa do barão de Nucingen, a fim de preparar-se para o prazo do dia quinze com antecedência. Caso ocorra algum imprevisto, como encontraria recursos de um dia para o outro?

– Irei, minha esposa – respondeu César, apertando a mão de Constance e a da filha, acrescentando: – Minhas queridas pequerruchas, eu lhes dei tristes prendas!

Na escuridão da carruagem, sem poder ver o pobre perfumista, elas sentiram lágrimas quentes caírem sobre suas mãos.

– Tenha esperança, meu amigo – disse Constance.

– Tudo vai dar certo, papai, *monsieur* Anselme Popinot disse-me que seria capaz de derramar o sangue por você.

– Por mim e por minha família, não é? – respondeu César, com ar alegre.

Césarine apertou a mão de seu pai, indicando que Anselme era seu noivo.

Durante os três primeiros dias do ano, foram enviadas duzentas cartas à casa dos Birotteau. Essa afluência de amizades falsas, esses testemunhos de prestígio são terríveis para os que se vêem arrastados pela corrente do infortúnio. Birotteau foi três vezes, em vão, ao edifício do famoso banqueiro, o barão de Nucingen. O início do ano e as festas bem explicavam a ausência do financista. Da última vez, o perfumista chegou até o gabinete do banqueiro, onde seu primeiro funcionário, um alemão, disse-lhe que *monsieur* De Nucingen, que voltara às cinco da manhã de um baile promovido pelos Keller, não poderia aparecer às nove e meia. Birotteau conseguiu envolver o empregado em seus assuntos e com ele ficou conversando cerca de meia hora. Pouco depois, esse ministro da casa Nucingen lhe escreveu anunciando que o barão o receberia no dia seguinte, 12, ao meio-dia. Embora cada hora lhe trouxesse uma gota de amargor, o dia passou com surpreendente rapidez. O perfumista chegou num fiacre de aluguel, descendo a um passo do edifício cujo pátio estava coberto de carruagens. O pobre e honesto homem sentiu o coração apertado diante do aspecto de esplendor daquela famosa casa.

"Entretanto, ele esteve por duas vezes liquidado", disse a si mesmo ao subir a soberba escadaria enfeitada com flores e ao atravessar os aposentos suntuosos pelos quais a baronesa Delphine de Nucingen[9] tinha se tornado célebre.

A baronesa tinha a pretensão de competir com as mais ricas residências do Faubourg Saint-Germain, nas quais ainda não era recebida. O barão estava almoçando com sua mulher. Apesar da quantidade de gente que o aguardava em seus escritórios, ele disse que os amigos de du Tillet podiam entrar a qualquer hora. Birotteau estremeceu de esperança ao ver a mudança operada pelas palavras do barão no mordomo até então insolente.

– *Perdoe-me, querita* – disse o barão à sua mulher, levantando-se e fazendo pequena inclinação de cabeça a Birotteau –, *monsenhor é um bom realista abigo muito íntibo de di Toillet. Tailleurs, ale ás monsenhor é vice do sebundo distrito e pavoneia uma magnificência aziática, você terá intenso prazer em fazer o seu conhecimento.*

– Mas terei muito prazer em tomar lições na casa de madame Birotteau, pois Ferdinand... – "Bem", pensou o perfumista, "ela o chama só de Ferdinand" – nos falou desse baile com uma admiração tanto mais preciosa quanto ele não admira nada. Ferdinand é um crítico severo, tudo devia ser perfeito. Em breve dará outro baile? – perguntou ela, no ar mais amável.

– Madame, pobres pessoas como nós divertem-se raramente – disse o perfumista, ignorando se ela brincava ou fazia um elogio banal.

– *Monsenhor Gran Dô digeriu a restaurantação de zeus apertamentos* – disse o barão.

– Ah! Grindot! Um belo pequeno arquiteto que volta de Roma – disse Delphine de Nucingen –, gosto muito dele, ele fez desenhos deliciosos em meu álbum.

Nenhum conspirador torturado pelo questionário em Veneza sentiu-se tão mal nos instrumentos de tortura quanto Birotteau em suas roupas. Via um ar de zombaria em todas as palavras.

– *Nós também danos o baile* – disse o barão, lançando um olhar de inquisição ao perfumista. – *Monsenhor Voyeur, todo i mundo gosta disto.*

---

9. Filha do *Pai Goriot*. (N.T.)

– *Monsieur* Birotteau quer almoçar sem cerimônia conosco? – disse Delphine, mostrando sua mesa suntuosamente servida.

– Madame baronesa, vim por negócios e estou...

– *Sissi!* – disse o barão. – *I mondame, permit falar de chifras?*

Delphine fez um pequeno movimento de assentimento e disse ao barão:

– Você vai comprar a perfumaria?

O barão deu de ombros e voltou-se a César desesperado.

– *Di Taillet tem o mais vivo enderesse pelo monsenhor* – disse.

"Enfim", pensou o pobre negociante, "chegamos à questão."

– *Com sua carte, você tgem na minho casa jum acrédito que só, só é ilimitado pelas fronteiras de minha bróbria fortuna...*

O bálsamo hilariante contido na água apresentada pelo anjo a Agar no deserto devia assemelhar-se ao orvalho derramado nas veias do perfumista por essas palavras quase de nossa língua. O fino barão, para ter motivos de voltar atrás em suas palavras bem calculadas e mal entendidas, tinha guardado a horrível pronúncia dos judeus alemães que se rejubilam por falar francês.

– *E monsenhor terá uma conta corrente. Eis como prossexeremos* – disse com bonomia alsaciana o bom, o venerável e grande financista.

Birotteau não desconfiou mais de nada, era comerciante e sabia que os que não estão dispostos a obrigar-se jamais entram nos detalhes do procedimento.

– *Nem é précíso falo falar-lhe que tanto para os grandes quanto para os pé pequenos o banco demanda treze assassinaturas. Entonce você farah seus letras à ordem de nosso amor anmigo di Taillet, que as enviará com minha assassinatura ao banco, um quarto para as duas, monsenhor montará no montante das letras que assassinar de amanhã. Não quero comichão, nem vantagem, nadia, pois terei o puro prazer de ser-lhe agradável... Mas com uma condução!* – disse, aflorando o nariz com o índice esquerdo com um movimento de inimitável fineza.

– *Monsieur* barão, a condição é concedida antecipadamente – disse Birotteau, a imaginar alguma participação nos lucros.

– *Uma condução a que dou, dou a maior importante, pois quero sim que a madame Nucinguen tome, como ela, como ela disse, treze lições com minha madame Biruta.*

– *Monsieur* barão, não zombe de mim, eu lhe suplico!

– *Monsenhor Biruta* – disse o financista em ar sério –, *está confinado, nus convidará a seu próximo balada do baile. Minha mulher está com infeja, quer ver os seus transbordamentos, todos degustaram mui.*

– *Monsieur* barão!

– *Oh! Se monsenhor recusa, tudo está dito, nada feito, digo e repito. Io, monsenhor tem muito prestígio. Que sei eu, sei que o perfeito da Sena vai à sua casa.*

– *Monsieur* barão!

– *Vai a sua a casa monsenhor de lá Bilhardière, um gentil homão da Câmera, mon amour, monarquista, também ferido em AS Saint Roque!*

– No Treze de Vendemiário, *monsieur* barão!

– *E também monsenhor Deixabesta, monsenhor Falcão do Iguatemi, da Academia...*

– *Monsieur* barão!

– *Ah! Não se incomoda, não se falso modesto, monsenhor vício, sube que o rei a sim falou de seu baile...*

– O Rei? – disse Birotteau, ausente de tudo mais.

Um jovem entrou muito à vontade no apartamento, e seu passo, reconhecido de longe pela bela Delphine de Nucingen, levou-a a enrubescer vivamente.

– *Pom dia, meu carro te Marsay!* – disse o barão de Nucingen. – *Tome meu a braço, tome no meu lugar! Disseram que há muita gentge louca no meu excritório. E zei por quê! As minas de Wortschinne dão suas capitais em rendas! Recebi as contos! A zen hora tem cem mil francos de rendas a nmai, zen hora sinuca, Nussinca. Dela pode comparar locomotivas, fantasias à vontade, para ficar ponita.*

– Deus é grande! Os Ragon venderam suas ações! – exclamou Birotteau.

– O que é que é que são esses *messieurs*? – perguntou o jovem elegante, sorrindo.

– *Vejam* – disse *monsieur* de Nucingen voltando-se, pois atingira a porta –, *a mim me parece que essas pessoas da sala de jantar... Te Marsay, se é, eis monsenhor Biruta, seu perfume misto, que dá, dá a balada do baile com magnificência asiática, e assim que Napoleão perdeu a guerra, o rei o condecorou...*

De Marsay tomou seu óculo e disse:

– Ah! É verdade, eu imaginava que esta figura não me era desconhecida. O senhor vai portanto perfumar seus negócios com algum cosmético virtuoso, oleá-los...

– *Muintu bem, bem, bem, esses Rakkons* – continuou o barão fazendo caretas de homem descontente – *tinham um conta em minha a casa, eu os favorizei rumo à forduna, mas eles não quiseram desesperar.*

– *Monsieur* barão! – exclamou Birotteau.

O bom homem já achava o seu negócio extremamente obscuro e, sem saudar a baronesa ou de Marsay, correu atrás do banqueiro. *Monsieur* de Nucingen já alcançara o primeiro degrau da escada, o perfumista alcançou-o embaixo, antes de ele entrar nos escritórios. Abrindo a porta, *monsieur* de Nucingen viu um gesto desesperado desta pobre criatura que se sentia cair em um abismo e disse-lhe:

– *Bem, esgtamos de combinação! Vai falhar com di Taillet, ponha-se de combinação, com ele!*

Birotteau imaginou que de Marsay podia imperar sobre o barão, subiu a escada com a velocidade de uma andorinha, deslizou na sala de jantar, onde a baronesa e de Marsay ainda deviam estar: deixara Delphine esperando seu café com creme. Bem que viu o café servido, mas a bela baronesa e o jovem elegante tinham desaparecido. O valete de quarto sorriu com a surpresa do perfumista, que desceu lentamente as escadarias. César correu a du Tillet que estava, disseram-lhe, no campo, na casa de madame Roguin. O perfumista tomou uma carruagem e pagou para ser conduzido tão velozmente quanto o correio a Nogent-sur-Marne.

Em Nogent-sur-Marne, o porteiro contou ao perfumista que *monsieur* e madame tinham voltado a Paris. Birotteau voltou aniquilado. Quando contou sua turnê à mulher e à filha, ficou surpreso de ver sua Constance, ordinariamente empoleirada como ave de desgraça sobre a menor aspereza comercial, a dar-lhe os mais suaves consolos, a afirmar-lhe que tudo correria bem.

No dia seguinte, Birotteau estava desde as sete da manhã na rua de du Tillet, à aurora, à espera. Pediu ao porteiro de du Tillet para colocá-lo em contato com o valete de quarto de du Tillet, deslizando dez francos ao porteiro. César obteve o favor de falar ao valete de quarto de du Tillet e pediu-lhe para introduzi-lo junto a du Tillet assim que este estivesse visível e deslizou duas moedas de ouro na mão do camareiro dele. Esses pequenos sacrifícios e essas grandes humilhações, comuns aos cortesãos e aos solicitadores, permitiram-lhe alcançar o seu fim. Às oito e meia, no momento em que seu ex-funcionário vestia um chambre e desembaralhava as idéias confusas do despertar, bocejava, se espreguiçava, pedindo perdão a seu ex-patrão, Birotteau encontrou-se face a face com o tigre faminto por vingança no qual desejava ver o seu único amigo.

– À vontade – disse Birotteau.

– Que deseja, *meu bom César*? – disse du Tillet.

César contou, não sem terríveis palpitações, a resposta e as exigências do barão de Nucingen, à desatenção de du Tillet, que o ouvia buscando seu fole, censurando o criado, que não conseguia acender a lareira.

O criado ouvia, César não o percebia, mas viu-o enfim, deteve-se confuso e continuou, ao golpe de espora que lhe deu du Tillet:

– Vamos, vamos, estou ouvindo! – disse o banqueiro, distraído.

O bom homem tinha a camisa molhada. Seu suor congelou quando du Tillet dirigiu seu olhar fixo a ele, deixando-o ver suas pupilas de prata, de tigre, com alguns fios de ouro, atravessando-o até o coração com um clarão diabólico.

– Meu caro patrão, o Banco recusou as letras que o senhor passou pela casa Claparon a Gigonnet, *sem garantia*, é culpa minha? Como o senhor, velho juiz consular, chega a tamanha tolice? Sou antes de tudo banqueiro. Eu lhe darei meu dinheiro, mas não poderia expor minha assinatura a receber uma recusa do Banco. Só existo pelo crédito. Todos nós estamos nesta. Quer dinheiro?

– Pode me dar tudo o que preciso?

– Isso depende da soma! De quanto precisa?

– Trinta mil francos.

– Puff! – disse du Tillet, explodindo de rir.

Ouvindo esse riso, o perfumista, iludido pelo luxo de du Tillet, desejou ver o riso de um homem para quem a soma era pequena e respirou. Du Tillet chamou.

– Mande subir o meu caixa.

– Ele não chegou, *monsieur* – respondeu o criado.

– Esses cafajestes brincam comigo! São oito e meia, já devem ter feito um milhão de negócios, a esta hora.

Cinco minutos depois, *monsieur* Legras subiu.

– Quanto temos em caixa?

– Vinte mil francos, apenas. *Monsieur* deu ordem de comprar trinta mil francos de títulos, pagáveis dia quinze.

– É verdade, ainda estou dormindo.

O caixa olhou Birotteau com ar ambíguo e saiu.

– Se a verdade fosse banida da terra, ela confiaria sua última palavra a um caixa – disse du Tillet. – O senhor não tem capitais com o jovem Popinot, que acaba de se estabelecer? – disse, depois de terrível pausa, durante a qual o suor tomou a fronte do perfumista.

– Sim – disse ingenuamente Birotteau –, acha que o senhor poderia conseguir-me uma grande soma com a assinatura dele?

– Traga-me cinqüenta mil francos de vendas dele, eu lhe conseguirei a uma taxa razoável em um certo Gobseck[10], muito suave quando há muito dinheiro a colocar, e ele tem.

Birotteau voltou para casa abatido, sem se dar conta de que os banqueiros o enviavam a um e a outro como uma bolinha entre duas raquetes; porém, Constance já tinha previsto que seria impossível obter qualquer crédito. Se três banqueiros já o tinham recusado, é porque deviam ter investigado um homem tão em evidência como era o vice, e, por conseqüência, o Banco da França não poderia constituir ainda um recurso.

---

10. Personagem de *A comédia humana*. (N.T.)

— Tente renovar os títulos – disse Constance. – Vá até a casa de *monsieur* Claparon, seu sócio, enfim até todos aqueles aos quais você emitiu títulos para o dia 15, e proponha a renovação. Será sempre tempo de voltar aos credores com os papéis de Popinot.

— Amanhã é dia 13! – disse Birotteau, inteiramente abatido.

Conforme indicava a expressão de seu rosto, ele tinha esse tipo de temperamento sanguíneo dos que se deixam consumir excessivamente pelas emoções e pelos pensamentos, e que precisa demasiadamente de sono para reparar tais perdas. Césarine levou o pai até o salão e, para distraí-lo, tocou *O sonho de Rousseau,* bela composição de Hérold, enquanto Constance se punha ao seu lado. O pobre homem deixou pender a cabeça no encosto do divã, e a cada vez que levantava os olhos para a mulher, encontrava um doce sorriso em seus lábios; e assim ele adormeceu.

— Pobre homem! – disse Constance –, que torturas o esperam, caso consiga resistir.

— Oh, o que você tem? – perguntou Césarine vendo sua mãe em prantos.

— Querida filhinha, vislumbro uma falência. Se seu pai for obrigado a isso, não deveremos implorar a compaixão de ninguém. Minha menina, prepare-se para se tornar uma simples caixeira de loja. Se eu a vir seguir seu caminho com coragem, encontrarei forças para recomeçar a vida. Conheço seu pai, ele não se submeterá a uma esmola, eu abandonarei meus direitos, venderemos tudo quanto possuímos. Você, minha filha, leve amanhã suas jóias e suas roupas à casa de seu tio Pillerault, pois você não tem obrigação nenhuma.

Césarine foi tomada por um terror sem limites ao ouvir essas palavras pronunciadas com uma simplicidade religiosa. Pensou em ir procurar Anselme, porém seus escrúpulos a impediram.

No dia seguinte, às nove horas, Birotteau encontrava-se na Rue de Provence, às voltas com uma ansiedade bem diferente daquelas por que já tinha passado. Pedir um crédito é algo bem simples no comércio. Todos os dias, ao se empreender um negócio, é necessário encontrar capitais; mas pedir a renovação e o adiamento significa, para a jurisprudência comercial, o mesmo que a polícia correcional representa para a corte do tribunal criminal. O segredo da insolvência e do infortúnio de um comerciante encontra-se em outras mãos que não as suas. O comerciante fica com mãos e pés amarrados à disposição de outro, e a caridade não é exatamente uma virtude praticada na Bolsa.

O perfumista, que no passado atravessava Paris com um olhar brilhante de confiança, agora fragilizado pela incerteza hesitava em entrar na casa do banqueiro Claparon; começava a perceber que num banqueiro o coração é apenas uma víscera. Claparon lhe parecia tão brutal em sua grosseira alegria, e nele percebera tais maus modos, que tremia ao ter de abordá-lo.

"Por estar mais perto do povo, talvez ele tenha mais coração!" Essa foi a primeira acusação que a raiva por sua posição lhe inspirou.

César buscou a última dose de coragem no fundo da alma e subiu as escadas de uma acanhada sobreloja, em cujas janelas entreviu cortinas verdes amarelecidas pelo sol. Leu sobre a porta a palavra *Escritórios* escrita em preto sobre uma moldura oval de cobre; bateu e, como ninguém respondeu, entrou. Aquelas instalações mais que modestas transpiravam miséria, avareza ou negligência. Nenhum empregado apareceu detrás das grades em latão presas no alto, sobre o forro de madeira clara sem pintura que dividia o recinto onde havia mesas e carteiras em madeira escurecida. O escritório deserto estava atravancado por escrivaninhas com tinteiros bolorentos, penas esborrifadas como as de colegiais, abertas como girassóis; elas se cobriam com cartões, papéis, impressos, sem dúvida inúteis. O assoalho da entrada lembrava o da sala de visitas de uma pensão, a tal ponto estava gasto, sujo e úmido. A segunda peça, cuja porta continha a inscrição CAIXA, combinava com a aparência sinistra do primeiro escritório. Num canto, havia uma grande gaiola em carvalho trançado com fios de cobre, com portinhola móvel, enfeitada por uma enorme tela de ferro, com certeza abandonada às cambalhotas dos ratos. Essa peça, cuja porta estava aberta, continha ainda uma escrivaninha bizarra e uma cadeira ignóbil, esburacada, esverdeada, cujo assento rasgado deixava aparecer a crina do estofado, semelhante à peruca do patrão, como que atravessada por uma porção de saca-rolhas abertos. Todo o aposento, que fora evidentemente no passado o salão do apartamento antes de ele ser convertido em escritório de banco, dispunha como principal ornamento de uma mesa redonda revestida por tecido verde, em torno da qual se distribuíam velhas cadeiras em couro negro, com os pregos já sem douradura. A lareira, muito bela, não indicava nenhum vestígio de fogo; sua chapa estava limpa; o espelho injuriado pelas moscas tinha um aspecto mesquinho, assim como um relógio em madeira avermelhada, provavelmente adquirido de um velho escrivão, e desagradava ao olhar, já aviltado por dois candelabros sem vela e por uma camada de poeira. O papel de parede acastanhado, com detalhes cor-de-rosa, denunciava pelas manchas de fuligem o hábito malsão de alguns fumantes. Tudo fazia lembrar o salão coletivo que os jornais chamam de *gabinete de redação*. Temendo ser indiscreto, Birotteau deu três leves pancadas na porta oposta àquela pela qual tinha entrado.

– Entre! – gritou Claparon, cujo tom revelava a distância que sua voz tinha ao percorrer através do vazio da peça onde o perfumista ouviu crepitar um bom fogo, na qual, porém, o banqueiro não se encontrava.

Esse aposento lhe servia, na verdade, de gabinete particular. Entre a faustosa audiência de Keller e o singular desleixo desse pretenso grande empresário havia a mesma distância que separa Versailles e a cabana indígena de um chefe de tribo. O perfumista tinha visto as grandezas do Banco, agora ia conhecer as suas pequenezas.

Deitado numa espécie de cubículo oval colocado atrás do gabinete, no qual os hábitos de uma vida negligente haviam estragado, manchado, engordurado, rasgado, arruinado todo um mobiliário quase belo em outros tempos, Claparon, à chegada de Birotteau, enrolou-se em seu roupão imundo, largou o cachimbo e puxou o cortinado do leito com uma rapidez que inspirou suspeitas no inocente perfumista sobre seus hábitos de vida.

– Sente-se, senhor – disse esse simulacro de banqueiro.

Sem peruca e com a cabeça envolta num lenço colocado atravessado, Claparon pareceu a Birotteau ainda mais horrendo pelo fato de o roupão deixar entrever uma espécie de malha de lã branca tricotada, acinzentada pelo uso demasiadamente prolongado.

– Quer almoçar comigo? – perguntou Claparon ao se lembrar do baile do perfumista, pretendendo se vingar e, ao mesmo tempo, dar-lhe o troco com esse convite.

De fato, uma mesa redonda, desembaraçada às pressas de seus papéis, revelava uma linda companhia na forma de um patê, ostras, vinho branco, e um vulgar guisado de rins preparados com champanhe, coalhados em seu molho. Num fogão à lenha, o fogo dourava uma omelete com trufas. Enfim, dois lugares com os guardanapos manchados pela ceia da véspera bastavam para esclarecer ao mais puro inocente. Como alguém que se acreditava hábil, Claparon insistiu diante das recusas de Birotteau.

– Eu esperava receber alguém que não apareceu – exclamou o malicioso funcionário, de modo a se fazer ouvir por alguém que se escondera em suas cobertas.

– Senhor – disse Birotteau –, aqui estou apenas por negócios, e não vou tomar muito de seu tempo.

– Estou sobrecarregado de serviço – respondeu Claparon, apontando uma escrivaninha cilíndrica e mesas apinhadas de papéis –, não me deixam um só momento para mim. Recebo apenas aos sábados, mas tratando-se do senhor, estou a qualquer hora! Não encontro mais tempo para amar nem passear, estou perdendo o gosto pelos negócios, que, para retomarem seu ritmo, exigem um ócio bem calculado. Ninguém mais me vê pelos bulevares sem fazer nada. Ora! Os negócios me aborrecem, não quero mais ouvir falar de negócios, já tenho bastante dinheiro, mas nunca felicidade suficiente. Palavra de honra! quero viajar, ir à Itália! Oh, cara Itália! bela mesmo no meio de seus revezes, terra adorável onde com certeza encontraria uma italiana lânguida e majestosa! Sempre gostei das italianas! O senhor nunca teve uma italiana? Não. Pois bem, venha comigo à Itália. Veremos Veneza, a residência dos doges, e decaída nas mãos pouco inteligentes da Áustria, onde as artes são ignoradas. Ora! Deixemos os negócios, os trâmites, os empréstimos e os governos tranquilos. Torno-me um príncipe quando tenho o bolso cheio. Raios! Vamos viajar.

– Umas poucas palavras, senhor, e irei embora – disse Birotteau. – O senhor transferiu meus títulos a *Monsieur* Bidault.

– O senhor quer dizer Gigonnet? Esse bom pequeno Gigonnet, um homem escorregadio, como um laço.

– Sim – retomou César. – Eu queria... e para isso conto com sua honra e dignidade...

Claparon inclinou-se.

– Eu precisaria renovar...

– Impossível – respondeu o banqueiro com firmeza –, não sou o único envolvido nesse negócio. Estamos reunidos em conselho, uma verdadeira Câmara, mas onde nos entendemos como toucinhos na frigideira. Ah, diabos, nós deliberamos. Os terrenos da Madeleine nada são, nós operamos em outro setor. Ah, caro senhor, se não estivéssemos comprometidos com os Champs-Élysées, em torno da Bolsa que está sendo concluída, no bairro de Saint-Lazare e no Tivoli, não estaríamos, como diz o gordo Nucingen, nos *negócios*. Perto disso, que é a Madeleine? Um pequeno pardieiro. Prrr! Nós não brincamos, meu caro – disse, batendo no ventre de Birotteau e lhe apertando a cintura. – Vamos ver, almoce comigo e então conversamos – acrescentou Claparon a fim de reverter sua recusa.

– De bom grado – disse Birotteau. "Tanto pior para o conviva", disse a si mesmo o perfumista, pensando em embriagar Claparon a fim de descobrir quem eram seus verdadeiros sócios num negócio que lhe começava a parecer tenebroso.

– Bem! Vitória! – gritou o banqueiro.

A esse grito apareceu uma Léonarde em carne e osso, enfeitada como uma vendedora de peixe.

– Diga a meus empregados que não estou para ninguém, nem mesmo para Nucingen, os Keller, Gigonnet e os outros!

– Apenas *monsieur* Lempereur veio aqui.

– Ele que receba a alta sociedade – disse Claparon. – Os peixes miúdos não passarão da antecâmara. Digam que estou resolvendo um... gole de champanhe!

Embriagar um antigo caixeiro-viajante é algo impossível. César tinha tomado esse gracejo de mau gosto como sinal de embriaguez e tentou saber sobre aquele sócio.

– Esse infame Roguin está sempre com o senhor – disse Birotteau –, o senhor não poderia lhe escrever pedindo que ele ajudasse um amigo a quem comprometeu, um homem com quem ele jantava aos domingos e a quem conhece há vinte anos?

– Roguin?... Um tolo! Sua parte fica para nós. Não fique triste, meu caro, tudo vai dar certo. Pague no dia 15, e na primeira oportunidade, veremos. Quando digo veremos... (um copo de vinho!), o dinheiro não me diz respeito de modo algum. Ah! Se o senhor não pagar, eu não vou fingir, estou nesse negócio apenas por uma comissão sobre as compras e por uma participação nas vendas, por isso manobro os proprietários... Compreende? O senhor tem sócios idôneos, portanto não tenho receio, meu caro senhor. Hoje os negócios se dividem! Um negócio exige a participação de tantas capacidades! Para que se meter com potes de pomadas e com pentes? Isso é ruim. Ruim! Tose o público, entre na especulação.

– A especulação? – perguntou o perfumista –, o que é isso?

– É o comércio abstrato – replicou Claparon –, um comércio que continuará secreto por uns dez anos ainda, segundo diz o grande Nucingen, o Napoleão das finanças, e pelo qual um homem abarca a totalidade dos números, retirando a nata das rendas antes que aconteçam, uma concepção gigantesca, uma maneira de pingar esperança em doses regulares, enfim uma nova Cabala! Não somos ainda mais do que dez ou doze bons cérebros iniciados nos segredos cabalísticos dessas combinações magníficas.

César abria os olhos e as orelhas, tentando compreender essa fraseologia complexa.

– Escute – disse Claparon depois de uma pausa –, golpes desse tipo demandam homens. Há o homem que tem idéias e nem um centavo, como todos aqueles que têm idéias. Esse tipo de gente pensa e esbanja, sem prestar atenção em nada. Imagine um porco vagando por um campo de trufas! Ele é seguido por um gaiato, um homem de dinheiro, que fica aguardando o grunhido provocado pelo achado. Quando o homem de idéias encontra um bom negócio, o homem de dinheiro bate-lhe ao ombro e lhe diz: O que é isso? Você se mete na boca de um forno, meu bravo, sem ter fígado suficiente para isso; aqui estão mil francos, deixe esse negócio comigo. Bem! O banqueiro chama então os industriais. Meus amigos, mãos à obra!

Vamos explorá-lo! Morte ao embuste! Mintamos até a morte! Pega-se a trompa de caça e se grita em alto e bom som: Cem mil francos por cinco centavos! Ou cinco centavos por cem mil francos, minas de ouro, minas de carvão. Enfim, toda a bazófia do comércio. Compra-se a opinião dos homens de ciência ou da arte, o alarde se inicia, o público entra com o dinheiro e a receita fica em nossas mãos. O porco é enfim enfurnado sob o telhado com algumas batatas e os demais chafurdam em dinheiro. Aí está, meu caro senhor. Entre nos negócios. O que o senhor pretende ser? Porco, peru, palhaço, milionário? Pense nisso: eu lhe mostrei a teoria dos empréstimos modernos. Venha me ver, o senhor sempre encontrará um rapaz jovial. A jovialidade francesa, grave e leve ao mesmo tempo, não atrapalha os negócios, ao contrário. Homens que brindam juntos foram feitos para se entender! Vamos! Mais uma taça de champanhe? É de boa qualidade, vamos! Ele me foi enviado por um homem da própria Épernay, a quem ajudei nas suas vendas, e por bom preço. Estive nas vinícolas. Ele se mostra reconhecido e se lembra de mim na minha prosperidade. O que é raro.

Surpreso pela leviandade e a despreocupação desse homem, Birotteau, em quem todos reconheciam uma profundeza espantosa além da capacidade, não ousava mais questioná-lo. Na excitação envolvente e perturbadora em que o deixara o vinho de Champagne, ele se lembrou, entretanto, de um nome que du Tillet havia pronunciado e perguntou quem era e onde morava *monsieur* Gobseck, o banqueiro.

— A que ponto chegou, caro senhor? – perguntou Claparon. – Gobseck é banqueiro assim como o carrasco de Paris é médico. Sua primeira frase é a dos cinqüenta por cento; ele é da escola de Harpagon: põe à sua disposição canários, serpentes empalhadas, peles no verão, algodão da China no inverno. E que garantias o senhor apresentaria a ele? Para aceitar seus títulos sem aval, o senhor teria de lhe empenhar sua mulher, sua filha, seu guarda-chuva, tudo, até sua caixa de chapéu, os tamancos, o senhor lhe daria o par, pás, ferramentas e até a lenha que tiver no porão!... Gobseck, Gobseck? Virtude do infortúnio! Quem lhe recomendou essa guilhotina financeira?

— *Monsieur* du Tillet.

– Ah! O patife, bem o vi. Fomos amigos no passado. Se nos afastamos a ponto de nem mais nos cumprimentarmos, saiba que essa repulsa tem fundamento: ele me permitiu ler em sua alma lamacenta e me deixou em má situação durante o belo baile que o senhor nos ofereceu; não posso agüentar o seu ar arrogante, só porque é ligado a uma tabeliã! Eu terei marquesas quando quiser, e ele nunca mais terá a minha estima! Ah! Minha estima é uma princesa que nunca irá incomodá-lo em sua cama. O senhor é um farsante, admita, meu velho, ao nos oferecer um baile e, dois meses depois, vir pedir essa renovação! O senhor vai longe. Façamos negócios juntos! O senhor tem uma reputação, ela me será útil. Oh! Du Tillet nasceu para compreender Gobseck. Mas du Tillet vai acabar mal. Se, como se diz, ele é o *cordeiro* desse velho Gobseck, não poderá ir longe. Gobseck está no canto de sua teia, enredado como velha aranha que deu a volta ao mundo. Cedo ou tarde, *zut!*, o usurário vai tragar esse homem como eu a essa taça de vinho. Tanto melhor! Du Tillet pregou-me uma peça... Oh! Uma peça de mau gosto.

Depois de uma hora e meia empregada em conversas sem nenhum sentido, Birotteau resolveu ir embora ao ver o antigo caixeiro-viajante prestes a lhe contar a aventura de um representante do povo de Marseille, enamorado de uma atriz que interpretava o papel da Bela Arsène, sob vaias da platéia monarquista.

– Ele se levantou – disse Claparon – e se dirigiu ao camarim: *Ah, quem a vaiou... Se for uma mulher, eu a pegarei; se for um homem, nos entenderemos; se não for nem um nem outro, que Deus o carregue!...* Sabe como acabou a aventura?

– Adeus, senhor – disse Birotteau.

– O senhor voltará aqui – disse-lhe então Claparon. – O primeiro título Cayron nos foi devolvido com protesto e, como fui eu quem o endossei, tive de pagar. Vou enviá-lo à sua casa, pois, antes de tudo, os negócios.

Birotteau já tinha sentido no coração algo semelhante a esse frio e fingido obséquio, com a dureza de Keller e a zombaria germânica de Nucingen. A familiaridade desse homem e suas grotescas confidências provocadas pelo champanhe mancharam a alma do honesto perfumista, que pensou estar saindo de um lugar suspeito do mundo financeiro. Desceu as escadas e chegou à rua sem saber para onde ir. Continuou seguindo pelos bulevares, alcançou a Rue de Saint-Denis, pensou em Molineux e tomou a direção da Cour Batave. Subiu a escadaria suja e tortuosa que antes percorria triunfante e seguro. Lembrou-se da aspereza mesquinha de Molineux e estremeceu por ter de lhe implorar. Como na primeira visita do perfumista, o proprietário se encontrava junto à lareira, mas dessa vez digeria seu almoço; Birotteau fez então o pedido.

– Renovar um título de mil e duzentos francos? – perguntou Molineux, expressando uma incredulidade zombeteira. – O senhor não pode pedir uma coisa dessas. Se o senhor não tem mil e duzentos francos para quitar meu título no dia 15, adiaria então o pagamento de meu aluguel a vencer? Ah! Isso me deixa zangado, não tenho a menor polidez em assuntos de dinheiro, os aluguéis são a minha renda. Sem eles, com o que vou pagar o que devo? Um comerciante não poderia desaprovar esse princípio salutar. O dinheiro não distingue ninguém; ele não tem ouvidos, o dinheiro; ele não tem coração. O inverno está rigoroso, veja a lenha que aumentou de preço. Se o senhor não me pagar dia 15, ao meio-dia do dia 16 receberá uma ordem de pagamento. Ora! O bom Mitral, seu oficial de justiça, meu também, lhe enviará a ordem de pagamento, com todas as distinções devidas a sua alta posição.

– Senhor, eu nunca recebi ordem de pagamento a acertar – disse Birotteau.

– Para tudo há a primeira vez – respondeu Molineux.

Consternado pela ferocidade sem rodeios do velhote, o perfumista caiu em abatimento, pois já ouvia o dobre fúnebre da falência tilintando em seus ouvidos. Cada tilintar despertava a recordação dos testemunhos que sua jurisprudência impiedosa lhe tinha sugerido sobre os falidos. Tais recordações eram gravadas em traços ardentes sobre a macia substância de seu cérebro.

– A propósito – disse Molineux –, o senhor esqueceu de escrever em seus títulos *valor recebido em aluguéis,* o que me permite manter o privilégio.

– Minha posição me impede de fazer algo em detrimento de meus credores – disse o perfumista, estupefato diante da visão do precipício entreaberto.

– Bem, senhor, muito bem, eu acreditava ter aprendido tudo em matéria de locação com os senhores locatários. Mas estou aprendendo com o senhor a nunca receber títulos em pagamento. Ah! Vou recorrer, pois sua resposta diz claramente que o senhor faltará à própria assinatura. O dinheiro interessa a todos os proprietários de Paris.

Birotteau saiu pesaroso com sua vida. É da natureza desses temperamentos ternos e suaves se abater a uma primeira recusa, assim como um primeiro êxito pode encorajá-los. César só podia então esperar pela dedicação do jovem Popinot, em quem naturalmente pensou ao se encontrar no Marché des Innocents.

"Pobre criança, quem poderia imaginar isso quando há seis semanas, nas Tuileries, eu o introduzi no negócio?"

Eram cerca de quatro horas, horário em que os magistrados deixam o Palácio. Casualmente, o juiz de instrução tinha ido visitar seu sobrinho. O juiz, um dos espíritos mais perspicazes em matéria de moral, dispunha de uma segunda visão que lhe permitia enxergar as intenções secretas, reconhecer o sentido das mais ocultas ações humanas, os germes de um crime, as raízes de um delito; ele olhou para Birotteau sem que Birotteau percebesse. Contrariado por encontrar o tio junto ao sobrinho, o perfumista lhe pareceu incomodado, preocupado, pensativo. O pequeno Popinot, sempre ocupado, com a pena atrás da orelha, desdobrou-se, como sempre, em atenções com o pai de sua Césarine. As frases banais que César dizia a seu sócio pareceram ao juiz o preâmbulo de um pedido importante. Em vez de ir embora, o astuto magistrado ficou ali junto ao sobrinho, apesar da vontade deste, pois percebeu que o perfumista tentaria livrar-se dele, retirando-se. Quando Birotteau saiu, o juiz se foi, mas observou Birotteau andando pela Rue des Cinq-Diamants, que desemboca na Rue Aubry-le-Boucher. Esse pequeno fato provocou suspeitas no velho Popinot quanto às intenções de César; deixou a Rue des Lombards e, ao ver o perfumista voltar à casa de Anselme, para lá também tornou a se dirigir imediatamente.

– Meu caro Popinot – tinha dito César a seu sócio –, venho lhe pedir um favor.

– O que devo fazer? – perguntou Popinot com generoso ardor.

— Ah! Você pode me salvar — exclamou o bom homem, feliz com esse calor de sentimento que cintilava em meio à frieza em que perambulava nos últimos 25 dias. — Eu precisaria de um crédito de cinqüenta mil francos sobre a minha parte nos lucros, depois combinaríamos a forma de pagamento.

Popinot olhou fixamente para César, que baixou o olhar. Neste momento, o juiz reapareceu.

— Meu filho... Ah! Perdão, senhor Birotteau! Meu filho, eu esqueci de dizer-lhe...

E, com o gesto imperioso dos magistrados, o juiz levou seu sobrinho até a rua, obrigando-o, mesmo de avental e sem chapéu, a ouvi-lo, andando em direção à Rue des Lombards.

— Meu sobrinho, seu antigo patrão pode estar metido em negócios a tal ponto embaraçados que o obriguem a pedir falência. Para chegar a isso, mesmo os homens com quarenta anos de probidade, os mais virtuosos, na ânsia de manter a honra, imitam os jogadores mais imprudentes e enraivecidos; tornam-se capazes de tudo: vendem as esposas, contrabandeiam as filhas, comprometem seus melhores amigos, empenham aquilo que não lhes pertence; lançam mão do jogo, tornam-se atores, mentirosos; e sabem chorar. Enfim, já vi as coisas mais extraordinárias. Você mesmo foi testemunha da bonomia de Roguin, a quem se daria o bom Deus sem confissão. Não reservo essas rigorosas conclusões a *monsieur* Birotteau, considero-o honesto; mas caso ele lhe peça para fazer seja o que for que contrarie as leis do comércio, como subscrever títulos, por complacência, ou lançá-lo num sistema de circulações de títulos falsos, que, segundo penso, é um princípio de patifaria, pois se trata de falso dinheiro em títulos, prometa-me não assinar nada sem me consultar. Pense que, se ama a filha dele, no interesse de sua própria paixão, não deve destruir seu futuro. Se *monsieur* Birotteau tem de cair, por que caírem vocês dois? Não seria privar a ambos de todas as possibilidades de sua casa de comércio, que será o refúgio dele?

— Obrigado, meu tio: para bom entendedor, meia palavra basta — disse Popinot, para quem a aflita exclamação de seu patrão estava então explicada.

O negociante de óleos finos e outros voltou à sua loja sombria, a fronte preocupada. Birotteau percebeu essa mudança.

– Dê-me a honra de subir ao meu quarto, estaremos melhor do que aqui. Embora bastante ocupados, os empregados poderiam nos ouvir.

Birotteau seguiu Popinot, em meio à ansiedade do condenado que oscila entre a suspensão de sua pena e a recusa de clemência.

– Meu caro benfeitor – disse Anselme –, não duvide de minha dedicação, ela é cega. Permita apenas lhe perguntar se essa quantia o salva inteiramente ou se é apenas o adiamento de alguma catástrofe, e, assim, de que adiantaria eu me comprometer? O senhor precisa de títulos para noventa dias. Pois bem, em três meses certamente me será impossível pagá-los.

Pálido e solene, Birotteau se levantou, olhou Popinot.

Assustado, Popinot exclamou:

– Se o senhor quiser, eu o farei.

– Ingrato! – disse o perfumista, recorrendo ao resto de suas forças para lançar esta palavra no rosto de Anselme como uma marca de infâmia.

Birotteau caminhou até a porta e saiu. Refeito da sensação que essa palavra terrível lhe causou, Popinot se precipitou pela escada, correu até a rua, mas não mais encontrou o perfumista. O enamorado de Césarine continuou ouvindo essa grave acusação, tinha constantemente diante dos olhos o rosto desfigurado do pobre César; passou a viver, enfim, como Hamlet, com um apavorante espectro a seu lado.

Birotteau rodou as ruas deste bairro como um homem ébrio. Mas terminou por encontrar-se no cais, seguiu-o e foi até Sèvres, onde passou a noite em um albergue, alucinado de dor; e sua mulher aterrada não ousou mandar procurá-lo em parte alguma. Em caso semelhante, um alarme dado imprudentemente é fatal. A sábia Constance imolou as suas inquietudes à reputação comercial; ela esperou durante toda a noite, mesclando suas orações aos alarmes. César estava morto? Viajou para além de Paris, na pista da última esperança? Na manhã seguinte, ela se comportou como se conhecesse as razões dessa ausência; mas chamou seu tio e pediu-lhe para ir ao necrotério, ao ver que às cinco horas César não voltara. Durante esse tempo, a corajosa criatura ficou em seu balcão, e sua filha bordava junto a ela. Ambas, a face composta, nem triste nem alegre, respondiam ao público. Quando Pillerault voltou, veio acompanhado de César. Ao voltar da Bolsa, encontrara-o no Palais-Royal, hesitando em subir para jogar. Era dia 14. Ao jantar, César não pôde comer. O estômago, violentamente contraído, rejeitava os alimentos. O tempo depois do jantar também foi terrível. O negociante experimentou, pela centésima vez, uma dessas assustadoras alternativas de esperança e desesperança que, levando a subir à alma toda a gama das sensações alegres e precipitando-a na última das sensações da dor, consomem as naturezas frágeis.

Derville, advogado de Birotteau, chegou e lançou-se no salão esplêndido onde madame César retinha com todo seu poder o pobre marido que desejava ir deitar-se no quinto andar, "para não ver estes monumentos de minha loucura!", falava ele.

– O processo está ganho – disse Derville.

A essas palavras, a figura crispada de César distendeu-se, mas sua alegria aterrou Derville e o tio Pillerault. As mulheres saíram espantadas para ir chorar no quarto de Césarine.

– Então eu posso emprestar – exclamou o perfumista.

– Seria imprudente – disse Derville –, eles apelaram, a Corte pode reformar a sentença; mas em um mês tudo estará terminado.

– Um mês!

César caiu em um entorpecimento, e ninguém tentou demovê-lo. Essa espécie de catalepsia às avessas, durante a qual o corpo vivia e respirava, enquanto as funções da inteligência eram suspensas, esse descanso dado pelo acaso foi considerado acertadamente como uma boa ação do onipotente por Constance, Césarine, Pillerault e Derville. Birotteau pôde assim suportar as dilacerantes emoções noturnas. Ele estava em uma poltrona ao canto da lareira; no outro canto, mantinha-se sua mulher a observá-lo atentamente, um suave sorriso nos lábios, um desses sorrisos a provar que as mulheres se encontram mais próximas que os homens da natureza angélica, pois sabem mesclar uma ternura infinita à mais absoluta compaixão, segredo que só pertence aos anjos percebidos em alguns sonhos providencialmente semeados entre longos intervalos da vida humana. Césarine, sentada em um pequeno tamborete, encontrava-se aos pés de sua mãe e roçava, de tempos em tempos, com sua cabeleira, as mãos de seu pai, fazendo-lhe uma carícia onde ela ensaiava colocar idéias que nessas crises a voz torna inoportunas.

Sentado em sua poltrona como o chanceler Michel de l'Hospital no peristilo da Câmara dos Deputados, Pillerault, esse filósofo pronto para tudo, mostrava em sua figura essa inteligência gravada na fronte das esfinges egípcias e conversava com Derville em voz baixa. Constance opinara por consultar o advogado, de discrição insuspeitável. Tendo seu balanço inscrito em sua cabeça, ela expusera sua situação ao ouvido de Derville. Depois de uma conferência de uma hora, aproximadamente, mantida sob o olhar do perfumista aturdido, o advogado balançou a cabeça, olhando Pillerault.

– Minha dama – disse Derville, com o terrível sangue-frio dos homens de negócios –, é preciso abrir falência. Supondo que, por meio de um artifício qualquer, madame consiga fazer os pagamentos de amanhã, deve saldar ao menos trezentos mil francos, antes de poder emprestar hipotecando sobre todos os seus terrenos. A um passivo de 550 mil francos, vocês opõem um ativo muito rico, muito produtivo, mas não realizável; vocês vão sucumbir, em dado tempo. Minha opinião é que mais vale saltar pela janela do que ficar rolando escada abaixo.

– É minha opinião também, minha criança – disse Pillerault.

Derville foi acompanhado à porta por madame César e Pillerault.

– Pobre pai – disse Césarine, que se levantou suavemente para dar um beijo na fronte de César. – Então Anselme não pôde fazer nada? – perguntou ela, quando seu tio e sua mãe voltaram.

– Ingrato! – exclamou César, chocado por esse nome no único lugar vivo de sua lembrança, como uma tecla de piano a martelar a sua corda.

Desde o momento em que essa palavra lhe foi lançada como um anátema, o pequeno Popinot não tinha tido um momento de sono, nem um instante de tranqüilidade. A infeliz criança amaldiçoava o seu tio e foi procurá-lo, e para fazer capitular aquela velha experiência judiciária, empregara a eloqüência do amor, esperando seduzir o homem sobre quem as palavras, as humanas palavras, deslizavam como água sobre pedra, um juiz!

— Comercialmente falando – disse-lhe –, o costume permite ao associado gerente passar certa soma ao associado comanditário por antecipação sobre os lucros, e nossa sociedade deve realizar esse hábito. Fazendo todos os exames de meus negócios, sinto-me forte o bastante para pagar quarenta mil francos em três meses! A honestidade de *monsieur* César permite acreditar que esses quarenta mil francos vão ser empregados em saldar suas letras. Assim, os credores, se houver falência, não terão nenhuma reprovação a nos endereçar! Ademais, meu tio, prefiro perder quarenta mil francos a perder Césarine. No momento em que falo, ela está sem dúvida consciente de minha recusa e vai desestimar-me. Prometi dar meu sangue por meu benfeitor! Estou no caso de um jovem marinheiro que tem de se afogar dando a mão a seu capitão, no caso do soldado que deve perecer com seu general.

— Bom coração, mau negociante; você não vai perder minha estima – disse o juiz, apertando a mão do sobrinho. – Pensei muito nisso – continuou –, sei que você está loucamente apaixonado por Césarine, imagino que você pode satisfazer às leis do coração e às leis do comércio.

— Ah! Meu tio, se você encontrasse o meio, salvaria a minha honra.

— Adiante a Birotteau cinqüenta mil francos, fazendo um termo de reivindicação de propriedade relativo a seus lucros em seu óleo, que vem a ser como uma propriedade, eu redigirei o ato.

Anselme beijou seu tio, voltou para casa, preencheu letras no valor de cinqüenta mil francos e correu da Rue des Cinq-Diamants à Place Vendôme, de forma que, no momento em que Césarine, sua mãe e seu tio Pillerault olhavam o perfumista, surpresos pelo tom lapidar com que ele pronunciara essa palavra, "Ingrato!", em resposta à pergunta da filha, a porta do salão abriu-se e Popinot apareceu.

— Meu caro e bem-amado patrão – disse Anselme enxugando a fronte banhada de suor –, eis o que o senhor me pediu. – Entregou-lhe as letras. – Sim, estudei bem minha posição, não tenha medo algum, eu pagarei, salve, salve, salve a sua honra!

— Eu estava certa em relação a ele – exclamou Césarine, tomando a mão de Popinot e cerrando-a com força convulsiva.

Madame César beijou Popinot, o perfumista levantou-se como um justo ouvindo a trombeta do julgamento final, como se saísse de uma lápide. Depois, avançou a mão por um movimento frenético para tomar os cinqüenta papéis timbrados.

– Um instante – disse o terrível tio Pillerault, arrancando os papéis de Popinot –, um instante!

Os quatro personagens que compunham esta família, César e sua mulher, Césarine e Popinot, surpresos pela ação de seu tio e pelo seu tom de voz, olharam-no, com terror, rasgando os papéis e lançando-os ao fogo que os consumiu, sem que nenhum deles pudesse pegá-los.

– Meu tio!
– Meu tio!
– Meu tio!
– *Monsieur*!

Foram quatro vozes, quatro corações em um só, uma aterradora unanimidade. O tio Pillerault tomou o pequeno Popinot pelo pescoço, encerrou-o contra o coração e beijou-o na fronte.

– Você é digno da adoração de todos os que têm coração – disse Pillerault a Anselme. – Se você amasse minha filha e se ela tivesse um milhão e se você só tivesse isto (mostrou as cinzas negras das letras); se ela o amasse, vocês se casariam dentro de quinze dias. Seu patrão – disse-lhe, indicando César – está louco. Meu sobrinho – continuou o grave Pillerault, voltando-se para o perfumista –, meu sobrinho, chega de ilusões. Deve-se fazer negócio com dinheiro, e não com sentimentos. Isto é sublime, mas inútil. Passei duas horas na Bolsa, você não tem dois centavos de crédito; todo mundo falava de seu desastre, de renovações recusadas, de suas tentativas junto a diversos banqueiros, de suas recusas, de suas loucuras, seis andares escalados para ir encontrar um proprietário tagarela como um papagaio a fim de renovar mil e duzentos francos, seu baile dado para ocultar sua penúria. Chegam até a falar que você não tinha nada a ver com Roguin. Segundo os seus inimigos, Roguin é um pretexto. Um de meus amigos, encarregado de informar-se de tudo, veio confirmar minhas suspeitas. Todos pressentem a emissão das letras de Popinot, você o estabeleceu expressamente para transformá-lo em um trampolim de letras de câmbio. Enfim, todas as calúnias e maledicências que lança um homem a desejar subir uma polegada a mais na escala social rolam neste momento no comércio. Você teria gasto oito dias em vão oferecendo as cinqüenta letras de Popinot em todos os balcões, engoliria humilhantes recusas e ninguém as desejaria: nada prova o número pelo qual as emite, e esperam vê-lo sacrificando esta pobre criança para salvar-se. Você destruiria em pura perda o crédito da casa Popinot. Sabe quanto o mais ousado dos agiotas lhe daria por esses cinqüenta mil francos? Vinte mil, vinte mil, compreende? No comércio, há instantes em que é preciso poder manter-se perante todo mundo três dias sem comer, como se tivesse uma indigestão, e no quarto se é admitido na despensa do crédito. Você não pode viver durante esses três dias, tudo está nisso. Meu pobre sobrinho, coragem, você precisa pedir falência. Eis Popinot, eis-me aqui, nós vamos, logo que seus funcionários forem dormir, trabalhar juntos a fim de evitar-lhe essas angústias.

– Meu tio – disse o perfumista, unindo as mãos.

– César, deseja então fazer um balanço vergonhoso, sem ativo? Seu interesse na casa Popinot lhe salva a honra.

César, esclarecido por este fatal e último lance de luz, enfim viu a terrível verdade em toda a sua extensão, recaiu em sua poltrona, em seus joelhos, sua razão perdeu-se, voltou a ser criança; sua mulher imaginou-o a morrer, ela ajoelhou-se para levantá-lo; mas uniu-se a ele, quando o viu unir as mãos, levantar os olhos e recitar em compunção resignada, na presença do tio, da filha e de Popinot, a sublime oração dos católicos.

"Pai nosso que estai nos céus, que vosso nome seja santificado, que vosso reino chegue, que vossa santa vontade seja feita na terra como no céu, DAI-NOS NOSSO PÃO COTIDIANO, e perdoai-nos as nossas ofensas como nós perdoamos aqueles que nos ofenderam. Assim seja!"

Lágrimas vieram aos olhos do estóico Pillerault. Césarine, dissolvida em lágrimas, tinha a cabeça inclinada no ombro de Popinot pálido e ereto como uma estátua.

– Desçamos – disse o ex-negociante ao jovem, dando-lhe o braço.

Às onze e meia, eles deixaram César aos cuidados de sua mulher e de sua filha. Nesse momento, Célestin, o primeiro funcionário, que, durante essa secreta tempestade, tinha dirigido a casa, subiu aos apartamentos e penetrou no salão. Ouvindo seus passos, Césarine correu a abrir-lhe, para que ele não visse o abatimento do patrão.

– Entre as cartas desta noite – disse Célestin –, havia uma vinda de Tours, o endereço estava mal colocado, o que provocou atraso. Pensei que ela era do irmão de *monsieur*, não a abri.

– Meu pai – gritou Césarine –, uma carta de meu tio de Tours.

– Ah! Estou salvo! – gritou César. – Meu irmão! Meu irmão! – disse ele, beijando a carta.

Resposta de François a César Birotteau

Tours, 17 do corrente.

"Meu bem-amado irmão, sua carta provocou-me a mais viva aflição; assim, depois de tê-la lido, fui oferecer a Deus o sagrado sacrifício da missa em sua intenção, intercedendo pelo sangue que seu filho, nosso divino Redentor, derramou por nós, para lançar em suas penas um olhar misterioso, misericordioso. No momento em que pronunciei minha oração Pro meo fratre Caesare, *tive os olhos cheios de lágrimas pensando em si, de quem, por infelicidade, estou separado nos dias em que deve ter necessidade dos socorros da amizade fraternal. Mas imaginei que o digno e venerável* monsieur *Pillerault me substituirá sem sombra de dúvida. Meu caro César, não esqueça no meio de suas desgraças que esta vida é uma vida de provas e de passagem; e que um dia seremos recompensados por ter sofrido pelo santo nome de Deus, pela Santa Igreja, por ter observado nos mínimos detalhes as máximas do evangelho e praticado a virtude; de outra forma as coisas deste mundo não teriam sentido. Digo e repito essas máximas, sabendo como você é pio, pio e bom, pois pode acontecer às melhores famílias que, como a sua, são lançadas nas tempestades deste mundo e relançadas no mar perigoso dos interesses humanos, de se permitir blasfêmias no meio das adversidades, levados, que eles são, pela dor. Não maldiga nem os homens que vão feri-*

lo nem a Deus onipotente que mescla à sua vontade a amargura à sua vida. Não olhe a terra, aliás, muito pelo contrário, levante eternamente os seus olhos ao céu: de lá vêm consolos para os fracos, lá estão as riquezas dos pobres, lá estão os terrores do rico..."

– Ora, Birotteau – disse-lhe sua mulher –, então salte isto aí, sim, e veja se ele nos envia alguma coisa.

– Nós a releremos eternamente – disse o comerciante enxugando suas lágrimas e entreabrindo a carta de onde caiu um cheque do tesouro real. – Eu tinha certeza, pobre irmão – disse Birotteau, tomando o cheque.

– " ... Fui à casa de madame de Listomère" – continuou César, lendo em voz entrecortada pelo choro –, "e sem lhe falar o motivo de minha demanda, implorei-lhe para emprestar-me tudo o que ela podia dispor em meu favor, a fim de aumentar o fruto de minhas economias. Sua generosidade permitiu-me completar uma soma de mil francos, que lhe encaminho em um cheque ao recebedor geral de Tours, do Tesouro."

– Que belo avanço! – disse Constance, olhando Césarine.

– "Cortando algumas superfluidades em minha vida, poderei devolver, em três anos, a madame de Listomère, os quatrocentos francos que ela me emprestou; assim, não se inquiete, meu caro César. Envio-lhe tudo o que possuo no mundo, desejando que esta soma possa auxiliar uma feliz conclusão de seus embaraços comerciais, que sem dúvida não serão mais que momentâneos. Conheço sua delicadeza e desejo ir adiante de suas objeções. Não pense nem em me dar juro por essa soma, nem em me devolvê-la em um dia de prosperidade que não tardará a nascer para você, se Deus dignar-se a ouvir as orações que lhe endereçarei diariamente. Segundo sua última carta, há dois anos, eu o imaginava rico e pensei poder dispor de minhas economias em favor dos pobres; mas, agora, tudo o que tenho lhe pertence. Quando tiver superado esse recife passageiro de seu navegar, guarde esta soma para minha sobrinha Césarine, a fim de que, quando de seu casamento, ela possa empregá-la em alguma bagatela que lhe lembre um velho tio cujas mãos sempre se levantarão ao céu para pedir a Deus para espalhar suas bênçãos sobre ela e sobre todos os que lhe serão caros.

Enfim, meu caro César, imagine que eu sou um pobre padre que vai à graça de Deus como as andorinhas dos campos, marchando em minhas sendas, sem rumor, cuidando de obedecer aos mandamentos de nosso divino Salvador, e a quem conseqüentemente são necessárias poucas coisas. Assim, não tenha o menor escrúpulo na circunstância difícil em que você se encontra, e pense em mim como em alguém que o ama ternamente. Nosso excelente padre Chapeloud[11], a quem nada falei de sua situação, e que sabe que eu lhe escrevo, encarregou-me de transmitir-lhe as coisas mais amáveis para todas as pessoas de sua família e lhe deseja a continuidade de suas prosperidades. Adeus, caro e bem amado irmão, faço votos que, nas conjunturas em que você se encontra, Deus lhe faça a graça de conservar-lhe em boa saúde, a você, sua mulher e sua filha; eu desejo a todos paciência e coragem em suas adversidades.

"FRANÇOIS BIROTTEAU,

*"Padre, vigário da igreja catedral
e paroquial de Saint-Gatien de Tours."*

– Mil francos! – disse madame Birotteau, furiosa.
– Guarde – disse gravemente César –, ele só tem isto. Aliás, à nossa filha eles pertencem, e devem nos fazer viver sem nada pedir a nossos credores.
– Eles vão pensar que você os tomou das somas importantes.
– Eu lhes mostrarei a carta.
– Eles vão falar que é falsa.
– Meu Deus, meu Deus – exclamou Birotteau aterrado. – Foi isto o que pensei das pobres pessoas que sem dúvida se encontravam na situação em que me encontro.

Muito inquietas com o estado em que se encontrava César, mãe e filha trabalharam na agulha junto a ele, em um profundo silêncio. Às duas da manhã, Popinot abriu suavemente a porta do salão e fez sinal a madame César para descer. Vendo sua sobrinha, o tio Pillerault tirou os óculos.

---

11. Personagem de *O cura de Tours*, em *A comédia humana*. (N.T.)

— Minha criança, há esperança – disse-lhe –, nem tudo está perdido; mas seu marido não resistiria às alternativas das negociações a fazer e que Anselme e eu vamos tentar. Não deixe sua loja amanhã e anote todos os endereços das letras de câmbio, pois nós temos até às quatro horas. Eis minha idéia. Nem *monsieur* Ragon nem eu somos de se temer. Suponha agora que seus cem mil francos depositados no cartório de Roguin tenham sido passados aos vendedores, vocês já não os teriam, como já não os têm agora. Vocês estão em presença de 140 mil francos subscritos a Claparon, que vocês devem pagar, de qualquer forma. Assim, não é a bancarrota de Roguin que os arruína. Vejo, para fazer face a suas obrigações, a necessidade de fazer um empréstimo de quarenta mil francos, cedo ou tarde, hipotecando suas fábricas, e sessenta mil francos de letras Popinot. Então, poderemos lutar; pois aí vocês poderão emprestar hipotecando os terrenos da Madeleine. Se seu principal credor consentir em auxiliá-los, não pensarei em minha fortuna, venderei meus títulos de renda, ficarei sem pão. Popinot estará entre a vida e a morte; quanto a vocês, estarão à mercê do menor evento comercial. Mas o óleo dará, sem dúvida, grandes lucros. Popinot e eu acabamos de nos consultar, nós os apoiaremos nessa luta. Ah! Comerei com prazer meu pão seco, se o sucesso apontar no horizonte. Mas tudo depende de Gigonnet e dos sócios Claparon. Popinot e eu iremos a Gigonnet entre as sete e oito horas e saberemos como andam as suas intenções.

Constance lançou-se perdidamente nos braços do tio, sem outra voz além das lágrimas e soluços. Nem Popinot nem Pillerault podiam saber que Bidault, vulgo Gigonnet, e Claparon, eram du Tillet sob dupla forma, e que du Tillet deseja ler nas *Pequenas Notícias* este terrível artigo:

"Julgamento do tribunal de comércio que declara o senhor César Birotteau, *marchand* perfumista, residente em Paris, à Rue Saint-Honoré, número 397, em estado de falência, fixa provisoriamente a abertura para 16 janeiro de 1819. Juiz comissário, *monsieur* Gobenheim-Keller. Agente, *monsieur* Molineux".

Anselme e Pillerault passaram a noite estudando os negócios de César. Às oito da manhã, esses dois heróicos amigos, um ex-soldado, outro lugar-tenente de ontem, que jamais deviam conhecer, salvo por procuração, as terríveis angústias dos que haviam subido as escadas de Bidault, vulgo Gigonnet, encaminharam-se, sem falar palavra, para a Rue Greneta. Eles sofriam. Diversas vezes, Pillerault passou sua mão em sua fronte.

A Rue Greneta é uma rua onde todas as casas, invadidas por uma multidão de comércios, ofertam um aspecto repugnante. As construções são de um caráter horrível. A ignóbil falta de limpeza das oficinas nela domina. O velho Gigonnet habitava no terceiro andar de uma casa onde todas as janelas eram de báscula e em pequenos caixilhos sujos. A escada descia até à rua. A porteira alojava-se na sobreloja, em uma jaula que só extraía seu dia dos frágeis raios solares incidentes na escada. À exceção de Gigonnet, todos os locatários tinham uma profissão. Entravam, saíam, continuamente, operários. Os degraus eram, portanto, revestidos de uma camada de lama dura ou mole, conforme a vontade da atmosfera, e neles acumulava-se a sujeira. Nessa terrível escada, cada patamar ofertava ao olhar os nomes do artesão escritos em ouro sobre uma lata pintada em vermelho e envernizada, com amostras de suas obras-primas. Na maior parte do tempo, as portas abertas deixavam ver a estranha união da casa e da fábrica, e por elas escapavam gritos e grunhidos inauditos, cantos, assobios que lembravam as quatro horas entre os animais do Jardim Zoológico. No primeiro andar fabricavam-se, em uma pocilga, os mais belos suspensórios dos Artigos de Paris. No segundo, confeccionavam-se, em meio ao lixo, os mais belos objetos em papelão que enfeitam, no *réveillon*, as vitrinas. Gigonnet morreu enriquecido de um milhão e oitocentos mil francos no terceiro andar desse prédio, sem que consideração alguma o levasse a sair desse cortiço, apesar da oferta de madame Saillard, sua sobrinha, de dar-lhe um apartamento em um hotel da Place Royale.

– Coragem – disse Pillerault, puxando a corda da campainha na porta cinza e limpa de Gigonnet.

Gigonnet veio abrir a porta pessoalmente. Os dois padrinhos do perfumista, em ação no campo das falências, atravessaram um primeiro quarto correto e frio, sem cortinas nas janelas. Os três sentaram-se no segundo quarto: o agiota ante uma lareira cheia de cinzas no meio das quais a lenha defendia-se contra o fogo. Gelou a alma de Popinot ante as pastas verdes do usurário e a rigidez monástica daquela peça ventilada como uma caverna. Ele olhou aturdido o pequeno papel azulado semeado de flores tricolores, colado nas paredes há 25 anos, e levou seu olhar entristecido à lareira adornada de um pêndulo em forma de lira e de vasos oblongos em azul de Sèvres ricamente montados em cobre dourado. Esse objeto, salvo por Gigonnet no naufrágio de Versailles, onde o populacho quebrou tudo, vinha da alcova da rainha; mas essa coisa magnífica acompanhava-se de dois candelabros do modelo mais miserável em ferro batido, a lembrar por esse selvagem contraste a circunstância a que era devida.

– Sei que os senhores não vieram por si mesmos – disse Gigonnet –, mas pelo grande Birotteau. Pois bem, o que há, meus amigos?

– Sei que sabe de tudo; assim, seremos breves – disse Pillerault. – O senhor tem letras à ordem de Claparon?

– Sim.

– Quer trocar as primeiras cinqüenta mil por letras de *monsieur* Popinot, que aqui está, mediante desconto, bem entendido?

Gigonnet tirou seu terrível boné verde com que tinha nascido, segundo parecia, mostrou seu crânio cor de manteiga fresca sem cabelos, fez as suas caretas de Voltaire e disse:

– Querem me pagar em óleo para os cabelos? O que é que eu farei com ele?

– Quando o senhor brinca, só nos resta retirar-nos – disse Pillerault.

– O senhor fala como o sábio que o senhor é – disse-lhe Gigonnet com um sorriso lisonjeiro.

– Bem, e se eu endossasse as letras de *monsieur* Popinot? – disse Pillerault, fazendo um último esforço.

– O senhor é de ouro em barra, *monsieur* Pillerault, mas eu não preciso de ouro, só preciso do meu dinheiro.

Pillerault e Popinot saudaram-no e saíram. No fim da escada, as pernas de Popinot ainda tremiam sob ele.

– Isso é um homem? – disse a Pillerault.

– É o que pretendem – disse o velho. – Sempre se lembre desta breve cena, Anselme! Você acaba de ver o Banco em pessoa sem as caretas de suas formas agradáveis. Os eventos imprevistos são a prensa do lagar. Nós somos as uvas, e os banqueiros bebem o vinho. O negócio dos terrenos é bom, sem dúvida, e Gigonnet, ou alguém por trás dele, deseja estrangular César para vestir-se com a pele dele: tudo está dito, não há mais remédio. Eis o Banco: não recorra a ele jamais!

Depois dessa terrível manhã em que, pela primeira vez, madame Birotteau anotou os endereços dos que vinham buscar seu dinheiro e despediu o jovem do Banco sem pagá-lo, às onze horas, essa corajosa mulher, feliz por ter salvo essas dores a seu marido, viu a volta de Anselme e Pillerault, que ela esperava presa de crescentes ansiedades: ela leu a sentença em suas faces. A falência era inevitável.

– Ele vai morrer de dor – disse a pobre mulher.

– Suspeito que sim – disse gravemente Pillerault. – Mas ele é tão religioso que, nas atuais circunstâncias, seu confessor, o abade Loraux, é o único a poder salvá-lo.

Pillerault, Popinot e Constance esperaram que um funcionário fosse buscar o padre Loraux antes de apresentar o balanço que Célestin preparava para a assinatura de César. Os funcionários estavam desesperados, eles amavam seu patrão. Às quatro horas, o bom padre chegou, Constance o colocou a par da desgraça que desabava sobre eles, e o abade subiu como um soldado sobe à trincheira.

– Eu sei por que o senhor veio – exclamou Birotteau.

– Meu filho – disse o padre –, seus sentimentos de resignação à vontade divina me são conhecidos há muito tempo; o que importa é praticá-los: mantenha sempre os olhos na cruz, não cesse de olhá-la pensando nos sofrimentos de que foi vítima o filho do Onipotente, o Salvador dos homens, como sua paixão foi cruel, e assim o Senhor poderá suportar as mortificações que o Onipotente lhe envia...

– Meu irmão, o abade, já tinha me preparado – disse César, mostrando-lhe a carta que havia relido e que estendeu a seu confessor.

– O senhor tem um bom irmão – disse *monsieur* Loraux –, uma esposa virtuosa e meiga, uma terna filha, dois verdadeiros amigos, seu tio e o caro Anselme, dois credores indulgentes, os Ragon; todos esses bons corações verterão incessantemente bálsamo em seus ferimentos e o auxiliarão a carregar a sua cruz. Prometa-me ter a firmeza de um mártir e visar o golpe sem desfalecer.

O abade tossiu para prevenir Pillerault, que se encontrava no salão.

– Minha resignação é sem limites – disse César, com calma. – A desonra chegou, só devo pensar na reparação.

A voz do pobre perfumista e seu ar surpreenderam Césarine e o padre. Entretanto, nada era mais natural. Todos os homens suportam melhor uma desgraça conhecida, definida, que as cruéis alternativas de um acaso que, de um momento a outro, traz ou a alegria excessiva ou a extrema dor.

– Sonhei durante 22 anos e agora desperto, com meu cajado na mão – disse César, voltando a ser um camponês de Tours.

Ouvindo essas palavras, Pillerault encerrou seu sobrinho nos braços. César percebeu sua mulher, Anselme e Célestin. Os papéis que o primeiro funcionário mantinha em mãos eram bem significativos. César contemplou tranqüilamente esse grupo em que todos os olhares eram tristes, mas amigos.

– Um momento! – disse, arrancando sua cruz, que estendeu ao abade Loraux. – O senhor me devolverá quando eu puder usá-la sem vergonha. Célestin – acrescentou a seu funcionário –, redija minha demissão de vice. *Monsieur* abade lhe ditará a carta, você a datará do dia 14, e pedirá para Raguet entregá-la a *monsieur* de La Billardière.

Célestin e o abade Loraux desceram. Durante aproximadamente quinze minutos, profundo silêncio reinou no gabinete de César. Tanta firmeza surpreendeu a família. Célestin e o abade voltaram, César assinou a demissão. Quando o tio Pillerault lhe apresentou o balanço, o pobre homem não pôde reprimir terrível movimento nervoso.

– Meu Deus, tenha piedade de mim – disse, assinando a terrível peça e estendendo-a a Célestin.

– *Monsieur* – disse então Anselme Popinot, com um raio luminoso a passar-lhe na fronte nublada –, madame, façam-me a honra de conceder-me a mão de *mademoiselle* Césarine.

A esta frase, todos os assistentes tiveram lágrimas nos olhos, salvo César, que se levantou, tomou a mão de Anselme e, em voz grave, disse-lhe:

– Meu filho, jamais se casará com a filha de um falido.

Anselme olhou fixamente Birotteau e lhe disse:

– *Monsieur*, o senhor se compromete, na presença de toda a sua família, em consentir em nosso casamento, se *mademoiselle* me aceitar como marido, no dia em que se reabilitar de sua falência?

Houve um momento de silêncio durante o qual todos se sentiram comovidos pelas sensações que se esboçavam na face abatida do perfumista.

– Sim – disse ele, enfim.

Anselme fez um inefável gesto para tomar a mão de Césarine, que estendeu-a, e ele a baixou.

– Você também consente – perguntou a Césarine.

– Sim – disse ela.

– Enfim, sou da família, tenho o direito de me ocupar de seus negócios – disse ele, com expressão bizarra.

Anselme saiu precipitadamente para não mostrar uma alegria que contrastava muito com a dor de seu patrão. Anselme não estava exatamente feliz com a falência, mas o amor é tão absoluto, tão egoísta! Césarine mesma sentia em seu coração uma emoção que contrariava a sua amarga tristeza.

– Já que chegamos aqui – disse Pillerault, ao ouvido de Césarine –, tentemos todos os meios.

Madame Birotteau deixou escapar um sinal de dor, e não de assentimento.

– Meu sobrinho – disse Pillerault, endereçando-se a César –, que pensa fazer?

– Continuar no comércio.

– Não é minha opinião – disse Pillerault. – Liquide e distribua seu ativo a seus credores, não reapareça mais na praça de Paris. Muitas vezes me imaginei em uma situação análoga à sua... (Ah! No comércio, é preciso prever tudo! O negociante que não pensa na falência é como um general que jamais pensa na derrota, só é negociante pela metade.) Eu jamais continuaria. Como! Sempre enrubescer ante homens a quem eu teria feito mal, receber seus olhares desconfiados e suas tácitas reprovações? Concebo a guilhotina!... Em um instante, tudo está terminado. Mas ter uma cabeça que renasce e senti-la sendo cortada todos os dias é um suplício a que eu me furtaria. Muitas pessoas retomam os negócios como se nada

251

lhes tivesse acontecido, tanto melhor! Elas são mais fortes que Claude-Joseph Pillerault. Se você fizer negócios à vista, e é obrigado a isso, vão falar que você soube guardar dinheiro; se você não tiver um centavo, jamais poderá se levantar. Boa noite! Abandone, portanto, todo o ativo, deixe venderem seus imóveis e faça outra coisa.

– Mas o quê? – disse César.

– Ah! – disse Pillerault. – Procure um lugar. Você não tem protetores? O duque e a duquesa de Lenoncourt, madame de Mortsauf, *monsieur* de Vandenesse! Escreva-lhes, veja-os, eles o empregarão na casa do rei com um milhar de escudos; sua mulher também ganhará tanto, sua filha talvez também. Sua posição não é desesperada. Em três, vocês reunirão cerca de dez mil francos por ano. Em dez anos, você pode pagar cem mil francos, pois não gastará nada do que ganhar: suas duas mulheres terão mil e quinhentos francos meus para as despesas, e, quanto a você, veremos!

Constance, e não César, meditou nessas sábias palavras. Pillerault dirigiu-se à Bolsa, então em uma construção provisória em pranchas, a formar uma sala redonda onde se entrava pela Rue Feydeau. A falência do perfumista conhecido e invejado, já divulgada, excitava um rumor geral no alto comércio, então constitucional. Os comerciantes liberais viam na festa de Birotteau um audacioso empreendimento contra seus sentimentos. As pessoas da oposição queriam ter o monopólio do amor pelo país. Era permitido aos realistas amar o rei, mas amar a pátria era privilégio da esquerda: o povo lhe pertencia. O poder errara em rejubilar-se, por seus órgãos, por um evento do qual os liberais queriam a exploração exclusiva. A queda de um protegido do castelo, de um ministeriável, de um realista incorrigível que, em Treze de Vendemiário, insultava a Liberdade, batendo-se contra a gloriosa Revolução Francesa, essa queda excitava as falas e os aplausos da Bolsa. Pillerault desejava conhecer, estudar a opinião. Encontrou, em um dos grupos mais animados, du Tillet, Gobenheim-Keller, Nucingen, o velho Guillaume e seu genro Joseph Lebas, Claparon, Gigonnet, Mongenod[12], Ca-

---

12. Personagem fictício que aparece também em *A musa do departamento* e *Modeste Mignon*. (N.E.)

musot, Gobseck, Adolphe Keller, Palma, Chiffreville, Matifat, Grindot e Lourdois.

– Bem, quanta prudência não é necessária – disse Gobenheim a du Tillet –, por um fio meus genros não deram crédito a Birotteau!

– Perdi dez mil francos que ele me pediu há quinze dias, eu lhes dei mediante sua simples assinatura – disse du Tillet. – Mas outrora ele me fizera um favor, perco-os sem remorsos.

– Ele fez como todos os outros, seu sobrinho – disse Lourdois a Pillerault –, ele deu festas! Que um safado busque jogar areia nos olhos dos outros para estimular a confiança, concebo; mas um homem que passava por ser o creme das pessoas honestas recorrer aos ardis desse velho charlatanismo, que nos engana a todos!

– Como sanguessugas – disse Gobseck.

– Não confie em ninguém que não viva em pocilgas, como Claparon – disse Gigonnet.

– *Muito pem* – disse o imenso barão Nucingen a du Tillet –, *você fez brincadeira comico me enfiando Birutô. Não sei por que* – disse, voltando-se para Gobenheim, o industrial – *ele não me enfiou buscar em meu panco zim güenta mil vrancos, eu lhe teria imantado.*

– Oh! Não – disse Joseph Lebas –, *monsieur* barão. O senhor bem que devia saber que o Banco teria recusado suas letras, o senhor as rejeitou no Comitê de Descontos. O caso desse pobre homem, por quem ainda professo uma alta estima, oferece circunstâncias singulares...

A mão de Pillerault apertava a de Joseph Lebas.

– É impossível, efetivamente – disse Mongenod –, explicar o que acontece, salvo se acreditarmos que há, ocultos por trás de Gigonnet, banqueiros que desejam matar o negócio da Madeleine.

– Acontece-lhe o que sempre acontecerá aos que saem de sua especialidade – disse Claparon, interrompendo Mongenod. – Se ele mesmo lançasse seu *Óleo cefálico*, em vez de vir nos encarecer os terrenos em Paris, atirando-se em cima deles, ele teria perdido seus cem mil francos no cartório de Roguin, mas não teria falido. Ele vai trabalhar sob o nome de Popinot.

– Cuidado com Popinot – disse Gigonnet.

Roguin, segundo essa massa de negociantes, era *o infortunado Roguin*, o perfumista era *esse pobre Birotteau*. Um parecia desculpado por uma grande paixão, o outro parecia mais culpado, devido à sua ambição.

Deixando a Bolsa, Gigonnet passou pela Rue Perrin-Gasselin, antes de retornar à Rue Greneta, e foi a madame Madou, a comerciante de frutas secas.

– Minha grande mãe – disse-lhe com sua cruel bonomia –, como vai nosso pequeno comércio?

– Suave – disse respeitosamente madame Madou, dando sua única poltrona ao usurário com a afetuosa servilidade que ela só teria pelo *caro finado*.

Mamãe Madou, que lançava por terra um carroceiro recalcitrante ou muito confiado, que não teve medo de ir ao assalto das Tuileries no Dez de Outubro, que tratava duramente seus melhores fregueses, capaz enfim de falar ao rei sem tremer, em nome das Damas do Mercado, Angélique Madou recebia Gigonnet com um profundo respeito. Sem força em sua presença, arrepiava-se ante seu olhar áspero. As pessoas do povo ainda tremerão muito tempo ante o carrasco, e Gigonnet era o carrasco do comércio. No Mercado, poder algum é mais respeitado que o do homem que regula o curso do dinheiro. As outras instituições humanas não são nada, comparadas a essa. A Justiça mesma traduz-se aos olhos do Mercado pelo comissário, personagem com quem ele se familiariza. Mas a Usura sentada atrás de suas pastas verdes, a Usura implorada com a morte na alma mata as brincadeiras, seca a garganta, abate o orgulho do olhar e torna o povo respeitoso.

– O senhor tem algo a me pedir? – disse ela.

– Um nada, uma miséria, esteja pronta para receber o dinheiro das letras Birotteau, o bom homem abriu falência, tudo se torna exigível, eu lhe mandarei a conta amanhã de manhã.

Os olhos de madame Madou concentraram-se a princípio como os de um tigre, depois lançaram chamas.

– Ah! O safado! Ah! O biruta! Ele veio aqui pessoalmente me falar que era vice, contar-me vantagens! Canalha, assim é o comércio! Já não se pode confiar nos prefeitos, o Governo nos engana. Espere, eu vou obrigá-lo a me pagar, eu...

– Ah, nesses casos, cada um se vira como pode, cara criança! – disse Gigonnet, levantando a perna com um pequeno movimento seco, semelhante ao de um gato que deseja passar por um lugar molhado, ao qual ele devia seu apelido[13]. – Há ricos que pensam em salvar-se enquanto é cedo.

– Bom! Bom! Vou salvar minhas avelãs. Marie-Jeanne! Meus tamancos e minha casimira de pele de coelho, e depressa, ou quebro-lhe a cara com uma bofetada.

"Isto vai esquentar no alto da rua", disse a si mesmo Gigonnet, esfregando as mãos. "Du Tillet vai ficar contente, vai haver escândalo no bairro. Não sei o que lhe fez esse pobre-diabo de perfumista, tenho pena dele como de um cão que quebra a perna. Não é um homem, não tem força."

Madame Madou desembocou, como uma insurreição do Faubourg Saint-Antoine, às sete horas da noite na porta do pobre Birotteau, que ela abriu com excessiva violência, pois a escada animara ainda mais os seus espíritos.

– Monte de verme, preciso de meu dinheiro, eu quero o meu dinheiro! Você vai me dar meu dinheiro, ou vou levar estes sacos, porcarias de cetim, leques, mercadorias, pelos meus dois mil francos! Onde já se viu prefeitos roubando seus administrados! Se você não me pagar, eu o mando para a cadeia, vou ao procurador do rei, o tremor da justiça vai esmagá-lo! Enfim, eu não saio daqui sem o meu dinheiro.

Ela fez que ia abrir os vidros de um armário onde se encontravam objetos preciosos.

– A Madou está em seu amado fogo – disse em voz baixa Célestin a seu vizinho.

A comerciante ouviu a frase, pois nos paroxismos de paixão os órgãos entorpecem-se ou se aperfeiçoam, segundo as constituições, e Madou aplicou na orelha de Célestin o mais vigoroso tapa jamais dado em uma loja de perfumaria.

– Aprenda a respeitar as mulheres, meu amado – disse ela – e a não brincar com o nome de quem você rouba.

– Madame – disse madame Birotteau saindo de trás da loja onde por acaso se encontrava seu marido, que o tio Pillerault queria levar consigo, e que, para obedecer à lei, levava sua humildade a ponto de deixar-se prender –, madame, em nome do céu, não amotine os passantes.

---

13. Gigonnet vem a ser *Esperneia*; veja *Os funcionários*, em *A comédia humana*. (N.T.)

– Ah! Que eles entrem – disse a Madou –, eu vou dizer a coisa toda, história de morrer de rir! Sim, minha mercadoria e meus escudos ganhos com o suor de meu rosto servem para dar seus bailes. Enfim, você anda vestida como uma rainha de França com a lã que você toma de pobres, velhas ovelhas como eu! Jesus! Isto me queimaria os ombros, sim, roupa roubada! Só tenho uma pele de coelho em minha carcaça, mas ela é minha! Bandos de ladrões, meu dinheiro ou...

Ela saltou sobre uma bela caixa em marchetaria onde se encontravam preciosos objetos de toalete.

– Deixe disto, madame – disse César, mostrando-se –, nada aqui é meu, tudo pertence a meus credores. Não tenho mais que minha pessoa, e se a senhora desejar apossar-se dela, pôr-me na cadeia, dou-lhe a minha palavra de honra (uma lágrima saiu de seus olhos) que esperarei seu oficial, a Guarda Comercial e seus reforços...

O tom e o gesto, em harmonia com a ação, fizeram tombar a cólera de madame Madou.

– Meu dinheiro foi roubado por um tabelião, e sou inocente dos desastres que provoco – continuou César. – Mas a senhora será paga com o tempo, mesmo que eu tenha de morrer de cansaço e trabalhar como carregador, no Mercado, como mão-de-obra.

– Vamos, o senhor é um bravo homem – disse a mulher do Mercado. – Perdão por minhas palavras, madame; mas então é preciso que eu me atire no rio, pois Gigonnet vai me perseguir, e só tenho títulos a dez meses para reembolsar suas danadas letras.

– Venha me encontrar amanhã de manhã – disse Pillerault, mostrando-se –, eu lhe arranjarei seu negócio a cinco por cento, com um de meus amigos.

– Quem! É o bravo pai Pillerault. Ah! Mas ele é seu tio – disse ela a Constance. – Vamos, vocês são pessoas honestas, eu não perderei nada, não é? Até amanhã, velho Brutus – disse ela ao ex-ferralheiro.

César desejou absolutamente permanecer no meio de suas ruínas, afirmando que ele se explicaria assim com todos os seus credores. Apesar das súplicas de sua sobrinha, o tio Pillerault aprovou César e o fez voltar a seu quarto. O esperto velho correu a *monsieur* Haudry, explicou-lhe a posição de Birotteau, obteve uma receita para uma poção sonífera, encomendou-a e voltou para passar a noite na casa de seu sobrinho. Em acordo com Césarine, levou César a beber com eles. O narcótico adormeceu o perfumista que despertou, catorze horas depois, no quarto de seu tio Pillerault, na Rue des Bourdonnais, aprisionado pelo velho que dormia em uma cama improvisada em seu salão. Quando Constance ouviu rodar a carruagem onde seu tio Pillerault levava César, sua coragem abandonou-a. Muitas vezes nossas forças são estimuladas pela necessidade de amparar um ser mais frágil do que nós. A pobre mulher chorou ao se ver só em casa com sua filha, como ela teria chorado se César tivesse morrido.

– Mamãe – disse Césarine sentando-se nos joelhos de sua mãe e acariciando-a com essas graças de gata que as mulheres só desdobram bem entre elas –, você me disse que, se eu enfrentasse bravamente minha sorte, você encontraria forças contra a adversidade. Então não chore não, minha querida mãe. Estou pronta a trabalhar em qualquer loja, e não mais pensarei no que nós éramos. Serei como você em sua juventude, uma primeira funcionária, e você jamais ouvirá uma queixa, nem um lamento. Tenho uma esperança. Você não ouviu *monsieur* Popinot?

– O caro menino, ele não será meu genro...

– Oh! Mamãe...

– Ele será verdadeiramente meu filho.

– A desgraça – disse Césarine, beijando sua mãe – tem isto de bom, ensina-nos a conhecer nossos verdadeiros amigos.

Césarine terminou por suavizar a dor da pobre mulher, representando junto a ela o papel de uma mãe. Na manhã seguinte, Constance foi à casa do duque de Lenoncourt, um dos primeiros gentis-homens da Câmara do Rei, e deixou uma carta onde lhe pedia uma audiência em dada hora do dia. No intervalo, ela foi à casa de *monsieur* de La Billardière, expôs-lhe a situação em que a fuga do tabelião deixava César, pediu-lhe para apoiá-lo junto ao duque e falar por ele, temendo não se explicar bem. Ela queria um cargo para Birotteau. Birotteau seria o tesoureiro mais honesto, se houvesse necessidade de distinguir os graus de honestidade.

– O rei acaba de nomear o conde de Fontaine para uma direção geral no ministério de sua casa, não há tempo a perder.

Às duas horas, La Billardière e madame César subiam a grande escadaria do palácio de Lenoncourt, na Rue Saint-Dominique, e foram introduzidos na sala do gentil-homem preferido do Rei, se o rei Luís XVIII tivesse preferências. A graciosa acolhida desse grande senhor, que pertencia ao pequeno número dos verdadeiros gentis-homens que o século XVIII legou ao XIX, deu esperança a madame César. A mulher do perfumista mostrou-se grande e simples em sua dor. A dor enobrece as pessoas mais vulgares, pois ela tem sua grandeza; e, para receber seu reflexo, basta ser sincero. Constance era uma mulher essencialmente sincera. Importava falar ao rei imediatamente.

No meio da conferência, anunciaram *monsieur* de Vandenesse, e o duque exclamou:

– Eis seu salvador!

Madame Birotteau não era desconhecida desse jovem, que tinha ido à casa dela uma ou duas vezes para pedir bagatelas às vezes tão importantes quanto as grandes coisas. O duque explicou as intenções de La Billardière. Sabendo da desgraça que esmagava o afilhado da marquesa de Uxelles, Vandenesse foi imediatamente com La Billardière ao conde de Fontaine, pedindo para madame Birotteau esperá-lo.

Monsieur conde de Fontaine era, como La Billardière, um desses bravos gentis-homens de província, heróis quase desconhecidos que fizeram a Vendéia[14]. Birotteau não lhe era estranho, ele o vira na *Rainha das rosas*. As pessoas que tinham derramado seu sangue pela causa monarquista gozavam, nessa época, de privilégios que o rei mantinha secretos para não aterrar os liberais. *Monsieur* de Fontaine, um dos favoritos de Luís XVIII, passava por gozar de toda a sua confidência. Não apenas o conde prometeu efetivamente um cargo, mas foi ao duque de Lenoncourt, então de serviço, para que lhe concedesse um momento de audiência à noite, e para pedir para La Billardière uma audiência com *MONSIEUR*, o irmão mais velho do rei, que amava particularmente esse ex-diplomata vendeano.

Na mesma noite, *monsieur* conde de Fontaine foi das Tuileries a madame Birotteau anunciar-lhe que seu marido seria, depois da concordata, oficialmente nomeado a um cargo de dois mil e

---

14. Veja, em *A comédia humana*, *Chouans*: a *Bretanha em 1799*. (N.T.)

quinhentos francos na caixa de amortização; todos os serviços da Casa do Rei encontravam-se então a cargo de nobres supranumerários com os quais haviam tomado compromissos.

Esse sucesso era apenas uma parte da tarefa de madame Birotteau. A pobre mulher foi à Rue Saint-Denis, no *Chat-qui-pelote*, encontrar Joseph Lebas. Durante essa corrida, ela encontrou, em brilhante carruagem, madame Roguin, que sem dúvida fazia compras. Seus olhos e os da bela tabeliã se cruzaram. A vergonha que a mulher feliz não pôde reprimir ao ver a mulher arruinada deu coragem a Constance.

"Eu jamais andaria de carruagem com os bens de outrem", disse a si mesma Constance.

Bem recebida por Joseph Lebas, ela lhe pediu para buscar à sua filha um cargo em uma casa de comércio respeitável. Lebas não prometeu nada; mas, oito dias depois, Césarine ganhou casa, comida e mil escudos na mais rica casa de novidades de Paris, que fundava um novo estabelecimento no bairro des Italiens. A caixa e a supervisão da loja eram confiadas à filha do perfumista, que, colocada acima da primeira funcionária, substituía os patrões da casa.

Quanto a madame César, ela foi no mesmo dia a Popinot pedir-lhe para manter a caixa, as escrituras e o serviço da casa. Popinot compreendeu que sua casa era a única onde a mulher do perfumista podia encontrar os respeitos que lhe eram devidos e uma posição sem inferioridade. O nobre jovem deu-lhe três mil francos por ano, a alimentação e o teto, que lhe cedeu, passando para a mansarda de um funcionário. Assim, a bela perfumista, depois de gozar, durante um mês, as suntuosidades de seu apartamento, teve de habitar o terrível quarto, com vista para o pátio obscuro e úmido, onde Gaudissart, Anselme e Finot tinham inaugurado o *Óleo cefálico*.

Quando Molineux, nomeado agente pelo tribunal de comércio, veio tomar posse do ativo de César Birotteau, Constance, auxiliada por Célestin, verificou o inventário com o agente. A seguir, mãe e filha saíram, à pé, em trajes simples, e foram ao tio Pillerault sem olhar para trás, depois de morarem naquela casa o terço de sua vida. Elas caminharam em silêncio para a Rue des Bourdonnais, onde jantaram com César pela primeira vez, desde a separação. Foi um triste jantar. Todos tinham tido tempo de fazer suas reflexões, medir a extensão de suas obrigações e sondar a própria coragem. Os três eram como marinheiros prontos a lutar contra o mau tempo, sem dissimular o perigo. Birotteau retomou coragem ao saber com que solicitude grandes personagens lhe haviam arranjado um cargo; mas chorou quando soube o que sua filha ia ser. E estendeu a mão à sua mulher, vendo a coragem com que ela voltava a trabalhar.

O tio Pillerault teve, pela última vez em sua vida, os olhos úmidos ante o aspecto do tocante quadro desses três seres unidos, confundidos em um abraço no meio do qual Birotteau, o mais frágil dos três, o mais abatido, levantou a mão e disse:

– Tenhamos esperança.

– Para economizar – disse o tio –, você vai morar comigo, guarda o meu quarto e partilha o meu pão. Há muito tempo me entedio de ser só, você substituirá esse pobre filho que perdi. Daqui, você só terá de dar um passo para ir à Rue de l'Oratoire, à sua Caixa.

– Deus de bondade – exclamou Birotteau –, na força da tempestade, uma estrela me guia.

Resignando-se, o desgraçado consome a sua desgraça. A queda de Birotteau encontrava-se desde então realizada, ele tomava consciência dela, voltava a ser forte.

Além da falência, um comerciante só deveria ocupar-se de encontrar um oásis, na França ou no estrangeiro, para nele viver sem se ocupar de nada, como criança que é: a Lei o declara menor e incapaz de todo ato legal, civil e cívico. Mas não é isso o que acontece. Antes de reaparecer, ele espera um salvo-conduto que jamais juiz comissário ou credor recusaram, pois se o encontrassem sem este *exeat* ele seria preso, enquanto, munido desta salvaguarda, ele passeia como parlamentar no campo inimigo, não por mera curiosidade, mas para vencer as más intenções da lei relativamente aos falidos. O efeito de toda lei que toca na fortuna privada é desenvolver prodigiosamente as trapaças do espírito. O pensamento dos falidos, como de todos os que têm interesses contrariados por uma lei qualquer, é anulá-la no que lhe diz respeito. A situação de morte civil, em que o falido permanece como uma crisálida, dura três meses, aproximadamente, tempo exigido pelas formalidades antes de se chegar ao congresso onde se assina, entre os credores e o devedor, um tratado de paz, transação chamada concordata. Essa palavra bem indica que depois da tempestade, sublevada entre interesses violentamente contrariados, reina a concórdia.

À vista do balanço, o Tribunal de Comércio logo nomeia um juiz comissário que vela pelos interesses da massa dos credores desconhecidos e deve também proteger o falido contra os empreendimentos vexatórios de seus credores irritados: duplo papel que seria magnífico representar, se os juízes comissários tivessem tempo. Esse juiz comissário investe um agente no direito de meter a mão nos fundos, valores, mercadorias, verificando o ativo declarado no balanço; enfim, o escrivão faz uma convocação de todos os credores, que se faz ao som da trombeta dos anúncios nos jornais. Os credores falsos ou verdadeiros têm de acorrer e se reunir a fim de nomear síndicos provisórios que substituem o agente, calçam-se com os sapatos do falido, tornam-se, por meio de uma ficção legal, o próprio falido e podem tudo liquidar, tudo vender, transigir sobre tudo, enfim, desmanchar tudo em proveito dos credores, se o falido não se opuser. A maior parte das falências parisienses detém-se nos síndicos provisórios; eis por quê.

A nomeação de um ou mais síndicos definitivos é um dos atos mais apaixonados que possa oferecer a credores com sede de vingança, enganados, burlados, zombados, ludibriados e roubados. Se bem que em geral os credores sejam enganados, burlados, zombados, ludibriados e roubados, não existe em Paris paixão comercial que sobreviva noventa dias. Em negócio, só as letras comerciais sabem sobreviver, sedentas por pagamento, três meses. Ao cabo de noventa dias, todos os credores extenuados de fadiga pelas marchas e contramarchas que exige uma falência dormem ao lado de suas excelentes mulheres. Isso pode auxiliar os estrangeiros a compreender como, na França, o provisório é definitivo: entre mil síndicos provisórios, não há cinco que venham a ser definitivos. A razão dessa abjuração dos ódios sublevados pela falência vai ser compreendida. Mas torna-se necessário explicar às pessoas que não desfrutam da alegria de ser negociantes o drama de uma falência, a fim de levar a compreender como ele constitui em Paris uma das mais monstruosas brincadeiras legais e como a falência de César ia ser uma enorme exceção.

Esse belo drama comercial tem três atos distintos: o ato do agente, o ato dos síndicos, o ato da concordata. Como todas as peças de teatro, ele oferece um duplo espetáculo: tem sua representação para o público e seus meios ocultos, há a representação vista da platéia e a representação vista dos bastidores. Nos bastidores encontram-se o falido e seu representante, o advogado dos comerciantes, os síndicos e o agente, e o juiz comissário. Ninguém fora de Paris sabe, e ninguém em Paris ignora que um juiz do Tribunal de Comércio é o mais estranho magistrado que uma sociedade jamais se permitiu criar. Esse juiz pode temer a todo momento sua justiça por si mesmo. Paris viu o presidente de seu Tribunal de Comércio ser forçado a abrir falência. Em vez de ser um velho negociante retirado dos negócios, para quem essa magistratura seria a recompensa de uma vida pura, esse juiz é um comerciante sobrecarregado de enormes empreendimentos, à cabeça de uma imensa casa. A condição *sine qua non* da eleição desse juiz, obrigado a julgar as avalanches de processos comerciais a rolar incessantemente na capital, é ter muito trabalho em levar seus próprios negócios. Esse Tribunal de Comércio, em vez de ter sido instituído como útil transição da qual o negociante se elevaria sem ridículo às regiões da nobreza, compõe-se de negociantes em exercício, que podem sofrer por suas sentenças ao encontrar as partes descontentes, como Birotteau encontrava du Tillet.

O juiz comissário é então necessariamente um personagem ante o qual se falam muitas palavras, que as ouve pensando em seus negócios e remete-se da coisa pública aos síndicos e ao advogado, salvo alguns casos estranhos e bizarros, em que os roubos se apresentam com circunstâncias curiosas, e levam-no a falar que os credores ou o devedor são pessoas hábeis. Esse personagem, colocado no drama como um busto real em uma sala de audiência, se vê de manhã, entre cinco e sete horas, no seu trabalho, se for comerciante de madeiras; em sua loja, se, como outrora Birotteau, é perfumista, ou à noite, depois do jantar, entre a cruz e a espada, aliás sempre terrivelmente apressado. Assim, esse personagem é geralmente mudo. Façamos justiça à justiça: a legislação, feita às pressas, que rege a matéria, amarrou as mãos do juiz comissário, e em diversas circunstâncias ele consagra fraudes sem poder impedi-las, como você vai ver.

O agente, em vez de ser o homem dos credores, pode vir a ser o homem do devedor. Ele espera poder aumentar a sua parte fazendo-se avantajar pelo falido, que se supõe sempre dono de tesouros ocultos. O agente pode se utilizar dos dois lados, seja não incendiando os negócios do falido, seja apanhando alguma coisa para as pessoas influentes: cuida então da cruz e da espada. Freqüentemente um agente hábil consegue adiar o julgamento resgatando os créditos e reerguendo o negociante, que então salta como bola elástica. O agente se volve contra a parte mais rica, seja para cobrir os mais fortes credores e descobrir o devedor, seja para imolar os credores ao futuro do negociante. Assim, o ato do agente é o ato decisivo. Esse homem, como o advogado, representa a grande utilidade nessa peça onde, um como o outro, só aceitam seu papel seguros de seus honorários. Em mil falências, o agente é 950 vezes o homem do falido. Na época em que esta história aconteceu, quase sempre os advogados vinham encontrar o juiz comissário e apresentavam-lhe um agente por nomear, o seu, um homem a quem os negócios do negociante eram conhecidos e que poderia conciliar os interesses da massa e os do homem honorável caído em desgraça. Há alguns anos, os juízes hábeis fazem indicar o agente que se deseja, para não indicá-lo, e encarregam-se de nomear um quase virtuoso.

Durante esse ato apresentam-se os credores, falsos ou verdadeiros, para designar os síndicos *provisórios* que são, como se disse, *definitivos*. Nessa assembléia eleitoral, têm direito de votar aqueles a quem são devidos cinco francos, bem como os credores de cinqüenta mil francos: os votos se contam e não se pesam. Essa assembléia, onde se encontram os falsos eleitores introduzidos pelo falido, os únicos que jamais faltam à eleição, propõem como candidatos os credores entre os quais o juiz comissário, presidente sem poder, é *obrigado* a escolher os síndicos. Assim, o juiz comissário toma quase sempre da mão do falido os síndicos que lhe convém ter: outro abuso que torna essa catástrofe um dos mais burlescos dramas que a Justiça possa proteger. O homem honorável caído em desgraça, senhor do terreno, legaliza então o roubo que meditou. Geralmente o pequeno comércio de Paris é puro de toda censura. Quando um lojista abre falência, o homem pobre e honesto vendeu o xale de sua mulher, penhorou sua prataria, fez flecha de toda madeira e sucumbiu de mãos vazias, arruinado, sem dinheiro nem para o advogado, que se ocupa muito pouco dele.

A Lei quer que a concordata que dá ao negociante uma parte de sua dívida e devolve-lhe seus negócios seja votada por uma certa maioria de somas e pessoas. Essa grande obra exige uma hábil diplomacia dirigida no meio dos interesses contrários que se cruzam e se chocam, pelo falido, por seus síndicos e seu advogado. A manobra habitual consiste em oferecer à porção de credores que forma a maioria desejada pela lei gratificações a pagar pelo devedor além dos dividendos consentidos à concordata. Para essa imensa fraude não há remédio algum: os trinta tribunais de comércio que se sucederam uns aos outros a conhecem por tê-la praticado. Esclarecidos por longo uso, terminaram ultimamente por se decidir a anular os créditos acusados de fraude, e como os falidos têm interesse em se queixar dessa *extorsão*, os juízes esperam moralizar assim a falência, mas chegarão a torná-la ainda mais imoral: os credores inventarão alguns atos ainda mais sórdidos, que os juízes condenarão como juízes, e de que se aproveitarão como negociantes.

Outra manobra extremamente em uso, à qual se deve a expressão *credor sério e legítimo*, consiste em criar credores, como du Tillet criara uma casa bancária, e introduzir certa quantidade de Claparons, sob a pele dos quais se esconde o falido que, desse modo, diminui o dividendo dos credores verdadeiros e cria assim fontes para o porvir, assegurando a quantidade de votos e somas necessárias para obter sua concordata. Os *credores alegres e ilegítimos* são como falsos eleitores introduzidos entre os votantes. Que pode fazer o credor *sério e legítimo* contra os *credores alegres e ilegítimos*? Desembaraçar-se deles impugnando-os! Bem. Para expulsar o intruso, o credor *sério e legítimo* deve abandonar seus negócios, encarregar um advogado de sua causa, advogado que, não ganhando quase nada, prefere *dirigir* falências, pouco ligando a esta causa. Para desalojar o credor *alegre*, é necessário ingressar no dédalo das operações, voltar a épocas longínquas, folhear os livros, obter pela autoridade da justiça, por mandato judicial, vistas dos livros do falso credor, descobrir a inverossimilhança da ficção, demonstrar aos juízes do tribunal, advogar, ir, vir, esquentar bastante os corações frios; depois, fazer esse trabalho de Dom Quixote em relação a cada credor *ilegítimo e alegre*, o qual, se vem a ser convencido de *alegria*, retira-se saudando os juízes e fala: "Perdoem-me, os senhores se enganam, eu sou *muito sério*". Tudo sem prejudicar os direitos do falido, que pode levar o Dom Quixote à Corte Real. Durante esse tempo, os negócios de Dom Quixote vão mal, ele é suscetível de abrir falência.

Moral: o devedor nomeia seus síndicos, verifica seus credores e arranja sua concordata pessoalmente.

Segundo esses dados, quem não adivinha as intrigas, golpes de Sganarelle, invenções de Frontin, mentiras de Mascarille e sacos vazios de Scapin[15] que desenvolvem esses dois sistemas? Não existe falência em que não se engendram histórias suficientes para fornecer a matéria dos catorze volumes de *Clarissa Harlowe*[16] ao autor que desejar narrá-las. Um só exemplo bastará. O ilustre Gobseck, o mestre dos Palma, os Gigonnet, os Werbrust, os Keller e os Nucingen, tendo-se encontrado em uma falência em que se propunha tratar rudemente um negociante que soubera enrolá-los, receberam em letras vencíveis depois da concordata a soma que, somada à dos dividendos, formava a integralidade de seu crédito. Gobseck determinou a aceitação de uma concordata que consagrava setenta e cinco por cento de descontos ao falido. Eis os credores prejudicados em favor de Gobseck. Mas o negociante tinha assinado as letras ilícitas de sua razão social em falência, e pôde aplicar a estes efeitos a dedução de setenta e cinco por cento. Gobseck, o grande Gobseck, recebeu apenas cinqüenta por cento. Ele sempre saudava o seu devedor com um respeito irônico.

Todas as operações realizadas por um falido dez dias antes da falência podendo ser incriminadas, alguns homens prudentes têm o cuidado de realizar certos negócios com certo número de credores cujo interesse é, como o do falido, chegar a uma rápida concordata. Credores muito espertos vão encontrar credores muito ingênuos ou muito ocupados, pintam-lhes a falência de forma sombria e compram seus créditos pela metade do que valerão no momento da liquidação e encontrarão então seu

---

15. Personagens de Molière, representantes do tipo velhaco. (N.T.)
16. Romance de Richardson. (N.T.)

dinheiro pelo dividendo de seus créditos, e a metade, o terço ou o quarto ganhos com os créditos comprados.

A falência é o fechamento mais ou menos hermético de uma casa onde a pilhagem deixou alguns sacos de dinheiro. Feliz o negociante que salta pela janela, pelo teto, pelos porões, por um buraco, que toma um saco e engrossa a sua parte! Nessa derrota, em que se cria o salve-se quem puder de Berezina[17], tudo é legal e ilegal, falso e verdadeiro, honesto e desonesto. Um homem é admirado se ele leva vantagem, se ele *se defende*. Defender-se é apossar-se de alguns valores em detrimento de outros credores. A França repercutiu os debates de uma imensa falência eclodida em uma cidade onde havia uma Corte Real e onde os magistrados, em conta corrente com os falidos, tinham se dado defesas e vantagens em mantos impermeáveis tão pesados que o manto da justiça ficou todo furado. Força foi, devido à suspeição legítima, deferir o julgamento da falência em outra Corte. Não havia juiz comissário, nem agente, nem corte soberana possível no lugar onde eclodira a bancarrota.

Esse terrível lodo comercial é tão bem apreciado em Paris, que salvo estar interessado na falência por uma soma capital, todo negociante, por pouco ocupado que esteja, aceita a falência como um sinistro sem seguradores, passa a perda para a conta de *lucros e prejuízos* e não comete a tolice de gastar seu tempo; continua a abraçar seus negócios. Quanto ao pequeno comerciante, preocupado com o fim de mês, ocupado em seguir o carro de sua fortuna, receia um processo terrível em duração e custos, renuncia a vê-lo claro, imita o grande negociante e baixa a cabeça realizando sua perda.

Os grandes negociantes não abrem mais falência, liquidam amigavelmente: os credores dão quitação, tomando o que se lhes oferece. Evita-se então a desonra, os atrasos judiciários, os honorários de advogados, as depreciações de mercadorias. Todos acreditam que a falência daria menos que a liquidação. Há mais liquidações que falências em Paris.

O ato dos síndicos é destinado a provar que todo síndico é incorruptível, que jamais há entre eles e o falido a mínima combinação. A platéia, que já foi mais ou menos síndico, sabe

---

17. Rio russo onde Napoleão perdeu metade de seu exército na retirada de 1812. (N.T.)

que todo síndico é um credor *encoberto*. Ele ouve, acredita no que quer, e chega ao dia da concordata, depois de três meses empregados a verificar os créditos passivos e ativos. Os síndicos provisórios fazem então na assembléia um pequeno relatório seguindo esta fórmula geral:

"Senhores, era-nos devido a todos um total de um milhão. Despedaçamos nosso homem como uma fragata naufragada. Os pregos, os ferros, as madeiras, os cobres renderam trezentos mil francos. Então temos trinta por cento de nossos créditos. Felizes por encontrar essa soma, quando nosso devedor podia deixar-nos apenas cem mil francos, nós o declaramos um Aristides, o Justo, nós lhe votamos prêmios de encorajamento, coroas, e propomos deixar-lhe seu ativo, dando-lhe dez ou doze anos para pagar-nos cinqüenta por cento do que ele dignar-se prometer-nos. Eis a concordata, passem no escritório, assinem-na!"

Ante esse discurso, os felizes negociantes felicitam-se e abraçam-se. Depois da homologação dessa concordata, o falido volta a ser negociante como antes: entregam-lhe seu ativo, ele recomeça seus negócios, sem ser privado do direito de abrir falência em relação aos dividendos prometidos, falência bisneta que se vê freqüentemente, como uma criança dada à luz por uma mãe nove meses após o casamento de sua filha.

Se a concordata não for aprovada, os credores nomeiam então síndicos definitivos, tomam medidas exorbitantes associando-se para explorar os bens, o comércio de seu devedor, tomando tudo o que ele tiver, a sucessão de seu pai, de sua mãe, de sua tia, etc. Essa rigorosa medida executa-se em meio a um contrato de união.

Há, portanto, duas falências: a falência do negociante que deseja retomar os negócios e a falência do negociante que, ao cair na água, contenta-se em ir para o fundo do rio. Pillerault conhecia bem essa diferença. Era, segundo ele, como segundo Ragon, tão difícil sair puro da primeira quanto sair rico da segunda. Depois de aconselhar o abandono geral, dirigiu-se ao mais honesto advogado da praça para fazê-lo executar, liquidando a falência e pondo os valores à disposição dos credores. A lei quer que os credores dêem, durante a duração desse drama, alimentos ao falido e à sua família. Pillerault fez saber ao juiz comissário que ele atenderia às necessidades de sua sobrinha e de seu sobrinho.

Tudo tinha sido combinado por du Tillet para tornar a falência uma agonia constante para seu ex-patrão. Eis como. O tempo é tão precioso em Paris que geralmente, nas falências, de dois síndicos, um só se ocupa dos negócios. O outro é *pro forma*: ele aprova, como o segundo tabelião, nos atos do cartório. O síndico ativo repousa freqüentemente no advogado. Por esse meio, em Paris, as falências do primeiro gênero acontecem tão velozmente que, nos prazos exigidos pela lei, tudo é concluído, resolvido, servido, arranjado! Em cem dias, o juiz comissário pode pronunciar a frase atroz de um ministro: "A ordem reina em Varsóvia".

Du Tillet queria a morte comercial do perfumista. Assim, o nome dos síndicos nomeados por influência de du Tillet foi significativo para Pillerault. *Monsieur* Bidault, vulgo Gigonnet, principal credor, não devia ocupar-se de nada; Molineux, o pequeno velho exigente que não perderia nada, devia ocupar-se de tudo. Du Tillet tinha lançado a este pequeno chacal esse nobre cadáver comercial para atormentá-lo devorando-o.

Depois da assembléia em que os credores nomearam o sindicato, o pequeno Molineux voltou para casa, *honrado*, disse ele, *pelos sufrágios de seus concidadãos*, feliz por ter Birotteau a atormentar, como uma criança por atormentar um inseto. O proprietário, a cavalo sobre a lei, pediu a du Tillet para auxiliá-lo com suas luzes, e ele comprou o Código de Comércio. Felizmente, Joseph Lebas, prevenido por Pillerault, obteve do presidente a nomeação de um juiz comissário sagaz e benévolo. Gobenheim-Keller, que du Tillet esperara ser nomeado, foi substituído por *Monsieur* Camusot, juiz suplente, rico comerciante de sedas liberal, proprietário da casa onde morava Pillerault, e homem honrado.

Uma das mais terríveis cenas da vida de César foi sua conferência obrigatória com o pequeno Molineux, este ser que ele olhava como totalmente nulo e que, por uma ficção legal, viera a ser César Birotteau. Ele teve de ir, acompanhado de seu tio, à Cour Batave, subir os seis andares e entrar no horrível apartamento desse velho, seu tutor, seu quase juiz, o representante da massa de seus credores.

– Que tem você? – disse Pillerault a César, ouvindo uma exclamação.

– Ah! Meu tio, o senhor não sabe que homem é esse Molineux!

– Há quinze anos o vejo, de tempos em tempos, no café David, onde joga dominó à noite, por isso o acompanhei.

Monsieur Molineux foi de uma excessiva polidez em relação a Pillerault e de uma desdenhosa condescendência para seu falido. O pequeno velho tinha meditado a sua conduta, estudado as nuances de suas poses e falas, preparara suas idéias.

– Que informações o senhor deseja? – disse Pillerault. – Não existe nenhuma contestação relativamente aos credores.

– Oh! – disse o pequeno Molineux. – Os créditos estão nas regras, tudo está verificado. Os credores são sérios e legítimos! Mas a lei, *monsieur*, a lei! As despesas do falido estão em desproporção com sua fortuna... Consta que o baile...

– O baile que o senhor assistiu – disse Pillerault, interrompendo.

– Custou perto de sessenta mil francos, ou essa soma foi gasta nessa ocasião, e o ativo do falido não ia então a mais de cento e tantos mil francos... Há lugar para denunciar o falido ao juiz extraordinário sob culpa de simples bancarrota.

– É sua opinião? – disse Pillerault, vendo o abatimento em que essa palavra lançou Birotteau.

– *Monsieur*, eu distingo: *monsieur* Birotteau era oficial municipal...

– O senhor não nos fez vir, aparentemente, para explicar-nos que vamos ser presos? – disse Pillerault. – Todo o café David esta noite riria de sua conduta.

A opinião do café David pareceu aterrar o pequeno velho, que olhou Pillerault com ar de temor. O síndico esperava ver Birotteau só, ele prometera a si mesmo posicionar-se como árbitro soberano, como Júpiter. Ele contava assustar Birotteau pelo radiante requisitório preparado, brandir sobre sua cabeça o machado correcional, gozar de seus alarmes, de seus terrores, depois abrandar-se, se deixando comover, e tornar sua vítima uma alma para sempre reconhecida. Em vez de seu inseto, ele encontrava a velha esfinge comercial.

– *Monsieur* – disse a Pillerault –, não há do que rir.

– Perdoe-me – respondeu Pillerault. – O senhor mantém estreitas relações com *monsieur* Claparon; abandona os interesses da massa a fim de optar por ser privilegiado em suas somas. Ora, eu posso, como credor, intervir. O juiz comissário está lá.

– *Monsieur* – disse Molineux –, eu sou incorruptível.

– Eu sei – disse Pillerault –, o senhor apenas tirou, como se fala, o oco da reta, levou vantagem ou defendeu-se. O senhor é esperto, agiu como com seu locatário...

– Oh! *Monsieur* – disse o síndico, voltando a ser proprietário, como a gata metamorfoseada em mulher corre atrás de uma rata –, o meu negócio da Rue Montorgueil não está sendo julgado. Aconteceu o que se chama de um incidente. O locatário é locatário principal. Este intrigante agora pretende que, tendo pago um ano adiantado, e não tendo mais que um ano para...

Então Pillerault lançou sobre César um olhar a recomendar-lhe a mais viva atenção.

– E, o ano estando pago, ele pode desmobiliar a casa. Novo processo. Efetivamente, devo conservar as minhas garantias até o perfeito pagamento, ele pode me dever reparações.

– Mas – disse Pillerault – a lei só lhe dá garantia sobre os móveis em relação aos aluguéis.

– E acessórios! – disse Molineux atacado em seu centro. – O artigo do código é interpretado pelas sentenças proferidas sobre a matéria; entretanto, seria necessária uma retificação legislativa. Eu elaboro nesse momento um memorando à Sua Grandeza o ministro da Justiça sobre esta lacuna legislativa. Seria digno do Governo se ocupar dos interesses da propriedade. Aqui, tudo é para o Estado; somos o talão de impostos.

– O senhor é bem capaz de esclarecer o Governo – disse Pillerault –; mas em que podemos esclarecê-lo, nós, relativamente a nossos negócios?

– Eu quero saber – disse Molineux com enfática autoridade – se *monsieur* Birotteau recebeu somas de *monsieur* Popinot.

– Não, *monsieur* – disse Birotteau.

Seguiu-se uma discussão sobre os interesses de Birotteau na casa Popinot, de onde resultou que Popinot tinha o direito de ser integralmente pago por seus adiantamentos, sem entrar na falência pela metade das despesas de estabelecimento devidas por Birotteau. O síndico Molineux, manobrado por Pillerault, voltou insensivelmente a formas suaves que provavam como lhe importava a opinião dos freqüentadores do café David.

Ele terminou por consolar Birotteau e oferecer-lhe, como a Pillerault, partilhar seu modesto jantar. Se o ex-perfumista tivesse ido só, talvez tivesse irritado Molineux, e o caso seria dificultado. Nessa circunstância, como em algumas outras, o velho Pillerault foi um anjo tutelar.

A lei comercial impõe aos falidos um terrível suplício: eles devem comparecer pessoalmente, entre seus síndicos provisórios e seu juiz comissário, à assembléia onde os credores decidem a sua sorte. Para um homem que se coloca acima de tudo, como para o comerciante que busca uma revanche, essa triste cerimônia é pouco temível. Mas para um homem como César Birotteau, tal cena é um suplício que só encontra analogia no último dia de um condenado à morte. Pillerault fez tudo para tornar suportável a seu sobrinho esse terrível dia.

Eis quais foram as operações de Molineux, consentidas pelo falido. O processo relativo aos terrenos situados na Rue du Faubourg-du-Temple foi ganho em Corte Real. Os síndicos decidiram vender as propriedades, e César não se opôs. Du Tillet, sabendo das intenções do governo referentes a um canal que devia unir Saint-Denis ao alto Sena, passando pelo Faubourg du Temple, comprou os terrenos de Birotteau pela soma de setenta mil francos. Abandonaram-se os direitos de César no negócio dos terrenos da Madeleine a *monsieur* Claparon, com a condição de que ele abandonaria, de seu lado, toda reclamação relativa à metade devida por César nas despesas de registro e transferência de contrato, encarregando-se de pagar o preço dos terrenos recebendo, na falência, o dividendo proveniente dos vendedores. O interesse do perfumista na casa Popinot e companhia foi vendido a Popinot pela soma de 48 mil francos. Os imóveis da *Rainha das rosas* foram comprados por Célestin Crevel a 57 mil francos, com direito ao arrendamento, às mercadorias, aos móveis, à propriedade da *Pomada das sultanas*, da *Água carminativa*, e à locação por doze anos da fábrica, cujos utensílios lhe foram igualmente vendidos. O ativo líquido foi de 195 mil francos, aos quais os síndicos acrescentaram setenta mil francos produzidos pelos direitos de Birotteau na liquidação do infortunado Roguin. Assim, o total chegou a 265 mil francos. O passivo chegava a 440 mil francos, e o ativo representava mais de cinqüenta por cento.

A falência é como uma operação química, da qual o negociante hábil trata de sair gordo. Birotteau, inteiramente destilado nessa retorta, dava um resultado que tornava du Tillet furioso. Du Tillet imaginava uma falência desonesta e via uma falência virtuosa. Pouco sensível a seu ganho, pois ia ficar com os terrenos da Madeleine sem gastar dinheiro, ele desejava ver o pobre varejista desonrado, perdido, vilipendiado. E os credores, na assembléia geral, iam, sem dúvida, carregar o perfumista em triunfo.

À medida que a coragem de Birotteau lhe voltava, seu tio, como médico sábio, graduava-lhe as doses, iniciando-o nas operações da falência. Essas medidas violentas vinham a ser golpes. Um negociante não toma conhecimento sem dor da depreciação das coisas que representam para ele tanto dinheiro, tantos cuidados. As novidades que seu tio lhe dava o petrificavam.

— Cinqüenta e sete mil francos, a *Rainha das rosas*! Mas a loja custou dez mil francos; mas os apartamentos custam quarenta mil francos; mas as instalações da fábrica, os utensílios, as formas, as caldeiras custaram trinta mil francos; mas, a cinqüenta por cento de depreciação, encontram-se dez mil francos na loja; mas a pomada e a água são uma propriedade que vale uma fazenda!

Estas jeremiadas do pobre César arruinado quase não espantavam Pillerault. O ex-negociante as ouvia como um cavalo recebe uma tempestade, mas aterrava-se com o morno silêncio guardado pelo perfumista quando se tratava da assembléia. Para quem compreende as vaidades e fraquezas que em cada esfera social atingem o homem, não era um terrível suplício para este pobre homem voltar como falido ao Palácio de Justiça onde entrara como juiz? Ir receber injúrias ali onde tantas vezes recebera agradecimentos pelos serviços que prestara? Ele, Birotteau, de opiniões inflexíveis a respeito dos falidos, conhecidas por todo o comércio parisiense, ele que havia dito:

— Ainda se é homem honesto ao abrir falência, mas se sai gatuno de uma assembléia de credores!

Seu tio estudou os momentos favoráveis para familiarizá-lo com a idéia de comparecer ante seus credores unidos em assembléia, como a lei desejava. Esta obrigação matava

Birotteau. Sua muda resignação provocava viva impressão em Pillerault, que diversas vezes, à noite, ouvia-o através das paredes a exclamar:

– Jamais! jamais! morrerei antes disto.

Pillerault, este homem tão forte pela simplicidade de sua vida, compreendia a fraqueza. Resolveu evitar a Birotteau a angústia a que ele podia sucumbir na cena terrível de seu comparecimento ante os credores, cena inevitável! A Lei, nesse ponto, é precisa, formal, exigente. O negociante que recusar-se a comparecer pode, por esse simples fato, ser preso, sob a acusação de bancarrota simples. Mas se a Lei força o falido a se apresentar, ela não tem o poder de fazer comparecer o credor. Uma assembléia de credores só é uma cerimônia importante em determinados casos: por exemplo, se há lugar para desapropriar um ladrão e fazer um contrato de união, se há dissidência entre os credores favorecidos e os credores lesados, se a concordata é ultra-ladra e o falido precisa de uma maioria duvidosa. Mas, no caso de uma falência onde tudo se realiza, como no caso de uma falência onde o ladrão arranjou tudo, a assembléia é uma formalidade.

Pillerault foi pedir a cada credor, um depois do outro, para assinar uma procuração a seu advogado. Cada credor, à exceção de du Tillet, lamentava sinceramente César, depois de tê-lo atacado. Todos sabiam como se conduzia o perfumista, como seus livros eram regulares, como seus negócios eram claros. Todos os credores estavam contentes por não verem entre si nenhum credor alegre. Molineux, a princípio agente, a seguir síndico, encontrara em casa de César tudo o que o pobre homem possuía, mesmo a gravura de *Hero e Leandro* dada por Popinot, suas jóias pessoais, seu pregador de gravata, suas fivelas de ouro, seus dois relógios, que um homem honesto teria levado consigo, sem imaginar faltar à honestidade. Constance deixara seu modesto porta-jóias. Essa tocante obediência à lei impressionou vivamente o Comércio. Os inimigos de Birotteau apresentaram essas circunstâncias como sinais de estupidez; mas as pessoas sensatas mostraram-nas sob sua verdadeira luz, como um magnífico excesso de honestidade. Dois meses depois, a opinião na Bolsa mudara. As pessoas mais indiferentes testemunhavam que essa falência era uma das mais raras curiosidades comerciais jamais vistas na praça. Também os credores, sabendo que iam alcançar cerca de sessenta por cento de seus créditos, fizeram tudo o que Pillerault desejava. Os advogados eram de número muito reduzido, e aconteceu de diversos credores tomarem o mesmo advogado. Pillerault terminou por reduzir essa formidável assembléia a três advogados, a si mesmo, a Ragon, aos dois síndicos e ao juiz comissário.

Na manhã desse dia solene, Pillerault disse a seu sobrinho:

– César, você pode ir sem temer à sua assembléia hoje, você não vai encontrar ninguém.

Monsieur Ragon quis acompanhar seu devedor. Quando o ex-dono da *Rainha das rosas* fez ouvir sua pequena voz seca, seu ex-sucessor empalideceu; mas o bom velhinho abriu-lhe os braços, Birotteau neles precipitou-se, como uma criança nos braços de seu pai, e os dois perfumistas intercambiaram as suas lágrimas. O falido retomou coragem ao ver tanta indulgência e subiu à carruagem com seu tio. Às dez horas e meia precisas, o trio chegou ao claustro Saint-Merry, onde neste tempo mantinha-se o tribunal de comércio. Àquela hora, não havia ninguém na sala das falências. A hora e o dia tinham sido escolhidos de acordo com os síndicos e o juiz comissários. Os advogados lá se encontravam, representando os seus clientes. Assim, nada podia intimidar César Birotteau. Entretanto, o pobre homem não foi ao gabinete de *monsieur* Camusot, que por acaso havia sido o seu, sem profunda emoção, e ele tremia por ter de passar pela sala das falências.

– Está frio – disse *monsieur* Camusot a Birotteau –, estes senhores não se incomodarão de ficar aqui, em vez de ir nos gelar na sala. (Ele não disse a palavra falência.) Sentem-se, senhores.

Cada um tomou um assento, e o juiz cedeu sua poltrona ao confuso Birotteau. Os advogados e síndicos assinaram.

– Mediante a entrega de seus bens – disse Camusot a Birotteau –, seus credores restituem-lhe, unanimemente, o restante de seus créditos, sua concordata é concebida em termos que podem abrandar sua dor; seu advogado a fará prontamente homologar: ei-lo livre. Todos os juízes do tribunal, caro *monsieur* Birotteau – disse Camusot, tomando-lhe as mãos –, estão tocados com sua posição, sem estar surpresos com sua coragem, e não há ninguém que não tenha feito justiça à sua honestidade. Na desgraça, o senhor foi digno do que era aqui. Eis vinte anos que estou no comércio, e eis a segunda vez que vejo um negociante caído ganhar ainda mais na estima pública.

Birotteau tomou as mãos do juiz e apertou-as, com lágrimas nos olhos; Camusot perguntou-lhe o que ele pensava fazer, Birotteau respondeu que ia trabalhar para pagar seus credores integralmente.

– Se para consumar essa nobre tarefa o senhor precisar de alguns milhares de francos, sempre os encontrará em minha casa – disse Camusot –, eu os darei com muito prazer por ser testemunha de um fato muito raro em Paris.

Pillerault, Ragon e Birotteau retiraram-se.

– Bem, você não teve de beber o mar – disse-lhe Pillerault, à porta do tribunal.

– Reconheço as suas obras, meu tio – disse o pobre homem comovido.

– Ei-lo restabelecido, estamos a dois passos da Rue des Cinq-Diamants, venha ver meu sobrinho – disse-lhe Ragon.

Foi uma cruel sensação pela qual Birotteau devia passar, ver Constance sentada em um pequeno escritório na sobreloja baixa e sombria situada acima da loja, onde dominava um quadro que subia ao terço de sua janela, interceptando a luz do dia, em que estava escrito: A. POPINOT.

– Eis um dos tenentes de Alexandre, o Grande – disse com alegria Birotteau, mostrando o quadro.

Essa alegria forçada, onde se encontrava ingenuamente o inextinguível sentimento de superioridade em que César acreditava, causou como que um arrepio a Ragon, apesar de seus setenta anos. César viu sua mulher levando a Popinot cartas por assinar; não pôde reter suas lágrimas, nem impedir sua face de empalidecer.

– Bom dia, meu amigo – disse-lhe ela, em ar risonho.

– Não lhe perguntarei se você está bem aqui – disse César, olhando Popinot.

– Como na casa de meu filho – respondeu ela em ar terno que surpreendeu o ex-negociante.

Birotteau tomou Popinot, abraçou-o e disse:

– Acabo de perder para sempre o direito de chamá-lo meu filho.

– Esperemos – disse Popinot. – *Seu* óleo anda, graças a meus esforços nos jornais, aos de Gaudissart, que percorreu a França inteira, inundando-a de cartazes, prospectos, e agora mandou imprimir em Estrasburgo prospectos em alemão, que vão se mover como uma invasão da Alemanha. Nós obtivemos a colocação de três mil grosas.

– Três mil grosas! – disse César.

– E comprei, no Faubourg Saint-Marceau, um terreno, barato, onde se pode construir uma fábrica. E conservarei a do Faubourg du Temple.

– Minha mulher – disse Birotteau ao ouvido de Constance –, com um pouco de auxílio, nós teríamos nos livrado.

César, sua mulher e sua filha compreenderam. O pobre funcionário desejava atingir um resultado se não impossível, ao menos gigantesco: o pagamento integral de sua dívida! Os três, unidos pelo elo de uma feroz honestidade, vieram a ser avaros e recusavam-se tudo: um centavo lhes parecia sagrado. Por cálculo, Césarine teve por seu trabalho uma devoção de filha. Ela passava as noites, engenhava-se para aumentar a prosperidade da casa, inventava novos desenhos de tecidos e desdobrava um gênio comercial inato. Os patrões eram obrigados a moderar o ardor dela pelo trabalho, e recompensavam-na com gratificações; mas ela recusava os adornos e jóias que seus patrões lhe ofereciam. Dinheiro! – era seu grito. Cada mês, ela levava seus salários, seus pequenos ganhos, a seu tio Pillerault. Assim também César, assim também madame Birotteau. Os três reconheciam-se inábeis, nenhum deles desejava assumir a responsabilidade pelo movimento financeiro, e passaram a Pillerault a direção suprema da colocação de suas economias. Voltando a ser negociante, o tio fazia render o dinheiro, aplicando na Bolsa. Soube-se mais tarde que ele havia sido secundado, nessa obra, por Jules Desmarets e Joseph Lebas, ambos dedicados a indicar-lhe os negócios sem riscos.

O ex-perfumista, que vivia junto a seu tio, não ousava questioná-lo sobre o emprego das somas adquiridas por seus trabalhos, pelos de sua filha e de sua mulher. Ele andava de cabeça baixa pelas ruas, furtando a todos os olhares sua face abatida, decomposta, embrutecida. César reprovava-se por usar roupa boa.

– Ao menos – falava ele com um olhar angélico a seu tio –, eu não como o pão de meus credores. Seu pão me parece suave, mesmo dado pela piedade que lhe inspiro, quando imagino que, graças à sua santa caridade, eu não roubo nada de meus salários.

Os negociantes que encontravam o funcionário não encontravam nenhum vestígio do perfumista. Os indiferentes concebiam uma imensa idéia das quedas humanas ante o aspecto desse homem na face de quem a dor mais negra imprimira seu luto, que mostrava-se perturbado pelo que jamais havia aparecido nele, *o pensamento*! Não é destruído quem quer. As pessoas levianas, sem consciência, para quem tudo é indiferente, jamais podem oferecer o espetáculo de um desastre. Só a religião imprime um selo particular nos seres caídos: eles acreditam em um porvir, em uma Providência; há neles certo clarão que os assinala, um ar de santa resignação mesclada de esperança que provoca uma espécie de enternecimento; eles sabem tudo o que perderam, como um anjo exilado chorando à porta do céu. Os falidos não podem apresentar-se na Bolsa. César, expulso do domínio da honestidade, era uma imagem do anjo suspirando depois do perdão.

Durante catorze meses, cheio de pensamentos religiosos que sua queda inspirou-lhe, Birotteau recusou todo prazer. Mesmo certo da amizade dos Ragon, foi impossível determinar-se a ir jantar em casa deles, ou em casa dos Lebas, Matifat, Protez ou Chiffreville, nem mesmo em casa de *monsieur* Vauquelin, todos ansiosos de honrar em César uma virtude superior. César preferia ficar só em seu quarto, em vez de encontrar o olhar de um credor. As considerações mais cordiais de seus amigos lembravam-lhe amargamente a sua posição. Constance e Césarine não iam então a parte alguma. Nos domingos e feriados, únicos dias em que estavam livres, ambas vinham à hora da missa pegar César e faziam-lhe companhia na casa de Pillerault, depois de ter realizado os seus deveres religiosos. Pillerault convidava o abade Loraux, cuja palavra sustinha César em sua vida de provas, e eles permaneciam então em família. O ex-ferralheiro tinha a fibra da honestidade muito sensível para desaprovar as delicadezas de César. Assim, imaginara aumentar o número de pessoas entre as quais o falido podia mostrar-se de cabeça erguida e olhar humanamente altivo.

Em maio de 1821, esta família em luta contra a adversidade foi recompensada por seus esforços em uma primeira festa organizada pelo árbitro de seus destinos. O último domingo desse mês era o aniversário do consentimento dado por Constance a seu casamento com César. Pillerault alugara, em concerto com os Ragon, uma pequena casa de campo em Sceaux, e o ex-homem de ferro ali quis festejar a data.

– César – disse Pillerault a seu sobrinho, sábado à noite –, amanhã nós vamos ao campo, e você virá.

César, que tinha uma caligrafia soberba, fazia à noite cópias para Derville e alguns advogados. Ora, no domingo, munido de uma permissão paroquial, trabalhava como um escravo.

– Não – respondeu –, *monsieur* Derville espera por uma conta de tutela.

– Sua mulher e sua filha bem que merecem uma recompensa. Você só encontrará nossos amigos: o abade Loraux, os Ragon, Popinot e seu tio. Aliás, eu o quero lá.

César e sua mulher, levados pelo turbilhão dos negócios, jamais tinham voltado a Sceaux, se bem que de tempos em tempos ambos desejassem ali retornar para rever a árvore sob a qual quase tinha desmaiado o primeiro funcionário da *Rainha das rosas*. Durante a rota que César fez em fiacre com sua mulher e filha, e Popinot que os conduzia, Constance lançou a seu marido olhares significativos, sem poder trazer um sorriso aos lábios. Ela disse-lhe algumas palavras ao ouvido, e ele moveu a cabeça, como resposta. As suaves expressões dessa ternura, inalterável mas forçada, em vez de esclarecerem a face de César, tornaram-na mais sombria e trouxeram a seus olhos algumas lágrimas reprimidas. O pobre homem tinha feito essa rota vinte anos antes, rico, jovem, cheio de esperança, apaixonado por uma jovem tão bela como o era agora Césarine; ele sonhava então com a felicidade, e via agora no fundo do fiacre sua nobre criança empalidecida pelas vigílias, sua corajosa mulher não tendo mais que a beleza das cidades onde passaram as lavas de um vulcão. Só o amor restara! A atitude de César sufocava a alegria no coração de sua filha e de Anselme, que lhe representavam a encantadora cena de outrora.

– Sejam felizes, minhas crianças, vocês têm o direito

– disse-lhes esse pobre pai em tom dilacerante. – Vocês podem se amar sem pensamentos ocultos – acrescentou.

Birotteau, ao falar estas últimas palavras, tomara as mãos de sua mulher e beijava-as com santa e admirativa afeição, que tocou Constance mais que a mais viva alegria. Quando eles chegaram à casa onde os esperavam Pillerault, os Ragon, o abade Loraux e o juiz Popinot, estas cinco pessoas de elite tiveram gestos, olhares e palavras que deixaram César à vontade, pois todos estavam comovidos de ver este homem sempre além de sua desgraça.

– Vão passear nos bosques d'Aulnay – disse o tio Pillerault, pondo a mão de César nas mãos de Constance –, vão com Anselme e Césarine! Vocês voltarão às quatro horas.

– Pobres pessoas! Nós os incomodaríamos – disse madame Ragon, enternecida pela verdadeira dor de seu devedor –, logo ele terá uma grande alegria.

– É o arrependimento sem a falta – disse o abade Loraux.

– Ele só podia engrandecer-se pela desgraça – disse o juiz.

Esquecer é o grande segredo das existências fortes e criadoras; esquecer à maneira da natureza, que não conhece passado, que recomeça a todo momento os mistérios de suas infatigáveis criações. As existências frágeis, como era a de Birotteau, vivem na dor, em vez de transformá-la em aspecto da experiência; saturam-se na dor e consomem-se, voltando a cada dia às desgraças consumadas. Quando os dois casais ganharam as sendas que levam ao bosque d'Aulnay, pousados como uma coroa em um dos mais belos lugares próximos a Paris, e Vallée-aux-Loups mostrou-se em todo o seu encanto, a beleza do dia, a graça da paisagem, os primeiros verdes e as deliciosas lembranças do mais belo dia de sua juventude distenderam as cordas tristes na alma de César: ele encerrou o braço de sua mulher contra seu coração palpitante, seu olhar deixou de ser de vidro, a luz do prazer nele explodiu.

– Enfim – disse Constance a seu marido –, eu volto a vê-lo, meu pobre César. Parece-me que nós nos comportamos muito bem para permitir-nos um pequeno prazer de tempos em tempos.

– E eu o posso? – disse o pobre homem. – Ah! Constance, seu afeto é o único bem que me resta. Sim, perdi até mesmo a confiança que tinha em mim mesmo, não tenho mais forças, meu único desejo é viver o bastante para morrer quites com a terra. Você, querida mulher, você que é minha sabedoria e minha prudência, você que viu claro, você que é irreprovável, você pode ter alegria; só eu, entre nós três, sou culpado. Há dezoito meses, no meio desta festa fatal, eu via minha Constance, a única mulher que amei, mais bela talvez do que a jovem com quem corri nesta senda há vinte anos, como correm as nossas crianças!... Em vinte meses, fiz secar esta beleza, meu orgulho, um orgulho permitido e legítimo. Amo-a mais, conhecendo-a melhor... Oh! *Querida!* – disse ele, dando a essa palavra uma expressão que atingiu o coração de sua mulher. – Eu bem queria ouvi-la resmungar, em vez de vê-la a acariciar minha dor.

– Eu não imaginava – disse ela – que depois de vinte anos de casamento o amor de uma mulher por seu marido pudesse aumentar.

Essa palavra levou César a esquecer por um momento todas as suas desgraças, pois ele tinha tanto coração que essa palavra era uma fortuna. Avançou então quase alegre à árvore *deles*, que, por acaso, não tinha sido abatida. Os dois esposos ali se sentaram olhando Anselme e Césarine, que rodavam na mesma relva sem perceber, imaginando talvez ir sempre reto para além deles.

– *Mademoiselle* – falava Anselme –, imagina-me tão ruim e tão ávido para ter tirado proveito da aquisição da parte de seu pai no *Óleo cefálico*? Eu lhe conservo, com amor, a sua metade, eu cuido dela. Com seu dinheiro, eu fiz dinheiro; se há letras duvidosas, eu fico com elas. Nós só podemos ser um do outro no dia seguinte da reabilitação de seu pai, e antecipo esse dia com toda a força que dá o amor.

O amante guardara-se de falar este segredo à sua sogra. Entre os amantes mais inocentes, há sempre o desejo de parecer grande aos olhos de sua amante.

– E será em breve? – disse ela.

– Breve – disse Popinot. Esta resposta foi dada em tom tão penetrante, que a casta e pura Césarine estendeu sua fronte ao caro Anselme, que deu-lhe um beijo ávido e respeitoso, tanto havia nobreza na ação desta criança.

– Papai, tudo vai bem – disse ela a César, em ar malicioso.
– Seja gentil, converse, deixe seu ar triste.

Quando essa família tão unida voltou à casa de Pillerault, César, mesmo pouco observador, percebeu nos Ragon uma mudança de maneiras que denunciava algum evento. A acolhida de madame Ragon foi particularmente suave, seu olhar e seu tom falavam a César:

– *Estamos pagos.*

À sobremesa, apresentou-se o tabelião de Sceaux, o tio Pillerault o fez sentar, e olhou Birotteau, que começava a suspeitar de uma surpresa, sem poder imaginar a sua extensão.

– Meu sobrinho, durante dezoito meses, as economias de sua mulher, de sua filha e as suas produziram vinte mil francos. Recebi trinta mil francos pelo dividendo de minha dívida, temos então cinqüenta mil francos a dar a seus credores. *Monsieur* Ragon recebeu trinta mil francos pelo seu dividendo, *monsieur* o tabelião de Sceaux lhe traz portanto um recibo do pagamento integral, incluindo os juros, feito a seus amigos. O restante da soma está com Crottat, para Lourdois, a mãe Madou, o pedreiro, o carpinteiro, e seus credores mais apressados. No próximo ano, veremos. Com tempo e paciência, vai-se longe.

A alegria de Birotteau não se descreve, ele lançou-se nos braços de seu tio, chorando.

– Que ele use agora a sua cruz – disse Ragon ao abade Loraux.

O confessor ligou a fita vermelha à lapela do funcionário, que à noite olhou-se vinte vezes nos espelhos do salão, manifestando um prazer que levaria ao riso as pessoas que se imaginam superiores, e que esses bons burgueses achavam natural. No dia seguinte, Birotteau foi a madame Madou.

– Ah! Ei-lo, bom sujeito – disse ela –, eu não o reconhecia, tão pálido você está. Entretanto, os senhores não sofrem: os senhores têm cargos. Eu me dou um mal de cão que roda uma máquina e merece o batismo.

– Mas, madame...

– Ah! Não é uma reprovação – disse ela –, o senhor tem recibo.

– Eu venho anunciar-lhe que lhe pagarei em *monsieur* Crottat, tabelião, hoje, o resto de seu crédito e os juros...

– Verdade?

– Esteja no cartório às onze e meia...

– Eis a honra, em boa medida, e *os quatro* por cento – disse ela, admirando com ingenuidade Birotteau. – Veja, meu caro *monsieur*, eu faço bons negócios com seu pequeno vermelho, ele é gentil, ele me deixa ganhar bem sem pechinchar os preços a fim de me indenizar; bem, eu lhe darei recibo, guarde seu dinheiro, meu pobre velho! A Madou e seu amado fogo se acendem, ela grita, mas ela tem isto – disse a Madou, batendo nas mais volumosas coxas de carne viva que já foram vistas no Halles.

– Jamais – disse Birotteau –, a lei é precisa, quero pagá-la integralmente.

– Então, não o deixarei pedir muito tempo – disse ela. – E amanhã, no Halles, vou cornetear a sua honra. Ah! Ela é rara, esta história!

O bom homem fez a mesma cena na casa do pintor de construções, o sogro de Crottat, mas com variantes. Chovia. César deixou seu guarda-chuva num canto da porta. O pintor enriquecido, vendo a água fazer o seu caminho na bela sala de jantar onde almoçava com sua mulher, não foi terno.

– Vamos, que deseja, meu pobre pai Birotteau? – disse ele no tom duro que muitas pessoas assumem para falar a mendigos importunos.

– *Monsieur*, seu genro não lhe disse então?

– O quê? – disse Lourdois impaciente, imaginando algum pedido.

– Sobre encontrá-lo em seu cartório, às onze e meia, para me dar recibo do pagamento integral de seu crédito?

– Ah! Isto é diferente, sente-se então aqui, *monsieur* Birotteau. Coma então um pedaço conosco...

– Dê-nos o prazer de partilhar nosso almoço – disse madame Lourdois.

– Então vai tudo bem? – perguntou-lhe o grande Lourdois.

– Não, *monsieur*; tive de almoçar todos os dias um pãozinho, em meu escritório, para economizar algum dinheiro, mas com o tempo espero reparar os danos feitos a meu próximo.

– Efetivamente – disse o pintor, engolindo uma fatia carregada de patê de fígado –, o senhor é um homem de honra.

– E que faz madame Birotteau? – disse madame Lourdois.

– Ela cuida dos livros e da caixa de *monsieur* Anselme Popinot.

– Pobres pessoas – disse madame Lourdois em voz baixa a seu marido.

– Se precisar de mim, meu caro *monsieur* Birotteau, venha me ver – disse Lourdois –, poderei auxiliá-lo...

– Preciso do senhor às onze horas, *monsieur* – disse Birotteau, que se retirou.

Esse primeiro resultado deu coragem ao falido, sem lhe dar repouso; a vontade de reconquistar a honra agitou desmedidamente a sua vida; ele perdeu totalmente a cor de flor que decorava sua face, seus olhos extinguiram-se e sua face tornou-se cava. Quando antigos conhecidos encontravam César às oito da manhã, ou às quatro da tarde, indo à Rue de l'Oratoire ou voltando, vestindo o casaco que tinha no momento de sua queda, e que ele conservava como um tenente a limpar seu uniforme, com os cabelos inteiramente brancos, pálido, tímido, alguns o detinham forçadamente, pois seu olhar era alerta, ele andava junto aos muros, como os ladrões.

– Conhecemos sua conduta, meu amigo – falavam. – Todo o mundo lamenta o rigor com que o senhor se trata a si mesmo, bem como sua filha e sua mulher.

– Dê-se um pouco mais de tempo – falavam outros –, mal de dinheiro não é mortal.

– Não, mas o mal da alma é – respondeu um dia a Matifat o pobre César fragilizado.

No começo de 1823, a construção do canal Saint-Martin foi iniciada. Os terrenos situados no Faubourg du Temple atingiram preços loucos. O projeto cortou precisamente em duas a propriedade de du Tillet, anteriormente de César Birotteau. A companhia a que foi concedida o canal propôs um preço exorbitante, se o banqueiro du Tillet pudesse entregar seu terreno em um tempo dado. O arrendamento transferido de César a Popinot impedia o negócio. O banqueiro foi à Rue des Cinq-Diamants ver o droguista. Se Popinot era indiferente a du Tillet, o noivo de Césarine tinha por esse homem um ódio instintivo. Ele ignorava o roubo e as infames maquinações cometidas pelo feliz banqueiro, mas uma voz interior lhe gritava: esse homem é um ladrão impune. Popinot não faria o menor negócio com ele, sua presença lhe era odiosa. Nesse momento, sobretudo, ele via du Tillet enriquecendo com os despojos de seu ex-patrão, pois os terrenos da Madeleine começavam a elevar-se a preços que pressagiavam os valores exorbitantes que eles atingiram em 1827. Assim, quando o banqueiro explicou o motivo de sua visita, Popinot olhou-o com uma indignação concentrada.

– Não quero recusar-lhe minha desistência do arrendamento, mas preciso de sessenta mil francos e não abaterei um centavo.

– Sessenta mil francos – exclamou du Tillet, fazendo um movimento de retirada.

– Tenho ainda quinze anos de arrendamento e gastarei por ano três mil francos a mais para conseguir outra fábrica. Assim, sessenta mil francos, ou não falemos mais – disse Popinot entrando em sua loja, mas seguido por du Tillet.

A discussão esquentou, o nome de Birotteau foi pronunciado, madame César desceu e viu du Tillet pela primeira vez depois do famoso baile. O banqueiro não pôde reter um movimento de surpresa ante o aspecto das mudanças que haviam se operado em sua ex-patroa, e ele baixou os olhos, assustado com sua obra.

– *Monsieur* – disse Popinot a madame César – ganha com *seus* terrenos trezentos mil francos, e *nos* recusa sessenta mil francos de indenização por *nosso* arrendamento...

– Três mil francos de renda – disse du Tillet, com ênfase.

– Três mil francos... – repetiu madame César em tom simples e penetrante.

Du Tillet empalideceu, Popinot olhou madame Birotteau. Houve um momento de silêncio profundo, que tornou a cena ainda mais inexplicável para Anselme.

– Assine a desistência que mandei Crottat preparar – disse du Tillet tirando um papel timbrado do bolso do lado –, vou lhe dar um cheque de sessenta mil francos.

Popinot olhou madame César sem dissimular sua profunda surpresa, imaginava sonhar. Enquanto du Tillet assinava seu cheque em uma mesa alta, Constance desapareceu e voltou à sobreloja. O droguista e o banqueiro trocaram os seus papéis. Du Tillet saiu saudando Popinot friamente.

– Enfim, em alguns meses – disse Popinot, olhando du Tillet desaparecer na Rue des Lombards, onde sua carruagem estava estacionada –, graças a esse singular negócio, terei minha Césarine. Minha pobre pequena não queimará mais o sangue de tanto trabalhar. Como! Um olhar de madame César bastou! Que há entre ela e esse assaltante? O que acaba de acontecer é bem extraordinário.

Popinot mandou descontar o cheque e subiu para falar a madame Birotteau; mas não a encontrou no caixa, estava sem dúvida no quarto. Anselme e Constance viviam como vivem um genro e uma sogra, quando um genro e uma sogra convêm-se; ele foi, portanto, ao apartamento de madame César, com a pressa natural a um apaixonado que toca na alegria. O jovem negociante foi prodigiosamente surpreendido ao encontrar sua futura sogra, junto à qual ele chegou por um salto de gato, lendo uma carta de du Tillet, pois Anselme reconheceu a letra do ex-primeiro funcionário de Birotteau. Uma vela acesa, os fantasmas negros e agitados de cartas queimadas no chão, fizeram estremecer Popinot, que, dotado de uma visão penetrante, tinha visto sem querer esta frase no começo da carta que segurava a sua sogra:

– Adoro você! Você sabe, anjo de minha vida, e por que...

– Que ascendência tem a senhora sobre du Tillet, para fazê-lo fechar semelhante negócio? – disse Anselme, rindo esse riso convulsivo dado por uma suspeita reprimida.

– Não falemos disso – disse ela, deixando ver terrível perturbação.

– Sim – respondeu Popinot totalmente aturdido –, falemos do fim de suas penas.

Anselme girou sobre os calcanhares e foi tocar tambor com os dedos sobre as vidraças, olhando o pátio.

"Pois bem", disse consigo "mesmo que ela tivesse amado du Tillet, por que eu não me comportaria como homem honesto?"

– Que tem, minha criança? – disse a pobre mulher.

– O cálculo dos lucros líquidos do *Óleo cefálico* sobe a 242 mil francos, a metade é de 121 mil – disse bruscamente

Popinot. – Se eu desconto dessa soma os 48 mil francos dados a *monsieur* Birotteau, restam 73 mil, que, somados aos sessenta mil francos da cessão do arrendamento, dão *a vocês* 133 mil francos.

Madame César ouvia em meio a ansiedades de alegria que levaram-na a palpitar tão violentamente que Popinot ouvia as batidas de seu coração.

– Bem, sempre considerei *monsieur* Birotteau como meu sócio – continuou ele –, podemos dispor dessa soma para reembolsar seus credores. Acrescentando os 28 mil francos de suas economias colocadas por nosso tio Pillerault, temos 161 mil francos. Nenhum poder humano pode me impedir de emprestar a meu sogro, por conta dos lucros do próximo ano, a soma necessária para perfazer as somas devidas a seus credores... E... ele... estará... reabilitado.

– Reabilitado – exclamou madame César, dobrando o joelho na cadeira. Ela uniu as mãos recitando uma oração depois de ter deixado a carta. – Querido Anselme – disse ela, depois de ficar ereta –, querido filho! – Ela o tomou pela cabeça, beijou-lhe a fronte, encerrou-o em seu coração e fez mil loucuras. – Césarine é sua! Minha filha será muito feliz. Ela sairá desta casa onde ela se mata.

– Por amor – disse Popinot.

– Sim – respondeu a mãe, a sorrir.

– Ouça um pequeno segredo – disse Popinot, olhando a carta fatal com o canto do olho. – Fiz um favor a Célestin para facilitar-lhe a aquisição de seu estabelecimento, mas com uma condição. Sua casa está como você a deixou. Eu fazia uma idéia, mas não imaginava que o acaso nos favoreceria tanto. Célestin obrigou-se a lhes sublocar sua ex-casa, onde ele não pôs o pé e cujos móveis são seus. Reservei-me o segundo andar para nele morar com Césarine, que não a deixará jamais. Depois de meu casamento, virei passar os dias aqui, das oito da manhã às seis da tarde. Para refazer sua fortuna, comprarei por cem mil francos os direitos de *monsieur* César nesta casa, e vocês terão então, com o cargo dele, dez mil libras de rendas. A senhora não será feliz?

– Não me diga mais nada, Anselme, ou eu fico louca.

A angélica atitude de madame César e a pureza de seu olhar, a inocência de sua bela fronte desmentiam tão magnificamente as mil idéias que rodavam na cabeça do apaixonado, que ele quis liquidar as monstruosidades de seu pensamento. Uma falta era inconciliável com a vida e os sentimentos da sobrinha de Pillerault.

– Minha cara mãe adorada – disse Anselme –, acaba de entrar, contra a minha vontade, em minha alma, uma terrível suspeita. Se a senhora quer me ver feliz, destrua-a neste mesmo instante.

Popinot avançara a mão à carta e a tomara.

– Sem querer – continuou, aterrado com o terror que se pintava na face de Constance –, li as primeiras palavras desta carta, escrita por du Tillet. Essas palavras coincidem tão singularmente com o efeito que a senhora acaba de provocar ao determinar a pronta adesão desse homem a minhas loucas exigências, que todo homem o explicaria como o demônio me explica, apesar de eu não querer. Seu olhar, três palavras bastaram...

– Não conclua – disse madame César, tomando a carta e queimando-a, aos olhos de Anselme. – Meu filho, eu sou cruelmente punida por uma falta mínima. Saiba de tudo então, Anselme. Não desejo que a suspeita inspirada pela mãe prejudique a filha, e aliás eu posso falar sem ter de enrubescer: falaria a meu marido o que vou confessar-lhe. Du Tillet quis me seduzir, meu marido foi logo avisado, du Tillet tinha de ser despedido. No dia em que meu marido ia despedi-lo, ele nos roubou três mil francos!

– Eu desconfiava – disse Popinot, exprimindo todo o seu ódio pelo seu tom.

– Anselme, seu porvir, sua felicidade exige esta confidência; mas ela deve morrer em seu coração, como ela está morta no meu e no de César. Você deve se lembrar da fúria de meu marido sobre um erro de caixa. *Monsieur* Birotteau, para evitar um processo e não levar esse homem à perda, sem dúvida recolocou no caixa três mil francos, o preço desse xale de casimira que só tive três anos depois. Eis a explicação de minha exclamação. Ai! Meu querido filho, eu lhe confesso minha infantilidade. Du Tillet tinha me escrito três cartas de amor, que o pintavam tão bem – disse ela, suspirando e baixando os olhos –, que eu as tinha guardado... como curiosidade. Não as reli mais de uma vez. Mas enfim era imprudente conservá-las. Revendo du Tillet, lembrei-me delas, subi a meu quarto para queimá-las, e olhava a última quando você entrou... Eis tudo, meu amigo.

Anselme pôs um joelho no chão e beijou a mão de madame César com uma expressão de admiração que fez vir lágrimas aos olhos de ambos. A sogra levantou seu genro, estendeu-lhe os braços e encerrou-o no coração.

Este dia seria um dia de alegria para César. O secretário particular do rei, *monsieur* de Vandenesse, foi ao escritório falar-lhe. Eles saíram juntos ao pequeno pátio da caixa de amortização.

– *Monsieur* Birotteau – disse o visconde de Vandenesse –, seus esforços para pagar seus credores foram, por acaso, conhecidos pelo rei. Sua Majestade, tocada por uma conduta tão rara, e sabendo que, por humildade, o senhor não usa a ordem da Legião de Honra, envia-me para ordenar-lhe a retomar a insígnia. Depois, desejando ajudá-lo a cumprir seus deveres, encarregou-me de entregar-lhe esta soma, tomada em sua caixa particular, lamentando não poder fazer mais. Que isso permaneça em um profundo segredo, Sua Majestade acha pouco real a divulgação oficial de suas boas ações – disse o secretário íntimo, entregando seis mil francos ao funcionário, que durante esse discurso experimentou sensações inexprimíveis.

Birotteau só teve nos lábios palavras incoerentes a balbuciar, Vandenesse saudou-o com a mão, sorrindo. O sentimento que animava o pobre César é tão raro em Paris, que sua vida havia insensivelmente excitado a admiração. Joseph Lebas, o juiz Popinot, Camusot, o abade Loraux, Ragon, o dono da importante casa onde trabalhava Césarine, Lourdois, *monsieur* de La Billardière tinham falado nisto. A opinião, já transformada, a seu respeito, levava-o às nuvens.

– Eis um homem de honra!

Essa frase já retinira diversas vezes no ouvido de César, quando ele passava na rua e dava-lhe a emoção que experimenta um autor ao ouvir falar: *Ei-lo!* Este belo renome assassinava du Tillet. Quando César recebeu as cédulas bancárias enviadas pelo soberano, seu primeiro pensamento foi de empregá-las pagando seu ex-funcionário. O bom homem ia pela Rue da la Chaussée-d'Antin, de forma que quando o banqueiro voltou para casa encontrou-se na escada com seu ex-patrão.

– E então, *meu pobre* Birotteau? – disse ele com ar hipócrita.

– Pobre? – exclamou altivamente o devedor. – Estou bem rico. Pousarei minha cabeça em meu travesseiro esta noite com a satisfação de saber que o paguei.

Essa palavra plena de honestidade foi uma rápida tortura para du Tillet. Apesar da estima geral, ele não estimava a si mesmo, uma voz inextinguível lhe gritava: "Este homem é sublime!"

– Pagar-me! Que negócios anda fazendo, então?

Certo de que du Tillet não repetiria a sua confidência, o ex-perfumista disse:

– Não retomei os negócios, *monsieur*. Nenhum poder humano poderia prever o que me aconteceu. Quem sabe eu não seria vítima de um outro Roguin? Mas meu comportamento chegou ao conhecimento do Rei, seu coração dignou-se compartilhar meus esforços e encorajou-os enviando-me neste instante uma soma muito importante que...

– O senhor precisa de recibo? – disse du Tillet, interrompendo-o. – Vai pagar?

– Integralmente, inclusive os juros; assim, vou pedir-lhe para acompanhar-me a dois passos daqui, ao cartório de *monsieur* Crottat.

– Diante do tabelião!

– Mas, *monsieur* – disse César –, não me é proibido sonhar com minha reabilitação, e os documentos autênticos são então irrecusáveis...

– Vamos – disse du Tillet, que saiu com Birotteau –, vamos, é só um passo. Mas onde pegou tanto dinheiro? – continuou.

– Eu não o peguei – disse César –, eu o ganho com o suor de meu rosto.

– O senhor deve uma soma imensa à casa Claparon.

– Ai! Sim, ali está minha maior dívida, imagino que vou morrer pagando-a.

– Jamais poderá pagá-la – disse duramente du Tillet.

"Ele tem razão", pensou Birotteau.

O pobre homem, voltando para casa, passou pela Rue Saint-Honoré, por descuido, pois sempre fazia uma volta para não ver sua loja nem as janelas de sua casa. Pela primeira vez, desde sua queda, reviu a casa onde dezoito anos de alegria tinham sido eclipsados pelas angústias de três meses.

"Bem que acreditei terminar aqui os meus dias", disse a si mesmo.

E apressou o passo, pois percebera o novo painel:

Célestin Crevel
Sucessor de César Birotteau

– Estou alucinado. Não é Césarine? – exclamou ele, lembrando-se de ter percebido uma cabeça loira à janela.

Efetivamente, ele viu sua filha, sua mulher e Popinot. Os apaixonados sabiam que Birotteau jamais passava ante sua antiga casa; e, incapazes de imaginar o que lhe acontecia, tinham vindo fazer alguns arranjos relativos à festa que meditavam dar a César. Essa bizarra aparição surpreendeu tão vivamente Birotteau que ele permaneceu plantado sobre suas pernas.

– Eis *monsieur* Birotteau a olhar sua antiga casa – disse *monsieur* Molineux ao comerciante estabelecido diante da *Rainha das rosas*.

– Pobre homem – disse o ex-vizinho do perfumista –, ele deu aqui um dos mais belos bailes... Havia duzentas carruagens.

– Eu estava presente, ele faliu três meses depois – disse Molineux –, eu fui síndico.

Birotteau, as pernas trêmulas, correu à casa de seu tio Pillerault.

Pillerault, informado do que acontecia na Rue des Cinq-Diamants, pensava que seu sobrinho dificilmente agüentaria o choque de uma alegria tão grande como a causada pela sua reabilitação, pois ele era a testemunha cotidiana das vicissitudes morais desse pobre homem, sempre em presença de suas inflexíveis doutrinas relativas aos falidos, e todas as energias de César eram gastas a todo momento. A honra era para César um morto que podia vir a ter seu sábado de aleluia. Essa esperança tornava sua dor incessantemente ativa. Pillerault tomou a seu cargo preparar o sobrinho para receber a boa notícia. Quando Birotteau entrou na casa do tio, encontrou-o pensando nos meios de chegar a seu fim. Assim, a alegria com que o funcionário contou o testemunho do interesse que o Rei lhe dera pareceu de bom augúrio a Pillerault, e a surpresa de ter visto Césarine na *Rainha das rosas* foi uma excelente entrada na matéria.

— Bem, César — disse Pillerault —, sabe a origem disso? É a impaciência que Popinot tem de casar-se com Césarine. Ele não consegue mais, e nem deve, por seus exageros de honestidade, deixar passar sua juventude a comer pão seco, sentindo o aroma de um bom jantar. Popinot quer lhe dar os fundos necessários para o pagamento integral de seus credores...

— Ele compra sua mulher — disse Birotteau.

— Não é honrável reabilitar seu sogro?

— Mas daria margem à contestação. Aliás...

— Aliás — disse o tio, representando a cólera —, você pode ter o direito de imolar-se, mas não pode imolar sua filha.

Acendeu-se a mais viva discussão, que Pillerault esquentava de propósito.

— Ah! Se Popinot não lhe emprestasse nada — exclamou Pillerault —, e se o considerasse como seu sócio, se ele visse o valor dado a seus credores por sua parte no óleo como um adiantamento dos lucros, a fim de não despojá-lo...

— Eu teria o aspecto de ter, em concerto com ele, enganado meus credores.

Pillerault fingiu deixar-se vencer por esse argumento. Ele conhecia bastante o coração humano para saber que durante a noite o digno homem lutava consigo mesmo sobre esse ponto; e essa discussão interior o acostumava à idéia de sua reabilitação.

— Mas por que — disse ele, jantando — minha mulher e minha filha estavam em minha antiga casa?

— Anselme quer alugá-la para nela morar com Césarine. Sua mulher é dessa opinião. Sem lhe falar nada, eles foram mandar publicar os editais, a fim de forçá-lo a consentir. Popinot fala que haverá menos mérito em casar-se com Césarine depois de sua reabilitação. Você aceita os seis mil francos do rei e não quer receber nada de seus parentes! Eu bem que posso dar-lhe recibo do que me cabe, você recusaria?

– Não – disse César –, mas isso não me impediria de economizar para pagá-lo, apesar do recibo.

– Sutileza, tudo isso é – disse Pillerault –, e sobre a honestidade, você deve me acreditar. Que tolice você disse agora mesmo? Você terá enganado seus credores quando tiver pago a todos?

Nesse momento, César examinou Pillerault, e Pillerault comoveu-se de ver, depois de três anos, um pleno sorriso animar pela primeira vez os traços entristecidos de seu pobre sobrinho.

– É verdade – disse ele –, eles serão pagos... Mas é vender a minha filha!

– E eu quero ser comprada – gritou Césarine, aparecendo com Popinot.

Os dois amantes tinham ouvido estas últimas palavras ao entrar na ponta dos pés na antecâmara do pequeno apartamento de seu tio, e madame Birotteau os seguia. Os três tinham corrido de carro à casa dos credores que restava pagar para convocá-los à noite ao cartório de Alexandre Crottat, onde preparavam-se os recibos. A potência lógica do apaixonado Popinot triunfou sobre os escrúpulos de César, que persistia em afirmar-se devedor, e que ele fraudaria a lei por uma inovação. Ele fez ceder as buscas de sua consciência a um grito de Popinot:

– Então o senhor quer matar a sua filha?

– Matar minha filha! – disse César, aturdido.

– Bem – disse Popinot –, tenho o direito de lhe fazer uma doação entre vivos da soma que conscienciosamente penso ser sua, e estar comigo. O senhor me recusaria?

– Não – disse César.

– Pois bem, vamos ao cartório de Alexandre Crottat esta noite, a fim de o senhor não voltar mais atrás, e decidiremos ao mesmo tempo nosso contrato de casamento.

Um requerimento de reabilitação, com todos os documentos a apoiá-lo, foi apresentado, por Derville, ao procurador geral da Corte Real de Paris.

Ao longo do mês em que duraram as formalidades e as publicações dos editais para o casamento de Césarine e Anselme, Birotteau foi agitado por movimentos febris. Ele estava inquieto, tinha medo de não viver até o grande dia em que a sentença seria lavrada. Seu coração palpitava sem razão, falava ele. E queixava-se de dores surdas nesse órgão tão usado pelas emoções da dor e fatigado por essa alegria suprema. As sentenças de reabilitação são tão raras no expediente da Corte Real de Paris que acontece apenas *uma* a cada década. Para as pessoas que levam a sério a sociedade, o aparato da Justiça tem não sei que de grande e de grave. As instituições dependem inteiramente dos sentimentos que os homens ligam a elas e das grandezas de que elas são revestidas pelo pensamento. Assim, quando não há mais não religião, mas crença em um povo, quando a educação primeira relaxa todos os elos conservadores, habituando a criança a uma impiedosa análise, uma nação se dissolve; pois então ela só ganha corpo pelo soldar ignóbil do interesse material, pelos mandamentos do culto criado pelo Egoísmo em si mesmo. Alimentado de idéias religiosas, Birotteau aceitava a Justiça pelo que ela devia ser aos olhos dos homens, uma representação da própria Sociedade, uma augusta expressão da lei consentida, independente da forma sob a qual ela se produz: quanto mais o magistrado é velho, partido, encanecido, mais solene é então o exercício de seu sacerdócio, que deseja um estudo tão profundo dos homens e das coisas, que sacrifica o coração e o endurece à tutela de interesses palpitantes. São raros os homens que não sobem sem vivas emoções as escadarias da Corte Real, do velho Palácio de Justiça, em Paris, e o ex-negociante era um desses homens. Poucas pessoas perceberam a solenidade majestosa dessas escadarias tão bem situadas para provocar efeitos; elas se encontram no alto do peristilo exterior que adorna a corte do Palácio, e sua porta encontra-se no meio de uma galeria que leva, em uma extremidade, à imensa Sala dos Passos Perdidos, em outra, à Sainte-Chapelle, dois monumentos que podem tornar mesquinho tudo ao redor deles. A igreja de Saint-Louis é um dos mais imponentes edifícios de Paris, e seu contorno tem algo de sombrio e romântico no fundo dessa galeria. A grande Sala dos Passos Perdidos oferta, ao contrário, um quadro pleno de luz, e é difícil esquecer que a história da França liga-se a esta sala. Essas escadarias devem então ter algum caráter bastante grandioso, pois não se deixa esmagar por estas duas magnificências. Talvez a alma nela revolva-se ante o aspecto do lugar onde se executam as sentenças, vista através da rica grade do Palácio. As escadarias desembocam em uma imensa peça, na antecâmara da peça onde a Corte mantém as audiências de sua Primeira Câmara, e que forma a Sala dos Passos Perdidos da Corte. Julgue que emoções deve experimentar o falido, que foi naturalmente impressionado por esses acessórios, subindo à Corte cercado pelos seus amigos: Lebas, então presidente do tribunal de comércio; Camusot, seu juiz comissário; Ragon, seu patrão; *monsieur* abade Loraux, seu diretor. O santo padre sublinhou estes esplendores humanos através de uma reflexão que os tornava ainda mais imponentes aos olhos de César. Pillerault, este filósofo prático, imaginara exagerar antecipadamente a alegria de seu sobrinho para subtraí-lo aos perigos dos eventos imprevistos desta festa. No momento em que o ex-negociante terminava a sua toalete, ele viu chegar seus verdadeiros amigos, que tinham a honra de acompanhá-lo à barra da Corte. Esse cortejo desenvolveu no bravo homem um contentamento que o lançou na exaltação necessária para sustentar o espetáculo imponente da Corte. Birotteau encontrou outros amigos reunidos na sala das audiências solenes, onde se sentavam uma dúzia de conselheiros.

Depois da chamada das causas, o advogado de Birotteau fez o requerimento em algumas palavras. A um gesto do primeiro presidente, o procurador, convidado a dar as suas conclusões, levantou-se. O procurador geral, o homem que representa a vindita pública, ia pedir pessoalmente para restituir a honra ao negociante que apenas a comprometera: cerimônia única, pois o condenado só pode ser absolvido. As pessoas de coração podem imaginar as emoções de Birotteau ao ouvir *monsieur* de Grandville pronunciando um discurso que se resume nestas palavras:

– *Messieurs* – disse o célebre magistrado –, em 16 de janeiro de 1820, César Birotteau foi declarado em estado de falência, por um julgamento do tribunal de comércio do Sena. A falência não foi provocada nem por imprudência deste comerciante, nem por falsas especulações, nem por razão alguma que pudesse manchar a sua honra. Nós experimentamos a necessidade de falar-lhe altamente: esta desgraça foi provocada por um desses desastres que se renovam para grande dor da Justiça e da cidade de Paris. Estava reservado a nosso século, onde fermentará por muito tempo ainda a má semente dos costumes e das idéias revolucionárias, ver o tabelionato de Paris desviando-se das gloriosas tradições dos séculos precedentes, provocando em alguns anos tantas falências quantas aconteceram em dois séculos sob a antiga monarquia. A sede de ouro rapidamente adquirido ganhou os oficiais ministeriais, esses tutores da fortuna pública, esses magistrados intermediários!

Houve uma tirada sobre este tema, em que o procurador geral, devotado aos Bourbon, encontrou meios de incriminar os liberais, os bonapartistas e outros inimigos do trono. O evento provou que esse magistrado tinha razão em suas apreensões.

– A fuga de um tabelião de Paris, que levou o dinheiro depositado em seu cartório por Birotteau, decidiu a ruína do impetrante – continuou ele. – A Corte proferiu, nesse caso, uma sentença que prova a que ponto a confiança dos clientes do tabelião Roguin foi indignamente enganada. Aconteceu uma concordata. Faremos observar, para a honra do impetrante, que as operações foram notáveis por uma pureza que não se encontra em nenhuma das falências escandalosas pelas quais o comércio de Paris é diariamente afligido. Os credores de Birotteau encontraram as menores coisas que o infortunado possuía. Eles encontraram, *messieurs*, suas roupas, suas jóias, enfim as coisas de um uso puramente pessoal, não somente dele, mas de sua mulher, que abandonou todos os seus direitos para aumentar o ativo. Birotteau, nessa circunstância, foi digno da consideração que lhe valeram as suas funções municipais; pois ele era então vice-prefeito da segunda região de Paris e acabava de receber a condecoração da Legião de Honra, concedida tanto à devoção do monarquista, que lutava em vendemiário nas escadarias de Saint-Roch, então banhadas em seu sangue, quanto ao magistrado consular estimado por suas luzes, amado por seu espírito conciliador, e ao modesto oficial municipal que acabava de recusar as honras da Prefeitura, indicando um mais digno, o honrado barão de La Billardière, um dos nobres vendeanos que ele aprendera a estimar nos maus dias.

– Essa frase é melhor que a minha – disse César ao ouvido de seu tio.

– Assim, os credores, encontrando sessenta por cento de seus créditos pelo abandono que esse leal negociante fazia, ele, sua mulher e sua filha, de tudo o que possuíam, consignaram as expressões de sua estima na concordata que interveio entre eles e seu devedor, e pela qual lhe restituíam o resto de seus créditos. Esses testemunhos recomendam-se à atenção da Corte pela maneira como foram concebidos.

Aqui, o procurador geral leu as considerações da concordata.

– Em presença dessas benévolas disposições, *messieurs*, muitos negociantes poderiam acreditar-se liberados e teriam marchado altivos na praça pública. Longe disso, Birotteau, sem se deixar abater, formou, em sua consciência, o projeto de alcançar o dia glorioso que aqui se levanta para ele. Nada o abateu. Um cargo foi concedido pelo nosso bem-amado soberano para dar pão ao ferido de Saint-Roch, e o falido reservou seus salários para os credores, sem nada tomar para suas necessidades, pois a devoção da família não lhe faltou...

Birotteau pressionou a mão de seu tio, chorando.

– Sua mulher e sua filha vertiam no tesouro comum os frutos de seus trabalhos, elas desposaram o nobre pensamento de Birotteau. Cada uma delas desceu da posição que ocupava para tomar outra inferior. Esses sacrifícios, *messieurs*, devem ser altamente honrados, eles são os mais difíceis de todos a fazer. Eis qual era a tarefa que Birotteau se impusera.

Aqui, o procurador geral leu o resumo da falência, designando as somas ainda devidas e os nomes dos credores.

– Cada uma dessas somas, inclusive os juros, foi paga, *messieurs*, não mediante recibos com assinaturas privadas que demandam a severidade da investigação, mas através de recibos autênticos, pelos quais a religião da Corte não poderia ser surpreendida, e que não impediram os magistrados de fazer seu dever, procedendo à investigação exigida pela lei. Os senhores devolverão a Birotteau não a honra, mas os direitos de que ele se encontrava privado, e farão justiça. Semelhantes espetáculos são tão raros à sua audiência que não podemos impedir-nos de testemunhar ao impetrante como nós aplaudimos uma tal conduta, que já augustas proteções tinham encorajado.

A seguir, ele leu as suas conclusões formais, em estilo palaciano.

A Corte deliberou sem se retirar, e o presidente levantou-se para pronunciar a sentença.

– A Corte – disse ele, ao terminar – encarrega-me de exprimir a Birotteau a satisfação que ela experimenta em proferir semelhante sentença. Meirinho, chame a causa seguinte.

Birotteau, já trajado com o cafetã de honra vestido pelas frases do ilustre procurador geral, foi fulminado de prazer ao ouvir a frase solene pronunciada pelo primeiro presidente da primeira Corte Real de França e que acusava estremecimentos no coração da impassível justiça humana. Ele não pôde deixar seu lugar na barra, parecia pregado, olhando em ar aturdido os magistrados como anjos a virem lhe reabrir as portas da vida social; seu tio tomou-o pelo braço e atraiu-o à sala. César, que não obedecera a Luís XVIII, pôs então maquinalmente a condecoração da Legião na lapela, e foi logo cercado por seus amigos e carregado em triunfo até a carruagem.

– Onde me levam, meus amigos? – disse a Joseph Lebas, a Pillerault e a Ragon.

– À sua casa.

– Não, são três horas; quero entrar na Bolsa e utilizar meus direitos.

– À Bolsa – disse Pillerault ao cocheiro, fazendo um sinal expressivo a Lebas, pois observava no reabilitado sintomas inquietantes, e temia vê-lo devir louco.

O ex-perfumista entrou na Bolsa, dando o braço a seu tio e a Lebas, esses dois venerados negociantes. Sua reabilitação era conhecida. A primeira pessoa a ver os três negociantes, seguidos pelo velho Ragon, foi du Tillet.

– Ah! Meu caro patrão, estou encantado por saber que o senhor foi absolvido. Talvez eu tenha contribuído, pela facilidade com que me deixei tirar uma pluma da asa pelo pequeno Popinot, nesse feliz desenlace de suas penas. Estou contente com a sua alegria, como se fosse a minha.

– O senhor não pode estar de outra forma – disse Pillerault. – Isso jamais lhe acontecerá.

– O que quer dizer, *monsieur*? – disse du Tillet.

– Nossa! No bom sentido – disse Lebas, sorrindo com a malícia vingadora de Pillerault, que, sem nada saber, olhava esse homem como um celerado. Matifat reconheceu César. Em breve, os negociantes mais dignos cercaram o ex-perfumista e fizeram-lhe uma ovação bolsista; ele recebeu cumprimentos os mais lisonjeiros, apertos de mãos que despertavam muitos ciúmes, excitavam alguns remorsos, pois, em cem pessoas que passeavam ali, mais de cinqüenta já haviam liquidado. Gigonnet e Gobseck, que conversavam a um canto, olharam o virtuoso perfumista como os físicos devem ter olhado o primeiro *ginoto elétrico* que lhes trouxeram. Esse peixe, armado da potência de uma garrafa de Leyde, é a maior curiosidade do reino animal. Depois de ter aspirado o incenso de seu triunfo, César subiu em seu fiacre e lançou-se à rota para voltar à sua casa, onde devia ser assinado o contrato de casamento de sua querida Césarine e do devotado Popinot. Ele tinha um riso nervoso que impressionou os três amigos velhos.

Uma falta da juventude é imaginar que todo o mundo é forte como ela é forte, falta que provém, aliás, de suas qualidades: em vez de ver os homens e as coisas através de lentes, ela os colore com os reflexos de sua chama, e lança seu excesso de vida mesmo nas pessoas velhas. Como César e Constance, Popinot conservava na memória uma imagem de fausto do baile dado por Birotteau. Durante esses três anos de provas, Constance e César tinham, sem falar-se, diversas vezes ouvido a orquestra de Collinet, revisto a florida reunião e saboreado esta alegria tão cruelmente punida, como Adão e Eva devem ter pensado diversas vezes no fruto proibido que deu a vida e a morte a toda a sua posteridade, pois parece que a reprodução dos anjos é um dos mistérios do céu. Mas Popinot podia imaginar a festa sem remorsos, com delícia: Césarine em toda a sua glória prometera-se a ele, então pobre. Durante aquela noite, ele chegara à certeza de ser amado por si mesmo! Assim, quando comprou a casa, restaurada por Grindot, de Célestin, estipulando que tudo nela permaneceria intacto, quando ele tinha conservado religiosamente as menores coisas pertencentes a César e Constance, ele sonhava dar o seu baile, um baile de núpcias. Anselme tinha preparado essa festa com amor, imitando seu patrão apenas nas despesas necessárias, e não nas loucuras: as loucuras já estavam feitas. Assim, o jantar seria servido por Chevet, os convidados eram mais ou menos os mesmos. O abade Loraux substituía o grande chanceler da Legião de Honra, o presidente do Tribunal de Comércio, Lebas, não faltaria. Popinot convidou *monsieur* Camusot para agradecer a ele pelas considerações prodigalizadas a Birotteau. *Monsieur* de Vandenesse e *monsieur* de Fontaine vieram em lugar dos Roguin. Césarine e Popinot distribuíram os convites para o baile com discernimento. Ambos temiam igualmente a publicidade de um casamento, eles tinham evitado os constrangimentos ressentidos pelos corações ternos e puros, imaginando dar o baile no dia do contrato. Constance reencontrara o vestido cereja no qual, durante um único dia, brilhara em luzes tão fugazes! Césarine ficou contente em surpreender Popinot e mostrar-se na roupa de baile de que ele lhe falara tantas e tantas vezes. Assim, a casa ia ofertar a Birotteau o espetáculo encantador que saboreara durante uma única noite. Nem Constance, nem Césarine, nem Anselme tinham percebido algum perigo para César nessa enorme surpresa, e eles o esperavam às quatro horas com uma alegria que os levava a cometer infantilidades.

Depois das emoções inexprimíveis que lhe provocara o reingresso na Bolsa, esse herói de honestidade comercial ia passar pelo arrebatamento que o esperava na Rue Saint-Honoré. Quando, entrando em sua antiga casa, viu, ao fim da escada, que permanecia nova, sua mulher vestida em veludo cereja, Césarine, o conde de Fontaine, o visconde de Vandenesse, o barão de La Billardière, o ilustre Vauquelin, formou-se em seus olhos um leve véu, e seu tio Pillerault, que lhe dava o braço, sentiu um estremecimento interior.

– É demais – disse o filósofo ao apaixonado Anselme –, ele não poderá tomar todo o vinho que você lhe verte.

A alegria era tão viva, em todos os corações, que cada um atribuiu a emoção de César e seus tropeços a alguma ebriedade muito natural, mas muitas vezes mortal. Encontrando-se em casa, revendo o seu salão, os seus convidados, entre os quais havia mulheres vestidas para o baile, de repente o movimento heróico do final da grande sinfonia de Beethoven explodiu em sua cabeça e em seu coração. Essa música ideal irradiou, explodiu em todos os tons, fez soar seus clarins nas meninges daquele cérebro fatigado, para quem aquele devia ser o grande final.

Esmagado por uma harmonia interior, ele foi tomar o braço de sua mulher e disse-lhe ao ouvido, em uma voz abafada por um fluxo de sangue contido:

– Eu não estou bem!

Constance, aterrada, levou seu marido ao quarto, onde ele chegou não sem pena e lançou-se em uma poltrona, falando:

– *Monsieur* Haudry, monsieur Loraux!

O abade Loraux veio, seguido dos convidados e das mulheres em vestido de baile. Todos se detiveram e formaram um grupo estupefato. Em presença desse mundo florido, César cerrou a mão de seu confessor e inclinou a cabeça no seio de sua mulher ajoelhada.

Um vaso já se rompera em seu peito, e, além de tudo, o aneurisma estrangulava o seu último suspiro.

– Eis a morte do justo – disse o abade Loraux, em voz grave, mostrando César por um desses gestos divinos que Rembrandt soube adivinhar em seu quadro de Cristo chamando Lázaro à vida.

Jesus ordena à Terra que devolva a sua presa, e o santo padre indica ao Céu um mártir da honestidade comercial a ser condecorado com a palma eterna.

Paris, novembro de 1837.

CRONOLOGIA

1799 – 20 de maio: nasce em Tours, no interior da França, Honoré Balzac, segundo filho de Bernard-François Balzac (antes, Balssa) e Anne-Charlotte-Laure Sallambier (outros filhos seguirão: Laure, 1800, Laurence, 1802, e Henri-François, 1807).

1807 – Aluno interno no Colégio dos Oratorianos, em Vendôme, onde ficará seis anos.

1813-1816 – Estudos primários e secundários em Paris e Tours.

1816 – Começa a trabalhar como auxiliar de tabelião e matricula-se na Faculdade de Direito.

1819 – É reprovado num dos exames de bacharel. Decide tornar-se escritor. Nessa época, é muito influenciado pelo escritor escocês Walter Scott (1771-1832).

1822 – Publicação dos cinco primeiros romances de Balzac, sob os pseudônimos de lorde R'Hoone e Horace de Saint-Aubin. Início da relação com madame de Berny (1777-1836).

1823 – Colaboração jornalística com vários jornais, o que dura até 1833.

1825 – Lança-se como editor. Torna-se amante da duquesa d'Abrantès (1784-1838).

1826 – Por meio de empréstimos, compra uma gráfica.

1827 – Conhece o escritor Victor Hugo. Entra como sócio em uma fundição de tipos gráficos.

1828 – Vende sua parte na gráfica e na fundição.

1829 – Publicação do primeiro texto assinado com seu nome, *Le Dernier Chouan* ou *La Bretagne en 1800* (posteriormente *Os Chouans*), de "Honoré Balzac", e de *A fisiologia do casamento*, de autoria de "um jovem solteiro".

1830 – *La Mode* publica *El Verdugo*, de "H. de Balzac". Demais obras em periódicos: *Estudo de mulher, O elixir da longa vida, Sarrasine* etc. Em livro: *Cenas da vida privada*, com contos.

1831 – *A pele de onagro* e *Contos filosóficos* o consagram como romancista da moda. Início do relacionamento com a marquesa de Castries (1796-1861). *Os proscritos, A obra-prima desconhecida, Mestre Cornélius* etc.

1832 – Recebe uma carta assinada por "A Estrangeira", na verdade Ève Hanska. Em periódicos: *Madame Firmiani, A mulher abandonada*. Em livro: *Contos jocosos*.

1833 – Ligação secreta com Maria du Fresnay (1809-1892). Encontra madame Hanska pela primeira vez. Em periódicos: *Ferragus*, início de *A duquesa de Langeais, Teoria do caminhar, O médico de campanha*. Em livro: *Louis Lambert*. Publicação dos primeiros volumes (*Eugénie Grandet* e *O ilustre Gaudissart*) de *Études des moeurs au XIXème siècle*, que é dividido em *Cenas da vida privada, Cenas da vida de província, Cenas da vida parisiense*: a pedra fundamental da futura *A comédia humana*.

1834 – Consciente da unidade da sua obra, pensa em dividi-la em três partes: *Estudos de costumes, Estudos filosóficos* e *Estudos analíticos*. Passa a utilizar sistematicamente os mesmos personagens em vários romances. Em livro: *História dos treze* (menos o final de *A menina dos olhos de ouro*), *A busca do absoluto, A mulher de trinta anos*; primeiro volume de *Estudos filosóficos*.

1835 – Encontra madame Hanska em Viena. Folhetim: *O pai Goriot, O lírio do vale* (início). Em livro: *O pai Goriot*, quarto volume de *Cenas da vida parisiense* (com o final de *A menina dos olhos de ouro*). Compra o jornal *La Chronique de Paris*.

1836 – Inicia um relacionamento amoroso com "Louise", cuja identidade é desconhecida. Publica, em seu próprio jornal, *A missa do ateu, A interdição* etc. *La Chronique de Paris* entra em falência. Pela primeira vez na França um romance (*A solteirona*, de Balzac) é publicado em folhetins diários, no *La presse*. Em livro: *O lírio do vale*.

1837 – Últimos volumes de *Études des moeurs au XIXème siècle* (contendo o início de *As ilusões perdidas*), *Estudos filosóficos*, *Facino Cane, César Birotteau* etc.

1838 – Morre a duquesa de Abrantès. Folhetim: *O gabinete das antigüidades*. Em livro: *A casa de Nucingen*, início de *Esplendores e misérias das cortesãs*.

1839 – Retira a candidatura à Academia em favor de Victor Hugo, que não é eleito. Em folhetim: *Uma filha de Eva, O cura da aldeia, Beatriz* etc. Em livro: *Tratado dos excitantes modernos*.

1840 – Completa-se a publicação de *Estudos filosóficos*, com *Os proscritos, Massimilla Doni* e *Seráfita*. Encontra o nome *A comédia humana* para sua obra.

1841 – Acordo com os editores Furne, Hetzel, Dubochet e Paulin para publicação de suas obras completas sob o título *A comédia humana* (dezessete tomos, publicados de 1842 a 1848, mais um póstumo, em 1855). Em folhetim: *Um caso tenebroso, Ursule Mirouët, Memórias de duas jovens esposas, A falsa amante*.

1842 – Folhetim: *Albert Savarus, Uma estréia na vida* etc. Saem os primeiros volumes de *A comédia humana*, com textos inteiramente revistos.

1843 – Encontra madame Hanska em São Petersburgo. Em folhetim: *Honorine* e a parte final de *Ilusões perdidas*.

1844 – Folhetim: *Modeste Mignon, Os camponeses* etc. Faz um *Catálogo das obras que conterá A comédia humana* (ao ser publicado, em 1845, prevê 137 obras, das quais cinqüenta por fazer).

1845 – Viaja com madame Hanska pela Europa. Em folhetim: a segunda parte de *Pequenas misérias da vida conjugal, O homem de negócios*. Em livro: *Outro estudo de mulher* etc.

1846 – Em folhetim: terceira parte de *Esplendores e misérias das cortesãs, A prima Bette*. O editor Furne publica os últimos volumes de *A comédia humana*.

1847 – Separa-se da sua governanta, Louise de Brugnol, por exigência de madame Hanska. Em testamento, lega à madame Hanska todos os seus bens e o manuscrito de *A comédia humana* (os exemplares da edição Furne corrigidos a mão por ele próprio). Simultaneamente em romance-folhetim: *O primo Pons*, *O deputado de Arcis*.

1848 – Em Paris, assiste à revolução e à proclamação da Segunda República. Napoleão III é presidente. Primeiros sintomas de doença cardíaca. É publicado *Os parentes pobres*, o 17º volume de *A comédia humana*.

1850 – 14 de março: casa-se com madame Hanska. Os problemas de saúde se agravam. O casal volta a Paris. Diagnosticada uma peritonite. Morre a 18 de agosto. O caixão é carregado da igreja Saint-Philippe-du-Roule ao cemitério Père Lachaise pelos escritores Victor Hugo e Alexandre Dumas, pelo crítico Sainte-Beuve e pelo ministro do Interior. Hugo pronuncia o elogio fúnebre.